Ein Mann und seine Geliebte sind auf dem Weg durch Nordafrika. Er, auf der Suche nach seiner Vergangenheit als junger Mann, sie getragen vom Wunsch, die Wüste kennenzulernen, in der ihr Vater umkam. In Fez stirbt der Mann an einem geplatzten Aneurysma, doch zuvor will er noch, dass seine Frau aus Deutschland einfliegt, um die letzten Angelegenheiten zu regeln. Er wünscht sich, dass seine Asche im Atlantik vor Casablanca, seinem Sehnsuchtsort, verstreut wird.

Auf einmal sind zwei Frauen, eine Ärztin und eine Journalistin, in einem fremden Land zusammengeschweißt. Verbunden durch die Erinnerung an einen Mann, den sie beide einmal geliebt haben. Es gelingt ihnen die Asche im Atlantik zu verstreuen, nicht in Casablanca, doch weiter im Süden Marokkos. Dort werden sie von einer Einheit der Polisario gekidnappt.

Im Lager der Aufständischen befindet sich auch ein Flüchtling, ein ehemaliger Lehrer aus dem Senegal, der auf der Fahrt durch die Sahara gefangen wurde. Mit der Zeit bilden die beiden Frauen und der Flüchtling eine Schicksalsgemeinschaft, die ihnen das Überleben unter extremen Bedingungen ermöglicht.

Das Buch ist eine Geschichte über Liebe, Verlust, Verrat und der Stärke unter schwierigsten Umständen zu überleben. Am Ende sind sich die Menschen nicht mehr sicher, welche Gefühle sich in ihnen regen. Sie auszusprechen erscheint ihnen wie Verrat, so schweigen sie lieber. Sie sind Opfer und Henker zugleich, Kameraden und Gegner, hybride Wesen, die nicht benennen können, wem ihre Loyalität gilt.

Trotz allem ist die Geschichte getragen von der Hoffnung auf eine bessere Welt.

Der Autor ist Deutscher, wohnt heute in München und hat jahrelang im Ausland, den USA, Afrika und Indien gelebt. Seit 2003 hat er mehrere Romane geschrieben: *Die Weltverbesserer, Tod am Sambesi, Dunkle Wahrheiten, Das Kuvert, Suchende, Das Verhängnis*. Mehrere Kurzgeschichten und *Aufzeichnungen,* von 1965 bis in die Gegenwart, sind in Arbeit.

Die Gier wird gewaltig überschätzt.
Aber die Angst nicht.
Cormac Mc Carthy

TWENTYSIX
Eine Marke der Books on Demand GmbH
© 2022, Eckhard Polzer
Herstellung und Verlag:
BoD – Books on Demand, Norderstedt
ISBN: 9783740707743

Grenzgänger

Schau nicht zurück

1

Der Brenner liegt schon eine Weile hinter ihnen, nur das Wummern der Räder auf den Betonplatten der Fahrbahn dringt ins Auto. Im Tal eilt der Adige der Ebene entgegen, während sich am Hang ein Viadukt ans andere reiht. Konzentriert hält Alban Bremmer den großen Wagen in der Spur, doch die vielen Kurven gehen ihm auf die Nerven. Die scharfen Lichtkontraste an den Tunnelausfahrten schmerzen ihn. Hat mich alles früher nie gestört, denkt er.

„Wie weit willst du heute noch kommen?", fragt Sara, die entspannt die Burgen an den Hängen des Tals betrachtet.

„Bis zum Argentario, Porto Ercole, ein schöner, kleiner Hafen. Ist weit, aber zu schaffen, wenn wir uns ranhalten."

Für einen Moment fährt er zu nahe auf. Er bremst scharf und sieht aus den Augenwinkeln wie Sara verkrampft. Lächelnd legt er die Hand auf ihr Knie. „Tut mir leid, ich war in Gedanken woanders."

„Wo denn, mein Lieber?"

„Bei dir, bei uns. Zu viele Gedanken, zu wenig Aufmerksamkeit."

In dem Moment entlädt sich die Gewitterwolke, die sich seit einiger Zeit über ihnen verdichtet hatte. Regentropfen prallen auf die Windschutzscheibe, gehen über in einen Sturzbach und hüllen das Auto in eine Wand aus Wasser. Die Rücklichter des Vordermanns verschwinden in einem Nebel aus Gischt. Alban schaltet zurück und stellt die Wischer auf maximale Geschwindigkeit.

„Nicht gerade einladend das Wetter. Du siehst ja fast nichts?", sagt Sara.

„Es klart gleich wieder auf, ist nur ein Aprilschauer. Sobald wir das Etschtal hinter uns haben wird das Wetter besser."

„Sicher?"

„Du kannst dich darauf verlassen. - Vor Jahren, auf dem Rückweg aus Italien, geriet ich hier schon einmal in einen Gewittersturm. Hagelkörner groß wie Taubeneier. Mein Auto bekam lauter kleine Dellen, dem Vordermann hat es sogar die Rückscheibe zertrümmert. Ich konnte zusehen, wie es die Glassplitter ins Auto drückte. Eine halbe Stunde später schien wieder die Sonne. - Hast du dich erschreckt?"

„Nur im ersten Moment. Hephaistos, dachte ich, wie er mit dem Hammer auf uns einprügelt. Ich mag keine nassen Straßen, ein Freund hat sich mit dem Motorrad bei Regen totgefahren. - Was siehst du, wenn du durchs Etschtal fährst?", wechselt sie das Thema, als wolle sie schnell von dem toten Freund ablenken.

Hephaistos, denkt Alban, wie kommt sie darauf? - Der Freund muss ihr etwas bedeutet haben. Als ich mit Jonas auf der Steige zum Walchensee in den Straßengraben flog, war die Straße trocken. Es hat trotzdem nichts genützt. „Berge, kurz vor Trento Obstplantagen. Jetzt nur Gischt und verschwommene Rücklichter. Warum fragst du?"

„Die Klarheit des Chirurgen", lacht sie. „Den Oleander zwischen den Leitplanken hast du vergessen. Im Sommer, wenn er blüht, ist er besonders schön. Und manchmal sehe ich in den endlosen Autokarawanen Horden von Germanen, die über den Brenner pilgern."

„Moderne oder alte?", lacht Alban. „Über dem Internat, das mich für den Rest meines Lebens geprägt hat, thronte eine mittelalterliche Burg. Sie gehörte Frundsberg, einem Heerführer, der mit seinen Söldnern nach Italien zog, um dort zu kämpfen. Condottiere hießen diese gekauften Krieger."

„Heißen sie immer noch", sagt Sara trocken.

„Ja, komisch, dass mir das jetzt einfällt. Vielleicht wegen der vielen Burgen, die hier überall herumstehen. - Einmal, ich war noch mitten im Studium, ertrug ich München nicht mehr. Es war März und der Winter wollte einfach nicht weichen. Die Kälte, das ewige Grau, die dreckigen Schneereste am Straßenrand, alles ging mir fürchterlich auf die Nerven. Wahrscheinlich hatte ich eine Prüfung vermasselt und suchte einen Schuldigen, aber natürlich nicht bei mir." Alban grinst, und zeigt auf das vorbei gleitende Tal, das mit jedem Kilometer gen Süden grüner wird. „Da wollte ich hin, also bat ich eine Freundin, mich nach Rom zu begleiten. So eine Art Flucht, aber Italien im März war dann auch nicht viel besser. Es goss und wir froren entsetzlich. Wir hatten wenig Geld und die Pension, eine

Absteige hinter dem Forum Romanum, die wir uns so gerade noch leisten konnten, besaß keine Heizung, also blieben nur die Kirchen. Zwangsgläubige seien wir, meinte die Freundin auf ihre trockene Art."

„Warum erzählst du mir das?", fragt sie mehr aus Höflichkeit. Freundinnen, nicht schon jetzt, denkt sie, am Ende der Reise werde ich wissen, wer er wirklich ist.

Er zuckt mit den Schultern. „Vielleicht aus Angst, dass nicht alles so läuft, wie wir uns das vorstellen. Wir sind noch nie zusammen verreist, und jetzt gleich mehrere Wochen."

„Bereust du es schon?"

„Nein, ich bin glücklich."

Die Straße trocknet schnell, und Alban bittet Sara eine CD einzulegen. „Im Handschuhfach liegt John Klemmers *barefoot ballet*, vielleicht gefällt dir das Stück."

Sara schiebt die Diskette ein und dreht die Lautstärke höher. Die lang gezogenen Läufe des Tenorsaxofons füllen den ganzen Innenraum des Autos. „Woher hast du das? Klemmer", liest sie vom Cover der CD. „Es gefällt mir, sehr sogar. Ich finde es hört sich an, als würde das Saxofon lachen und weinen zugleich."

„Vor ein paar Jahren, auf einem Kongress in Washington DC, ging ich in einen Buchladen, unten am Potomac, da spielte dieses Stück im Hintergrund. Diese quälenden, manchmal schreienden, dann wieder ins Nichts abdriftenden Töne. Ich war gefangen und hab die Platte gleich gekauft. Später fand ich auch die CD. Schön, dass sie dir gefällt."

Nach einer Weile, während der sie ihren Gedanken nachhängen, nimmt er den Gesprächsfaden von vorhin wieder auf. „In letzter Zeit beschleicht mich manchmal ein Gefühl von Hilflosigkeit, wenn ich dich betrachte. Dann frage ich mich, weshalb du dich ausgerechnet mit einem alten Mann abgibst. Du könntest jeden haben."

Schalk, gepaart mit Neugierde liegt in ihren Augen, als sie ihn von der Seite betrachtet. „Was wird das? Suchst du Komplimente, oder kommt jetzt eine Beichte?"

Soll ich ihr den Blick der Assistentin beschreiben, als sie den Schallkopf abwischte und auf die Halterung steckte. Auch du bist verwundbar, hieß das wohl. Nicht der Gott, für den dich alle halten. Du bist ein Mensch, mit den gleichen Defekten, wie wir anderen auch. „Sie sollten sich genauer untersuchen lassen", meinte sie nach einigem Zögern, „es könnte ein Aneurysma sein. Genau kann ich es nicht erkennen." - Wenn ich es Sara erzähle, möchte sie, dass wir umkehren, denkt er, aber ich will das nicht. „Warum bist du mitgekommen?", fragt er, ohne auf ihre Bemerkung einzugehen.

„Ich dachte, das hätten wir schon geklärt. Ich mag dich, sehr sogar."

„Das ganze Paket?"

„Ja, alles. Und du, was würdest du wählen, wenn du dich entscheiden müsstest, Kopf oder Sex?"

„Was für eine Frage!"

„Stell es dir vor."

„Geht nicht, es lässt sich nicht trennen."

„Versuch es trotzdem."

„Gut, dann würde ich mich für den Kopf entscheiden."

„Du lügst", lacht sie laut auf.

„Stimmt."

Er lächelt, während er sie beim ersten Treffen vor sich sieht. Sie arbeitete als Redakteurin für ein Wissenschaftsjournal und hatte um ein Interview gebeten, weil er gerade an einer namhaften Universitätsklinik zum Chef der Chirurgie ernannt worden war. Das Gespräch lief nicht gut, er fand ihre Fragen zu direkt, zu persönlich, doch er mochte ihre zeitlose Schönheit. Die blonden Haare, ein weiches Nest aus Locken. Die von der Sonne gebräunte Haut, ihre grünen Augen. Es passt alles nicht ganz zusammen, dachte er. Als er sie zum Essen einlud, akzeptierte sie ohne zu zögern.

„Beides, ich mag beides", sagt er, und nickt zur Bestätigung. „Was hältst du von einer Tasse Kaffee. Nach so einer fundamentalen Betrachtung der wesentlichen Dinge des Lebens brauche ich einen doppelten Espresso."

„Gute Idee, da gibt es sicher auch eine Toilette. Du bist vorhin ausgewichen, als ich dich nach der Beichte fragte. Vielleicht das falsche Wort, abrechnen wollte ich eigentlich sagen. Bist du schon an dem Punkt, wo du beginnst abzurechnen?"

„Ich wüsste nicht mit was. Mit mir? Vielleicht? Noch sind es nur Gedanken, die kommen und gehen." Abrechnen! Was für ein treffendes Wort, denkt er. Der Chirurg, der an die Fälle denkt, die ihm missglückt sind. Ein Handwerker, der sich im Schatten der Neurologen, oder der Kunst der Mikrobiologen deucht. Der im Grunde seines Herzens die Radiologen verachtet, weil sie sich dem Geld verschrieben haben, und dadurch zu Knechten der Technologie wurden. Dabei klopft die künstliche Intelligenz auch an unsere Tür, die Roboter haben wir längst eingelassen. Ist es das, was ich bin, ein mit Vorurteilen beladenes Nichts, für das es Zeit wird abzudanken? „Die Raststätte sieht gut aus, einverstanden?", fragt er lächelnd, und biegt ab, ohne eine Antwort abzuwarten.

Er parkt das Auto auf einem der letzten freien Plätze, weit ab vom Eingang des Restaurants. An der Kaffeebar bestellt er einen doppelten Espresso und eine große Flasche Wasser, während Sara die Toilette sucht. Als er sich eine Zigarette anzündet, handelt er sich den strafenden Blick der Bedienung ein. Er ignoriert die Frau, die allem widerspricht, was er als attraktiv empfindet, und raucht gelassen weiter.

Sara, zurück, legt ihm eine Hand auf die Schulter, dabei wendet sie sich an die Bedienung und bestellt auch einen Espresso. „Sie hätten ihm das Rauchen verbieten sollen", sagt sie auf Italienisch, doch die Frau zuckt nur mit den Schultern.

„Ich wusste gar nicht, dass du rauchst", sagt sie zu Alban.

„Ich habe erst vor Kurzem wieder angefangen", sagt er entschuldigend. „Sorry, aber wir sind auf dem Weg nach Casablanca, also muss ich meine Humphrey Bogart Posen aufpolieren, sonst hältst du mich noch für einen Hochstapler."

Sara greift nach der Zigarette, nimmt einen Zug und drückt sie aus. „Wir sind hier Gäste."

„Ja", sagt er, und streicht ihr übers Haar. „Erzähl mir von deinem USA-Aufenthalt. Du warst lange dort", versucht er seine Irritation zu überspielen.

„Meinst du die Reise vor ein paar Monaten, oder dass ich früher eine Weile in den USA gelebt habe?"

„Fünf Jahre warst du dort. Was ist hängen geblieben?"

„Viel. Ich mag das Land, es ist so anders, wenn man es von innen erlebt. Die Menschen sind offener, unkomplizierter als wir Europäer."

„Europäer? Du hast dich also entschieden."

„Für was?"

„Darüber reden wir später, zu komplex für ein paar Sätze auf dem Weg zum Auto. Das mit der Zigarette tut mir leid, ich habe mich vom gebärfreudigen Becken der Bedienung ablenken lassen, und eher automatisch nach der Schachtel gegriffen."

„Was heißt das denn, gebärfreudiges Becken?"

„Männerkram, vergiss es."

„Hey, hast du noch mehr solcher Sprüche?"

„Tut mir leid, hätte ich nicht sagen sollen."

„Jetzt zier dich nicht so."

„Na gut, sie kommen alle aus den Siebzigern. Studentenadrenalin pur. Wir Mediziner waren schließlich die Könige, nur leicht übertroffen von den Juristen, die wir aber insgeheim verachteten. Nur die Ingenieure, die bemitleideten wir, weil sie in unseren Augen auf einer schmalen Spur durchs Leben fuhren."

„Schmalspur! Ganz schön arrogant, und ihr habt nicht gemerkt, wie klein das war?"

„Wir waren jung."

„Und bildetet euch ein, Männer zu sein. Männer mit unerschütterlichen Meinungen."

„Ja, ganz schön doof."

„Immerhin siehst du es ein", lacht sie.

Alban rutscht vom Hocker und schiebt einen großen Schein über den Tresen. „Als Entschuldigung für die Zigarette", sagt er. „Wir müssen weiter, wenn wir heute noch bis zum Argentario kommen wollen."

„Wie lange wird es dauern bis Porto Ercole?", fragt Sara auf dem Weg zum Auto. „Hast du reserviert?"

„Fünf Stunden reine Fahrt. Ohne Pause schaffen wir es zum Abendessen. Keine Reservierung nötig, nicht um diese Jahreszeit. Der Touristenansturm kommt erst zu den Schulferien. Sollten wir in Porto Ercole nichts finden, fahren wir weiter bis Porto Santo Stefano, das ist nur ein paar Kurven entfernt. Dort gibt es Hotels zuhauf. Und wenn gar nichts klappt, fahren wir bis zum Cala Piccola an der Südseite des Argentario. Die haben bestimmt etwas frei. Ich wollte, dass du mitentscheidest, damit wir uns nicht schon in der ersten Nacht in die Haare kriegen."

„Beim Haare ausraufen hättest du einen echten Vorteil", lacht sie und stupst ihn in die Seite. „Die USA beschäftigen dich anscheinend, ist es wegen ihrer Politik?", fragt sie eher beiläufig.

Er zuckt mit den Schultern, als gäbe es darauf keine einfache Antwort. „Sie wirken etwas richtungslos, als hätten sie nach den Anschlägen in New York den Kompass verloren. Flächenbombardement in Afghanistan und der Krieg im Irak, wo soll das hinführen? Regime change, was für eine Hybris", geht er nur kurz darauf ein.

„Warum? Sie wissen doch genau, was sie wollen", sagt sie einen Tick zu scharf.

„Wirklich?", fragt er, während er den Motor startet.

„Sie versuchen, sich neu zu erfinden. Ein Weltpolizist, der die alte Rolle nicht mehr schultern will. Und damit der Rückzug nicht so krass ausfällt, wird gelegentlich ein Militärspektakel aufgeführt, das hauptsächlich dazu dient, Amerikas Diplomatie-Versagen zu verschleiern. Sie wollten immer zu viel, anderen Ländern ihren Willen aufzwingen. Nationbuilding, was für ein Wahnsinn, als wüssten sie allein, was die Menschen wollen, oder wollen sollen. Aber ich glaube, es kommt etwas in Bewegung: Die Chinesen wollen ihre eigenen Regeln schreiben, und die Russen halten sich sowieso an nichts. Mit Kanonen und Flugzeugträgern lässt sich schlecht Handel treiben, und letztlich auch kein Vertrauen aufbauen."

Nicht übel, denkt er. Eindeutig keine beliebige Lohnschreiberin. Ist mir eigentlich schon länger klar. „Ich dachte, du magst die Amerikaner."

„Ich mag die Menschen, nicht unbedingt ihre Politik. Dabei bräuchten wir gerade jetzt eine sichere Hand."

Anstelle einer Antwort wiegt er den Kopf hin und her, was alles bedeuten könnte. „Bei guter Sicht, müssten wir die Costa Concordia vor Giglio liegen sehen", würgt er das Thema ab. „Von der Terrasse des Cala Piccola haben wir freie Sicht auf die Insel. Wenn du willst, fahren wir hin, trinken ein Glas Wein und schauen uns das Schiff an. Auf Fotos gleicht es einem gestrandeten Wal. Der Kapitän, noch so ein Kerl, dem Imponieren wichtiger war, als das Leben seiner Passagiere." Alban schert aus und überholt einen Kleinlaster, der ihn immer wieder bedrängt hat. „Der Kerl geht mir auf die Nerven, so wie er fährt", sagt er, um dann nahtlos den Gedanken von vorhin zu Ende zu bringen. „Nach Westen reiht sich eine Kette von Inseln aneinander - Giglio, Monte Cristo und Elba. Perlen, in einem azurblauen Meer. Wenn du das siehst, vergisst du es nie mehr. Und auf der Rückfahrt essen wir in einem kleinen Landgasthof, sie hatten das beste Risotto, das ich je gegessen habe."

So also geht das, denkt sie, einfach aus dem Thema aussteigen, wenn es nicht gefällt. „Du warst gern dort, das hört man."

„Ja, du wirst es mögen."

Sara nickt, reicht nach hinten und nimmt ihre Jacke von der Rückbank. Sie rollt sie zusammen und presst sie zwischen Sitz und Karosserie. „Ich bin todmüde, die Nacht war sehr kurz. Der letzte Artikel, bevor ich nicht mehr erreichbar bin, machte mir zu schaffen. Ist es ok, wenn ich mich für eine Weile ausklinke?"

„Natürlich, bleib aber bitte angeschnallt. - Hast du das Telefon ausgeschaltet?"

„Ja, ich melde mich jeden zweiten Tag habe ich der Redaktion gesagt."

Alban umfährt Bologna und nimmt die Autobahn in Richtung Florenz. Erst im Apennin, als die Kurven enger und die Licht- und Schattenspiele bei den Tunnel Durchfahrten intensiver werden, erwacht Sara. Sie richtet sich auf und drückt den Rücken durch. „Hier liegt ja noch Schnee", sagt sie verwundert. „Wie lange habe ich geschlafen? Wo sind wir?"

„Oben auf dem Kamm des Apennins. In einer halben Stunde erreichen wir Florenz. Geht es dir gut?"

„Ja, entschuldige, ich wollte dich nicht allein fahren lassen, aber ich konnte einfach die Augen nicht mehr offenhalten. Hältst du bitte für einen Moment, ich brauche frische Luft."

„Natürlich, gleich da vorne in der Bucht. Du brauchst eine Jacke, es ist kalt draußen, wir sind auf siebzehnhundert Metern."

Sara steigt aus und verschwindet hinter einem Felsbrocken. Als sie zurückkommt, atmet sie tief durch. „So, jetzt geht's mir besser. Hast du einen Schluck Wasser?" Während sie trinkt, sieht sie ins Tal, in dem sich das erste Grün zeigt. „Es dauert wohl noch eine Weile mit dem Frühling."

„Ab Florenz sind wir mitten drin. Der Ginster, die Maccia an der Küste, müsste bereits in voller Blüte sein." Alban betrachtet sie besorgt, fragt aber nicht weiter nach.

Sie spült den Mund aus und spuckt das Wasser auf den Boden. „Wir können weiter. Keine Sorge, es geht mir gut", sagt sie, als hätte sie seinen Blick bemerkt. „Wenn du willst, kann ich eine Strecke fahren, nicht dass du zu müde wirst."

„Vielleicht ab Siena." Drei Wochen, denkt er, das ist länger als ich je Urlaub genommen habe. Alles, was ich immer von ihr wissen wollte, kann ich jetzt fragen. Geduld Alban, du darfst sie nicht überfordern.

Nach dem Apennin öffnet sich die Landschaft, wird weicher, farbiger. Ockerfarbene Villen tauchen auf, mit Zypressen und Zedern davor. In der Ferne glänzt die Kuppel des Doms. Auf Höhe des Flughafens, sagt Alban: „Es schmerzt, Florenz links liegen zu lassen, aber wenn wir hineinfahren, bleiben wir bestimmt hängen. Und sicher kennst du die Stadt bereits."

„Nein, ich war noch nie dort, auch nicht in der Toskana. Die Achtundsechziger Granden, die bei jeder Gelegenheit von ihren renovierten Bauernhäusern schwärmten, gingen mir auf die Nerven. Nicht weil ich sie ihnen geneidet habe, aber das Geschwätz über den silbernen Mond bei einem Glas Rotwein, machte mich wahnsinnig. Bei fast jedem Interview kam es zur Sprache, wie eine große Liebe, die sie unbedingt mit der Welt teilen wollten. Es waren immer Männer, die sich so gerierten." Nicht gleich zu viel, denkt sie. Noch kenne ich ihn nicht gut genug, auch wenn wir miteinander schlafen. Vielleicht lerne ich im Laufe der Reise, wer er wirklich ist. Er weiß nichts über meine Familie. Dem jüdischen Vater, der deutschen Mutter, die mir alles Jüdische austreiben wollte, nachdem Vater im Jom Kippur Krieg gefallen war. Ausgerechnet in ein katholisches Internat hat sie mich gesteckt. Später, wenn es gut geht zwischen uns, werde ich ihm alles erzählen.

Die Achtundsechziger Granden, denkt er, da gehöre ich womöglich auch dazu. Nein, sicher nicht, ich war erst zehn, als sie ihre Weisheiten verbreiteten. „Wir sind bald in Siena. Ich könnte einen Happen vertragen, was denkst du?"

„Prima Idee. Du hast so komisch geguckt, als ich von den Achtundsechzigern sprach. Du bist keiner von denen, nicht einmal im Geiste, oder? - Sprichst du eigentlich italienisch?"

Sie kann Gedanken lesen, denkt er, das wird eine interessante Reise. „Ich müsste nicht verhungern, wenn du mich hier aussetzt", lacht er. „Und du? In der Cafeteria hörte es sich perfekt an."

„Das täuscht, in Wirklichkeit reicht es gerade für etwas Small Talk."

„Dann übernimmst am besten du das Reden, ich fahre, du redest. Und wie steht's mit Spanisch, Arabisch? Liegt alles noch vor uns."

„Du hältst mich wohl für einen Sprach-Krösus, aber mehr als ein bisschen Italienisch kann ich dir nicht bieten. Und Arabisch - sehe ich aus, als trüge ich eine Bombe unterm Hemd?", fragt sie, wobei sie den Rücken durchdrückt und ihm die Brust entgegenhält.

„Zwei, höchst explosiv."

„Falsche Richtung", lacht sie. „Ist nichts mit Arabisch. Ab Messina müssen wir uns gemeinsam durchwursteln. Französisch kann ich dir noch bieten, ich war ein Jahr als au pair in Paris. Und in Tunesien, Algerien und Marokko sprechen sie doch Französisch, oder?"

„Ja, damit kommen wir gut klar. Ich fahre, du sprichst, bin gespannt, wie das den Burschen gefällt."

„Burschen?"

„Den arabischen Männern. Sie sind etwas empfindlich im Umgang mit Frauen, wenn ich mich richtig erinnere."

„Hm", sagt sie, ohne näher darauf einzugehen. „Du magst meine Stimme, hast du einmal gesagt, was genau ist es?"

„Die Tiefe, und der kleine Klick im Nachhall. Das Norddeutsche, ohne dass es zu sehr nach Hamburg klingt."

„Das heißt wohl, die Hamburger sind out", bemerkt sie trocken. „Und was magst du noch an mir?"

„Deine Augen, die kleine Grube in der Halskehle, deine Brustwarzen, wenn sie sich verhärten."

„Schrecklich, ich hasse das. Es ist, als wären sie selbstständige Wesen, die sich bei mir eingenistet haben." Sie lacht laut auf. „Warum sind wir eigentlich mit dem Auto gefahren, du fliegst doch sonst immer?"

„Reine Nostalgie. Vielleicht wollte ich dich auch nur mit niemand teilen. Die Vorstellung, dass dich ein junger, kraftstrotzender Kerl im Flugzeug anmacht, schien mir unerträglich. Einer von den gutaussehenden Stewards, die sie neuerdings anstelle Stewardessen präsentieren. Typisches Abwehrverhalten eines alternden Liebhabers eben", grinst er, als nähme er es nicht ganz ernst. „Kokoschka soll die Vorstellung, dass ein anderer Mann seine Alma so sehen könnte wie er, fast verrückt gemacht haben. Ihr wurde seine Eifersucht bald zu viel. Immerhin kamen ein paar gute Bilder dabei heraus." Er zögert kurz, als erwarte er eine Antwort, doch als nichts kommt, sagt er: „Vor fünfunddreißig Jahren war ich schon einmal in Nordafrika. Dieselbe Strecke, die auch jetzt wieder vor uns liegt, nur anders herum."

„Allein?"

„Nein, mit einem Freund, in einem alten VW-Käfer. Ich bin neugierig, wie sich alles verändert hat." Er spürt, wie sie entspannt in der Ecke des Wagens lehnt und ihn spöttisch betrachtet. Sie ist schön, denkt er, ich liebe ihren chaotischen Haarschopf, die grünen Augen. Vor allem liebe ich die Vorstellung, dass ein Teil von ihr, mir gehören könnte. „Ich liebe dich, auch wenn du es nicht glaubst", sagt er.

„Sehe ich Alma ähnlich?", fragt sie, während sie die vorbeigleitende Landschaft betrachtet. „Vor fünfunddreißig Jahren, da war ich noch gar nicht auf der Welt."

„Alma? Keine Ahnung, ich habe kein Bild von ihr. Aber ich glaube sie hatte dunkle Haare. Ich kenne nur die Geschichte von Kokoschkas Eifersucht. War eher so ne Randbemerkung."

„Und die Reise, wie alt wart ihr?"

„Neunzehn, gleich nach dem Abitur. Zwei blutjunge Kerle, denen die Welt zu Füßen lag, dachten wir, bis uns Nordafrika eines Besseren belehrte." Für einen Moment hängt er seinen Gedanken nach, und lacht dann kurz auf: „Es war Fußball Weltmeisterschaft, Deutschland spielte gegen die Niederlande. Und Gerd Müller hatte gerade das entscheidende Tor geschossen. Die Stimme des Radioreporters überschlug sich vor Begeisterung. Sein Stammeln habe ich immer noch im Ohr. Ein Sieg in München, im Endspiel eines der größten Sportereignisse der Welt. War schon toll."

„Wie alt, hast du gesagt?"

„Gerade neunzehn geworden."

„Und gleich auf große Tour. Ziemlich mutig."

„Wir haben uns nichts dabei gedacht. Mit neunzehn fährst du einfach los." Einfach los, denkt er, und sieht die Mutter, wie sie in der Tür steht, um sich zu verabschieden. Tränen in den Augen, die sie nicht verbergen konnte. „Jonas, mein Freund, war ein richtig guter Fußballer. Er hat das Radio abgestellt und lange geschwiegen. Du kennst das sicherlich, so ein ehrfurchtsvolles Schweigen, bei dem man besser nicht nachfragt. Ich hatte den Eindruck, dass er das Tor einfach genießen wollte. Ein Tor, das Gerd

Müller in Bedrängnis aus der Drehung ins lange Eck geschubst hatte." Alban bremst scharf ab. Der Verkehr hat sich verdichtet.

„Du hast Jonas gemocht, nicht wahr?"

„Ja, sehr. Heute mehr denn je. Warum fragst du?"

„Weil du so anders klingst, wenn du von ihm sprichst. Der Fußball bedeutet dir wenig, dafür Jonas umso mehr, glaube ich. Denkst du an ihn, wenn du mit mir schläfst?"

„Wie kommst du darauf. Ich denke an dich, deine Brust, deine Schenkel, die kleinen Falten, die sich langsam um die Augen bilden. Und zuweilen denke ich, dass ich zu alt für dich bin. Dass du eigentlich keine Lust mehr hast mit mir zu schlafen, und mir nur eine gute Nummer vorspielst. - Jonas hat mit unserer Beziehung nichts zu tun."

„Aber du denkst noch häufig an ihn, oder?"

Warum fragt sie so hartnäckig, denkt er, ich will nicht über Jonas reden. Wenn er seinen Helm aufgesetzt hätte, wäre er vielleicht noch am Leben. Dann wären wir wohl auch durch Nordafrika wieder gemeinsam gefahren. Zwei graue Männer, die sich ihre altbekannten Geschichten erzählen. - Wir sind die Serpentinen tausendmal gefahren, dieselbe Strecke, dieselbe Kurve, immer glatt durch. Sie sagten, wir wären im Graben gelandet, neben einem Felsbrocken. Jonas habe sich das Genick gebrochen, aber ich konnte mich an nichts erinnern. „Ja, in letzter Zeit öfter", antwortet er auf Saras Frage. „Ist wahrscheinlich das Alter. Du merkst, dass die Erinnerung alles ist, was du hast. Die Gegenwart, der Beruf, alles wird zur Routine." Die Augenbrauen schnellen hoch, als ärgere er sich über das eben gesagte.

„Sein Licht unter den Scheffel stellen, nennt man das wohl. Ich gehöre zu deiner Gegenwart, oder etwa nicht? Und Routine, was für ein hässliches Wort. Kommt mir vor wie Charly Chaplin, mit dem Schraubenschlüssel am Fließband in Moderne Zeiten", lacht sie

„Entschuldige, so war es nicht gemeint. Ich habe gemerkt, wie wenig es stimmte, aber da war es schon draußen. Du weißt, wie viel du mir bedeutest."

Sara strahlt ihn an, nimmt die Pässe aus dem Handschuhfach, sieht lange auf Albans Bild, und blättert durch die verschiedenen Stempel. „Ganz schön viel unterwegs, immer wieder Amerika, Kongresse, nehme ich an. Ein gutes Studio Foto. Meins habe ich auf einem Automaten gemacht, ich sehe entsetzlich aus."

„Kann ich mir nicht vorstellen. Mein Foto wurde von einem Profi im Auftrag der Universität gemacht. Vor zehn Jahren, als ich den Posten in Konstanz übernahm. Ich strotzte vor Selbstvertrauen, womöglich scheint das durch."

„Und dann Berlin?"

„Ja, ich musste mich in der Provinz beweisen, bevor ich an die großen Häuser durfte. Dabei hat es mir in Konstanz gut gefallen. - Der Pass läuft bald ab, dann ist es vorbei mit der Jugend und dem überbordenden Selbstvertrauen." Alban zieht eine Grimasse, als wäre ihm das ziemlich egal.

„Du kokettierst."

„Ich will dich beeindrucken", lacht er verschämt. „Wenigsten sehen mich die Zöllner dann nicht mehr so an, als hätte ich den Pass gestohlen. Eigentlich schade, dass es seit Schengen keine Stempel mehr gibt. Früher war es wie Briefmarken sammeln. Es gab mir das Gefühl etwas geleistet zu haben. Erst ab Tunesien gibt es wieder Stempel."

„Hast du Angst vor dem Alter? Machen wir diese Fahrt, damit wir Stempel sammeln können?", fragt sie kokett. „Und mich nimmst du mit, weil du dich allein nicht mehr traust? Eine Art Beweis, dass du noch lebst?"

Albans wiegt den Kopf hin und her, als gefalle ihm nicht, was sie gesagt hat. „Meinst du das wirklich? Du glaubst mir nicht, dass es nur um uns beide geht. Alles andere sind Geschichten aus der Vergangenheit. Aber vielleicht hast du ja recht, wer weiß schon, was im Kopf eines Anderen vorgeht. Dem Chirurgen ist wichtig, dass die Operation glückt, danach übergibt er den Patienten dem Internisten. Auch ich brauchte lange als Bestätigung nur die gelungene OP." Er hält eine Hand locker am Lenkrad, während er tief ausatmet. Bilder gehen ihm durch den Kopf, die er glaubte, längst vergessen zu haben. Mit einem Lächeln sucht er ihre Hand.

„Und jetzt?", fragt sie.

„Jetzt brauche ich dich. - Wie geht es dir?", fügt er schnell hinzu, als wäre ihm zu viel Offenheit peinlich. „Oben im Gebirge sahst du etwas angeschlagen aus."

„Da wusste ich für einen Moment nicht wo ich war", sagt sie kurz angebunden. „Wie weit ist es noch bis Siena?"

„Ein paar Kilometer."

„Gut, es wird Zeit, die Füße zu vertreten. - Lebt Jonas noch?"

„Nein, er starb bei einem Motorrad Unfall."

„Wie alt war er, als er starb?"

Verwundert dreht er sich zu ihr. Er lässt sie nicht los, denkt er, genau wie mich. „Mitte dreißig, es ging ihm nicht gut. Sein Sportartikelgeschäft stand kurz vor der Pleite. Zu viele teure Aktionen, die nichts einbrachten. Er begriff zu spät, dass Geld nicht vom Himmel fällt. Das Motorrad hatte er vor dem Gerichtsvollzieher versteckt, dabei wäre es besser gewesen, sie hätten ihm die Maschine abgenommen. - Wir waren auf dem Weg zum Walchensee, die Serpentinen hoch, tausendmal sind wir sie zuvor gefahren. Ich fuhr, Jonas auf dem Sozius. Irgendetwas muss in der letzten Kurve vor der Geraden schief gegangen sein. Als ich im Krankenhaus aufwachte, fast unversehrt, hatte ich das Gedächtnis verloren. Dass Jonas sich bei dem Unfall das Genick brach, haben sie mir erst viel später erzählt. Die Polizei meinte, wir wären zu schnell gefahren, die Kurve zu spät angeschnitten und einfach rausgeflogen, aber ich habe nie daran geglaubt. - Seine Beziehung zu einer verheirateten Frau machte ihm zu schaffen, es war nicht nur das Geld. Als sie ihm sagte, dass sie sich nicht von ihrem Mann trennen wollte, ist er ausgeflippt. Ein Träumer, dem am Ende wohl alles zu viel geworden war."

Sara sieht schweigend auf den Verkehr. „Du glaubst, er wollte sterben, und dich mitnehmen?", fragt sie nach einiger Zeit.

Alban überlegt lange, bevor er antwortet: „Wie kommst du darauf?"

„Es hörte sich so an. Das, was du nicht sagst, meine ich. Aber ich hab mich wohl geirrt. Trotzdem vermisst du ihn?"

„Ja, aber lass uns über etwas anderes reden, es ist so lange her. Dort, die Ausfahrt nach Siena Süd, die nehmen wir."

Er hält auf dem großen Parkplatz außerhalb der Stadtmauer im Schatten einer Platane, steigt aus und streckt sich. Dann geht er ums Auto herum und nimmt Sara in die Arme. „Ich bin so froh, dass du mitgekommen bist."

Sie durchqueren das Südtor und Alban steuert direkt ins Zentrum, als kenne er bereits jeden Winkel der Stadt. An der Piazza del Campo wählt er einen Tisch mit freiem Blick auf den Palazzo Publico. Er rückt Sara einen Stuhl zurecht und weist mit großer Geste auf den muschelförmigen Platz. „Il Campo", sagt er triumphierend.

Die wenigen Touristen, die es um diese Jahreszeit in die Stadt verschlagen hat, fallen nicht besonders auf. Bildungsbürger, die die Atmosphäre spüren wollen, ohne sich im Minutentakt mit ihren Mobiltelefonen zu beschäftigen. Am Nebentisch sitzt eine Familie, die sich engagiert über Berlusconi unterhält, während die Kinder lautstark über den Platz rennen.

„Du hast es geplant", sagt Sara, als sie neugierig die Szenerie betrachtet.

„Ich wusste nicht, wie weit wir kommen, aber jetzt bin ich froh wieder hier zu sein."

„Ein schöner Platz. Vielleicht war es ein Fehler nicht schon früher in die Toskana zu fahren."

Alban geht nicht darauf ein, lächelt nur, als hätte er nichts anderes erwartet. „Einmal im Jahr findet hier auf dem Campo der Palio statt, und im Mittelalter gab es noch richtige Stierkämpfe. Dort in der Kurve ist Luigi gestürzt." Alban weist auf die Stelle, wo sich das Pflaster seitlich zu den Häusern neigt, bevor es vor dem Palazzo Publico in eine kurze Gerade übergeht. „Es ist die gefährlichste Stelle des Rennens."

„Luigi? Der Palio, ein Rennen?"

„Ja. Luigi hat das Spektakel zweimal gewonnen. Sie reiten in Renaissance Kostümen, dreimal im Kreis, ohne Sattel. Auf das Pflaster wird Sand gestreut, was die Sache weniger gefährlich machen soll, aber wohl das Gegenteil bewirkt. Pferd und Reiter werden von den einzelnen Stadtvierteln bestimmt. Aber eigentlich zählt nur das Pferd. Es kann auch gewinnen, wenn es ohne den Reiter ins Ziel kommt. Das Tier wird dann vergöttert, erhält den Ehrenplatz beim Festbankett und seine Hufe werden mit Goldlack überzogen. – Für mich ist dieser Platz der Inbegriff der italienischen Renaissance, mit all ihren Widersprüchen an Schönheit und Brutalität."

Sara rückt den Stuhl zurecht, nimmt die Speisekarte zur Hand, legt sie aber gleich wieder zurück. Lange blickt sie auf den Platz. „Du hörst dich an, als wärst du mitgeritten", sagt sie verträumt.

„Nein, dazu langte es nicht", lacht Alban. „Luigi war der Beste in der Kurve. Er gewann zweimal, aber beim dritten Mal, als es um sehr viel für ihn ging, stürzte er. Er wohnte in Orgia, einem kleinen Ort in der Nähe. Dort besaß er ein Anwesen von dessen Terrasse du in der Nacht die Lichter Sienas sehen kannst. Die Stallungen sind noch gut erhalten. Einmal wollte ich ein Haus dort kaufen, hab es aber gelassen, weil ich keiner von den Granden sein wollte, die über den Silbermond in sternklaren Toskana Nächten schwärmen", lacht er. „Es hat sich nicht ergeben."

„Warum sprichst du von Luigi in der Vergangenheit."

„Er hat sich umgebracht."

Sara schüttelt den Kopf, noch einer, denkt sie.

„In seinem Garten gab es Maulbeerbäume", fährt Alban fort, als sähe er das vertraute Bild vor sich. „Wir konnten die Früchte direkt vom Baum pflücken. Das einzige Restaurant im Ort gehörte ihm. Manchmal dachte ich, das ganze Dorf gehörte ihm, so wie ihn die Leute grüßten und bewunderten. Wir redeten über Pferde und aßen hervorragendes Wildschwein, das er selbst geschossen hatte. Sein Wein war honiggelb und schmeckte fantastisch", fügt er verträumt hinzu. – „Beim dritten Rennen stürzte er, fiel unter das Pferd und blieb halbseitig gelähmt. Er dachte, ich als Chirurg müsse ihm helfen können, aber wir sind keine Wunderheiler. Schon gar nicht, wenn das Rückenmark verletzt ist."

„Sind wir deshalb hier?", fragt sie nachdenklich.

„Nein, ich wollte dir diesen Platz zeigen."

Sie betrachtet die Schräge zum Rathaus hin, scheint die Gefahr des Ritts abzuwägen. Sie versucht sich den Trubel, die Farben, die Gerüche vorzustellen, doch es gelingt ihr nicht. „Ich will wissen wer du bist, Alban. Dieser Luigi, auch Jonas, sie scheinen ein Schlüssel zu dir zu sein. Zeigst du mir Luigis Dorf?"

„Besser nicht, es wäre zu schmerzhaft und würde zu lange dauern. Wir wollen am Abend in Porto Ercole sein. - Und einen Schlüssel zu meinem Tabernakel gibt es nicht, falls du das meinst."

„Was ist wirklich passiert?"

„Luigis Frau hat mir nur eine Karte geschickt, ein paar dürre Worte. Nichts zu den Hintergründen seines Tods, dabei wusste sie, wie eng wir befreundet waren. Später erfuhr ich, dass er sich erhängt hatte. Und Jonas, ach lassen wir es, in letzter Zeit vermengt sich so vieles in meinem Kopf."

Sie setzt sich kerzengerade hin, bläst die Luft durch die Nase und nimmt einen Schluck Wein. „Seit wir uns kennen, Alban, waren wir noch nie so lange zusammen, wie auf dieser Reise. Lässt du mich wenigstens durch das Schlüsselloch stibitzen, wenn es schon keinen Schlüssel in dein Inneres gibt? Hältst du mich überhaupt so lange aus? Frage ich zu viel? Mache ich dich schon jetzt nervös?"

Mein Innerstes ist eine Wüstenei, ein Schuttberg aus unfertigen Erinnerungen, denkt er. Soll ich ihr von den Reitermilizen in Darfur erzählen, dem Tag, an dem sie ins Camp kamen? Der Angst, die sie verbreiteten. Von meinen fehlgeleiteten Investments im Osten, der Begeisterung, mit der ich beitragen wollte, diese verdammten Wiesen tatsächlich zum Blühen zu bringen? Tu's nicht, Alban, nicht schon jetzt, sie würde dich für verrückt halten. Und doch, wer weiß, ob sie die Unsicherheit in den Augen der Nixdorf Erbin, nicht doch interessierte. Sara ist klug, sie würde verstehen, weshalb sich jemand wegen der Millionen des Vaters, die ihr ohne eigenes Zutun in den Schoß fielen, schämt. Die Frau glaubte an den Osten, sie wollte selbst etwas auf die Beine stellen. Aber ihr Mann hatte nur die Grundstücke der Firma in Adlershof im Kopf. Ein Immobilienhai, der die Beute roch. Dabei hatte das Unternehmen, das sie kaufen und ausbauen wollte, den ganzen Ostblock mit seinen Produkten bediente, die auf einmal keiner mehr haben wollte, zu teuer, zu veraltet. Ich sollte sie beraten, zu Endoskopen und Chirurgischem Besteck, er aber sah nur die Grundstücke. Dazu brauchte er den Konkurs, um die wertlose Hülle von der Treuhand zu erwerben. „Hör auf Sara, was soll das?", fragt er.

„Ist es mein Körper, den du suchst?", bohrt sie beharrlich weiter.

Ganz langsam schüttelt er den Kopf. „Was für eine Frage!"

„Bitte sag es mir."

„Du bist so viel mehr, als ein schönes Gehäuse."

„Was? Ich werde alt, du hast von den kleinen Falten um die Augen gesprochen."

„Deine Sorgen sind völlig unbegründet. Ich liebe dich, mit oder ohne Falten. Komm, lass uns das Essen genießen."

„Tut mir leid, ich hätte nicht fragen sollen. Ich habe nur das Gefühl, als säße noch jemand anders mit uns im Wagen, den, oder die ich nicht kenne. Einer, oder eine, deren Worte nur du verstehst."

„Du denkst, es ist Jonas!" Er schüttelt den Kopf. „Nein, nein, er ist schon lange weg. - Ich wollte diese Reise, und ich wollte sie mit dir. Weil ich Karthago noch einmal sehen will, weil ich dir die Wüste hinter Kairouan zeigen will, und dass du mir sagst, wie sich die weiße Sonne in Algier für dich anfühlt. Camus hat sie beschrieben, aber ich war zu jung, um etwas anderes als die harten Augen der Araber zu sehen. Und endlich das Meer vor Casablanca, das mir verwehrt blieb. Vor allem aber das Licht auf Fez in der Abenddämmerung. Dabei weiß ich längst, dass nichts mehr so sein wird, wie ich es in Erinnerung habe. Casablanca war all die Jahre mein gedanklicher Fluchtpunkt. Eine weiße Stadt am Meer, dabei ist vermutlich gar nichts weiß, nur der übliche Dreck und Schlamperei, wie überall. Trotzdem will ich die Stadt mit dir teilen, weil wir mehr brauchen, als ein paar Betten in anonymen Hotelzimmern. Das alles hat nichts mit Jonas zu tun."

„Aber du denkst an ihn, seit wir durch das Etschtal gefahren sind. Das ganze Gerede über Fußball hatte nur mit Jonas zu tun. Oder ist es deine Jugend, der du nachtrauerst?"

Er atmet tief ein. „Nein, Jonas ist tot. Dabei bin ich wahrscheinlich dafür verantwortlich. Meine Amnesie nach dem Unfall hat mich davor bewahrt es anzuerkennen. Aber jetzt, genug, es ist nicht mehr zu ändern. - Irgendwo in der Nähe von Trento haben wir auf der Rückfahrt noch einmal im Wald unter freiem Himmel übernachtet. Zwei Jungen, die auf der Reise zu Männern wurden. Wir hätten auch nach Hause fahren können, in warmen Betten schlafen, mit einem Dach über 'm Kopf. Aber das wollten wir nicht. In der Nacht fing es an zu regnen. Wir sind einfach liegen geblieben, bis die Schlafsäcke völlig durchnässt waren. - Manchmal denke ich, wenn ich dich ansehe, an eine Freundin, die mich kurz vor Antritt der Reise verlassen hatte. Traurig, noch trunken von den Bildern Nordafrikas, habe ich ihr eine Ausgabe der *Du*, einer Schweizer Kunstzeitschrift, geschickt. Sie brachte einen Artikel über Fez mit atemberaubenden Bildern. Die Zinnen der Stadt im Schein der untergehenden Sonne. Bilder wie aus einer verschollenen Welt. Später habe ich die Freundin, sie war längst verheiratet, an den Artikel erinnert. Ihr von den offenen Farbtrögen der Gerbereien erzählt. Sie hat nur den Kopf geschüttelt. Die Vorstellung einer stinkenden Stadt hat sie angeekelt. - Warum erzähle ich dir das? Weil du nach dem Schlüssel gefragt hast. Es gibt keinen Tabernakel, also braucht es auch keinen Schlüssel, weil ich nichts bin, als die Summe meiner Geschichten. Auch kein Halbgott, wie manche Leute meinen, der tagaus, tagein am Operationstisch steht und Leben rettet."

Sie betrachtet ihn schweigend, als suche sie nach der Bestätigung eines Bildes, das sie in ihm sieht. „Mach dich nicht klein, Alban, ich mag deine Geschichten, und ein Halbgott warst du für mich nie", sagt sie schließlich.

Er nickt versonnen, blinzelt, ohne sie anzusehen. „Ich will mit dir keine Fehler machen, weil ich sie nicht mehr ausbügeln kann. Natürlich bin ich verunsichert, weil ich mir einbilde, wir hätten alle Zeit der Welt. Dabei weiß ich doch, wie endlich alles ist, und am Ende nur ein paar Fotos übrigbleiben."

„Wovor hast du Angst, Alban? Dass ich dir zu nahekommen und dir einen Spiegel vorhalten könnte, jetzt, wo es für eine Weile nur uns beide gibt."

„Angst ist das falsche Wort, glaube ich. Heute Nacht, wenn ich zu laut schnarche, wirf mich einfach aus dem Bett."

„Worauf du dich verlassen kannst. - Du brauchst dir keine Sorgen zu machen, ich liebe dich, so wie du bist. Lass uns die Reise genießen, hilf mir nur manchmal, damit ich verstehe, was gerade in dir vorgeht."

Vielleicht sollte ich ihr doch von dem Aneurysma erzählen, denkt er.

Nach dem Essen fährt Sara und sie schaffen es am späten Nachmittag bis nach Orbetello. Als sie den Damm zum Argentario überqueren, das Meer riechen, und die Halbinsel an Kontur gewinnt, fühlt sich Alban, als käme er nach Hause.

In Porto Ercole finden sie ein kleines Hotel direkt am Hafen. Sie laden das Gepäck aus und setzen sich mit einer Flasche Rotwein an die Uferpromenade. Bei der Hälfte der Flasche fragt Sara zögernd, kaum vernehmbar, als hätte sie die ganze Zeit mit sich gerungen: „Warum glaubst du, dass er sterben wollte?"

„Wer? Jonas?"

„Ja. Gibt es noch andere Selbstmörder in deinem Leben?"

„Luigi, bei ihm gab es keine Zweifel. Bei Jonas war es vielleicht tatsächlich nur ein Moment der Unachtsamkeit. Was, wenn er mir etwas sagte, das unbedingt raus musste, und er mich dadurch aus der Fassung brachte. Ein kleiner Wackler, die Geschwindigkeit zu hoch, und auf einmal kommst du nicht mehr aus der Kurve, die du tausendmal glatt durchfahren hast. Ohne den Felsbrocken wären wir wohl nur im Straßengraben gelandet und hätten uns ein paar Knochen gebrochen. Anscheinend habe ich versucht das Motorrad noch vorbei zu ziehen, aber Jonas schmetterte es direkt an den Felsen. Er hatte keine Chance, während ich fast unverletzt blieb. Und dann denke ich wieder, es könnte alles ganz anders gewesen sein. Durch diese Affäre, mit der verheirateten Frau, war er ganz schön aus der Balance. Er wollte weg von ihr, ein normales Leben führen, aber sie ließ ihn nicht gehen. Und da kam ihm die Idee.... - Zwei Selbstmörder im Leben reichen eigentlich, findest du nicht?"

„Ja. Was ist schon ein normales Leben?" Sie schenkt die Gläser nach und blickt aufs Meer, als läge dort die Antwort.

„Für ihn war es eine Familie, eine Frau, der er vertrauen konnte, Kinder und alles darum herum", meint Alban.

„Hat er dich bewundert, weil du in seinen Augen all das hattest?"

„Keine Kinder. Nein, ganz bestimmt nicht. Vielleicht hat er gespürt, dass meine Ehe nur eine Illusion war. Er dachte..., ach lassen wir das."

„Glaubst du, du hast versagt? Irgendwie kommst du mir bedrückt vor, wenn du über Jonas redest."

Natürlich habe ich versagt, denkt Alban. Ich hätte ihn zur Rede stellen müssen, als er immer fahriger wurde. Sie fanden all die Medikamente in seiner Wohnung, Schmerzmittel, Beruhigungsmittel, Schlaftabletten, Tabletten gegen Angstattacken. Er muss sie durcheinander genommen haben, ohne zu wissen, was sie mit ihm anstellten. Am Ende war er nur noch auf der Flucht vor sich selbst. „Nein, ich glaube nicht. Er wollte keine Hilfe, wollte es allein schaffen. Egal, nichts lässt sich rückgängig machen. - Vorhin, in Siena, am Campo, dachte ich für einen Moment an Granada. Komisch, die beiden haben absolut nichts gemein, aber der Palazzo Publico erinnerte mich an die Alhambra. Jonas wollte partout nicht in die Burg. Wir stritten uns, es war später Nachmittag und die Spitzen der Festungstürme leuchteten wie goldene Kronen. Das restliche Gemäuer hatte bereits die Farbe von gelbrotem Sandstein angenommen." Alban lehnt sich zurück, in Gedanken scheint er weit weg zu sein. „Was willst du da drin, Mauern, die vor hunderten Jahren gebaut wurden, schimpfte Jonas. Er wollte zur Sierra Nevada, auf der Passstraße so weit wie möglich nach oben fahren und dort in der klaren, kalten Luft übernachten. - So dachte er. - Ich dagegen wollte den Löwenbrunnen, die berühmten Stuckaturen sehen." Alban stoppt unvermittelt und sieht neugierig auf Sara, die gelassen an ihrer Zigarette zieht. „Interessiert dich das überhaupt?"

„Ich mag die Art, wie du aus Worten Bilder formst. Und? Wer von euch beiden hat gewonnen?"

„Ich habe so lange gequatscht, bis er aufgab", lacht Alban. „Dass wir es nicht mehr rechtzeitig bis zur Passhöhe schaffen würden, und Haarnadelkurven in der Dunkelheit nicht ganz ohne wären. Dass uns das Benzin ausgehen könnte, und wir unter einem Steinschlag begraben würden, einfach alles, was mir so gerade einfiel. Er hat schließlich nachgegeben, vermutlich weil er mein Geschwätz nicht mehr hören wollte. Aber vielleicht haben ihn auch meine Geschichten über die Nasriden interessiert, den Befreiungskampf der Spanier, El Cid und so, das ganze Getümmel des Mittelalters. Ich habe sie gegen jede Wahrheit einfach in die Alhambra verlegt, weil ich wusste, wie sehr Jonas Rittergeschichten liebte. Und tatsächlich, auf einmal wollte er auch in den Palast. Dabei habe ich nichts anderes erzählt, als das, was im Reiseführer stand. Aber Jonas las ja nichts, also war es neu für ihn. Ich gab ihm den Reiseführer, doch er schob ihn weg. Er wolle, dass die Dinge jungfräulich, ohne den Filter des Autors zu ihm kämen, meinte er."

„Das hat er gesagt? Jungfräulich?"

„Ja, so dachte er eben."

„Was genau hast du ihm über die Mauren erzählt? Bestimmt nicht nur den Text aus dem Führer."

Alban betrachtet sie misstrauisch, irgendwie scheint ihm ihr Ton nicht gefallen zu haben. Erst als sie aufmunternd nickt, fährt er fort. „Er wollte wissen, wer diese Nasriden waren, was sie überhaupt als Muslime in Spanien zu suchen hatten. Also habe ich vom siebten Jahrhundert in Nordafrika erzählt, so gut ich es selbst wusste. Wie der Islam von den Nachfolgern Mohammeds mit dem Schwert verbreitet wurde, und dass sie die Straße von Gibraltar nicht am Expandieren hinderte. Und dass dann, im zwölften Jahrhundert - so genau wusste ich es auch nicht - das Zurückrollen durch die Christen begann. Und dass Granada, nach zwei

Jahrhunderten Kampf, als letztes Bollwerk der Mauren in Europa übrigblieb. Die Wunden des Kampfs seien an manchen Stellen immer noch zu sehen, sagte ich. Und dann, das hat ihm wirklich imponiert, glaube ich, dass Boabdil, der letzte Fürst der Mauren in Spanien, geweint habe, als er die Schlüssel Granadas an Isabella von Navarra übergab."

Sara blickt, vorbei an Alban, auf das Fort am anderen Ende des Hafens, als ginge ihr ein noch unfertiger Gedanke durch den Kopf. „Du hörst dich an, als wärst du der Meinung, die Muslime wären besser in Europa geblieben."

„Wie kommst du darauf?"

„So, wie du über diesen Boabdil sprichst…"

„Aber ja. Du wirst mir recht geben, wenn wir auf der Rückreise die Alhambra besuchen. - Die Christen haben sich ins eigene Fleisch geschnitten, als sie die Mauren, und Juden gleich mit, aus dem Land warfen."

Sie belässt es dabei, obwohl ihr seine Theorie nicht ganz zu behagen scheint. „Und dann wart ihr von der Alhambra enttäuscht?"

„Nein, überhaupt nicht. Die Burg ist ein Wunder. - Wenn ich heute die Bilder aus dem Irak sehe, Babylon, Ninive, Jahrtausende alte Kulturen, dann sehe ich auch die Alhambra."

„Ich wusste gar nicht, dass dich Geschichte interessiert. Ich dachte immer, es gäbe nichts anderes als den Beruf für dich."

„Ich lebe, meine Liebe, lese Zeitung und ärgere mich gelegentlich über das, was drinsteht. Das ist doch was." Alban weist mit dem Glas auf das Kastell am Ende der Hafeneinfahrt. „Hier haben schon die Medicis gekämpft, als sie noch Macht wollten und nicht nur frisches Geld für ihre Banken."

„Du beeindruckst mich wirklich", schüttelt sie verwundert den Kopf.

„Es ist nur das Dilettieren eines gelangweilten Chirurgen. Stell dir vor, die Mauren wären nicht vertrieben worden. Spanien wäre weltoffen geblieben, keine Inquisition, keine alles beherrschende Religion. Südamerika sähe heute ganz anders aus, und Europa hätte vielleicht nicht erst in der Renaissance gemerkt, dass die Erde um die Sonne kreist. Die ganze

Katastrophe, die sich in immer neuen Varianten im Nahen Osten abspielt, wäre uns vielleicht erspart geblieben."

Sie greift nach ihrem Glas, lehnt sich weit zurück und blickt aufs Meer hinaus. „Hast du Angst, dass wir da hineingeraten? Den Konflikt meine ich", sagt sie nachdenklich.

„Meinst du Europa, oder uns beide?"

„Wir, auf unserer Reise."

„Nicht wirklich. Wir fahren von Tunesien nach Westen, Algerien, Marokko. In den Ländern scheint es ruhig zu sein. Falls nicht, schlüpfe ich in meine Rüstung und beschütze dich, wie ein edler Ritter", lacht er.

Sie strahlt und schüttelt den Kopf. „Ivanhoe, ist lange her. Aber du müsstest dich mit deiner Laute unter mein Fenster stellen und Minnelieder singen."

„Krächzen, meinst du wohl. - Kaum einen Tag aus dem gewohnten Trott und schon fange ich an zu faseln."

„Tust du nicht, ich mag, wie du in der Weltgeschichte herum hüpfst. - Wann fahren wir morgen los? Bitte nicht zu früh, ich möchte lange mit dir liegen bleiben und träumen. Von *Tausend und eine Nacht*, Scheherezade mit ihrem Prinzen."

„Hey, du wirst mich überfordern." Er grinst verschämt und greift nach ihrer Hand. „Du musst mich unbedingt nach Casablanca bringen, aber das Angebot für heute Nacht nehme ich gerne an."

Sie wiegt bedenklich den Kopf, als müsse sie es sich noch einmal überlegen. „Ich werde dich wie ein rohes Ei behandeln. - Und seid ihr dann doch noch in die Sierra Nevada gefahren?"

„Ja, am nächsten Tag. Wir haben unter einem Felsvorsprung in den Schlafsäcken übernachtet. Bei Tagesanbruch erhielten wir Besuch von ein paar Männern. Sie begutachteten das Auto, sagten ein paar Worte auf Spanisch und verschwanden wieder. Sie hätten uns genauso gut den Schädel einschlagen und in einen Abgrund werfen können. *Easy Rider* oder so ähnlich. Kennst du den Film? Dennis Hopper und Peter Fonda auf ihren Bikes durch den Süden Amerikas."

„Ich habe davon gehört, aber gesehen habe ich ihn nie. - Und wie ging es dann weiter?", fragt sie neugierig.

„Wir sind sofort aufgebrochen. Ein paar Kilometer bergauf wurde die Straße mit all ihren Spitzkehren zu gefährlich. Ich fuhr, die aufgehende Sonne blendete mich, sodass ich den Steinschlag nicht sehen konnte. Als der Käfer kreischend durch das Geröll schrammte, riss es den Ventildeckel ab. Wir verloren Öl und schafften es gerade so ins Tal, bevor die Kolben fraßen. Die Reparatur dauerte zwei Tage und danach dachten wir bei jedem Piepser, den der Motor von sich gab, dass er uns gleich um die Ohren fliegen würde. Aber er hielt durch, zehntausend Kilometer, bis nach Hause."

„Und jetzt sollen wir das alles noch einmal erleben, mit allem was dazu gehört?", lacht sie laut auf.

„Um Himmels willen nein. Nur ja keine Panne, ich wüsste nicht einmal, wo ich einen Schraubenzieher finde, um hilflos im Motorraum herumzustochern. Wir bleiben auf passablen Straßen, und wenn doch etwas passiert, rufen wir den Service an."

„In Nordafrika?"

„Warum nicht, es gibt auch dort Vertragswerkstätten, hat mir BMW versichert." Er sieht für eine Weile aufs Meer, dann sagt er übergangslos: „Du hast noch nie über deine Familie gesprochen. Ich rede und rede, dabei möchte ich wissen, wer du bist."

„Das hat Zeit, jetzt lass uns gehen, mir wird kalt."

Am nächsten Tag fahren sie durch bis Palermo. Sie schaffen es rechtzeitig, die Nachtfähre nach Tunis zu erreichen, doch die Abfahrt verzögert sich. In einer kleinen Bar, wo hauptsächlich Hafenarbeiter verkehren, warten sie darauf an Bord gehen zu können.

Warum hat sie ausgerechnet mich ausgesucht, denkt Alban, als er Sara betrachtet, wie sie entspannt an ihrem Bier nippt. „Ich habe dich noch nie Bier trinken sehen."

„Ich hatte Durst. - Wie lange, glaubst du, wird es dauern, bis sie uns an Bord lassen?"

„Keine Ahnung. Wir brauchen Geduld. Ist ein erster Vorgeschmack auf Nordafrika."

„Wird es so schlimm?"

„Anders. Damals war es noch ein echter Bruch, von Europa auf einmal keine Spur mehr. Tunis heute, von den Bildern im Internet zu schließen, scheint eine westlich geprägte Metropole zu sein. - Gehe ich dir auf die Nerven mit meinen Erinnerungen?"

Anstelle einer Antwort schüttelt sie nur den Kopf.

„Ich rede sonst nie so viel, aber du bist anscheinend mein Katalysator, der alles zum Fließen bringt."

„Wäre doch seltsam, wenn wir uns nur anschweigen, findest du nicht?", lacht sie.

Alles war anders, denkt er, roher, beschwerlicher. Nachts sind wir gefahren, tagsüber hingen wir rum und warteten darauf, dass die Hitze abflaut. „Und du, was hast du gemacht, als du zwanzig warst?"

Sara zieht eine Schnute und legt den Kopf schief. „Du hast so viel mehr erlebt, als ich in dem Alter", sagt sie schließlich. „Bei mir war es hauptsächlich Berlin, eine Kneipe in der Bergmannstraße, ein paar Reisen, ein Hotel dort, ein Strand hier, nichts Besonderes. Fast immer mit einem Freund, ein kleines Abenteuer für die Reise. Es hat nie lange gedauert. Mit dir ist es anders. - Warum willst du unbedingt nach Casablanca? Warum seid ihr, Jonas und du, nicht einfach hingefahren. Für mich ist es eine Stadt wie jede andere, vermutlich staubiger und heißer als die meisten. Ist es wegen des Films? Du hast Humphrey Bogart erwähnt." Bevor er antworten kann deutet sie auf die Autoschlange, die sich langsam in Bewegung setzt. „Sieht aus, als ginge es los, wir sollten uns aufmachen. - Als die Klappe aufging, hatte ich für einen Moment das Gefühl, als führen wir alle auf die Arche Noahs. So ähnlich habe ich es mir als Kind immer vorgestellt. Die Tiere in Zweierreihen über eine Rampe in den Schiffsbauch, und oben an der Reling, Noah mit seinem Rauschebart, der alles überwacht. Genau wie der Kapitän da oben."

„Ist wohl eher einer der Offiziere." Alban legt einen Geldschein auf die kleine Marmorplatte, reicht Sara die Hand und zieht sie hoch. Auf dem Weg zum Auto, sagt er: „Mit Bogart hatte es nichts zu tun, ich wollte ans Meer, den Atlantik sehen, aber Casablanca lag zu weit ab von unserer Route. Fez war unser Hauptziel, dort mussten wir uns entscheiden, entweder nach Süden, tiefer nach Marokko hinein, oder direkt nach Algerien ans Mittelmeer. Wir hatten Angst, irgendwo in der Wüste zu stranden, weil wir dem Auto nicht mehr trauten. Also entschieden wir uns für Algerien." Er nimmt sie bei den Schultern, dreht sie zu sich und küsst sie auf den Mund. „Danke, dass du mitgekommen bist."

„Ich war glücklich, als du mich gefragt hast. Jetzt bin ich unheimlich gespannt auf die Reise. Wir müssen nicht in teuren Hotels übernachten, nicht wegen mir. Die Vorstellung allein mit dir am Strand zu liegen, zu spüren, wie du deinen Gedanken nachhängst, gefällt mir. Vielleicht verstehe ich dann besser, wie es damals bei euch war", sagt sie, nachdem er sie frei gegeben hat.

„Ich schätze, es wird alles anders sein." Mit der Fernbedienung entriegelt er das Auto und öffnet ihr die Tür. „Ist wohl besser wir nehmen anständige Hotels, nicht dass uns dasselbe passiert wie Jonas."

„Erzähl."

Ein breites Grinsen lässt sein Gesicht aufleuchten, als sähe er die Szene direkt vor sich: „An der Grenze zu Algerien, wir waren lange gefahren und todmüde, gab es nur eine elende Absteige. Sie sah ziemlich übel aus, aber wir nahmen sie trotz der versifften Matratzen. Irgendetwas hielt uns davon ab, im Freien zu schlafen, wie wir es sonst meist taten. Wir fingen uns Flöhe ein, und es gab nur eine Dusche im Freien, aus der ein kümmerlicher Strahl Wasser floss. Bei mir reichte es noch, aber bei Jonas war der Tank leer, bevor er sich den Seifenschaum abwaschen konnte." Albans Grinsen ist breiter geworden. „Jonas bekam diesen ungläubigen Gesichtsausdruck, so ein Mittelding zwischen Wut und Erstaunen, dass es ausgerechnet ihm passierte. Sorry, und dann habe ich auch noch laut über den nackten Seifenmann gelacht." Mit Bedauern zieht Alban die Schultern hoch, als täte es ihm immer noch leid. „Er war beleidigt und dachte, dass sich die Welt gegen ihn verschworen hätte. Schließlich blieb ihm nichts anderes übrig, als das klebrige Zeug mit dem Messerrücken abzukratzen. Für eine Weile roch er ganz gut, bis es zu jucken begann. Erst am Meer wurde er das eklige Zeug wieder los."

„Vielleicht sollten wir doch lieber in Hotels mit Bad übernachten." Mit einem aufmunternden Nicken stuppst sie ihn in die Seite.

„Worauf du dich verlassen kannst. Zumindest weißt du jetzt, dass nicht alles glatt laufen wird. - Willst du reinfahren?"

„Nein, lieber du. Ich habe zu viel Respekt vor diesem Monsterschiff. - Im Studium fuhr ich mit einem Freund von Piräus nach Heraklion, auf einem Frachter, vollgestopft mit Menschen, Tieren und Gepäck. Auf halber Strecke kam ein Sturm auf, alles stürzte durcheinander, viele mussten sich übergeben, es roch entsetzlich. Um dem Gestank zu entkommen ging ich nach vorne an den Bug, wo die Wellen direkt auf das Schiff zu rollten. Weiße Schaumkronen, so weit ich sehen konnte. Ich stand ganz vorne, klammerte mich an die Reling, unter mir hob und senkte sich der Rumpf, wie ein wild gewordener Fahrstuhl. Einfach grandios. Ich hätte nie gedacht, dass das kretische Meer so rau sein könnte."

So viel hat sie noch nie von sich erzählt, denkt er. „Du wirst nicht seekrank?"

„Nein, als Kind flog ich auf der Schiffschaukel ganz hoch hinaus. Ein wunderbar leichtes Gefühl, als könnte ich fliegen."

Abends auf dem Oberdeck kommt Sara auf ihr Reiseziel zurück. „Was fasziniert dich eigentlich so an Nordafrika? Ist es das Fremde?"

Alban antwortet nicht gleich, betrachtet nur die rosa Wolken am Horizont, die sich langsam in ein bleiernes Grau verfärben. „So ähnlich sah der Himmel aus, als wir von Tunis nach Palermo übersetzten", sagt er, als hätte er ihre Frage nicht gehört. „Womöglich erleben wir auch eine stürmische Überfahrt. Wir wollten auf dem Oberdeck übernachten, aber ein

Matrose warnte uns. Er meinte, wir sollten unsere Schlafsäcke sicherheitshalber an der Reling festbinden. Es wurde dann ziemlich feucht, kalt und salzig, bis wir unter einem Rettungsboot Schutz fanden. Keine Sorge, unsere Kabine sieht ganz komfortabel aus." Beruhigend drückt er Saras Hand.

„Ich hatte dich nach Nordafrika gefragt", erinnert sie ihn.

„Entschuldige, ja, was mich daran fasziniert? - Alles, die Töne, die Gerüche, das Essen, die Musik. Das Fremde trifft es ganz gut. - Wir sind viel in der Nacht gefahren, und der monotone Gesang der Frauen im Radio ist mir immer noch in Erinnerung. Aber vor allem der Himmel, der sich anders über der Wüste wölbt, als hier", mit der Hand weist er auf die sich verdichtenden Wolken.

„Und warum ausgerechnet Casablanca?"

„Keine Ahnung, ich kenne nichts von der Stadt, außer ein paar Bilder im Internet. Sie scheint inzwischen ziemlich modern zu sein." Für einen Moment hört er in sich hinein. „Vielleicht ist es doch wegen Humphrey Bogart. Als Teenager fand ich ihn unheimlich cool, die Art wie er rauchte, die Bergmann ansah, und so. Dabei waren es nur lauter Aufnahmen in einer Studio Kneipe, mit einem guten, schwarzen Musiker. Eigentlich weiß ich nicht, warum ich ausgerechnet nach Casablanca will."

„Ich habe den Film nur einmal gesehen. Mir gefiel der Klavierspieler auch."

„Do it again, Sam, sagte Bogart, nachdem er seine Geliebte mit ihrem Mann hatte gehen lassen."

„Das weißt du noch?"

„Oder so ähnlich."

„Der Musiker war eigentlich ein Schlagzeuger, er konnte gar kein Klavier spielen, habe ich gelesen. Und Humphrey Bogart durfte nur in Großaufnahme, oder von schräg unten gefilmt werden. Sie wollten verschleiern, wie klein er in Wirklichkeit war. - Ich wusste gar nicht, dass Männer deines Schlags andere Männer cool finden."

„Männer meines Schlags?", fragt er amüsiert.

„Du weißt schon, die, die es geschafft haben. - Bei unserem Interview hast du gesagt, wie schwer es dir fiel, nach oben zu kommen. Du bist der Einzige, der es mir gegenüber je zugegeben hat."

„Deshalb durfte ich dich zum Essen einladen, weil du wissen wolltest, ob ich mit meiner Armut nur kokettiert hatte? Du wolltest herausfinden, ob die Schwelle für mich höher war, als für einen Arztsohn in der dritten Generation?"

„So ähnlich. - Weißt du übrigens, dass ich dieses Interview gar nicht führen wollte, aber es gab niemand anders an diesem Tag, also ließ ich mich breitschlagen. Heute bin ich sehr froh darüber."

„Ich auch", sagt er nachdenklich.

„Wenn du mich nicht eingeladen hättest, hätte ich versucht, dich sonst wie kennenzulernen."

Wie leicht sie das sagt, denkt er. Sie fragt sich womöglich, wie viele Mitbewerber ich aus dem Weg räumen musste, um nach oben zu kommen. Dabei ist ‚Oben' gar kein Ort, nur ein Gefühl. Es lohnt sich nicht darüber zu reden. „Ich gehe gern ins Kino, dabei achte ich auf die kleinen Details. Männer, die für einen Moment die Zigarette richtig halten, oder etwas sagen, das mir nie in den Sinn käme. Frauen, wie Lauren Bacall, deren Minenspiel ganze Welten widerspiegelt." Er lacht verlegen, als wäre ihm peinlich, was er gerade gesagt hat. „Dabei weiß ich natürlich, dass die Drehbuchautoren jeden dieser coolen Sprüche stundenlang hin und her gewälzt haben, bis er richtig saß. Humphrey Bogart würde heute vermutlich eher lächerlich wirken."

„Gestern Nacht, dachte ich, dass du mich nach dieser Reise vielleicht in deine Galerie einfügen wirst." Sie sagt es leichthin, doch auf einmal kriecht Traurigkeit in ihre Stimme. „Soll ich mich anpassen, damit du mich weiter magst?" Sie klingt unsicher, als sie ihn von der Seite betrachtet.

„Wie kommst du darauf? Galerie? Es gibt keine Galerie." Er runzelt die Stirn und schüttelt ungehalten den Kopf.

„Manchmal habe ich Schwierigkeiten, dich zu verstehen."

„Warum? Ich liege auf dem Silbertablett vor dir, Sara. Da ist kein doppelter Boden. Das, was du siehst, hörst, spürst, bin ich, mehr gibt es nicht. Und ich will dir nicht gefallen, ich will, dass du mich liebst. Meine Versuche, die richtigen Wörter zu finden, sind anscheinend nicht sonderlich erfolgreich."

Für einen Moment scheint sie beeindruckt von seiner Offenheit, doch dann wechselt sie das Thema, als wäre ihr peinlich auf seine Liebeserklärung zu antworten. „Als sie das Schiff beluden, kam mir Noah in den Sinn. Die Tiere, wie sie in Zweierreihen über eine Planke in die Arche marschieren. Das Bild hat etwas beruhigendes für mich."

„Ja, du hast es erwähnt, aber ich habe nur Autos gesehen. Ich wollte nicht nachfragen." Plötzlich zieht er eine Grimasse, als hätte er in eine Zitrone gebissen. „Noah? Mir wurden solche Bilder bis zum Überdruss eingetrichtert. Aber dir? Ich dachte, du bist Jüdin."

„Ja, aber was hat das mit meinem Bild zu tun?", fragt sie einen Tick zu scharf. „Meine Mutter steckte mich in ein katholisches Internat, da kommen solche Bilder her. Außerdem gehört die Sintflut ins Alte Testament, und daraus bedienen sich Juden und Christen gleichermaßen."

„Und die Muslime", wirft Alban ein.

„Ja, die auch. - Gab es je eine Zeit, in der die Menschen ohne Gott auskamen?", fragt sie gedankenverloren.

„Nicht, dass ich wüsste." Er zögert kurz. „Die Naturvölker vielleicht, sie brauchen keinen Allmächtigen, keinen Unfehlbaren."

Sie nickt, scheint aber nicht überzeugt. „Wie lange dauert die Überfahrt?", wechselt sie erneut das Thema.

Sie will nicht über Allmacht reden, denkt er. Dabei weiß sie nicht, wie es sich im Operationssaal anfühlt, wenn du für ein paar Stunden Herr über Leben und Tod bist. „Die ganze Nacht, gegen Mittag sind wir in Tunis."

Als die Küste Siziliens langsam am Horizont versinkt, kommt Alban wieder auf die Reise mit Jonas zurück. „Damals fuhren wir anders herum, aber das habe ich bestimmt schon ein paarmal gesagt. Ich will nur, wenn ich immer wieder damit anfange, dass du weißt, wie kompliziert es auch werden kann. Denn als wir endlich in Palermo ankamen, hatten wir genug von der Fremde. Wir brauchten vertraute Töne, Gerüche, dabei hatten wir auch keine Ahnung von Italien. Das Gefühl wieder in Europa zu sein war überwältigend."

„Weil ihr erst neunzehn wart?", fragt sie nach.

„Ja, höchstwahrscheinlich. - Wir sind runter vom Schiff, fuhren an den Strand und tranken einen starken Kaffee in einer typisch italienischen Bar, drei wacklige Tische, ein paar Stahlrohrstühle, auf dem Tresen die obligatorische Kaffeemaschine. Nach dem Espresso ein Bier mit einem Korb von Garnelen. Der Besitzer der Kaschemme lachte uns aus, weil wir die Krebse mit den Schalen aßen. Wir waren glücklich zurück zu sein, in einer vertrauten Welt und hatten doch keine Ahnung. Der Wirt spendierte eine Runde Freibier, setzte sich zu uns und erzählte in gebrochenem Englisch von seiner Zeit als Küchenjunge auf einem Überseedampfer. Wir blieben den ganzen Tag, schwammen im Meer und spät nachts haben wir uns hinter der Hütte in die Schlafsäcke gerollt. Ich erinnere mich genau an das befreiende Gefühl, wir sein zu können. All die Vorsicht hinter uns zu lassen, die uns Nordafrika aufgezwungen hatte. Kannst du das verstehen?"

„Weiß nicht. Für mich hört es sich an, als wäre einiges schief gelaufen auf eurer Reise. Aber warum willst du jetzt zurück? Ich habe schon einmal gefragt, und bekam als Antwort eine Jubelarie."

„Tut mir leid, wenn es so rüberkam. Wir waren jung, zu jung eigentlich. Vieles, was um uns begegnete, konnten wir gar nicht richtig einordnen. Wenn ich heute zurückdenke, liegt eine faszinierende Welt vor mir. Gerüche, Farben, Töne, die Rufe des Muezzins. - Es gibt nur ein paar Bilder von der Reise, Jonas verschwitzt auf einem Stein am Straßenrand, den zerrissenen Strohhut nach hinten geschoben. Ein Eselkarren voller Weintrauben, der Bauer darauf zahnlos mit einem Gesicht wie eine Mondlandschaft. Ein Kind vor dem Stadttor in Meknès, die Augen bedeckt von einem Schwarm schwarzer Fliegen, daneben der Kadaver eines geschundenen Pferdes. Wenn wir zurück sind, zeige ich sie dir."

„War das Kind blind?"

„Weiß ich nicht. In der Trockenheit ziehen die Tränen die Fliegen an."

„Wir werden uns neue Bilder schaffen", sagt sie bestimmt. „Dann werden wir uns erzählen, was wir sahen, als das Foto entstand. Und jeder wird etwas anderes gesehen haben."

Er betrachtet den Himmel, der sich über der leicht gekräuselten See wölbt. Wenn mir dazu die Zeit bleibt, denkt er. „Ich würde dir gerne Karthago zeigen. - Als wir nach Tunis kamen, lagen die Ruinen der Stadt noch offen am Meer. Wir entrollten unsere Schlafsäcke und breiteten sie zwischen die Marmorblöcke der geschleiften Paläste. Nachts klangen die auflaufenden Wellen, wie das Murmeln der von Rom geschlachteten Krieger. Heute ist das Areal vermutlich bewacht, aber wenn ich einen der Wächter bestechen kann, würdest du mit mir dort schlafen wollen?" Er fragt leise, zögerlich, das Singen des auffrischenden Winds in den Aufbauten übertönt seine Stimme.

„Es wäre wunderbar", antwortet Sara, ohne zu zögern. „Aber es wird wohl nicht gehen, die Bilder im Internet zeigen das Areal eingezäunt, umgeben von Hotels."

Alban denkt an die Bar in Tanger, an die fette Bauchtänzerin, ihren kreisenden Nabel, und wie peinlich die Aufführung wurde, als ein paar betrunkene Männer ihr Geldscheine in den Büstenhalter steckten. In dieser Nacht hatten sie weit draußen am Strand geschlafen, wo die Brise vom Atlantik die Schnaken vertrieb. Ich kann es ihr nicht erklären, denkt er, sie googelt und hält das für die Wirklichkeit. Er denkt an das Ultraschallbild seiner ausgebuchteten Aorta und fragt sich, welchen Sinn eine Nacht mit Sara unter freiem Himmel hätte.

In Tunis nehmen sie ein Hotel in der Nähe Karthagos. Am nächsten Tag schlendern sie nur kurz durch das Ruinenfeld, wie hunderte andere Touristen auch und fahren weiter nach Süden, entlang der Küste bis Sfax. Von dort nach Westen, hinein in ein Land am Rand der Sahara. Bevor die Sonne untergeht, erreichen sie Sidi Bou Said, ein Hügeldorf aus zusammengewürfelten, weiß getünchten Steinhäusern. Sie übernachten und fahren am nächsten Tag nach Kairouan.

In der alten Annawanen Stadt will Alban so schnell wie möglich in die berühmte Moschee. Doch Sara besteht darauf zuerst ein Hotel zu suchen, zu duschen, und dann erst zu entscheiden, wie es weiter geht.

Als sie endlich vor der Moschee stehen, spürt Alban Saras Nervosität. Auf den letzten Metern vor dem Haupteingang, bedrängt von schreienden Händlern, wird es ihr zu viel. „Ich kann das nicht", sagt sie, und bittet Alban, sie ins Hotel zurück zu bringen. Auf seine besorgten Fragen reagiert sie nicht, will nur allein sein.

Verwirrt schlendert er durch die Souks, sieht die Gehänge, die billigen Dolche, Klingen aus schlechtem Stahl. Er riecht die Gewürze und registriert die Farben, die Geräusche, doch nichts verdrängt die Gedanken an Sara: Ihr Zurückweichen, der gehetzte Blick eines verwundeten Tieres, geht ihm nicht aus dem Kopf. Unkonzentriert stöbert er durch die Läden, bis er schließlich dem Werben eines Teppichhändlers folgt. Er akzeptiert das angebotene Glas Tee, lässt sich ein paar Exemplare zeigen und kauft, ohne den Preis zu drücken, einen kamelhaarfarbenen Ausleger.

Zurück im Hotel findet er Sara völlig verwandelt. „Ein Gebetsteppich, wie schön", sagt sie lächelnd, ohne sich weiter zu erklären. „Wenn es dir recht ist, könnten wir in die Moschee gehen, ich glaube, ich schaffe das jetzt."

Aus der Horde drängelnder Männer, die vor der Moschee ihre Dienste anbieten, spricht sie ein junger Mann an. Student für arabische Geschichte sei er, und Godfrey heiße er. „Ich habe Sie bei dem Teppichkauf beobachtet", sagt er zu Alban, in blütenreinem Französisch. „Gute Verhandlungstaktik, ich hätte keinen besseren Preis erzielen können. Würden Sie mir erlauben, Ihnen die Moschee zu zeigen?", fragt er Sara.

„Eine Frau in der Moschee, ich weiß nicht…", sagt sie zurückhaltend. „Ich möchte niemand beleidigen."

„Keine Sorge, heute kommen viele Frauen, wir müssen ja nicht mitten durch den großen Gebetsraum gehen."

Über einen Seiteneingang gelangen sie in den Innenhof, umgeben von Säulenarkaden, die jede Klosteranlage zwergenhaft erscheinen lassen. Sara schlingt ihr Tuch enger um den Kopf. Sie bewundert die Weite des Platzes, während der Führer leise auf Alban einredet.

Er spricht vom Kalifat, das die Moschee zu einer der heiligsten Stätten der Araber machte. Von hier wurden die Heere nach Westen, über die Meerenge von Gibraltar und weiter nach Spanien getrieben, sagt er.

Der junge Mann redet sich in Rage, froh jemand gefunden zu haben, der ehrlich interessiert scheint. „Und jetzt zeige ich Ihnen das Innere, keine Sorge, niemand wird sie belästigen", sagt er zu Sara. „Sie werden entzückt sein."

An den Wänden des weitläufigen Gebetsraums prangen Kacheln mit stilisierten Palmen. Den Boden bildet ein Mosaik aus Schlangenmotiven. Die Decke trägt ein Wald aus schlanken Granitsäulen mit verzierten Kapitellen. Rot-weiß gemusterte Teppiche bedecken den Steinboden.

Wie in Córdoba, denkt Alban. Sie haben ihre Kultur in den Norden getragen, aber wir wollten sie nicht haben.

Nach der Führung laden sie den jungen Mann zum Tee ein. Dabei entwickelt sich ein lebhaftes Gespräch über den arabischen Frühling. Das Gesicht des Mannes verdunkelt sich, als er von den Kamelreitern auf dem Tahir Platz berichtet. „Mongolen", sagt er, „die in die Menge preschten, um alles niederzutrampeln, was sich ihnen in den Weg stellte. Von der Regierung bestellte Widerlinge. Ich konnte nicht bleiben."

Spontan reicht er Alban die Hand. „Ali Talib ist mein wirklicher Name, Godfrey benütze ich nur bei westlichen Besuchern." Nach kurzem Zögern, als müsse er sich überwinden, reicht er auch Sara die Hand. „Meine Familie lebt in Ägypten, ich bin nur hier, weil ich glaube, von Tunesien aus besser nach Europa zu kommen. Zuerst muss ich aber noch Geld verdienen, Europa soll mich nicht als Bettler empfangen. Im Kopf bin ich seit langem ein Flüchtling, entschlossen, ganz oder gar nicht zu leben. Und ich werde niemandem gestatten, auf mich herabzublicken, weil ich nur ein frischgebackener Flüchtling bin. Auch keinem Somalier, Afghanen oder

Palästinenser, der schon zweimal flüchten musste, und sich damit brüstet, ein doppelter Flüchtling zu sein."

„Aber wir haben nicht auf Sie herabgeblickt", sagt Alban verblüfft.

„Nicht hier, aber Sie werden, wenn wir uns in Europa treffen", sagt Talib.

Sara schüttelt den Kopf, sagt, dass sie Jüdin ist, auf die auch herabgeblickt wird.

Auf einmal betrachtet er sie voller Interesse. „Sie sind die erste Jüdin, die ich kenne. Sie sehen anders aus, als ich sie mir vorgestellt habe."

„Wie sieht denn ein Jude aus?", fragt sie.

„Aggressiv, verbiestert, nicht gut. Auf keinen Fall blond", sagt er, und lacht verschämt.

„Ich habe eine deutsche Mutter", sagt Sara. „Da kommen die blonden Haare her. - Und was denken Sie jetzt über Juden?"

„Dass sie so sind, wie alle anderen auch. Ich habe nichts gegen Juden, es ist der israelische Staat, der uns zu schaffen macht. Dabei bräuchten wir ihn, als Verbündeten auf unserem Marsch in die Moderne."

„Sie sind anders, als die meisten, die heute nach Europa flüchten", sagt Alban.

„Vielleicht. - Ich will nicht in einem kleinen Zimmer wohnen und auf Asyl warten, das ich höchstwahrscheinlich nicht bekommen werde, sollten Sie das meinen", sagt Talib. „Ich weiß, dass wir unsere Probleme allein lösen müssen, zumindest sollten wir es versuchen. Die Jahre, in denen wir alles auf den Kolonialismus schieben konnten, sind vorbei. Leute wie Camus oder Fanon würden heute anders argumentieren. Ihre Wut…, egal, ich langweile sie nur. Trotzdem werde ich ab morgen eine große Tasche aus Leder oder Segeltuch besorgen, in die ich alles stecken kann, was ich zum Flüchtlingsein brauche. In die werde ich sämtliche Papiere und Bestätigungen stecken, die ich bekomme, auch die Kondome und Babypillen, die wir armen Menschen erhalten, damit wir uns selbst abschaffen. Und ich werde meckern und meckern, und mich erst beruhigen, wenn sie mir erlauben, meine Geschichte zu erzählen. Alles werde ich in mein Asyl

Buch schreiben und einem Verlag geben, damit er es druckt. Darin werden der Okra-Schoten Eintopf meiner Großmutter und die hundertjährigen Grundbuchblätter unserer Ländereien in al-Hawi und al-Bakra vorkommen. Das Luntenschloss-Gewehr meines Großvaters, genauso, wie die weiße Reit-Eselin in seinem Besitz, deren Schönheit einem Abbasiden Prinzen gerecht wurde. All das werde ich niederschreiben."

Mit diesen Worten steht er auf, murmelt ein paar unverständliche Worte und geht.

„Was war das denn?", fragt Sara. „Ist er verrückt geworden?"

„Glaube ich nicht. Traumatisiert wahrscheinlich. Er musste reden, sonst hätte es ihn zerrissen. Wir waren nur seine Projektionsfläche, bis er merkte, dass es nichts bringt. - Wir haben keine Ahnung, was in den Köpfen dieser Menschen vorgeht. Ich dachte, als ich dir die Reise vorschlug, dass sie uns mit offenen Armen empfangen würden. Wie naiv ich bin. Der ganze goldene Halbmond ist tödlich verwundet, ich hätte es wissen müssen. - Jüdin? Deine Mutter war deutsch und katholisch, hast du gesagt. Damit bist du keine Jüdin, auch wenn dein Vater Israeli war. Wo ist übrigens das H in deinem Namen geblieben?"

„Mutter hat es mir gestohlen. Sie wollte alles Jüdische in mir auslöschen als Vater starb, aber es ist ihr nicht gelungen."

„Weil er euch verlassen hatte?"

„Sie hat nie darüber gesprochen. Ist auch egal, es kommt darauf an, wie ich mich fühle."

Alban nickt. „Da bist du nicht allein. - Jonas wollte nach unserer Reise durch Nordafrika auch anders sein, er wusste nur nicht wie und was. Er begann zu lesen und fand in einem Geschichtsbuch eine Erzählung über das Gilgamesch Epos. Für eine Weile konnte er über nichts anderes reden, sah überall Parallelen, vor allem in den Religionen."

„Hat er dich genervt?"

„Nein, ich habe nur nichts verstanden, und hatte keine Lust mich da rein zu knien. Ur, die Zweistromkönigreiche, interessierte mich alles nicht. Mir ging es nur um meinen Aufstieg, Geld verdienen, unabhängig werden.

Zumindest das, was ich darunter verstand. Es dauerte lange, bis ich begriff…"

„Was, Lieber?"

„Dass das Leben mehr ist, als das Ansammeln von Sachen. - Lass uns zurück gehen, es wird kalt. Faszinierend dieser allabendliche Bruch der Temperatur am Rand der Wüste."

2

Es war ein Massaker, berichtete die Zeitung, die Sékou Allaye, der Lehrer, noch im Senegal in die Hände bekam, bevor er untertauchte. Männer und Jugendliche waren bis aufs Blut verprügelt, aus nächster Nähe erschossen, stranguliert worden. Der Gewaltausbruch der Milizen, die eigentlich die Menschen hätten schützen sollen, sei exzessiv gewesen, hieß es. Ein Richter hätte sagen sollen, was richtig und falsch war, aber er war nicht mehr da. Er ließ sich stattdessen in England interviewen. Geflohen war er bereits am Beginn der Unruhen. In dem Land, in dem er hätte richten sollen, gab es keinen Platz mehr für ihn.

Wochen zuvor war der Lehrer mit einer schwedischen Journalistin durch Dakar gezogen, hatte ihr Plätze gezeigt, die sie ohne ihn nie gefunden hätte. Er war sogar mit ihr zum Niger gefahren, weil sie das Innere Afrikas ‚erleben' wollte. Sékou liebte die Geschichte seines Landes, die Region zwischen der Sahara und den Weiten der afrikanischen Savanne. Er war glücklich, die strahlenden Augen der Kinder zu sehen, die gebannt an seinen Lippen hingen, wenn er ihnen von der Zeit erzählte, als Mali, das Land Mansa Musas, und die ganze Region, in der sie aufwuchsen, ein großes, geachtetes Königreich war.

Sprachen kamen leicht zu ihm, und wenn sich die Gelegenheit bot übersetzte er aus dem Französischen ins Englische. Er hieß zwar Sékou Allaye, aber alle, nicht nur die Kinder seiner Klasse, nannten ihn Lehrer, weil es ihm gelang komplizierte Zusammenhänge verständlich zu machen.

Als Abdoulaye Wade, dem sie Klientelismus und Verschwendung vorwarfen, nicht weichen wollte, hatte der Lehrer mit anderen jungen Leuten protestiert. Sie wussten, dass sie mit Gefängnis rechnen mussten, aber das Risiko nahmen sie in Kauf. Sie wussten, dass nicht viele lebend herauskamen, wenn sie erst einmal in den versifften, von Ratten verseuchten Löchern gelandet waren, die sie Korrekturinstitute nannten.

Zurück von der Reise mit der Journalistin, als die Proteste auf den Straßen radikaler, dann blutiger wurden, bat er die Journalistin: „Bitte erzähl, was hier passiert. Wir Senegalesen sind nicht dumm, wir wissen, dass Frankreich Wade unterstützt, weil er Stabilität verspricht. Aber es ist die Stabilität einer Kolonie, nicht die der Freiheit." Die Journalistin machte sich viele Notizen, war immer freundlich, doch als er sie bat: „Nimm mich mit, wenn du gehst", lehnte sie unter großem Bedauern ab. Doch sie gab ihm ihre E-Mail-Adresse und zeigte ihre blendenden Zähne, bevor sie mit anderen Journalisten in das Flugzeug der Air France stieg, das sie zurück nach Europa brachte. Dort schrieb sie einen langen Artikel über die Zustände im Senegal, die autokratische Regierung eines Abdoulaye Wade, der partout nicht von der Macht lassen wollte. Die Welt wusste also Bescheid, sie las den Artikel und wandte sich anderen Zuständen zu, über die sie sich empören konnte, und im Senegal begann man die Guten und die Bösen zu zählen.

Sékou liebte seinen Beruf, vor allem liebte er die Gier der Schüler, die seinen Stoff aufsaugten, als wäre es ihr Evangelium. Aber dass der Lehrer auf einmal zu den Bösen zählte, als er nach der Abreise der Journalistin in ihr Klassenzimmer zurückkam, begriffen die Kinder sofort. Sie empfingen ihn mit betrübten Gesichtern, noch bevor der Direktor ihn in sein Büro rief.

„Jetzt dürfen wir von dir keine Geschichten mehr hören und kein Französisch mehr lernen?", fragten sie, als er zurückkam. Und als er nickte, begannen ein paar der Mädchen zu weinen. Nur einer der Schüler stand auf, ein Junge, den sie Leopold nannten, nach Senghor, dem ersten Präsidenten der Republik, und bedankte sich bei dem Lehrer. Der hielt den Jungen für den Aufgewecktesten von allen, auch wenn er seine Eltern immer wieder aufs Neue überzeugen musste, ihn zur Schule zu schicken. Er wollte ihn umarmen, ihm zeigen wie sehr er ihn mochte, doch er ließ es, als er merkte, wie ihm die Tränen kamen. Ein Lehrer darf nicht vor seinen Schülern in Tränen ausbrechen, dachte er, als er das Klassenzimmer verließ.

Draußen wartete ein Polizeiwagen bereits auf ihn. Sie brachten ihn ins Gefängnis, das sie Korrekturinstitut nannten, und nahmen ihm als erstes das Geld ab, das er durch die Journalistin verdient hatte. Dann behielten sie ihn drei Tage lang in einer Zelle, ohne Wasser, ohne Toilette, mit nur einem Kübel für die Notdurft. Zwanzig andere Männer lagen, hockten, stöhnten in der Zelle. An schlafen war nicht zu denken, doch manchen gelang es im Stehen trotz allem.

Als sie ihn entließen, ohne ihn je angeklagt zu haben, wusste er, dass er nicht bleiben konnte. Sie hatten seine Bücher über Franz Fanon, Gunnar Myrdal, Sartre und andere linke Autoren konfisziert. Es war nur eine Frage der Zeit, bis sie wiederkommen würden.

Bevor er ging, musste er sich vom Großvater verabschieden. Und als er ihn umarmte, stieg eine tröstliche Wärme in ihm auf, die ihm fehlen würde. Von Kindesbeinen an hatte ihn der Großvater gelehrt, dass man sich bei der Begrüßung nach dem Wohlergehen der Angehörigen erkundigte, nach den Kranken und Gesunden, den Neugeborenen und Alten. Dass man ohne Eile nach allen Einzelnen fragte, denn nur so können zwei Bekannte, die sich auf der Straße begegnen, begreifen, dass sie größer sind als nur sie selbst. Teil einer Gemeinschaft mit Sinn und Beständigkeit. Nicht wie die Weißen, die bei einem Treffen fragten: ‚Wie geht's?', und mit ‚Ganz gut, danke', antworteten, wie Steine, die vom Abhang des Lebens rollen, jeder für sich allein. Der Lehrer ahnte, dass sein neues Leben einsamer werden würde, keine Familie, keine Kinder, die ihm voller Bewunderung an den Lippen hingen.

Der restlichen Familie verschwieg er seinen Plan, denn was den Mund verlässt, können tausend Pferde nicht wieder zurückholen, heißt es. Die Mutter hätte es unmöglich geschafft, die Tränen zurückzuhalten, und die Nachbarinnen hätten es bemerkt, und mit dem Gerede hätte die Nachricht seines Weggehens noch vor ihm die Grenze erreicht.

Erst kurz vor der Abreise bat er die Mutter, ihm eine Rolle aus Dollarscheinen im Futter seiner Hose einzunähen. Auf ihre Frage: Wofür? sprach er über seinen Plan, worauf sie weinte, wie er es vorhergesehen hatte. Aber es war nicht der Schmerz, es waren Tränen des Glücks, weil sie glaubte, dass ihm dadurch Jahre im Gefängnis, vielleicht sogar der Tod, erspart blieben.

Er fuhr nach Norden, in Nouakchott, hieß es, könne man mit Lastwagen durch die Westsahara Al Ayun erreichen, und von dort auf die Kanaren übersetzen. Es schien ganz einfach.

Die Fahrt war beschwerlich, aber nichts im Vergleich zu dem, was ihn erwartete, sobald er die Grenze zu Mauretanien überschritt. Ein Bus brachte ihn noch bis Nouakchott, doch dort wurde ihm in einem Moment totaler Erschöpfung das Geld gestohlen. Im Busbahnhof war er eingeschlafen, hatte geträumt auf dem Ast eines Baums zu sitzen, wo er minütlich erwachen musste, um nicht herunter zu fallen. Er träumte von Glück, Reichtum und Freiheit, in einem Europa, das er nur aus dem Fernsehen kannte. Und als er erwachte war das Geld und die Fahrkarte für die Weiterfahrt weg. Der Dieb musste ihn beim Kauf der Fahrkarte beobachtet haben, vielleicht einer wie er, der nach Norden wollte, und zuvor gestrandet war. Ihm sei's vergönnt, dachte der Lehrer erleichtert, als er das Bündel Dollars im Futter der Hose erspürte. Vor allem aber, weil ihm der Dieb das Telefon gelassen hatte. Das Telefon, das ahnte er längst, war wichtiger als Geld. Es war seine einzige Verbindung zur Familie im Senegal, die einzige Rettung in der Wüste, sollte der Schlepper falschspielen, und ihn ohne Grund in einem Meer aus Sand und Steinen zurücklassen.

Es gelang ihm einen Platz auf der Pritsche eines Lasters zu ergattern, der nach Atar, am Fuß des Massif de l'Adrar, fuhr. Sie warnten ihn, nicht über die Westsahara zu fahren, zu viele Menschen verschwänden dort auf Nimmerwiedersehen. Und die Polisario rüste wieder auf. Erst im Norden, an der Grenze zu Marokko wäre es wieder sicherer, die Strecke von Bir Mogrein bis Al-Ayun könne er nehmen.

Als er auf dem Lastwagen saß, in der prallen Sonne, zusammen mit anderen Stummen, die der Fahrer gegen einen überhöhten Betrag eingesammelt hatte, dachte er an das, was ihm die Mutter mitgegeben hatte: Die Felsen, an denen du in der Wüste vorbeifährst, sind die Knochen der Vorfahren. Der Himmel ist die göttliche Hand, die dich ans Meer aus der Gefahr hinausführt. Du darfst den Zustand stummen Jubels nicht verlassen, der dich umgibt, seit du Senegal verlassen hast. Ein Sieg gegen die, die dir

Böses wollen. Und du darfst nicht weinen vor Angst, deine Verzweiflung nicht vor dir hertragen, sonst wirst du zum Opfer, und sie werden dich töten. Und vergiss nicht, wenn du die Grenze zu Marokko erreichst, dass du den Wachposten ein paar Scheine gibst. Für sie bist du wie alle anderen, kein Lehrer mehr. Ein Verbannter, ein Flüchtling auf dem Weg dorthin, wo man lebt, wie man es sich hier gar nicht vorstellen kann. Und wenn du einen Schlepper auswählst, tue es nicht wegen der Müdigkeit in seinem Blick, oder der Farbe der Augen, die dich an deinen Onkel erinnern, tue es wegen seines Telefons, des GPS, das er darauf hat. Denn ohne GPS in der Wüste seid ihr verloren.

Wer die Wüste durchquert, dachte der Lehrer, darf keine Angst empfinden. Jeder Gedanke muss auf das Vorwärtskommen gerichtet sein. Eine Grenze zu überqueren, eine unsichtbare Linie im Sand, und doch eine Linie, hinter der du nicht mehr geschlagen wirst.

Und dann kam alles ganz anders.

Der Laster ratterte durch die Nacht, das Licht der Scheinwerfer abgeblendet, um möglichst wenig Aufmerksamkeit zu erzeugen. Der Mond tauchte die Wüste in ein fahles Licht, das die Felsen wie Schemen tanzen ließ. Sterne wölbten sich über ihnen, doch sie hatten keinen Blick dafür. Wenigstens war die Pritsche des Lasters völlig offen, sonst hätten sie die Auspuffgase erstickt. Das Motorgeräusch des Diesels übertönte jedes Gespräch zwischen dem Fahrer und dem Mechaniker.

Der Lehrer fror, fragte sich, was besser war, die sengende Hitze des Tages, oder die an den Knochen nagende Kälte der Nacht. Gelegentlich tauchten Fahrzeugwracks aus der Dunkelheit, ausgeweidet, bis auf das letzte verwendbare Teil. Blechhüllen, achtlos am Wegrand liegen gelassen. Verrostete und zerbeulte Monumente einer verfallenden Zivilisation.

Sie saßen eng gepackt, fahrendes Geld der Schlepper. Manchmal hielten sie an und verhandelten nach. Wenn einer kein Geld mehr hatte, ließen sie ihn zurück. Vielleicht fand sich ein anderer Laster, dessen Fahrer, in ein oder zwei Tagen, ihn aus Mitleid aufnahm. Wenn nicht, blieb ihm nur der Tod.

Als sich die Straße durch eine Gebirgskette windet, stehen ein Kleinlaster und ein Jeep quer und versperren die Weiterfahrt. Das Maschinengewehr, fest montiert auf der Pritsche des Pick-ups, schimmert im Mondschein. An ein Umfahren ist nicht zu denken. „Verdammt", sagt der Fahrer. „Ich dachte, sie hätten uns freie Fahrt zugesichert."

„Halts Maul", sagt der Mechaniker. „Ist mir egal, was mit denen da hinten passiert, hauptsächlich wir kommen ungeschoren davon. Lass mich reden."

Der Fahrer stellt den Motor ab und wartet. Eine unwirkliche Stille hängt über der Szenerie. Angst drückt die Köpfe der Flüchtlinge nach unten. Der Lehrer atmet ganz flach, um ja mit keinem Geräusch auf sich aufmerksam zu machen. Sogar das Schlucken seiner eigenen Spucke erscheint ihm zu laut. Ich hoffe, sie finden die Dollars nicht, denkt er.

Aus dem Jeep schält sich eine groß gewachsene Gestalt im Burnus und kommt auf sie zu. Eine Kalaschnikow hängt vor dem Bauch des Manns. Sein Haupt bedeckt ein schwarzer, lose gebundener Turban.

„Tuareg", flüstert der Mechaniker, „die sollte es hier im Norden eigentlich nicht geben."

Als der Mann den Laster erreicht, bedeutet er dem Fahrer und Mechaniker mit einem Wink der Maschinenpistole auszusteigen. Er untersucht sie nach Waffen, und als er nichts findet stöbert er kurz in der Kabine herum. Schließlich wendet er sich an die Männer auf der Pritsche und fragt etwas auf Arabisch. Als sie den Kopf schütteln, wiederholt er es auf Französisch: „Wo wollt ihr hin?" Als keiner antwortet, brüllt er: „Hey, ich hab euch etwas gefragt."

„Sie wollen nach Europa", sagt der Mechaniker. „Wir bringen sie ans Meer, wo sie auf die Inseln übersetzen können. - Warum haltet ihr uns auf, wir haben für eine freie Passage bezahlt."

„Nicht an uns. Außerdem hat dich niemand gefragt, lass die Leute selber reden."

„Es stimmt", sagt der Lehrer, der sich aufgerichtet hat und versucht, die Gesichtszüge des Manns zu entschlüsseln. „Man hat uns zugesichert, dass wir ungehindert nach Al Ayun kommen."

„Und das habt ihr geglaubt?", lacht der Mann. „Wie heißt du, du sprichst ein gutes Französisch? Etwas gestelzt würde ich meinen."

„Sékou Allaye, ich bin Lehrer aus Dakar. Die Gefängnisse im Senegal quellen über von Leuten wie mir. - Und wie heißt du?"

„Oh, ein gebildeter Mensch, und auch noch frech. Ich heiße Idrissu, meine Leute nennen mich Driss, wir kämpfen in diesem Abschnitt für die Freiheit der Südsahara. Besser du nennst mich Capitan, wir sind schließlich keine Freunde. - So jetzt zu euch", wendet er sich an die beiden Schlepper. „Was habt ihr denn bezahlt für die freie Passage?"

„Ich weiß nicht, wie viel bezahlt wurde, ich bin nur der Fahrer und der hier ist mein Mechaniker. Unser Boss sitzt in Ménaka, Mali, er hat gute Beziehungen zu al-Qaida. Ich weiß nicht, mit wem er sich arrangiert hat."

„Al-Qaida", sagt Driss, „die haben hier nichts zu sagen. Was sollen wir mit euch machen? Erschießen, die Munition wäre zu schade dafür. Also laufen lassen, wenn ihr in der Wüste verdurstet, ist es euer Problem. Glaubst du, dein Boss wäre bereit Lösegeld für euch zu bezahlen?"

Der Mechaniker zuckt nur mit den Schultern.

„Kannst du ihn erreichen?"

„Ich glaube schon?"

„Du glaubst?"

„Ich kann's versuchen."

„Auf was wartest du dann. Sag ihm, für fünfzigtausend Euro lassen wir dich und die Flüchtlinge ziehen. Das ist es vermutlich, was die auf der Pritsche bezahlt haben. Zweitausend für jeden oder so. Oder hast du das Geld sogar noch bei dir?"

„Nein, das ist längst auf einer Bank in Nouakchott."

„Schlecht für dich. Ruf an, aber sprich auf Französisch, ich will verstehen, was er sagt."

Der Mechaniker wählt eine Nummer, doch er erhält keine Verbindung. „Er ist nicht da", sagt er.

„Er ist nicht da", wiederholt Driss. „Du hältst mich wohl für einen Volltrottel. Tippst ein bisschen auf dem Telefon herum, und erzählst mir Geschichten von freier Fahrt und so. Dabei betreibt ihr beiden die Schlepperei wahrscheinlich auf eigene Rechnung."

„Sie haben uns auf einem Markt in Nouakchott aufgelesen und die Passage sofort kassiert", mischt sich der Lehrer ein. „Ich habe zweitausend Dollar bezahlt, was die anderen bezahlt haben, weiß ich nicht. Wir sind sofort losgefahren, nachdem sie kassiert hatten. Keiner war zuvor auf der Bank, um das Geld zu deponieren, es muss also im Auto sein."

„Oh, mein Freund, Sékou. Es lohnt sich also doch Freunde zu haben. Sieh im Handschuhfach nach, mal sehen, ob er recht hat", sagt er zu einem seiner Leute, die sich inzwischen zu ihm gesellt haben.

Der Mann geht zum Laster und kramt eine Weile in der Kabine herum, bis er eine Plastiktüte mit Geld, versteckt hinter dem Fahrersitz, hochhält. „Das ist es wohl, der Typ hat Recht gehabt."

„Nicht schlecht, Sékou. So einen wie dich, der die Augen und Ohren offenhält, brauchen wir. Dich nehmen wir mit, und das Geld natürlich auch", lacht er. „Ihr anderen könnt weiterfahren, seht zu, wie ihr durchkommt. - Los Sékou, du gehörst jetzt zu uns."

„Ist das eine Einladung, oder ein Befehl?"

„Egal, auf jeden Fall kommst du mit uns. Was wir mit dir anfangen hängt von Youssuf, unserem Kommandanten ab."

Der Mann, der das Geld gefunden hat, hilft dem Lehrer von der Pritsche des Lasters und führt ihn zum Pick-up. „Soll ich ihn fesseln?", fragt er.

„Nicht nötig, wo soll er denn hin, ohne Wasser, ohne Telefon. Er scheint ein vernünftiger Mensch zu sein, und wird ganz brav mit uns kommen. Nicht wahr Sékou?"

„Wohin?", fragt Sékou, als er zu den anderen Männern auf dem Pick-up steigt.

„Das erfährst du noch früh genug."

Sie fahren die ganze Nacht, Hunger und Durst beißen den Lehrer, aber er achtet nicht darauf. Eine enorme Anspannung nimmt ihm die Luft. Er besteht nur noch aus düsteren Gedanken und Schreckensbildern, fühlt sich bedroht, will einschlafen, hoffend, dass alles nur ein böser Traum ist. Bilder von Dakar kommen und gehen, die Jakaranda Bäume im Schulhof, das Lachen der Kinder, wenn sie ihre Plätze in der Klasse einnahmen. Er will reden, irgendetwas sagen, aber der Nebenmann ist eingeschlafen. Der Fahrer und ich sind die einzig wachen, zwei Verdammte in der unendlichen Weite der Wüste, denkt er.

Die Gedanken türmen sich zu einem unentwirrbaren Knäuel. Er denkt an die Geschichte von dem stummen Sklaven, dem die Tuareg die Zunge abgeschnitten haben, weil sie sein Gerede nicht mehr ertrugen. Dessen Hass auf all jene, die ihn in der Wüste schutzlos zurückließen, und er fragt sich, ob ihm ähnliches passiert.

Kurz nach Sonnenaufgang erreichen sie eine Ansammlung niedriger Lehmhäuser am Fuß eines lang gezogenen Felsmassivs. Zwischen den Häusern liegt ein kleiner, freier Platz, wo sie den Jeep und den Pick-up mit dem Maschinengewehr parken. Wie aus dem nichts tauchen Frauen auf, die Driss und die anderen Männer freudig begrüßen, während sie den Lehrer misstrauisch beäugen. Nach einem kurzen Austausch mit Driss geben sie dem Lehrer zu essen und zu trinken. Danach fordert ihn Driss auf, in ein schmutziges, fensterloses Loch mit versiffter Matratze und einem Kübel für die Notdurft zu kriechen. „Youssuf, unser Anführer, ist noch nicht zurück", sagt er. „Er entscheidet, was mit dir geschieht. Bis dahin musst du wohl oder übel mit unserem Gefängnis vorliebnehmen."

3

Abends will Sara hinaus aus der Stadt. „Die Wüste riechen, Sand zwischen den Zehen spüren, dort, wo er noch sauber ist", sagt sie.

Alban erfüllt ihr den Wunsch gerne und wählt eine Hügelkette, die ihm schon bei der Herfahrt auffiel. Als die Straße nahtlos in die flache Umgebung übergeht, fährt er eine Weile querfeldein durch felsig, sandiges Gelände, bis es kaum noch Plastikbeutel und anderen Auswurf der Zivilisation gibt. Steine prasseln gegen den Unterboden des BMW, der eine lange Staubfahne hinter sich herzieht.

„Doch gut, dass wir einen hochbeinigen Geländewagen haben. Hätte nicht gedacht, dass ich ihn jemals in der Wüste fahren würde."

„Warum hast du überhaupt so ein Ungetüm gekauft?"

„Ist geleast. Die Klinik macht so etwas."

Er parkt das Auto am Fuß eines Hügels, und sie steigen über sonnenverbranntes Gestein nach oben. In der Ferne liegt die nächtliche Stadt, wie ein Teppich blinkender Glühwürmchen vor ihnen.

Plötzlich frischt der Wind auf und verstärkt sich innerhalb von Minuten zum Sturm. Sand dringt in Mund und Augen. Dann, genauso schnell wie der Wind aufbrauste, flaut er wieder ab und eine unwirkliche Stille kehrt zurück.

Es ist die Wüste, die Vater gesucht hat, als er zurück ging, denkt Sara, nicht der Sand, die Steine, die Hitze, es ist die Stille unter einem klaren Sternenhimmel. Es war kein Ort, an den er mich mitnehmen konnte, eher ein Gefühl, eine Erinnerung, an die eigene Vergangenheit. - Sie nimmt Albans Kopf in beide Hände und presst ihre Lippen auf seinen Mund. Dann sucht sie sein Glied. Als sie spürt, wie es versteift, packt sie es aus und nimmt den Penis in den Mund, bis er kommt. Danach legt sie sich entspannt neben ihn auf den noch warmen Felsen: „Danke, dass du mich mitgenommen hast. - Ich hatte fürchterliche Angst vor dieser Moschee, aber ich wollte es dir nicht zeigen. Eine Jüdin in ihrem Gotteshaus, das kann nicht gut gehen, dachte ich, und plötzlich schwappte der ganze Albtraum der Nazis in mir hoch. Ich konnte mich nicht dagegen wehren."

Sie ist so Viele gleichzeitig, denkt Alban, verwundert über den Wechsel der Stimmungen von einem Moment auf den anderen. „Warum hast du nichts gesagt?"

„Die Angst schnürte mir die Kehle zu. Ich fürchtete in einem Meer von Feinden zu ertrinken. Komisch, es war der Gebetsteppich, der mich beruhigte. Ein schönes Geschenk. Menschen, die sich mehrmals am Tag zum Gebet verbeugen, können nicht alle Mörder sein, dachte ich. Das Denken eines kleinen Mädchens, ich weiß", lacht sie. „Und dann half Talibs ruhige Art, wie er voller Respekt für seine Kultur, die Moschee erklärte. Er war so stolz.

Und als er die ganze Not eines Flüchtlings vor uns ausbreitete, entschlossen, für einen Traum von Europa, seine Wurzeln, seine Empfindungen hinter sich zu lassen, begriff ich, wie sehr wir uns ähnelten. Zwei entwurzelte Seelen auf der Suche nach Geborgenheit und Anerkennung. Jetzt brauchst du dir um mich keine Sorgen mehr zu machen."

Entwurzelt, warum glaubt sie das, denkt Alban. „Deshalb hast du dich benommen, als wärst du Luft, um ja nicht anzuecken? Ich hab's gemerkt, aber nicht verstanden warum."

Sara nimmt einen Schluck Wasser, spült den Mund aus und reicht Alban die Flasche. „Was hast du gemerkt?"

„Dass du ein anderer Mensch geworden bist, seit wir in Nordafrika sind. Ich wusste nur nicht welcher."

„Ich bin Jüdin, Alban, das war mir noch nie so klar wie hier. Auf einmal ist all das Deutsche in mir wie weggeblasen." Zögernd sucht sie seine Augen.

„Liest du nicht zu viel in die Religion?", fragt er nachdenklich, und streicht ihr übers Haar. „Für mich bist du eine schöne Frau, die mit mir durch Nordafrika reist, weil sie neugierig ist. Und für die Menschen hier bist du sowieso eine Deutsche."

„Du willst mich nicht verstehen. Du hast keine Zweifel, akzeptierst den Rucksack der deutschen Vergangenheit, und damit hat sich's für dich. Bei mir dagegen wächst, je älter ich werde, ein Gefühl des Ausgeschlossenseins."

Er richtet sich auf und sieht auf das Glitzern der Stadt. „Hör auf, Sara, du bist nicht allein. Ich liebe dich, egal welche Religion du wählst. - Wir sollten zurückfahren, es wird kalt."

„Ich glaube, du machst es dir zu leicht."

„Vielleicht. Aber deine komplizierten Gedanken bringen uns nicht weiter. Ich gebe zu, immer mal den Kopf aus meinem Alltag rauszustrecken, ein Mini-Abenteurer gewissermaßen", lacht er. „Aber das reicht nicht für die großen Fragen. - Du hast gesagt, zuweilen das Gefühl zu haben, zu dritt im Auto zu sein. Es stimmt, Jonas geht mir nicht aus dem Kopf, weil ich bei ihm alles falsch gemacht habe. Ich hätte für unsere Reise eine andere Route wählen sollen, eine, auf der es nur uns beide gibt. Verzeih mir, es war ein Fehler. Aber ich möchte, dass du weißt, wie viel du mir bedeutest, Sara. Bei dir will ich keine Fehler machen…" Alban steht auf, reicht ihr die Hand und zieht sie hoch. Er küsst sie, legt ihr die Jacke um die Schultern und presst sie an sich. „Wenn es diesen Abenteurer in mir nicht gäbe, würde ich womöglich Bilanzen fälschen, und wir beide wären nicht hier", lacht er.

„Denkst du zuweilen an den Tod?"

„Ja, manchmal."

„Du machst keine Fehler, Alban, nicht bei mir."

Zwei Tage später erreichen sie am späten Nachmittag Algier. Das Hotel liegt in der Nähe des Hafens, vom Zimmer aus können sie das Meer sehen. Über Saras Judentum haben sie kein weiteres Wort verloren.

Während sie in einem kleinen Café am Rand der Altstadt die Menschen auf der Straße beobachten, sagt Alban eher beiläufig. „Die Stadt hat sich verändert, damals gefiel mir Algier nicht, es herrschte eine Spannung, die fast körperlich zu spüren war. Erst später begriff ich, als ich Fanon's

Verdammte dieser Erde las, dass die Algerier wohl noch mit den Traumata des Bürgerkriegs beschäftigt waren. Fanon spricht von Befreiungskämpfen, aber es war ein Bürgerkrieg zwischen Franzosen und Arabern. Franzosen, die gekommen waren, weil sie Algerien als Department betrachteten, weitgehend gleichberechtigt mit all den anderen Regionen Frankreichs. Die Algerienfranzosen betrachteten sich als Teil der französischen Geschichte, die sie heraus hob über alle anderen Europäer."

„Auch die Engländer?"

„Die besonders", lacht er, „aber im neunzehnten Jahrhundert hielt sich ja jeder Nationalstaat für exzeptionell, was bei uns Deutschen ganz schön in die Hose ging. - Aber die Algerienfranzosen, Harkis hießen sie, waren in den Augen der Festlandfranzosen nicht echt. Sie wurden als Außenseiter betrachtet", kommt Alban auf den ursprünglichen Gedanken zurück. „Auch deshalb wollten sie nicht zurück nach Frankreich. Und als die Kämpfe um die Unabhängigkeit begannen, waren sie es, die sich erbarmungslos gegen die Aufständischen stemmten. Die Araber, Terroristen in den Augen der Harkis, sahen das ganz anders. Für sie war Algerien ihr Land, das ihnen gestohlen worden war. Sie wollten ihre eigene Geschichte, nicht länger das Anhängsel Frankreichs sein. Ein unlösbarer Konflikt. Am Ende verloren beide Seiten. Die Harkis hassten Frankreich für das, was es ihnen angetan hatte. Und die jungen Araber, die es trotz widriger Umstände nach Paris oder Marseille geschafft hatten, landeten in den Banlieues."

„Und Fanon, ist es derselbe, den Talib erwähnt hat?"

„Ja, ein linker Philosoph und Soziologe, der alle Schuld für die Misere der Dritten Welt im Westen ablud. - Jonas und ich waren zu jung, um zu verstehen, was damals in den Köpfen der Leute vorging."

„Und was siehst du jetzt?"

Er zieht eine Grimasse, als fände er die Frage zu simpel. „Frustration, eine Menge Hoffnungslosigkeit, etwas Nostalgie, als wäre die Zeit stehen geblieben. Aber ich tue ihnen sicherlich unrecht. - Noch einen Pernod?"

„Nein danke, ich bin schon leicht beschwipst."

„Damals gab es überhaupt keinen Alkohol. - Vor der Reise hatte ich Camus' *Der Fremde* gelesen, deshalb sah ich überall die harte, weiße Sonne in den Augen der Araber, wie er sie darin beschreibt. Dabei war es nur das Misstrauen einer verwundeten Stadt. Ich mag Algier immer noch nicht."

„War Camus ein Harki?"

„Er ist in Algerien geboren."

Sara nickt, wie ein kleines Mädchen, das ihrem Vater zuhört. „Warum, glaubst du, hat er die harten Augen erwähnt? Was ist so besonders daran?", fragt sie nach.

„Eine Metapher vermutlich. Vielleicht meinte er damit den Krieg. Vielleicht sah er auch nur sich selbst in den Augen der Anderen. Letztlich sehen sich alle immer nur in den Augen des Anderen."

„Was meinst du? Dass ich dich nicht sehe, wie du bist, sondern so, wie ich dich gerne hätte?"

„So ähnlich. Alles, was wir sehen, ist Information, die uns das Gehirn liefert. Wie können wir daher etwas anderes wahrnehmen, als uns selbst, mit all den Vorurteilen und Meinungen, die sich in uns angesammelt haben."

„Hm. Das hast du schon als junger Mann gedacht?"

„Nein", lacht er.

„Was hast du damals gesehen?"

„Ablehnung, die ich nicht einordnen konnte."

„Und heute?"

„Viel Hass bei den Einen, und Sehnsucht bei den Anderen, nach einem Leben, das mehr bietet, als das Warten auf den nächsten Tag. Und du, was siehst du, Sara?"

„Ich mag die Blicke der jungen Männer nicht."

Alban nickt zustimmend. „Mir kommen sie ungeheuer frustriert vor. In ihren Augen sind wir Europäer Menschen, die sie ausgeraubt haben. Die jetzt mit dem geraubten Geld überall hinreisen können, an Orte, die ihnen verwehrt sind. - Sollen wir weiterfahren? Hier ist nichts, was mich noch interessiert."

„Ja", geht Sara sofort darauf ein, erleichtert, dass er nicht länger bleiben will.

Doch Alban ist noch nicht fertig: „Dabei konnte sich Camus ein Algerien ohne Franzosen gar nicht vorstellen", sagt er verträumt. „Die Araber haben in seinen Romanen keine Namen und kein Gesicht. Sie werden erschossen, verhaftet oder stehen zusammengeballt und bedrohlich auf der Straße. Wahrscheinlich sehe ich Algier immer noch durch seine Brille. Das ist nicht fair, aber so ist es nun mal mit Vorurteilen." Beiläufig legt er ein paar Scheine auf den Tisch und reicht ihr die Hand.

„Wenn wir durchfahren, glaubst du, wir schaffen es in einem Tag bis Fez?", fragt sie.

„Es kommt auf die Straße an."

Kurz vor der Grenze nach Marokko sieht Alban das Schild nach Sidi Bel Abbès. Er hält an, nimmt die Kamera von der Rückbank, und geht zurück zur Straßenabzweigung. Nachdem er ein Foto von dem Schild gemacht hat, kommt er grinsend zurück.

„Warum ausgerechnet dieses Schild?", fragt Sara.

„Es hat mit Jonas zu tun. Aber willst du es wirklich hören? Langsam müssen dir die Ohren klingen, wenn du seinen Namen hörst."

„Erzähl."

„Er hatte ein Motorrad gekauft, eine alte Kiste, die er vor dem Verschrotten rettete. Damit fuhren wir nach Paris, doch schon bei Nancy streikte der Motor. Uns blieb nichts anderes übrig als im Freien zu übernachteten und zu hoffen, dass er am Morgen wieder anspringen würde, was er dann auch tat."

„Warum im Freien, gab es kein Hotel?"

„Wir hätten kilometerweit zurückschieben müssen, außerdem hatten wir kein Geld."

„Ohne Geld nach Paris?"

„Das bisschen, das wir hatten, wollten wir nicht schon in Nancy ausgeben."

„Und wie ging es dann weiter?"

„Wie gesagt, der Motor sprang tatsächlich wieder an und wir schafften es bis Paris, wo das Motorrad mitten auf dem Place de la Concorde erneut den Geist aufgab."

„Es hört sich ziemlich stressig an."

„War es auch, aber das Beste kommt noch." - Ein flüchtiges Lächeln stielt sich auf sein Gesicht. „Wir hatten die Adresse eines deutschen Legionärs, der sich in Frankreich zum Kommunisten gewandelt hatte. Er lebte, zusammen mit seiner Frau, in einer Zweizimmerwohnung, in der Nähe der Porte de Clignacourt. Bei ihm konnten wir nicht bleiben, die Wohnung war zu klein, also brachte er uns bei einem Freund in dessen Café unter. Es kostete nichts, denn unser Zimmer wurde gerade renoviert und die Handwerker waren im Urlaub. Durch ein Loch in der Decke konnten wir die Sterne sehen. Glücklicherweise hat es die ganze Woche nicht geregnet."

„Wow", lacht Sara. „Habt ihr auch noch etwas anderes gesehen, als das Loch in der Decke?"

„Ja, die Clochards unten am Ufer der Seine. Einer von denen war ein Freund von Franz, so hieß der Legionär. Er hatte es nicht geschafft, nach der Legion ins normale Leben zurückzukehren. Franz hat ihn unterstützt, so gut er konnte." Alban schüttelt versonnen den Kopf, als sähe er die Bilder von damals vor sich.

„Auf keinen Fall ein Pauschalurlaub", lacht Sara. „Aber was hat das mit dem Schild nach Sidi Bel Abbés zu tun?"

„Dort, in Sidi Bel Abbés lag das Ausbildungslager der französischen Legion, wo Franz geschunden wurde, bevor es nach Indochina ging. Als ich das Schild las, dachte ich daran, wie er uns den Alltag im Lager beschrieben hatte, nur Schweiß, Sand und Gewalt. Ich fand damals, dass er zu stark auftrug, konnte mir einfach nicht vorstellen, wie es in so einem Lager zugeht."

„Und jetzt?"

„Ein hoffnungsloser Gedanke", sagt er traurig. „Was wäre gewesen, wenn Frankreich tatsächlich gesagt hätte: Ist doch klar, Algerier, ihr kriegt eure Unabhängigkeit, wir helfen euch sogar dabei. Stattdessen sind sie sich an die Gurgel gegangen. Es wurde ein Gemetzel, das auch noch weiter ging, als Algerien längst unabhängig war. Die Leute, die den Krieg gegen Frankreich gewannen, Militärs allesamt, waren schlechte Politiker. Kaum hatten sie die Macht, verhielten sie sich wie ihre Unterdrücker."

„Du denkst, es hat immer noch mit dem Kolonialismus zu tun?"

Er zieht die Schultern hoch und lässt sie sacken. „Mit was sonst? Dabei müssten sie längst allein klarkommen. Gutes Regieren muss man wollen. Aber wenn die, die führen, sich nur gegenseitig die Pfründe zuschieben, wird das nichts. Es gibt ein Wort dafür im Arabischen - Hogra - Verachtung, ursprünglich gegen den Staat, heute zunehmend die Ablehnung der Eliten. - Dieser Talib, in Kairouan, könnte einer von denen werden, die den Unterschied ausmachen. Er war bereit, sich auf die eigene Kraft zu verlassen. Das scheint mir der einzig gangbare Weg."

„Um den Westen zu kopieren?"

Alban betrachtet sie, als verstünde er nicht worauf sie hinauswill. „Nein, eher etwas, das zu ihrer Bevölkerung passt."

„Und der arabische Frühling? Was ist damit?"

Alban windet sich, als gäbe es darauf keine einfache Antwort. „Gilles Kepel, ein Franzose, der den goldenen Halbmond in- und auswendig kennt, meint, dass die Repression eher schlimmer geworden ist", sagt er nach kurzem Nachdenken.

„Du hast dich also doch tiefer eingelesen", sagt Sara, während sie die vorbeigleitende Landschaft betrachtet.

„Ich hab's versucht, so gut es ging. Aber das Thema ist komplex. In der ganzen Region wird in den nächsten Jahren der alte Gesellschaftsvertrag aufgekündigt, egal, ob das den Herrschenden passt oder nicht. Das Öl, das den Wüstensand in Glitzerstädte verwandelt hat, wird bald nicht mehr gebraucht. Damit gibt es weniger zu verteilen. Die Leidtragenden sind wie immer jene, die auch in der Vergangenheit nichts hatten. Nur diesmal haben sie das Internet, sie tauschen sich aus, begehren auf und gehen auf die Straße."

„Wo sie niedergeknüppelt werden, und dann fliehen sie übers Meer nach Europa. Und wenn sie es schaffen, landen sie in den Wohnkasernen der großen Städte, wo sie sich nach ihrem früheren Leben sehnen. Und mit jedem Tag, der vergeht, wird ihre Erinnerung daran goldener", ergänzt Sara mit hochgezogenen Brauen. „Ist es das, was du sagen willst?"

„Genau."

Am Spätnachmittag erreichen sie Fez. Ockerfarben leuchtet die Stadt in der untergehenden Sonne. Einer Luftspiegelung gleich schweben die Mauern über der Erde, doch sie sind real. Alban hält an und weist auf das dunkler werdende Bild. „Magisch, findest du nicht? Bin gespannt, ob ich in der Altstadt etwas wiedererkenne. Die Farbtröge der Wollfärber vielleicht. Sie stanken so bestialisch, dass wir sie gar nicht verfehlen können, falls es sie überhaupt noch gibt. - Was ist, du bist so verschlossen?"

Müde schüttelt Sara den Kopf. „Es war eine lange Fahrt."

Außerhalb der Altstadt finden sie eine Garage, die angeblich sicher ist. Ein kleiner Junge bringt das Gepäck für ein Trinkgeld auf seinem Handkarren ins Hotel. Beim Einchecken erwähnt der Concierge ganz beiläufig das Flamenco Ensemble aus Andalusien, das später am Abend ein Gastspiel gibt.

„Ich würde es gerne sehen", sagt Sara. „Nach einer Dusche bin ich wieder wach."

Die Bühne schwarz, in der Mitte der Gitarrist im Fokus der Scheinwerfer. Akkord um Akkord ringt er sich ab, als suche er noch den Zugang zur Musik. Dann tritt die Tänzerin auf die Bühne. Lange steht sie unbeweglich da, wirkt, als wolle sie eins werden mit der Musik. Das Licht der Scheinwerfer verwandelt ihr enganliegendes, rotes Seidenkleid in eine Blume. Zuweilen untermalt sie das Spiel des Gitarristen mit einem gutturalen Dalé. Langsam schwillt ihr Sprechgesang an, das Leid und die Einsamkeit, die Härte der spanischen Dörfer in alten Zeiten besingt sie voller Inbrunst.

Immer schneller fließen die Wörter, untermalt von den rhythmisch klatschenden Händen. Die Augen hält sie geschlossen, als könne sie die Bilder, die sie in Töne verwandelt, nur in der Dunkelheit ertragen. Bilder der weiten Ebenen Spaniens, der Boden hart und staubig unter den Stiefeln der Feldarbeiter. Gefühle von Liebe und Hass wallen auf, und fallen in sich zusammen.

Ein schwarz gekleideter Mann betritt die Bühne. Er wirft die schulterlangen Haare zurück und lässt die mit Eisen bewehrten Absätze explodieren. Der Boden beginnt zu beben, dabei hängen die Arme über dem Kopf, als wären sie in der Gewalt eines Puppenspielers. Die Frau singt mit wachsender Intensität. Sie steigert das Stakkato und blendet ein in den Wirbel der Beine des Mannes. Die Schleppe ihres Kleids wird zur Muleta, er zum Stier.

Nach der Aufführung sitzen Alban und Sara für eine Weile gedankenverloren in der Bar, bis Alban fragt: „Was denkst du?"

„Großartig", sagt Sara. „Das Leid, das Land, Andalusien, ich konnte es spüren."

Ohne ein Wort presst er ihre Hand. Mein altes Leben ist vorbei, denkt er, ich werde es hinter mir lassen, wenn mir die Zeit dazu bleibt.

Später lieben sie sich, als wäre es ein krimineller Akt. Er umfasst ihre Taille, halb Weib, halb Gefäß, in das er sich ergießt. Sie stöhnt in Agonie, wie ein Tier dem Tod nahe. Sie kollabieren in Strömen von Schweiß.

Als eine Brise die Gazevorhänge bläht, erwacht er, weiß nicht, wo er sich befindet. Sie schläft, atmet ruhig, der Körper lang, delikat, fast knabenhaft. Ein Schatz, denkt er, während er sie voller Bewunderung betrachtet. Langsam kriecht ihre Hand aus den Betttüchern, und schließt sich leicht um sein Glied. Als es anschwillt, kniet sie sich über ihn und nimmt ihn auf.

„Ich habe die falsche Frau geheiratet", sagt er, während er ihren schlanken Rücken betastet. Er spürt die weiche Innenseite ihrer Schenkel, fühlt die kleine, feste Brust auf seiner Haut. Nie zuvor hat er den Körper einer Frau so empfunden. Mit absoluter Klarheit erkennt er, dass es keinen Menschen gibt, dem er sich je zuvor so vollkommen anvertraut hat.

Draußen wacht die Straße auf, aus den Nachbarräumen dringt kein Laut. Sie geht ins Bad, kommt zurück und kriecht wieder ins Bett. „Alban?"
„Ja, Liebe?"
„Darf ich dich etwas ganz persönliches fragen?"
„Egal, was du willst."
„Wenn Männer eine Affäre haben, schlafen sie dann immer noch mit ihren Frauen?"
„Keine Ahnung, aber ich würde meinen, ja. Meine Frau, falls du darauf anspielst, macht sich nichts aus Sex. Ich war lange abstinent."
„Schade, es ist schön mit dir. Ich hatte gehofft, es wäre ich."
„Aber du bist es doch."
„Ich bin mir nicht sicher. War es nie, bei noch keinem Mann. Vielleicht, weil ich meinen Vater so früh verloren habe. Vielleicht denkt etwas in mir, dass Männer so handeln müssen. Einfach weggehen, wenn man sie am meisten braucht."
„Ich werde nicht weggehen", sagt er, und streicht ihr mit dem Finger über die Brust bis zum Nabel. „Erzähl mir von deinem Vater."
Sara legt sich auf die Seite, eine Brust schmiegt sich an seinen Arm. Er spürt ihre Wärme. „Ich glaube, ich gebe ihm die Schuld für die Zerrissenheit in mir. Manchmal denke ich, er hätte keine deutsche Frau heiraten und jahrelang in Deutschland leben dürfen. Der Schatten von Auschwitz hänge über ihm, sagte er einmal. Gleichzeitig wollte er raus aus seiner jüdischen Ecke, wie er es nannte. Und doch entschloss er sich nach Israel zu gehen, um zu kämpfen. Er musste es nicht tun, das Land verteidigen, meine ich. Sie hatten genug Soldaten, die viel besser ausgebildet waren als er. Doch er empfand den Krieg als Affront. Für ihn war es eine Frage der Ehre, sich gegen die Araber zu wehren, die ausgerechnet am heiligsten jüdischen Feiertag angegriffen hatten."
„Es machte ihn wieder zum Juden. Er konnte nicht anders."
„Doch. Ich hätte so gerne noch von ihm gehört, was ihn wirklich dazu bewogen hat. - Plötzlich habe sein Leben einen Sinn, schrieb er in seinem letzten Brief. Drei Tage später hat ihn der Splitter einer Panzergranate

getötet. Die Israelis gewannen den Krieg, aber da lebte Vater schon nicht mehr."

„Wie alt warst du, als er euch verließ?"

„Fünf, sechs, so genau weiß ich es nicht mehr. Ich saß gern neben ihm, während er mir auf der Gitarre selbst gedichtete Lieder vorsang. Er war Theatermann, seine Welt fand auf der Bühne statt, dort hätte er sich beweisen können. Aber das hat ihm wohl nicht gereicht. Alles wäre besser gewesen, als dieses anonyme Sterben in einer abweisenden Wüste. Vielleicht war er ein Träumer, aber ich war zu klein, um zu verstehen."

„Wie hieß er?"

„David. Als sie noch gut miteinander waren, nannte er Mutter: Meine Bathseba, als hätte er sie einem König geraubt. Sie lachten darüber, und ich war glücklich. Ich glaube, er war stolz eine Deutsche zur Frau zu haben, auch wenn er sie nie ganz verstand."

„Bist du deshalb mit auf die Reise gegangen, weil du die Wüste sehen wolltest? Weil du wissen wolltest, wo er starb, und Angst hattest, es allein nicht zu schaffen?"

„Nein, ich wollte bei dir sein."

„Weil ich fast so alt bin wie er es heute wäre?", bohrt er nach.

„Nein, ich liebe dich. Vater ist tot, du lebst. Dabei mache ich denselben Fehler wie Mutter: Verliebe mich ausgerechnet in einen Deutschen."

Er dreht sich zu ihr und küsst sie auf beide Augen. Soll ich es ihr sagen, denkt er. Vielleicht verachtet sie mich danach, wie Anna: „Es gab eine Situation in meinem Leben, die mich immer noch verfolgt. Ein Mensch starb unter meinen Händen…"

„Du zögerst, willst du wirklich darüber reden?"

„Du hast Recht, vielleicht ein andermal. - Wie hat deine Mutter reagiert, als ihr Mann ging?"

Fröstelnd kuschelt sie sich tiefer in seine Armbeuge. „Sie hat es nie verwunden. Und sie hat es mich spüren lassen. Ich durfte nicht länger in der interkonfessionellen Schule bleiben, die Vater für mich ausgewählt hatte. Ich war gern dort, mochte die Verschiedenartigkeit der anderen Kinder, aber ich musste in ein katholisches Internat. Als ich sie fragte, weshalb, sagte sie, sie müsse alles Jüdische in mir ausrotten, es brächte mich um, wenn ich älter würde. Es beschäftigt mich noch heute."

Alban zieht seinen Arm unter ihrem Körper hervor, stützt sich auf den Ellenbogen und betrachtet ihr blondes, verstrubbeltes Haar, die glatte, sonnengebräunte Haut. „Vermutlich konnte dein Vater nicht anders handeln, als in diesen Krieg zu ziehen. Du solltest stolz auf ihn sein."

„Stolz?", fragt sie, mit feuchten Augen. Mit einer lästigen Handbewegung wischt sie die Tränen weg. „Er hat uns verraten. Mutter sagte, er hätte ein anderes Leben gewählt."

„Er hat euch nicht verraten, Sara. Er ging in den Krieg, weil er sich seinem Land verpflichtet fühlte. Das ist etwas anderes, als sich heimlich davonstehlen. - Ich bin auf einmal todmüde, lass uns morgen weiterreden."

Er versucht sich aufzurichten, doch ihn schwindelt. Sein Vater kommt ihm in den Sinn, ein Mann, den der Krieg gebrochen hatte. Die Kindheit in den Aufbaujahren nach dem Krieg, wo die Mutter die Hauptlast tragen musste. Die schäbige Wohnung mit den Eiskristallen an den feuchten Wänden, und der schale Geschmack von Brotsuppe. - Sara macht mir keine Vorwürfe wegen des Leids, das wir Deutsche den Juden zugefügt haben, denkt er noch, bevor ihm dunkel vor den Augen wird.

„Was ist, Alban, bitte, du bist so blass", hört er Saras Stimme aus weiter Ferne.

Mit letzter Kraft reißt er sich noch einmal hoch. „Vor ein paar Minuten, als ich dir zuhörte, dachte ich, es wäre nur eine kleine Schwäche, aber es ist anscheinend mehr. Ich bin eine leidlich funktionierende Maschine, in der seit Jahren ein kleines Rädchen knirscht." Er klingt fast erleichtert, als hätte er seit langem auf den Moment gewartet. „Und wenn es ausfällt, geht die ganze Maschine kaputt."

„Was heißt das, bitte hör auf in Rätseln zu reden", sagt sie entsetzt. „Du warst so voller Kraft, hast dich überanstrengt. Es geht vorbei."

„Nein, meine Liebe. Wenn stimmt, was ich vermute, verblute ich gerade innerlich. Ein Aneurysma in der Beckenaorta ist jetzt wohl aufgebrochen."

„Du hast es gewusst?"

„Ja, inoperabel, ich hätte auch noch Jahre damit leben können, aber nun…. Es ist, wie es ist. - Versuch erst gar nicht einen Arzt zu rufen. Bitte hilf mir, mich aufzusetzen, und bring mir den Morgenmantel. Ich möchte nicht nackt gefunden werden. Sag ihnen, dass ich schon tot war, als du aus dem Bad kamst. Lass mich einäschern, und vielleicht schaffst du es bis nach Casablanca, um meine Asche ins Meer zu streuen. Dann hätte ich es doch noch geschafft. Es war wunderbar mit dir."

Er klingt so anders, nicht wie ich ihn zu kennen glaubte, denkt sie. „Alban, bitte, ich bringe dich ins Hospital, du bist stark, du wirst leben. Ich will nicht, dass du stirbst."

„Ich auch nicht." Er spricht stockend, ist kaum noch zu verstehen. „Es tut mir leid", stammelt er, bevor er das Bewusstsein verliert.

Ohne zu zögern springt sie aus dem Bett und ruft den Empfang.

Kurz darauf erscheint ein junger Arzt in Begleitung eines Sanitäters. Er prüft Albans Lebenszeichen und bestellt sofort einen Notfall-Transporter.

Sara wirft sich nur das Nötigste über, und fährt mit ins Krankenhaus. Es darf nicht sein, nicht jetzt, nicht hier, hämmert es in ihrem Kopf.

4

Nach Tagen in seinem dunklen Loch, hört der Lehrer Stimmen, die näher kommen.

„Warum nur ihn, und die anderen laufen gelassen?", fragt ein Mann, dessen Stimme Sékou noch nicht gehört hat.

„Ich dachte, er könnte nützlich sein. Die anderen wären uns nur ein Klotz am Bein gewesen", sagt Driss, kehlig und rau, wie immer. „Er ist Lehrer, sagt er, spricht mehrere Sprachen. Ich wollte, dass du entscheidest, was mit ihm geschieht."

„Und da sperrst du ihn tagelang ins Verließ, wie einen Feind?"

„Wir haben nichts anderes, und frei herumlaufen sollte er meiner Meinung nach nicht."

Als die Tür aufgeht, sticht die Sonne in die Augen des Lehrers.

Nachdem er sich an die Helligkeit gewöhnt hat, sieht er Driss und einen drahtigen Mittdreißiger im Tarnanzug vor sich. Auf dem Kopf trägt der neue Mann ein rotes Barett, wie es der Lehrer in Dakar bei französischen Soldaten gesehen hat. Er ist kleiner als Driss, doch die ganze Körpersprache weist ihn als den Anführer aus.

„Ich bin Youssuf und leite diese Einheit. Wie geht es dir? Wurdest du verpflegt?", fragt er den Lehrer noch im Türrahmen.

„Ja, aber ich durfte dieses Loch nicht verlassen. Warum wurde ich eingesperrt?", fragt der Lehrer, indem er Driss wütend anstarrt.

„Eine Vorsichtsmaßnahme. Wir haben Frauen im Dorf", sagt Driss mit einem Achselzucken.

„Seit wann kümmert dich das", sagt der Anführer scharf. „Komm, ich möchte mit dir reden", wendet er sich an den Lehrer. „Ich will wissen, wer er ist, wo er herkommt und wo er ursprünglich hinwollte, dazu brauche ich dich nicht", entlässt er Driss mit einer ungeduldigen Handbewegung.

Am Fuß der Felswand außerhalb des Dorfs krallt sich ein einsamer Dornbusch in den Boden. Youssuf setzt sich in dessen dürftigen Schatten und heißt den Lehrer an seine Seite. Nachdem er eine Weile Driss nachsah, wie er im Dorf verschwindet, die Stirn gerunzelt, als gefalle ihm nicht was er sieht, rückt er sein Barett zurecht und wendet sich an den Lehrer: „Erzähl, keine Geschichten, einfach nur wo du herkommst, und warum du unterwegs bist. Jeder in der Wüste hat seine eigene Geschichte, die wenigsten sind freiwillig hier, weil sie gerne in der Sonne braten wollen", lacht er kurz auf. „Die meisten sind entwurzelt, hatten keinen Platz mehr, wo sie bleiben konnten, und so landeten sie eben bei mir. Und versuch erst gar nicht mich zu belügen."

„Kann ich einen Schluck Wasser haben? Das Sprechen fällt mir schwer. Die Tage in der Dunkelheit, die Sonne…"

„Hier." Youssuf reicht ihm seine Flasche und sieht zu, wie der Lehrer das Wasser in den Mund und übers Gesicht spritzt.

„Danke."

„Falls du länger bei uns bleiben willst, wirst du lernen müssen sparsamer mit Wasser umzugehen. Aber jetzt erzähl, ich habe nicht ewig Zeit."

Der Lehrer atmet tief ein. Er sieht sich in der Masse junger Männer in Dakar, die nicht mehr hinnehmen wollten, wie Abdoulaye Wade die Wahlen manipuliert hatte. Menschen, die eine Regierung verlangten, die sich um sie kümmert, und nicht nur um die Mehrung ihrer Pfründe. Was ist, wenn der Mann, der sich Anführer nennt, genauso tickt wie all die anderen, die nur nehmen und nichts geben wollen, denkt er. Dann wird er mich der Wüste überlassen, aber ich habe keine Alternative. Mit krächzender Stimme beginnt er zu reden: „Ich komme aus einer alten Wolof Familie im Senegal. Seit Jahrhunderten hat mein Stamm das Sagen im Land. Wir konnten uns selbst regieren, bis die Franzosen kamen und verlangten, dass wir sein sollten wie sie. Das hat uns einen Emporkömmling und Speichellecker wie Abdoulaye Wade eingebracht, der jetzt nicht mehr von der Macht lassen will, obwohl ihn die Mehrheit der Bevölkerung verachtet. - Sie schossen einfach wahllos in die Menge. Menschen, die nichts anderes wollte, als gut regiert zu werden. Ja, ich war mitten drin, habe demonstriert, wie all die anderen. Ja, ich habe einer Journalistin die Wahrheit über unser korruptes Regime gesagt, und sie hat, zurück in Europa, darüber geschrieben. Es war ein ehrliches Interview. Ich habe niemand verletzt, sie hätten mich dafür nicht ins Gefängnis stecken dürfen. In ein Loch, schlimmer als das, in das mich Driss geworfen hat. Nach Tagen, als sie mich gehen ließen, ohne zu sagen weshalb sie mich überhaupt eingesperrt hatten, wusste ich, dass ich nicht bleiben konnte.

Ich wollte in Europa neu anzufangen, aber die Schlepper, die uns ans Meer bei Al Ayun bringen sollten, waren nicht ehrlich. Sie sagten, sie hätten eine sichere Passage vereinbart. Mit wem, ich weiß es nicht. Driss hat nur gelacht, als der Fahrer unseres Lastwagens freie Fahrt einforderte."

„Mir scheint, du bist ziemlich blauäugig. Ein Lehrer, hat Driss gesagt. Da hättest du eigentlich wissen müssen, auf welche Leute du dich einlässt. Sie versprechen dir das Blaue vom Himmel, und wenn es Schwierigkeiten gibt, lassen sie dich fallen, wie eine heiße Kartoffel. Die meisten anderen, die sich auf den Weg nach Europa machen, sehen nur die farbigen Bilder auf ihren Telefonen. Bilder eines gelobten Lands, das sie anzieht, wie das Licht die Nachtfalter. Aber sie müssen durch die Wüste, und hier gelten andere Gesetze, eigentlich nur das Recht des Stärkeren."

„Ich habe gewusst, auf was ich mich einlasse, aber alles schien mir besser, als den Rest meines Lebens unter der Knute eines mörderischen Regimes zu verbringen. Meine Mutter hat so ähnlich, wie du gesprochen: Die Felsen, an denen du in der Wüste vorbeifährst, sind die Knochen der Vorfahren, hat sie gesagt. Der Himmel ist die göttliche Hand, die dich ans Meer führt. Du darfst den inneren Jubel nicht vergessen, der dich zwang den Senegal zu verlassen. Wenn du durchkommst, ist es dein Sieg gegen die, die dir böse wollen. Und du darfst nicht weinen vor Angst, deine Verzweiflung nicht vor dir hertragen, sonst wirst du zum Opfer und sie werden dich ausrauben. Ich habe ihr nicht geglaubt. Die Bilder im Internet, im Fernsehen, über den Westen, waren stärker. Sie wirkten wie ein Magnet."

„Du hast eine weise Mutter."

„Ja, ich vermisse sie. Aber ich werde mich durchbeißen."

„Du gefällst mir, aber ich kann mir schwer vorstellen, dass WIR dir gefallen könnten. Meine Männer, du siehst es an Driss, sind unnahbar. Die

Wüste hat sie hart gemacht. Der Kampf, den wir seit Jahren verbissen betreiben, um unser Land zurück zu bekommen, hat sie zu dem gemacht, was sie heute sind. Wir waren nicht immer Kämpfer."

„Wer seid ihr?"

„Wir gehören zur Polisario. Wir operieren im Grenzbereich zu Marokko. Hast du je ein Gewehr bedient?"

„Nein, ich bin ein Mann des Worts. Ich träume von den antiken Bibliotheken Timbuktus, vom Reich Mansa Musas, von einer Zeit, als es keine Unterscheidungen nach Hautfarbe gab. Ich protestiere, aber ich kämpfe nicht, und ich bin ein Wolof. Die anderen Stämme Westafrikas, die Serer, Asante, Yoruba nennen uns *djeli*. Es heißt, wir hören auf alles, sehen alles, und erinnern uns an alle Geheimnisse, so, dass wir später die Geschichten wiedergeben können, die unser Volk zusammenhalten."

„Ein Träumer also. So ähnlich dachte ich auch einmal, aber die Wüste toleriert das nicht. Wir leben im Untergrund, Maulwürfe in dreckigen Hütten, wie dieses Dorf. Andere leben in Algerien, wieder andere in Mali. Die Wüste gibt uns Schutz und ist Feind zugleich. Einer meiner Männer, er nennt sich Sidik, ist Augenzeuge des Massakers von Ogossagou geworden. Er diente in einer Kaserne, die wir mit Hilfe der Bevölkerung zum Schutz der Peul gebaut hatten. Vierzig Männer, doch nur fünfzehn bewaffnet. Sie hatten keine Chance. Das ist unsere Realität, Lehrer."

„Sékou", sagt der Lehrer.

„Ist das dein Name?"

„So hieß ich, bevor ich aufbrach."

„Hier wählt jeder seinen eigenen Namen, die meisten einen neuen, und es sind nur Vornamen. Es ist, als wollten wir alle eine Mauer zwischen uns und unserer Vergangenheit errichten."

„Ihrer ist Youssuf?"

„Ja. - Überleg dir, ob du bleiben willst. Wenn nicht, helfe ich dir mit dem nächsten Konvoi nach Süden zu kommen. Nicht nach Norden, dort sind unsere Feinde, die unser Land gestohlen haben. Leute, die Verträge brechen, und so tun, als wären sie im Recht. Timbuktu liegt im Süden, vielleicht ist das dein Platz. Aber dort leben auch harte Menschen."

„Ich weiß, es steht in den Büchern, die ich gelesen habe."

Ein flüchtiges Lächeln huscht über Youssufs Gesicht. „Aber wenn du bei uns bleiben willst, musst du bereit sein zu kämpfen. Wir können uns keinen nutzlosen Esser leisten. Und noch etwas: Nach diesem Gespräch bist du mein Mann. Alles, was du tust, fällt auch auf mich zurück. Und Driss wartet nur darauf, dass ich einen Fehler mache."

Der Lehrer atmet tief ein, stöhnt wie ein Verwundeter. „Wie kann ich lernen zu kämpfen?", fragt er schließlich, wobei er ängstlich auf Youssufs Reaktion achtet.

„Driss wird es dich lehren. Er wird dich schleifen, du wirst leiden, aber nur so wirst du überleben." Ohne weitere Erklärung steht er auf und reicht dem Lehrer die Hand. „Willkommen in unserer Gemeinschaft."

Mache ich gerade einen Fehler, denkt der Lehrer, als Youssuf gegangen ist. Er scheint ein starker Mann zu sein, Tuareg vielleicht, das Blau seiner Hände. Sie sind harte Wanderer, Tiere bedeuten ihnen mehr als die Menschen, heißt es. Verständlich, wenn ein ausdauerndes Kamel, in der Wüste Leben bedeutet. Aber so sprach er nicht. Ein gebildeter Mann, den das Schicksal dahin gespült hat, wo er jetzt ist. Und er kann nicht mehr entkommen, so sehr es ihn innerlich zerreißt. Vielleicht wird es mir ähnlich ergehen. Es ist zu früh in den Süden zurückzukehren, also werde ich kämpfen. Und wenn ich dabei sterbe, ist es, als wäre ich auf der Überfahrt nach den Inseln ertrunken.

Er sieht sich um, vor ihm, nur einen Steinwurf entfernt, die gedrungenen Hütten aus Lehm und verwittertem Wellblech. Über sich die vertrockneten Zweige des Dornbuschs, hinter ihm ein Felsmassiv, zerfressen von Sand und Wind, gebacken in der sengenden Sonne. Wie mag es sein, hier den Rest meiner Tage zu verbringen, denkt er. Die Blutröte der aufgehenden Sonne über ausgetrockneten Hundekadavern zu sehen, die in der glühenden Luft schon nach wenigen Stunden nicht mehr stinken.

Er denkt an seine Mutter, ihre Worte, die ihn bis hierher geleitet haben. Und er denkt an den klugen, wissbegierigen Jungen in seiner Klasse, der Einzige, der ihm die Hand reichte, als er ihnen sagte, dass er nicht mehr Lehrer sein könne. Ganz so, als hätte er verstanden, weshalb er nicht anders konnte, als zu gehen.

Er spürt, wie ihm die Tränen gegen die Augen drücken, doch er hält sie zurück. In der Wüste Wasser verschwenden ist eine Todsünde, denkt er. Schließlich steht er auf und geht ins Dorf, um Driss zu suchen.

Er findet ihn im Kreis der anderen, wie sie ihre Gewehre reinigen. „Youssuf erlaubt mir hier zu bleiben. Aber ich muss euch nützen", sagt er, als wäre es eine ausgemachte Sache. „Kannst du einen Kämpfer aus mir machen?", fragt er Driss.

„Youssuf ist der Chef, er entscheidet. Ob du ein Kämpfer wirst, kann ich nicht beurteilen. Es liegt an dir, ob du es wirklich willst. Letztendlich werden wir dich an dem messen, was du im Einsatz tust. Ich kann dir das Schießen beibringen, und deinen Körper trainieren, aber die Angst gehört nur dir allein."

„Er ist der beste Schleifer in der ganzen Westsahara", lacht einer der Männer. „Willkommen in der besten Truppe der Polisario. Driss sagt, du warst ein Lehrer vom Stamm der Wolof, den Bewahrern von Geschichten, die sie seit langem weitererzählen. Vielleicht kannst du uns gelegentlich ein paar deiner Geschichten erzählen. Die Tage in der Wüste sind lang."

„Drill gegen Geschichten", lacht der Lehrer. „Scheint mir ein guter Deal."

Anfangs verwirrt ihn die tägliche Fron, das totale Unterordnen unter Driss' Willen. Er wundert sich, dass keiner der anderen Männer aufbegehrt. Doch mit der Zeit lassen die Schmerzen nach, die Gedanken konzentrieren sich nur noch auf die eine, immer gleiche Aufgabe, zu überleben. Ein Überleben, das in der Wüste an Kleinigkeiten hängt, einer Wasserflasche, die er vergessen hat nachzufüllen, einem verstauchten Knöchel, der ihn daran hindert mit den anderen mitzuhalten. Er beginnt Driss' Warnungen zu verinnerlichen.

Wie in einer Psychostudie, fasziniert und gleichzeitig abgestoßen, nimmt er seine eigene Veränderung zu einem gefühlskalten, brutalen Menschen wahr, der nur so die Achtung seiner Umgebung gewinnen kann, indem er wird wie sie. Als er spürt, wie seine physische Kraft wächst, fühlt er sich wie in der Hölle, doch gleichzeitig stolz, seelisch aber verzweifelt.

Immer seltener erinnert er sich an die Zeit im Senegal, an die Straßenproteste, die zum erbarmungslosen Krieg ausarteten. An die unmenschlichen Arbeitsbedingungen, wo Neid und Missgunst überhandnahmen. Wie die Angst vor den nächtlichen Übergriffen langsam aber stetig das Gehirn zersetzte.

Nach Wochen des Schindens nehmen sie ihn mit in die Wüste. Ein Kundschafter hat Truppenbewegungen ausgemacht. Kleine Einheiten des marokkanischen Militärs, das seine Stützpunkte in Spanisch Sahara ausweitet. Ein lohnendes Objekt, meint Youssuf, als er die Männer auf den bevorstehenden Angriff einstimmt: „Es geht darum, dass wir die politischen Kosten für ihre militärischen Einsätze in die Höhe treiben. Sie sollen wissen, und die Welt soll erfahren, dass keiner unser Land ungestraft entwenden kann. Außerdem brauchen wir ihre Waffen."

Lange vor Sonnenaufgang brechen sie auf. Wenigstens für ein paar Stunden wollen sie die erbarmungslose Sonne vermeiden. Der Angriff soll dann in der größten Hitze des Tages erfolgen, wo ihn, wie sie hoffen, keiner erwartet.

Am Nachmittag erreichen sie das Lager der Marokkaner, zu spät, um noch einen Angriff zu wagen. Sie übernachten am Fuß eines Monolithen von wo sie das Gelände übersehen können. Bei den ersten Sonnenstrahlen greifen sie an. Die Marokkaner sind völlig überrascht, anscheinend hatten sie in diesem Gebiet keine Aufständischen erwartet. Das Feuergefecht ist kurz, dann ergeben sich die Soldaten.

Als Youssuf auf den Anführer der Truppe zugeht, um ihn zu entwaffnen, zückt der junge Leutnant in einer Anwandlung von Tollkühnheit die

Pistole und schießt Youssuf in die Brust. Der Lehrer, der sich fragte, was Youssuf vorhat, sieht wie er fällt. Er stürzt sich auf den Offizier, reißt ihn zu Boden und entwindet ihm die Waffe, bevor er einen weiteren Schuss abgeben kann.

Nach einer längeren Debatte darüber, wie sie mit der Truppe umgehen sollen, einigen sie sich auf einen Mittelweg. „Der Offizier wird standrechtlich erschossen, die anderen lassen wir laufen. Die meisten sind ja doch nur Bauern, die sie in Uniformen gepresst haben", meint Driss. „Wir nehmen die Waffen, Wasser und Verpflegung, dann können sie gehen wohin sie wollen."

„Es wäre ihr Todesurteil", sagt der Lehrer.

„Ja, wenn sie nicht rechtzeitig einen Konvoi finden, der sie mitnimmt. Besser, als wenn wir sie alle erschießen, so haben sie immerhin eine Chance." Driss zuckt mit den Schultern, als wäre es ihm eigentlich egal, was mit den Männern passiert. „Du, Lehrer, wirst dich um Youssuf kümmern. Er braucht Hilfe, während ich nach Norden gehe, um einen Arzt zu holen." Driss' Ton ist schärfer geworden, als dulde er keinen Widerspruch. Ganz der Stellvertreter, der bereits das Kommando übernommen hat. „Ihr fahrt ins Dorf und wartet, bis ich in ein paar Tagen zurück bin. Ich nehme zwei Männer und fahre nach Azemmour. Der Alte wird mir helfen einen Arzt zu finden. Sékou, versuch Youssufs Wunde sauber zu halten, so gut es geht. Die Frauen im Dorf wissen, wie man mit Verletzungen umgeht."

Auf der Rückreise kann Sékou die Blutung stoppen, aber das Projektil sitzt zu tief, um es zu entfernen. Die meiste Zeit verharrt Youssuf in einer Art Dämmerzustand. In Momenten der Klarheit berichtet ihm der Lehrer über seinen wahren Zustand, und von Driss' Versuch einen Arzt zu holen. Youssuf deutet nur ein flüchtiges Lächeln an. „Was für ein Idiot ich doch war, zu glauben, dass er mir anstandslos die Waffe geben würde."

Im Dorf bereitet eine der Touareg Frauen eine Art Kräutersud gegen die Entzündung, doch die Wunde beginnt zu eitern und das Fieber steigt. Sékou bleibt an Youssufs Seite, wechselt den Verband und zwingt ihn zu trinken. Das einzige Mittel, das er hat, um den Patienten bei Laune zu halten, sind die Geschichten, die er in sich trägt.

Youssuf, bevor er zu halluzinieren beginnt, erzählt, wie er zum Rebellen wurde, als Marokko die Westsahara annektieren wollte: „Uns blieb keine Wahl, als uns aufzulehnen, wollten wir nicht vor diesem König zu Kreuze kriechen. Unsere Freunde in Algerien hatten sich gegen ihr Militärregime aufgelehnt, sie wurden gejagt und getötet. Wir wussten also was uns blüht, wenn die Marokkaner gewinnen. Keiner von uns war ein Krieger, noch waren wir an das ewige Herumziehen, die Einsamkeit gewöhnt. Aber wir haben uns angepasst, es geht schon sehr lange, zu lange. Und heute ist es die Wüste, die uns Schutz bietet. Es darf nur nichts schief gehen, wie bei mir. Für einen Moment war ich unaufmerksam, habe geglaubt der Offizier wäre fair, würde seine Niederlage akzeptieren. Was für ein tödlicher Irrtum."

„Du wirst nicht sterben", sagt Sékou bestimmt. „Driss kommt in ein paar Tagen mit einem Arzt zurück. Der entfernt das Projektil und du wirst gesund."

„Driss lässt mich krepieren, dann übernimmt er das Kommando."

„Nein, er wird kommen."

„Wir waren einmal Freunde, heute sind wir Rivalen."

„Was macht ihr, wenn ihr siegt?", versucht Sékou, ihn auf andere Gedanken zu bringen.

„Wir gründen unseren eigenen Staat, oder schließen uns einem der Sahelstaaten an, mit größtmöglicher Autonomie für mein Volk. Keiner von denen ist stark genug uns einfach einzuverleiben."

Der Lehrer nickt zustimmend, als könne er sich eine freie, unabhängige Sahara durchaus vorstellen. Nach einigem Überlegen sagt er: „Im zwölften Jahrhundert regierte hier einer der mächtigsten Herrscher der damaligen Welt. Mansa Musa, er soll unermesslich reich gewesen sein. Auf einer Wallfahrt nach Mekka verteilte er so viel Gold an die Händler auf dem Weg, dass die Legenden noch heute davon berichten. Auch der Senegal war einmal stark, bis die Portugiesen mit ihren Kanonen kamen."

„Warum weißt du das alles? Du sprichst wie ein Schriftgelehrter."

„Ich bin Lehrer, mein Vater war Lehrer, mein Großvater war Ortsvorsteher, er besaß das einzige doppelstöckige Haus im Dorf."

„Meine Eltern schufteten auf dem Feld, bis Vater im Algerienkrieg ein Gewehr in die Hand nahm. Er war stolz auf mich, als ich mich zum Widerstand entschloss."

„Meine Eltern waren Büchermenschen, Generationen von Büchermenschen. Sie wollten keinen Krieg, und konnten ihn doch nicht verhindern. Ich glaube, mein Vater hatte, wie alle Menschen, die einen Krieg erlebt haben, ganze Räume von Büchern in sich, in die er nie wieder geschaut hat. Er konnte mir nicht helfen, als bei uns auf den Straßen das Schlachten begann. Denn seine Kriege waren anders, sind in einer Sprache geschrieben, die uns fremd ist. Wir mussten unsere eigene Sprache leben, als wir uns auflehnten und in den versifften Gefängnissen landeten."

„Bist du deshalb hier?"

„Ja, wegen der ungeschriebenen Regeln meines Stammes. - Ich wollte kein Sklave im eigenen Land sein. Und wegen der Strenge des Großvaters; seine Bücher wurden für mich zum Gesetz."

„Absurd, du wolltest nach Europa und landest in der Wüste."

„Vielleicht ist es eine Heimkehr. In Europa wäre ich ein Nichts gewesen, hätte Fußböden geschruppt, oder unter brennender Sonne Tomaten gepflückt. Hier liege ich in manchen Nächten rücklings im Sand und betrachte die Sterne. Sie bewegen sich, nicht rasend schnell, sondern im Maß der Zeit. Tage und Monate zählen wenig in der Wüste. Die Zeit des Gestrandeten, der Stück für Stück die Sehnsüchte ablegt, die sein Innerstes zusammenhalten, ist nur ein Wimpernschlag."

„Wo sind die Bücher deines Großvaters, die dir so viel Weisheit geschenkt haben?"

„Sie sind in Flammen aufgegangen. Es schmerzt, aber vielleicht ist es gut, dass ich keines seiner Bücher gelesen habe. Niemand kann die ganze Bibliothek eines anderen lesen, auch nicht von dem, den man liebt. Und vielleicht gibt es in jeder menschlichen Bibliothek eine Hölle, mit mehr oder minder hohen Regalen, in denen all das steht, was unerträglich zu lesen wäre. Deshalb wollte ich nach Amerika. Nach Europa zuerst, das liegt näher. Aber mein Ziel war Amerika. Dort wollte ich den schwarzen Brüdern unsere Geschichte erzählen, aus der sie brutal gerissen, und auf die Sklavenschiffe verladen wurden. Ich wollte ihnen den Rücken stärken, auf ihrem Weg in ein anderes Amerika. Ein Land, das sie seit Jahrhunderten unterdrückt, und daran gehindert hat, das zu sein, was sie hätten sein können."

„Es ist die Wüste, die dich verwirrt", sagt Youssuf traurig. „Es geht allen so. Die Weite, eine Art Unendlichkeit." Er stöhnt. „Hast du noch etwas Wasser?"

„Ja, hier." Der Lehrer reicht ihm einen Becher und prüft Youssufs Stirn. Sie ist glühend heiß. Er wird nicht überleben, wenn nicht bald Hilfe kommt, denkt er.

„Hat sich Driss gemeldet?", fragt Youssuf, als er ihm den Becher zurückgibt.

„Nein, aber er kommt bestimmt bald."

„Bestimmt", sagt Youssuf leise, doch der Lehrer spürt, wie wenig er daran glaubt. „Es sind nicht unsere kleinen Schlachten und Überfälle, an die ich denke, wenn ich hier liege, und die Nacht lang wird. Meist denke ich an meine Kindheit. Da gab es dieses Wort, Maghreb, das die Erwachsenen benutzten, das ich nicht verstand. Wir lebten in einem Dorf am Fuß der Berge, weit von hier. Großmutter konnte mir das Wort auch nicht erklären, und Mutter wollte nicht, sie meinte, ich müsse selbst herausfinden was es bedeutet. Es wäre wie ein Spiegelbild, das sich, wie in einer glatten Wasserfläche bei der leisesten Bewegung verändert. Erst später begriff ich, dass wir mitten in diesem Spiegelbild lebten, aber da waren die Brunnen längst verschüttet und der Sand hatte uns vertrieben. Manchmal versuche ich, mich an die Gesichter zu erinnern, aber es gelingt mir nicht. Die Großmutter, die ich kaum gekannt habe, von der sie mir erzählten, wie soll ich mich an so ein Antlitz erinnern. Bei der Mutter ist es anders, es gibt bereits Fotos, eine starke, gleichzeitig zerbrechliche Frau mit stolzem

Profil und großen Augen. Ihre Art zu sprechen glich dem uralten Akzent manch eines meiner Leute. Sie stammte aus dem Inneren der Sahara, wo sich die arabischen Wüstenräuber, die mit Menschen handelten, nie hin getraut hatten. Auch nicht die katholischen Priester, die unsere Seelen kaufen wollten", fügt er erschöpft hinzu.

„Lebt deine Mutter noch?", fragt der Lehrer.

„Nein, aber das ist eine andere Geschichte, dazu fehlt mir jetzt die Kraft."

„Warum hast du die Missionare erwähnt, weil ich Christ bin?"

„Nein, es kam mir nur so in den Sinn. - Geh jetzt, das viele reden hat mich ermüdet."

5

„Es war, wie ich vermutet hatte, eine Ruptur der Abdominal Arterie", sagt der behandelnde Arzt. „Ein Aneurysma der Hauptschlagader im Beckenbereich", fügt er erläuternd hinzu, als er Saras verständnislosen Blick wahrnimmt. „Er hat Glück gehabt, dass sie uns gleich erreicht haben. Etwas später wäre er wohl verblutet. Wir haben den Bauchraum gereinigt und die Aorta verschlossen. Wenn keine Komplikationen auftreten, ist er in einer Woche transportfähig. Sie sollten ihn nach Deutschland bringen lassen, auf keinen Fall im Auto. Für eine Weile muss er unter strenger Beobachtung bleiben."

Sara nickt erleichtert. „Darf ich ihn sehen?"

„Er wacht gerade erst auf, gut möglich, dass er sie nicht gleich erkennt. Aber sie können natürlich zu ihm, erwarten Sie nur nicht zu viel."

Als Sara an Albans Bett tritt, öffnet er die Augen, lächelt, will reden, bringt jedoch nur ein Krächzen hervor.

„Ist gut, Alban, bitte streng dich nicht an. Alles ist gut verlaufen. Ich komme in einer Stunde zurück." Sie drückt seine heiße, trockene Hand, wirft einen letzten Blick auf die Schläuche und Monitore und verlässt den Raum. Draußen, in dem sterilen Gang, in dem sie während der Operation, allein mit ihren Ängsten, saß, kann sie endlich weinen. Dann drückt sie den Rücken durch, atmet tief ein und verlässt das Krankenhaus. Ein Taxi bringt sie ins Hotel. Sie duscht, kleidet sich richtig an und fährt zurück in die Klinik.

Sie haben Albans Rückenlehne leicht erhöht, um ihm das Atmen zu erleichtern. Ein Lächeln huscht über sein Gesicht, als er sie erkennt. Er wirkt weniger fahl im Gesicht, doch die Stimme ist schwach: „Ich hätte dir sagen müssen, dass so etwas passieren könnte."

Aber du hast es nicht getan, denkt sie. Du hast mich einfach nur benützt. Wut steigt in ihr auf und verraucht, als sie ihn in seiner ganzen Gebrechlichkeit vor sich sieht. „Der Arzt meint, die Operation sei gut verlaufen. In einer Woche wärst du transportfähig, wir fliegen zurück, das Auto lassen wir hier. Das wichtigste ist, dass du schnell gesund wirst."

Er nickt, versucht zu lächeln, doch es gerinnt eher zur Grimasse. „Hast du ihm gesagt, dass ich Chirurg bin?"

„Nein, sollte ich?"

„Besser nicht. Sein Optimismus wundert mich etwas. Mach dir wegen der Heimreise keine Gedanken, das entscheiden wir je nach Verlauf."

„Aber er meinte, du wärst schon in einer Woche transportfähig. Ich muss den Rücktransport organisieren. Auf keinen Fall dürfen wir mit dem Auto fahren."

„Warte noch ein paar Tage, vielleicht verläuft ja alles ganz anders, als er es sieht", sagt er, ohne sich weiter zu erklären. „Ich bin wie ein leck geschlagenes Schiff, das langsam vollläuft, musst du wissen. Siehst du diesen Schlauch, der aus meinem Bauch kommt. Damit saugen sie Sekret und Blut ab, das womöglich immer noch aus der Arterie sickert. Wenn sie mir einen Stent eingesetzt haben, bleiben ein paar Tage, bis sich die Wunde entzündet. Vielleicht auch nicht. Auf alle Fälle müssen wir in der Zeit, die uns bleibt, alles regeln. Ich will sicher sein, dass du heil nach Hause kommst, falls es mit mir zu Ende geht. Wenn das Fieber nach oben schnellt, versuch erst gar nicht sie zu einer weiteren Operation zu überreden, sie würde nichts bringen."

„Was redest du? Der Arzt sagt, ich soll dich nach Deutschland bringen. Dort wirst du gesund."

Er nickt kraftlos, zu müde, um zu widersprechen. „Bitte ruf meine Frau an, sie ist auch Ärztin", wechselt er das Thema. „Vielleicht kann sie kommen, dann wird es leichter für dich. Du findest ihre Nummer unter Anna auf meinem Telefon. Sie ist sehr effizient, wenn es etwas zu regeln gilt. - Im Tresor zu Hause liegt mein Testament, bitte schreib dir den Code auf. Ich habe dir, außer dem Anteil am Haus, der an meine Frau geht, all meinen Besitz vermacht. Es ist nicht viel, aber es könnte bis an dein Lebensende reichen."

„Alban, bitte, ich will das nicht hören. - Möchtest du, dass ich sie anrufe?"

„Ja, gleich, wenn du zurück im Hotel bist. Aber jetzt solltest du gehen, ich bin zu schwach zum Reden. Morgen können wir alles weitere besprechen."

Nachdem Sara gegangen ist, trifft ihn die Erinnerung wie ein Schlag: Sie fuhren durchs Alpenvorland, die Serpentinen von Kochel hoch zum Walchensee, er fuhr, Jonas auf dem Rücksitz. Es war ein wunderbarer Tag, Jonas jauchzte bei jeder Kurve, als befände er sich auf einer Achterbahn. Seine Begeisterung stachelte ihn an, immer schneller zu fahren. In einer letzten Kurve vor der Geraden oben auf der Höhe plötzlich ein kurzer Schubser, der ihn aus dem Gleichgewicht brachte, und dann war alles dunkel.

Ich muss noch eine Weile leben, bis Anna kommt, denkt er. Ihr erklären, wie es wirklich war. Sie denkt, ich hätte ihn getötet, weil er ein Verhältnis mit ihr hatte. Denkt, ich wolle mich nicht erinnern, weil ich mich schuldig fühlte. Aber da war nichts, an das ich mich hätte erinnern können. Bis jetzt. Es gab keinen Grund, weshalb ich ihn hätte töten sollen.

Zwischen mir und Anna war es längst vorbei, und es hatte mit Jonas nichts zu tun. Sie wollte eine Familie, Kinder, und glaubte, sie mit ihm kriegen zu können. Aber Jonas war kein Familienvater, er war ein Abenteurer, der nicht mit Geld umgehen konnte, und ich war für ein paar Jahre sein Gehilfe. Waren wir Freunde? Anfangs bestimmt, bis sich jeder für ein anderes Leben entschied.

Sara ist mehr als das körperliche Verlangen eines alternden Mannes, der plötzlich bekommt, was ihm verwehrt wurde. Welch dämliches Jammern, du hast immer gewusst, dass sie zu jung für dich war, denkt er. Aber du hast dich darauf eingelassen, weil du es gewollt hast, weil du immer getan hast, was du wolltest. Wärst du weniger egoistisch, hättest du ihr von dem Aneurysma erzählt, aber du hast es nicht getan. Und jetzt wird sie dich hassen, wenn es mit dir zu Ende geht und sie allein zurückbleibt.

Als die Medikamente zu wirken beginnen, taucht er ein, in einen konturlosen Schwebezustand. Im Traum sieht er das hell erleuchtete Haus, Anna scheint noch wach zu sein. Der Tag war anstrengend gewesen, drei Operationen, eng getaktet, der Ausgang bei einem der Patienten ungewiss. Als er sich auf die Couch fallen lässt, sieht er Anna im Halbdunkel der Leselampe. Sie betrachtet ihn, als wäre er ein Fremder. Er will mit ihr reden, doch er bringt keinen Laut hervor. Ihre Stimme ist das Echo von etwas, das schon längst hätte gesagt werden müssen. Weißt du es schon lange, fragt sie, warum hast du nichts gesagt? Nach all den Jahren, bedeute ich dir so wenig, dass wir nicht einmal mehr über das reden können, was dir das Leben kosten kann?

Jemand muss ihr von dem Aneurysma erzählt haben, denkt er. Ein Krächzen dringt aus seinem Mund, kaum zu verstehen: Es tut mir leid, zu viel Arbeit. Ich wollte... Ich wollte nicht, dass du dir Sorgen machst, ... schon gestern sagen, aber dann kam das Konzert dazwischen.

Willst du dich operieren lassen? fragt eine Stimme, deren Nachhall im Nichts vergeht.

Er schüttelt den Kopf: Es ist, wie es ist, sagt er ganz klar.

Ich war nicht schuld an Jonas' Tod, ich konnte mich nur nicht erinnern, wie es war, denkt er, als er aufschreckt vom Laut der eigenen Stimme. Es gab keinen Grund für mich, in den Sudan zu gehen. Kein Davonlaufen vor etwas, das ich nicht verbrochen hatte. Der Sudan hat alles noch verschlimmert. - Warum musste ausgerechnet ich den Anführer der Reitermiliz operieren? Was für ein Widerling, er prahlte sogar auf dem OP-Tisch, wie er manche Frauen sterben ließ, nachdem er ihnen das ungeborene Kind aus dem Bauch geschnitten hatte. In seiner Selbstherrlichkeit konnte er sich nicht vorstellen, dass ich ihn aufschneiden und in der Narkose verbluten lassen könnte. - Es gab keine Anklage, die Schwestern fanden richtig, was ich getan hatte. Aber zu Hause, als ich es Anna erzählte, erhielt ich keine Absolution. Ich dachte, sie wäre die Einzige, die es verstehen könnte, aber dem war nicht so. Sie habe ein Bild von mir, das eines Chirurgen, frei von Zweifeln, das sich mit dem, was ich getan hatte, nicht decken ließ, sagte sie. Danach fragte ich mich, ob ich noch Arzt sein konnte, und unsere Ehe war nur noch Fassade.

Bilder von Sara tauchen auf, am Strand in Tunesien, auf dem Hügel über Kairouan, sie beide, winzig, in der Weite des Innenhofs der Moschee. Sie ist der Schlüssel zu mir selbst, einem Mann, den ich glaubte verloren zu haben. Und jetzt, wo alles noch einmal vor mir lag, ist es abrupt zu Ende. Es ist, wie es ist.

Er versucht sich zu drehen, doch die Schläuche in seinem Körper erlauben es nicht. Er erwacht und sieht das Schemen am Ende des Betts. Endlich, denkt er, er ist da. Ich dachte schon, er hätte mich vergessen. Aber er vergisst keinen auf seiner Liste, wenn die Zeit gekommen ist.

„Geh weg", sagt Alban, „nicht für lange, nur bis Anna hier ist, und ich alles mit Sara geklärt habe. Danach kannst du mich nehmen, wo immer du mich hinführen willst."

Alban ist schon seit Stunden wach, als Sara an sein Bett tritt. Er strahlt eine nervöse Unruhe aus, drückt nur flüchtig ihre Hand und kommt sofort zur Sache: „Ich habe mit den Ärzten gesprochen. Sie wissen jetzt, dass ich mir keine Illusionen mache, und sie mir nichts verheimlichen müssen. Der Stent, den sie eingesetzt haben, funktioniert so leidlich, aber sie glauben nicht, dass es eine dauerhafte Lösung ist. Sie meinen, ich könnte es bis nach Hause schaffen, aber warum sollte ich dir diese Bürde aufhalsen. Sterben ist überall das gleiche, ein einsamer Prozess, bei dem man nie weiß, wie er abläuft. Sie werden dir sagen, ab wann sie nichts mehr tun können, dann lass mich bitte gehen. - Hast du Anna erreicht?"

Sara betrachtet ihn fassungslos. Sie weiß nicht, wie sie mit seiner mörderischen Effizienz umgehen soll. Sie fragt sich, ob sie das, oder doch eher das, was auf sie zukommt, am meisten hasst. „Ich habe sie erreicht. Sie hat einen Flug nach Rabat gebucht, den einzigen, den sie so schnell kriegen konnte. Von dort nimmt sie einen Mietwagen. Sie wollte nicht, dass ich sie abhole."

Für einen Moment hellt sich sein Gesicht auf, als hätte er nichts anderes erwartet. „Wie gesagt, sie ist effizient. Ich glaube, ihr werdet euch mögen."

„Hast du ihr von mir erzählt?"

„Nein, das zwischen uns gehört nur uns beiden. Aber sie wusste immer, dass es dich gibt. Vielleicht kommt sie auch deshalb so schnell, weil sie neugierig ist auf dich. Mich kennt sie ja schon eine Weile."

„Warum habt ihr euch getrennt?"

„Willst du das wirklich wissen?"

„Nein, eigentlich nicht."

„Gut, dann lass uns auf ein paar triviale Dinge konzentrieren: Erstens, ich will nicht nach Deutschland überführt werden. Zweitens, ich will feuerbestattet werden und wenn es geht, sollt ihr meine Asche ins Meer vor Casablanca streuen."

Ihr, sagt er, denkt sie. Wer ist ihr?

„Drittens", fährt er fort, „das Auto solltest du möglichst hier verkaufen, egal zu welchem Preis. Bitte fahr nicht allein im Land herum, es ist zu unsicher für eine Frau. Viertens: Hier sind die Geheimnummern meiner Kreditkarten. MC steht für Master Card, die anderen beiden sind die Zugangsdaten zum Bankautomaten. Bitte heb gleich einen größeren Betrag ab, dann weiß ich, dass alles funktioniert. Außerdem musst du meine Behandlung bezahlen. Lass dir eine Rechnung geben und hol dir den Betrag in Deutschland von der Versicherung zurück. Anna kann dir dabei helfen, sie ist gut in so etwas."

Als wäre er ein anderer Mensch, denkt sie. Kann es sein, dass er mir all die Jahre etwas vorgemacht hat. Oder ist es die Todesangst, die ihn so verändert hat. „Alban, ich will das nicht. Ich will dich nicht als Buchhalter in Erinnerung behalten."

„Sara, es hat nichts mit Buchhaltung zu tun, eher mit Verantwortung", sagt er leise, und sucht ihre Hand. „Kannst du dich an den Besuch bei einem meiner Freunde in Frankfurt erinnern? Er hatte Parkinson im Endstadium, nahm täglich dreißig verschiedene Medikament und trank zwei Flaschen Wein am Tag."

„Er ist gestorben, hast du gesagt."

„Nicht an den Medikamenten und nicht am Wein. Er musste den Tod abwehren, bis alles geregelt war. Seine Frau sagte mir, seine Ordnungsmanie hätte sie immer gestört, aber am Ende war sie ihm dankbar dafür. Sie konnte um ihn trauern, und brauchte sich nicht um die trivialen Dinge zu kümmern, die unser Leben bis in den Tod beherrschen."

„Ich weiß, du willst mir helfen, aber bitte hör auf."

„Gleich meine Liebe. Nur noch eins: Bitte verzeih mir, dass ich dich in diese Situation gebracht habe. Die letzten Wochen waren wunderbar." Er atmet tief ein und schließt erschöpft die Augen.

Sie nimmt seine Hand, ganz leicht, damit er spürt, dass sie noch bei ihm ist. „Ich gehe dann, schlaf ein wenig, du musst zu Kräften kommen", verabschiedet sie sich leise.

Draußen, fragt sie sich, ob es sein Abschied war: Wie kann er wissen, dass es zu Ende geht? Er lässt mich allein, in einem fremden Land, unter lauter Muslimen. Und jetzt soll ich mich auch noch mit seiner Frau arrangieren. Warum behandelt er mich wie seine Verfügungsmasse? Ich will sein Geld nicht. Absurd, zu erwarten, dass ich seine Asche nach Casablanca bringe.

In der Nacht schnellt Albans Fieber hoch, sein Immunsystem kollabiert. Sara wird gerufen, und als sie bei ihm steht, liegt er bereits im Koma.

„Wir konnten nichts mehr für ihn tun. Es ging rasend schnell, als hätte er aufgegeben", sagt der diensthabende Arzt.

„Er hat es gewusst, gestern schon hat er sich von mir verabschiedet", sagt Sara gefasst.

„Kann ich Ihnen etwas bringen, ein Glas Wasser vielleicht?"

„Danke, ich brauche nichts. Ich möchte nur bei ihm sitzen bleiben." Allein, beugt sie sich über Alban. Sie spürt sein Atmen, doch sie weiß, dass es nur die Maschine ist, die den Brustkorb hebt und senkt. „Für mich waren die letzten Wochen genauso wunderbar", flüstert sie, bevor sie geht.

Nachdem Albans Tod festgestellt, und sämtliche Papiere unterschrieben sind, die es für eine Feuerbestattung braucht, macht sich Sara zu Fuß auf den Weg ins Hotel. Die Vorstellung, in der Klinik eine weitere Erklärung abgeben zu müssen, oder mit einem schwätzenden Taxifahrer bei plärrender Musik im Auto zu sitzen, bereitet ihr Übelkeit.

Im Hotel liegt eine Nachricht von Anna am Empfang. Sie ist in Rabat gelandet, und wird in wenigen Stunden im Hotel sein, wenn alles glatt läuft.

Sara geht aufs Zimmer und legt sich angezogen aufs Bett. Sie denkt an Alban, den Anfang ihrer Beziehung, als sie das Hotelzimmer zwei Tage lang nicht verließen, immer nur neugierig waren auf den anderen. Sie konnte einfach nicht genug kriegen von seinen Händen, seinem Mund, dem Duft, der Textur seiner Haut. Er hatte sie regelrecht verhext, und sie flehte ihn an, so lange wie möglich in ihr zu bleiben, selbst zum Schlafen, selbst zum Reden.

Sie denkt an ihre Mutter, deren Spruch - Schmerz und Scham wecken die Erinnerung an unsere tierische Natur - ein Spruch, den sie nie vergaß. Sie denkt an die Tage nach des Vaters Tod, als sie nicht begreifen wollte, dass er nicht mehr zurückkam. An die trostlosen und düsteren Abende mit der Mutter, die nicht mit ihr sprach, und auch sonst niemand an sich heranließ. Wo sie verzweifelt darauf wartete, dass die Tür aufging und Vater sie in seine Arme nehmen würde, wie er es immer getan hatte. Nichts flößte ihr größeren Schrecken ein, als der Gedanke an den Horror, den die Männer, in ihren Augen empfinden mussten, während sie in der Wüste Krieg führten. Und während sie die Hand auf ihr Geschlecht drückte, den Ort all ihrer Geheimnisse, malte sie sich das Verlangen aus, den Hunger nach Liebe, den die Männer in ihrer Einsamkeit und der Furcht vor dem Tod haben mussten. Seit dieser Zeit waren Angst und Lust für sie untrennbar verbunden, und in Momenten der Gefahr dachte sie zuallererst daran.

Als sie das schrille Läuten des Haustelefons aus ihren Gedanken reißt, ist es Anna, die sich aus der Empfangshalle meldet. Im ersten Moment weiß Sara nicht, wie sie mit der Situation umgehen soll. Auf keinen Fall will sie diese unbekannte Frau bei sich im Zimmer haben. Sie schlägt vor, dass sie sich unten in der Lobby treffen. Da kann ich mich immer noch davonstehlen, wenn ich die Frau nicht ertragen kann, denkt sie. Doch sie verwirft den Gedanken sofort, geht ins Bad, legt einen blassen Lippenstift auf, und nimmt den Aufzug nach unten.

Anna ist die einzige, westlich gekleidete Frau in der Lobby. Sie sitzt in einem Klubsessel, abseits vom Kommen und Gehen der Gäste, und scheint das Treiben um sie herum kaum wahrzunehmen. Als Sara zu ihr tritt, steht sie auf und reicht ihr die Hand.

Sie ist größer als Sara, der graue Hosenanzug betont ihre schlanke Figur. Die kurz geschnittenen, mit etwas Silber durchwirkten, schwarzen Haare, betonen eine selbstbewusste, eigenständige Frau. Sie scheint Saras Befangenheit zu spüren und weist auf den Sessel neben sich. „Ich habe noch nicht eingecheckt, wollen wir uns hier unterhalten, wenn Ihnen das Recht ist natürlich?" Mit keiner Silbe geht sie auf Saras Beziehung zu ihrem Mann ein.

„Wie war Ihr Flug und die Fahrt von Rabat hierher?", fragt Sara zurückhaltend. Sie setzt sich in den angebotenen Sessel, und denkt: Sie benimmt sich, als gehöre ihr das Hotel.

„Alles glatt. Faszinierend, wie weit Marokko gekommen ist. Vor vielen Jahren war ich mit Alban schon einmal hier. Damals war es noch ziemlich rückständig, jetzt scheint es ein anderes Land geworden zu sein. Sind Sie zum ersten Mal hier?"

„Ja, überhaupt in Afrika. Außer einem Studienjahr in den USA bin ich immer nur innerhalb Europas gereist."

„War es Ihre Idee, Nordafrika, meine ich?"

„Nein, Alban wollte die Reise. Anscheinend hatte er als junger Mann, mit einem Freund, die Strecke bereits befahren, nur anders herum, wie er sagte. Die beiden müssen sehr jung gewesen sein, wenn ich seine damalige Frustration über das Nichtverstehen einer anderen Kultur richtig interpretiert habe. Dass er mit Ihnen auch schon einmal hier war, hat er nicht erwähnt. Aus Taktgefühl womöglich."

Anna legt den Kopf zur Seite, was als Zustimmung, oder Skepsis gleichermaßen ausgelegt werden kann. „Wir sind schon lange nicht mehr zusammen gereist."

Sie will nicht über Albans Tod reden, denkt Sara, doch plötzlich wird ihr bewusst, dass Anna von Albans Tod gar nichts wissen kann. Als sie miteinander telefonierten, ging es nur um seinen Krankenhausaufenthalt, und dass er sich wünschte, sie möge kommen. „Alban ist heute Nacht gestorben", sagt sie leise. „Er hat nicht mehr gekämpft, sagen die Ärzte."

Annas Augenbrauen zucken nach oben. Sie kramt ein Taschentuch aus der Tasche und nickt, als hätte sie es erwartet. Sie setzt sich kerzengerade an die Kante ihres Sessels, der Blick, vorbei an Sara, ist auf den Gepäckträger gerichtet, der die Koffer neuer Gäste im Aufzug verstaut. „Er wollte wohl nicht warten, bis ich komme. Entschuldigung", schiebt sie schnell hinterher, als sie Saras entsetzte Reaktion bemerkt. „Wir hatten uns schon lange nichts mehr zu sagen."

„Warum sind Sie dann hier?"

„Weil ich keine halben Sachen mag. Wir sind noch verheiratet, das macht jetzt vieles leichter, auch für Sie. Womöglich wollte er deshalb, dass ich komme, um Sie zu schützen."

„Leichter?", fragt Sara. „Ich kann mit dem Wort nichts anfangen."

„Das verstehe ich, aber Sie werden es in den nächsten Tagen begreifen. - Wir müssen nicht im Tandem auftreten, wenn Sie das nicht wollen."

Sara betrachtet die Frau ohne Argwohn, sie sieht ihren gutsitzenden Hosenanzug, die Streichholz kurzen Haare, die schon grau werden. Eine Aura von Bestimmtheit scheint über ihr zu schweben. Sein Tod lässt sie kalt, denkt Sara, oder sie hat sich völlig unter Kontrolle. Gnadenlos effizient, hat Alban sie genannt. Eine Frau, die sich Ziele setzt und loshechelt, bis sie sie erreicht hat. Ich könnte das nicht, aber vielleicht ist es genau dieses Unvermögen, das ihn in meinen Schoß geführt hat.

Was soll dieser kleine Koffer bei ihrem Gepäck, denkt sie. Wie ein Barbie Puppen Typ sieht sie bestimmt nicht aus. „Haben Sie Ihre Schminksachen mitgebracht, für Albans Beerdigung?", fragt sie, weist auf den Koffer und merkt sofort, wie unpassend die Frage war, aber es ist bereits zu spät.

Anna betrachtet sie für einen Moment fassungslos, als wäre ihr die Oberflächlichkeit dieser Person zuwider. Dann sagt eisig: „Als Sie anriefen, baten Sie mich zu kommen, es wäre etwas passiert. Ein Unfall dachte ich, deshalb habe ich meinen Arztkoffer mitgebracht, er enthält das Nötigste für eine erste Diagnose."

„Entschuldigung, ich bin noch ganz durcheinander. Sie sind seine Frau, ich war seine Geliebte, eine schwierige Konstellation für ein erstes Treffen, noch dazu in einer kalten Hotelhalle. Es tut mir leid." Für einen Moment scheint sie zu überlegen, ob sie es sagen soll, und tut es dann doch. „Aber verpflichtet mich meine Beziehung zu Alban, ihn über den Tod hinaus zu lieben? Und auch noch allen anderen, mit denen er irgendwie verbunden war, zu Diensten zu sein?", fragt sie ganz ruhig.

„Sie halten wohl nichts von Ehe. Außerdem klingen Sie ziemlich wirr", sagt Anna kalt. Doch dann scheint ihr aufzugehen, dass sie so nicht weiterkommt, wenn sie mit Sara vernünftig kommunizieren will. Es sind nur ein paar Tage, denkt sie, wir müssen uns nicht mögen. „Wie wäre es, wenn wir einen begrenzten Burgfrieden schließen. Nur so lange, bis alle Formalitäten erledigt sind. Vielleicht fangen wir damit an, dass Sie mir erzählen, welche Instruktionen er Ihnen noch gab, bevor er starb."

„Instruktionen?"

„Ja, er hat sich wohl kaum ohne klare Anweisungen verabschiedet. So erschöpft und unter Drogen kann er gar nicht gewesen sein. - Seine Sucht alles und jeden zu kontrollieren, ist einer der Gründe, weshalb ich das Leben mit ihm nicht mehr ertrug: Also, was hat er gesagt?"

Sie hat Recht, denkt Sara, trotzdem sträubt sich alles in ihr, das letzte Gespräch mit Alban preiszugeben. „Er wollte feuerbestattet werden. Die Asche sollen wir in Casablanca ins Meer schütten. Auf keinen Fall wollte er nach Deutschland überführt werden." Ich reagiere wie ein braves Kind, denkt sie. Aber warum nicht, soll sie doch entscheiden, was zu tun ist.

„Na sehen Sie, geht doch. Jetzt wissen wir wenigstens, was zu tun ist. Wir lassen ihn einäschern, und dann bringen wir ihn ans Meer. Gefällt mir die Idee, passt zu ihm."

„Waren Sie schon immer so effizient?", fragt Sara bestürzt. Sie will mit dieser Frau eigentlich nichts zu tun haben, und weiß doch, dass sie ihr noch nicht entkommen kann. „Es gibt einen Feuerbestatter in der Stadt", sagt sie leise.

„Oh, Sie haben sich bereits erkundigt. Sehr gut. Und ja, effizient war ich schon immer. Im Studium und heute in der Praxis, es geht nicht anders. Ist nicht schön, aber mit der Zeit gewöhnt man sich an sich selbst", lacht sie gequält. „Vielleicht finden wir auf der Fahrt Gelegenheit uns auszutauschen, ich wüsste gerne, was Sie an Alban fasziniert hat. Falls es so etwas wie Faszination gab zwischen ihnen beiden."

„Möchten Sie anrufen?", fragt Sara, entschlossen, sich nicht provozieren zu lassen. „Es ist besser Sie tun es, ich bin noch zu durcheinander. Vorgestern, als ich ihn am Nachmittag zurückließ, dachte ich noch, er würde es schaffen. Er war schließlich Chirurg."

„Der sich nicht selbst helfen konnte. Ein sterbenskranker Mensch, der wusste, wie es um ihn stand. Der sich entschloss nicht mehr zu kämpfen, weil er spürte, dass es umsonst sein würde", sagt Anna bestimmt. „Ich rufe an. Haben Sie eine Nummer?"

„Ja, hier. - Danke."

Anna geht zum Empfang und lässt sich mit dem Bestatter verbinden. Als sie zurückkommt, sagt sie nur knapp: „Ist alles geregelt, wir haben einen Termin für morgen Nachmittag. Ist wohl besser ich kümmere mich jetzt um mein Zimmer. Wären Sie einverstanden, dass wir gemeinsam zu Abend essen, oder ist Ihnen das zu viel. Ich könnte Sie durchaus verstehen."

„Nein, ist ok, um sieben Uhr, wenn es Ihnen recht ist. Am besten hier im Hotel, mir ist nicht nach Ausgehen."

Einen Tag nach der Bestattung sitzen die beiden Frauen neben ihrem Gepäck in der Empfangshalle des Hotels und warten auf Albans Auto, das der Hotel Boy aus der Garage holt. Die Urne, eingewickelt in einen von Saras Schals, steht auf dem Sessel neben Anna.

„Ich hätte nicht länger in Fez bleiben können", sagt Sara entschuldigend. „Ich hoffe, Sie sind einverstanden, dass wir sofort losfahren."

„Natürlich, je früher desto besser. Ich bin nicht als Tourist hier. Möchten Sie fahren, oder soll doch lieber ich. Geht es Ihnen jetzt besser? Bei der Bestattung habe ich mir Sorgen um Sie gemacht."

„Ich habe so etwas noch nie erlebt. Alban sah so friedlich aus in seinem Sarg."

„Sie haben ihn geschminkt."

„Was für ein seltsames Ritual. - Wenn es Ihnen nichts ausmacht, wäre es mir lieber, Sie fahren. Während der ganzen Reise durch Nordafrika ist meist Alban gefahren, ich glaube, ich bin dem Verkehr hier nicht gewachsen", sagt Sara, mit der Andeutung eines Lächelns.

„Geht in Ordnung. Ich muss noch meinen Mietwagen abgeben, dann fahren wir nach Casablanca und streuen seine Asche ins Meer. Wird schon einen Platz geben, wo wir das ohne viel Aufhebens tun können. Schaffen Sie es später alleine? Ich habe einen Rückflug gebucht."

„Bestimmt, es ist nur jetzt...".

Sie übernachten in Rabat und am nächsten Morgen fahren sie weiter nach Casablanca.

„Seltsam, dass weder Sie noch ich den Sinn dieser Aktion anzweifeln", sagt Sara im Auto. Dabei sieht sie fragend auf Anna, die konzentriert auf den Verkehr achtet.

„Ich schon. Aber meine Beziehung zu Alban war nicht zerrüttet genug, um ihm diesen letzten Wunsch zu verwehren. Und, ich will ehrlich sein, ich wollte Sie kennenlernen."

„Bei einem Begräbnis?", fragt Sara verblüfft.

„Damit hatte ich nicht gerechnet. Ich dachte, ich treffe ihn lebend an. Als Sie anriefen, hörte es sich nach einem Unfall an. Dass es sein Aneurysma sein könnte kam mir erst im Flugzeug in den Sinn."

„Sie sind also sofort losgefahren, ohne wirklich zu wissen warum? Finden Sie das nicht seltsam, für jemand, der eine zerrüttete Beziehung hatte, wie Sie sagen."

Anna dreht sich zu ihr, prüfend, was sie meinen könnte: „Wir waren zwanzig Jahre verheiratet", sagt sie schließlich. „Er war ein anderer Mensch, als ich ihn kennenlernte. Der Job hat ihn zu dem gemacht, was er am Ende war. Ein Mann, der sich selbst auf einen Sockel gestellt hatte, von dem er nicht mehr runter konnte. Ich wollte bei so einem selbstbezogenen Leben nicht mehr mitmachen."

„Haben Sie ihm das gesagt?"

„Unser Dauerbrenner, den er nicht mehr hören wollte, bis ich meine Sachen packte und auszog. Es war eine Befreiung für uns beide."

„Warum erzählen Sie mir das?"

„Vielleicht weil ich froh bin, dass Ihnen einige Enttäuschungen erspart blieben. Sie sind nicht die Person, die seine Stimmungsschwankungen einfach hingenommen hätte. Zumindest schätze ich Sie so ein. Und jetzt bleibt Ihnen die Erinnerung an die gemeinsame Zeit. Vergessen Sie, was ich gesagt habe, es spielt keine Rolle mehr. - Wir sind bald da, es ging schneller, als ich dachte. Was meinen Sie, soll ich einfach an irgendeinen Strand fahren, oder ist es Ihnen lieber, wir suchen ein verstecktes Plätzchen, falls es so etwas überhaupt noch gibt."

„Ein Fischerdorf im Süden der Stadt vielleicht, wo weniger Dreck und Lärm herrschen."

„Eine Romantikerin, das ist es wahrscheinlich, was ihm an Ihnen gefallen hat. Von mir hätte er so etwas nie bekommen. - Können Sie auf Ihrem cleveren Telefon nachsehen, wie ich am besten durch die Stadt komme. Casablanca ist ja ein richtiger Moloch, fast vier Millionen Einwohner, habe ich gelesen."

„Wir können es auch hier versuchen", sagt Sara, während sie auf das Display ihres Telefons starrt. „Wir sind ganz in der Nähe der Moschee Hassan II, die liegt direkt am Meer. Vielleicht finden wir dort einen ruhigen Platz." Was meint sie mit Romantikerin, denkt sie, doch sie fragt nicht nach.

„Gut, versuchen wir's." Anna wirkt gereizt, der Verkehr geht ihr sichtlich auf die Nerven.

„Nach Google sind wir kurz davor. Da vorne, ich sehe das Minarett."

„Eindrucksvoll", sagt Anna, nachdem sie das Auto einem der jungen Burschen, die als selbst ernannte Parkwächter an der Moschee herumlungern, übergeben hat. Die Urne, in eine Decke eingewickelt, trägt sie unterm Arm. „Was machen all die Leute hier?"

„Es ist Freitag", sagt Sara, und legt ihre Hand auf Annas Arm. „Ich glaube, ich kann das nicht. All die Menschen, der Strand quillt über von ihnen, wie sollen wir da seine Asche verstreuen."

„Und wo sollen wir hin? In Stadtnähe ist es vermutlich überall dasselbe."

„Schauen Sie", Sara weist auf ihr Telefon. „Die Straße nach Süden in Richtung Essaouira, vielleicht finden wir da den geeigneten Platz. Soll ich fahren, wenn Sie zu müde sind?"

„Es ist mir lieber, Sie machen den Tourguide. Ich kenne mich mit diesen Alleskönner-Telefonen nicht aus. Die Fahrt durch die Stadt hat mich nervös gemacht, außerhalb wird es hoffentlich weniger stressig."

„Wir fahren den Schildern nach in Richtung Flughafen, von dort führt die Straße weiter entlang der Küste."

Nach dem Flughafen flaut der Verkehr ab, grüne, kleinteilige Felder tauchen auf. Weiter im Süden wird die Landschaft trocken und menschenleer. Als die Straße landeinwärts, hinein in eine braunrote Halbwüste führt, bleiben sie ruhig. Sara vertraut dem Gerät, bis ihr auffällt, wie still es im Auto ist. „Machen Sie sich Sorgen, dass wir im Nirgendwo landen könnten?", fragt sie Anna.

„Ein bisschen, aber es wird schon gut gehen. Erzählen Sie mir von Ihrer Reise mit Alban. Mit mir hat er sich nie so lange Zeit genommen."

„Als er mich bat, ihn zu begleiten, war ich auch überrascht, aber es wurde sehr schön. Alban war galant, wollte, dass die Reise für uns beide zum Erlebnis wurde. Und das klappte dann ja auch", lacht sie gequält. „In Kairouan, einer Stadt in Tunesien, gibt es eine Moschee, die erbaut wurde, als die Araber ihre Eroberungszüge gen Westen führten. Alban hat das alles gewusst. Er hat mir in Vielem die Augen geöffnet."

„Kairouan", sagt Anna verträumt. „Eine fantastische Anlage. Vor Jahren war ich mit einer Freundin dort, ein Abstecher von einem Strandurlaub auf Djerba. Aber wir konnten uns nicht wirklich frei bewegen. - It's a mens world", sagt sie, wie zur Bestätigung.

„Dasselbe Gefühl hatte ich auch. In Algerien mehr noch als in Tunesien. - Wie war Alban früher? Wann haben Sie ihn kennengelernt?"

Warum will sie das jetzt noch wissen, wundert sich Anna. Sie könnte meine Tochter sein, aber Alban wollte keine Kinder, und ich wohl auch nicht, sonst hätte ich eines adoptiert. „In einer Vorlesung saß er vor mir und las die Zeitung. Als sich der Professor das Rascheln verbat, stand Alban auf und verließ kommentarlos den Saal. Das imponierte mir. Später sprach ich ihn darauf an, und wir tranken ein Glas Wein zusammen. Daraus wurden zwei, drei und wir redeten die halbe Nacht. Er war scheu und irgendwie auch bitter, doch ich fand nie heraus warum. Als wir uns näherkamen, machten wir Ausflüge aufs Land, suchten uns Feldwege, auf denen wir stundenlang gehen konnten. Einfach gehen und reden. Im Nachhinein, glaube ich, dass wir nie ganz beisammen waren, sogar wenn wir uns liebten."

„So ähnlich empfand ich das auch. Diese innere Distanz, die er nie ganz ablegte", schiebt Sara nach. „Können Sie kurz anhalten, mein Programm ist ausgestiegen, ich hoffe, es ist nur vorübergehend. Ups, da ist es wieder." Sie wischt über das Display und vergrößert den Ausschnitt der Karte. „Wir müssen uns entscheiden, welche Straße wir nehmen wollen. Die A 5 nach Azemmour, eine größere Stadt, aber rund zweihundert Kilometer entfernt, oder die R 320 nach Sidi Rahel, ein kleiner Ort direkt am Meer. Vielleicht noch dreißig bis vierzig Kilometer von hier."

„Nach Sidi, was immer. Zweihundert Kilometer schaffe ich nicht mehr, ohne einzuschlafen. Gibt es dort ein Hotel, wo wir übernachten können?"

„Es gibt ein Restaurant Piscine, das Princess Beach Café, sieht passabel aus. Gleich daneben gibt es ein Hotel. Wollen wir?"

„Ja."

„Dann an der nächsten Kreuzung nach rechts, zurück ans Meer. Von dort ist es nicht mehr weit. Alban wird uns verzeihen, dass wir ihn nicht direkt in Casablanca verstreut haben."

Anna lächelt. „Er hat keine Wahl."

„Warum haben sie sich getrennt?", fragt Sara, ohne Anna anzusehen.

Die zieht die Schultern hoch, lässt sie sacken und verzieht das Gesicht. „Wer weiß das schon. Wir beide hatten eine andere Sicht auf das, was mit uns passierte. Alban wollte Kontrolle, er wollte aufsteigen, nie mehr zurück in die Armut, in der er als Kind gelebt hatte. Und ich wollte eine Familie, wollte, dass wir mehr Zeit miteinander verbringen. Das ging einfach nicht zusammen. Immerhin haben wir es geschafft, uns ohne Kampf zu trennen. Sie haben ja gesehen, ich bin sofort gekommen, als er mich rief."

Als ich dich rief, denkt Sara.

In Sidi Rahel fahren sie durch den Ort, vorbei an einem verfallenen Fort über Klippen, die direkt ins Meer abfallen. Die Häuser der Medina leuchten in Weiß, manche mit verzierten Fensterstöcken, andere mit geschlossenen Läden, ganz in blau.

Im Princess Beach Café betrachtet sie der Wirt verwundert, als hätte er noch nie zwei allein reisende Frauen gesehen. Als sie ihn um einen Begleiter bitten, der sie ans Meer bringen soll, ruft er einen jungen Gepäckträger zu sich, der in der Halle gelangweilt herumlungert. Er gibt ihm ein paar Anweisungen auf Arabisch und zeigt auf die beiden Frauen.

Der Feldweg ans Wasser wird immer unwegsamer, bis das Auto im losen Sand versinkt. Die Reifen drehen durch. Nur mithilfe einer Gruppe einheimischer Kinder kriegen sie den Wagen wieder flott. Nachdem sie die kleinen Helfer entlohnt haben, erreichen sie den Strand. Erst dort erklären sie ihrem Begleiter, was sie vorhaben. Er nickt, als verstünde er endlich, was die ganze Aktion soll.

Sie entledigen sich ihrer Schuhe, waten bis zu den Knien ins Wasser und verstreuen die Asche im Meer. Für eine Weile, jede versunken in ihren eigenen Gedanken, betrachten sie die Schlieren der Asche, wie sie sich im Graublau der Dünung auflöst.

Zurück im Café, nachdem sie ihren Begleiter abgeliefert haben, sagt Anna: „Schön, dass das Meer es gut mit uns meinte, der Atlantik hätte auch über uns herfallen können. Was für eine verrückte Idee. Die ganze Übung hätte uns Kopf und Kragen kosten können."

„Dasselbe ging mir auch durch den Kopf. Ich fragte mich, weshalb uns unser Begleiter nicht einfach die Kehle durchschnitt, als wir im Sand stecken blieben. Keiner hätte uns vermisst", sagt Sara.

„Ja, mir ging es ähnlich. Glaubst du, er hielt uns für durchgeknallt?"

Sara bemerkt, dass Anna die Anrede gewechselt hat, doch es stört sie nicht. Inzwischen hat sie begonnen, die Direktheit der Frau zu schätzen.

„Ein bisschen schon. Hast du gesehen, wie er die Augen verdrehte, als er dem Besitzer des Cafés berichtete?"

„Ja, ich glaube, er hielt uns für zwei verschrobene Tussis. Womöglich haben wir für immer sein Bild der westlichen Frau zementiert", lacht Anna laut auf. „Wir brauchen eine Bleibe für die Nacht. In der Dunkelheit umherirren und ein Hotel suchen, scheint mir keine gute Idee."

„Wir können es in dem Hotel versuchen, das der Manager des Cafés erwähnt hat, es sei nur fünfhundert Meter entfernt."

„Wahrscheinlich gehört es ihm. Wenn es aussieht wie sein Café, suchen wir besser eine andere Bleibe. Ich habe keine Lust ausgeraubt zu werden."

Schon von außen zeigt sich das Hotel als heruntergekommene Touristenfalle. Ein Eindruck, der sich im Inneren noch verstärkt. Speckige, durchgesessene Polstermöbel in einer dunklen Lobby, die längst gelüftet gehört. Der Geruch von Desinfektionsmitteln wabert durch die Luft.

Anna zieht die Nase hoch. „Ich kann hier nicht bleiben, egal, wie müde ich bin. Jetzt bleibt uns nur Azemmour", sagt sie resigniert.

„Ja, aber ich fahre. Nicht, dass du mir am Steuer einschläfst."

„Ist wohl besser so." Im Auto macht es sich Anna auf dem Beifahrersitz bequem, während Sara den Fahrersitz auf ihre Beinlänge einstellt. „Erzähl mir eine Geschichte, die mich wachhält, damit ich dich beim Fahren unterstützen kann. - Die Asche im Meer verstreuen, was für eine irre Idee", murmelt sie mehr zu sich selbst.

Sara überlegt eine Weile, dann fragt sie: „Was für ein Fahrrad fährst du?"

Anna reagiert verblüfft, als hätte sie alles, nur nicht das erwartet. „Eins dieser Hollandräder, auf denen man ganz aufrecht sitzen kann", antwortet sie. „Wie kommst du jetzt darauf?"

„Ich will nur wissen, wer du bist."

„Und das sagt dir mein Fahrrad?", lacht Anna.

„Ja, ein kleines Puzzlestück."

„Und du?"

„Ein Rennrad, immer schon, seit ich fahren kann. Meine Mutter hat mir, als ich zehn wurde, das erste Rennrad gekauft. Ein Jugend Rad, ich habe es geliebt."

„Für mich ist es nur ein Fortbewegungsmittel."

Das habe ich mir gedacht, denkt Sara, und startet den Motor.

Am späten Nachmittag erreichen sie Azemmour. In der Medina, versteckt hinter einem roten Tor, liegt das Kenzi Basma Hotel, das Sara übers Telefon ausfindig gemacht hat. Im kühlen Innenhof plätschert ein Springbrunnen unter einer mannshohen Palme. Was für ein Kontrast zu dem Loch am Strand, denkt Sara.

Am Empfang sitzt ein alter Mann, eingehüllt in seine braune Dschelaba betrachtet er sie neugierig.

„Wollen wir bleiben?", fragt Sara.

„Es gefällt mir. Warum nicht für ein paar Tage. Etwas Abstand zu der Hektik da draußen tut uns gut. Was denkst du?"

„Ich frage ihn, ob er überhaupt etwas frei hat."

„Natürlich, Madam", sagt der Mann in blütenreinem Deutsch.

„Oh, Deutsch, wie haben Sie die Sprache gelernt?", fragt Anna anerkennend.

„Von deutschen Emigranten, die im großen Krieg hier Schutz suchten. Leute, die der Gestapo entkommen waren. Ich durfte ihnen Dinge besorgen, die sie zum Leben brauchten, dafür gaben sie mir Bücher und lehrten mich die Sprache. - Und was bringt Sie hierher? Wir liegen nicht gerade auf einer häufig befahrenen Touristenroute."

„Die Umstände", sagt Anna ausweichend. „Am Ende sind es immer die Umstände."

„Ihr kleiner Koffer gefällt mir. Er erinnert mich an ein Modell, das einer der deutschen Gäste besaß. Ein Arztkoffer?", weist der alte Mann auf Annas Gepäck.

„Ja, ein Erbstück. Ich habe es immer dabei, man kann nie wissen."

„Sind Sie Ärztin?"

„Ja."

„Und Sie, Madam?", fragt er Sara.

„Ich schreibe."

„Oh, da können Sie wohl in die Seelen der Menschen schauen." Ein meckerndes Lachen bricht aus ihm hervor. „Aber ich verhöre Sie ja richtiggehend, tut mir leid. - Wir haben eine schöne Suite, sie ist frei. Ich mache Ihnen einen Spezialpreis, weil Sie mich an die Zeit von damals erinnern. Zwei schöne Frauen, allein…" Der alte Mann hüstelt, als hätte ihn die lange Rede angestrengt. „Sie hat keinen Blick aufs Meer, aber Sie können Marokkos nächtliches Leben auf den Dächern beobachten. Früher hätten sie sogar aktiv daran teilnehmen können, aber heute würde ich abraten."

„Können wir die Suite sehen?", fragt Anna, und korrigiert sich sofort. „Falls du auch bleiben willst", wendet sie sich an Sara.

Vor ein paar Tagen hätte ich mir nicht träumen lassen mit der Frau meines Geliebten Urlaub zu machen, denkt Sara. Aber da war Alban ja auch noch am Leben, und sie war weit weg, als gäbe es sie gar nicht. „Ja, warum nicht, es sieht gut aus, und das Meer ist auch ganz nah."

Der Mann betätigt die Klingel, ein Junge erscheint und führt sie in Richtung einer ausgetretenen Steintreppe. „Mahdi-Suite", ruft ihm der Alte hinterher.

Mit einem überdimensionierten Schlüssel sperrt der Junge die Suite auf, öffnet die Tür und bleibt abwartend stehen.

Stickig heiße Luft schlägt ihnen entgegen, als sie das geräumige Zimmer betreten. Spitzbogenfenster, verborgen hinter Gazevorhängen, deren Blumenmuster von der tief stehenden Sonne auf die Wand gespiegelt werden, verbreiten ein trübes Licht. Ein Diwan aus runden Lederkissen bedeckt die braunen Terrakotta Fliesen. Im Hintergrund steht ein riesiges Himmelbett, eingehüllt von Moskitonetzen. Es riecht nach Staub, als wäre die Suite lange nicht gelüftet worden.

„Was denkst du?", fragt Anna.

„Wenn es dir nichts ausmacht, das Bett mit mir zu teilen, und wir ordentlich durchgelüftet haben, geht es. Eigentlich gefällt es mir sogar sehr gut."

„Na, dann nehmen wir es doch." Anna wendet sich an den Jungen, ihr französisch klingt holprig, doch er scheint sie zu verstehen. „Bitte sag dem alten Herrn am Empfang, dass wir bleiben. Und vielleicht kannst du uns das Gepäck hochbringen."

Der Junge nickt, doch er bewegt sich nicht von der Stelle.

„Ich glaube, er möchte Trinkgeld", weist Sara mit einem Nicken auf den Jungen. „Ich habe aber keine Münzen."

„Schon gut." Anna kramt ein paar Scheine aus der Börse, die der Junge mit einer tiefen Verbeugung entgegennimmt. Leise schließt er die Tür hinter sich.

„Modern ist anders, aber es hat Charme", sagt Anna, nachdem er gegangen ist

„Genau, wie ich mir immer den Orient vorgestellt habe. Mit Alban logierten wir meist in neuen Kästen." Warum sage ich das, denkt Sara, er wollte mit mir am Strand schlafen und wir haben es auf einem Hügel über Kairouan getan. Er musste mir nichts beweisen. Auch das Hotel in Algier war nicht neu, nur Fez war Luxus, weil er in der Nähe der Moschee sein wollte. Vielleicht sage ich es, weil ich Anna über meine wahre Beziehung zu Alban im Unklaren lassen will. Weil es nichts bringt, wenn sie weiß, dass wir uns wirklich geliebt haben. Sie würde es nicht verstehen. „Was hältst du davon, wenn wir ein paar Schritte hinausgehen und uns die Medina ansehen. Es ist noch hell."

„Gute Idee, aber warten wir noch, bis das Gepäck hier ist. Und sicherheitshalber nehme ich meinen guten Freund mit. Die Handtasche lasse ich lieber hier. Zu viele junge Männer, die Geld brauchen, um ihre Fahrt nach Europa zu bezahlen." Sie öffnet die Tasche und entnimmt ihr eine kleine Pistole, die sie im Mantel versenkt.

Sara schüttelt verwundert den Kopf. „Glaubst du wirklich, dass wir sie brauchen? Und kannst du überhaupt damit umgehen?"

„Man kann nie wissen. Vor Jahren, da hätte ich eine gebraucht, aber..."

„Was meinst du?"

Anna schüttelt den Kopf, aber dann spricht sie doch darüber: „Es gab eine Zeit, da hätte ich Alban erschossen, wenn ich eine Waffe gehabt hätte, so sehr habe ich ihn gehasst. Aber das ist längst vorbei."

„Hatte es mit Jonas zu tun?", fragt Sara.

Anna fährt herum und starrt sie feindselig an. „Wie kommst du darauf, was weißt du überhaupt von Jonas?", zischt sie.

„Sorry, wenn ich da auf eine Mine getreten bin, aber Alban sprach viel über die Reise mit Jonas durch Nordafrika. Manchmal hatte ich das Gefühl, als säße er mit uns im Auto. Alban vermittelte den Eindruck, ohne sich dessen bewusst zu sein, als gäbe es eine offene Wunde in seinem Leben, die nie geschlossen wurde."

Annas Gesicht verhärtet sich, sie macht ein paar Schritte weg von Sara, kommt aber gleich wieder zurück: „Alban hat Jonas mit seinen entsetzlichen Prinzipien umgebracht. - Jonas hatte sich mit seinem Sportgeschäft verspekuliert, ein temporärer Engpass. Wenn ihm Alban das Darlehen gegeben hätte, um das ihn Jonas bat, lebte Jonas vielleicht noch. Dabei hatte Alban schon damals genug Geld. Er wollte einfach, dass alle um ihn herum so leben sollten, wie er es für richtig hielt. Vermutlich hat ihn deshalb auch der Aufenthalt im Sudan fast aus der Bahn geworfen. Dass er den Terroristen verbluten ließ, war nicht der einzige Grund, an dem er monatelang zu knabbern hatte."

Sie spricht in Rätseln, aber besser nicht nachfragen, denkt Sara. Es gab anscheinend eine Menge offener Rechnungen. Vielleicht ist sie deshalb sofort gekommen, um die Geschichten von früher endlich aufzuarbeiten. Jetzt wird es sie bis ans Lebensende verfolgen. „Tut mir leid, ich hätte Jonas nicht erwähnen sollen."

„Schon gut…. Es ist nur so…", Anna bricht in Tränen aus und wendet sich ab. „Lass gut sein, es ist nicht mehr zu ändern. Jonas ist tot, Alban ist tot, und die Erinnerung an beide wird irgendwann verblassen. Du hast noch dein ganzes Leben vor dir, und keinen Grund so hart zu werden wie ich. - Was machen wir? Marokko ist kein Land, wo sich zwei Frauen betrinken können."

„Wir gehen ans Meer und verabschieden uns von Alban, da ist er schließlich jetzt."

Es klopft. Als Sara öffnet, steht der Junge mit dem Gepäck vor der Tür.

Auf dem Weg nach draußen, vorbei an der Rezeption, erhebt sich der Alte von seinem Stuhl neben dem Bord mit den überdimensionierten Zimmerschlüsseln. „Sie wollen noch in die Stadt?", fragt er.

„Ja, ans Meer. Mein Telefon zeigt den Strand ganz nah", sagt Sara.

„Zwei Straßen weiter, Sie werden es hören. Aber bleiben Sie nicht bis die Nacht anbricht, in letzter Zeit treibt sich viel Gesindel herum."

„Danke, notfalls können wir uns auch wehren", sagt Anna.

Der Himmel hängt bleiern über der Dünung, die träge ans Land schwappt. Verborgen hinter einer Wolkenbank über dem Atlantik, beginnt die untergehende Sonne den Horizont zu verfärben. Müll, in allen erdenklichen Farben und Formen, Plastikbeutel und Einwegflaschen bedecken den Sand. Vor der Küste liegt ein gestrandeter Frachter, dessen Aufbauten vom Meerwasser teilweise zerfressen sind. Halb verborgen im Zwielicht des abnehmenden Tages, ist der Lehm Wall einer Zitadelle zu erkennen.

Sara sucht kurz auf ihrem Telefon. „Das muss Ahmed Al-Mullah sein. Willst du da hin?"

„Nein, ist mir zu weit. Teuflisch diese Telefone, sie wissen jederzeit und überall, wo du bist. Man kann ihnen einfach nicht entkommen. - Eigentlich nicht verwunderlich, dass sie hier kaum Touristen haben, wer will schon in einer Kloake neben einer Müllhalde baden", sagt Anna, und wendet sich zurück. „Hast du Alban geliebt?", fragt sie, nachdem sie ein paar Schritte entlang der Wassergrenze in Richtung Hotel gegangen sind.

Sara überlegt einen Moment. „Ich glaube schon", sagt sie, mit einem kleinen, entschuldigenden Lächeln.

„Du glaubst? Du hast lange gezögert", lacht Anna.

„Liebe? Ich habe mich gefragt, was du damit meinst. Ein Wort, totgeprügelt von der Werbung, ist nicht nach meinem Geschmack. Vertrauen, Verlässlichkeit, Humor, alles, nur nicht die Bedeutungsschwere, mit der das Wort Liebe überfrachtet wird. - Ich bin stolz auf uns, dass wir es geschafft haben, Alban seinen letzten Wunsch zu erfüllen."

Anna nickt. „Dabei macht die ganze Aktion keinen Sinn. Wenn Alban das Meer, wie hier, gesehen hätte, hätte er sich geekelt. Ich kann mir nicht vorstellen, dass er in einer Müllhalde begraben werden wollte. Vermutlich hatte er den Atlantik ganz anders im Kopf."

„Wie denn?"

„Wild, ursprünglich, blau, wie ihn die Werbung verkauft", lacht Anna. „Genau wie die Wüste, ein Meer aus Sand, makellos. Und jetzt übersät mit Plastikbeuteln und ausgeschlachteten Autowracks."

„Vielleicht kriegen wir im Hotel eine gute Flasche Wein, was denkst du?"

„Alles besser, als dieser Restposten unserer Zivilisation."

Zurück im Hotel scheint der Alte bereits auf sie gewartet zu haben. Er zögert, als er Anna den Zimmerschlüssel reicht, als müsse er sich überwinden sie zu fragen. Schließlich spricht er sie doch an: „Wie froh ich bin, Sie als Gast zu haben. Aus München sagten Sie. Einer meiner deutschen Freunde kam auch aus München. Die Kapitale eines kleinen Königreichs wäre es einmal gewesen, sagte er voller Stolz. Wenn ich an die Stadt denke, sehe ich herrliche Gebäude, Kirchen, vergoldeten Schmuck in Museen. Nicht wie bei uns, Sand in den Straßen, ein paar Palmen, brennende Sonne, Traurigkeit und Langeweile, an der unsere jungen Männer zugrunde gehen. - Darf ich Sie etwas fragen?"

„Natürlich. - Es war nur ein kleines Königreich, und die Gebäude in Paris, London, überall in Europa, sind weit eindrucksvoller", sagt Anna reserviert, als ginge ihr seine Lobhudelei auf den Geist.

„Europa, dort wo sie alle hinwollen, unsere Jungen. Und dann passiert etwas, und ihr Traum zerplatzt. - Sie sind Ärztin, nehme ich an. Ein Arztkoffer, haben Sie gesagt. Notfallmedizin womöglich?"

„Nein, Internistin."

„Es ist mir peinlich sie darauf anzusprechen, aber meinem Enkel geht es nicht gut. Er ist der älteste. Ich habe so lange auf ihn gewartet, vier Mädchen kamen zuvor, ich will nicht, dass er stirbt."

Anna schüttelt ungehalten den Kopf, eine steile Falte zeigt sich auf der Stirn. Um die Mundwinkel formt sich ein triumphierendes Lächeln, als hätte sie längst damit gerechnet, was jetzt kommt. War doch klar, denkt sie, nicht umsonst hat er uns das Rührstück über seine deutschen Freunde erzählt. „Was hat er denn?", fragt sie kurz angebunden. „Wenn Ihr Enkel noch klein ist, kann ich leider nicht helfen. Kleinkinder brauchen eine andere Behandlung als Erwachsene."

Ein flüchtiges Lächeln blitzt in dem zerknitterten Gesicht des Alten auf, und verschwindet sofort wieder. „Er ist achtzehn."

„Und was fehlt ihm?"

„Eine Schusswunde, sie will einfach nicht heilen."

Annas Augenbrauen zucken nach oben. Sie dreht sich zu Sara, als suche sie eine Bestätigung dessen, was sie vermutet. „Schusswunde? Wie kommt das denn, noch dazu mit achtzehn."

„Er geriet ins Kreuzfeuer zweier Parteien, an einem Ort, an dem er eigentlich nicht hätte sein sollen."

„Herr Abdesalam, wir sind Touristen, ich darf meinen Beruf nicht ohne Approbation in einem anderen Land ausüben. Wir sind hier, weil wir die

Asche meines Mannes im Meer versenkt haben. Es war sein letzter Wunsch, aber wir wollen keinesfalls in irgendwelche Konflikte hineingezogen werden. Warum gehen Sie nicht zu einem lokalen Arzt?"

„Das kann ich nicht. Er müsste den Vorfall melden, und sie würden meinen Enkel ins Gefängnis werfen. Dabei hat er nichts getan. Er war nur zur falschen Zeit am falschen Ort. Könnten Sie ihn nicht wenigstens kurz ansehen?" Der Blick des Alten ist flehend, fast lauernd geworden, keine Spur mehr von seiner anfänglichen Souveränität. „Ich liebe den Jungen, er ist ein guter, aufgeweckter Bursche, der einen Fehler gemacht hat. Er geriet ins Kreuzfeuer zweier Parteien, die es eigentlich nicht geben sollte. Und jetzt will die Wunde nicht heilen. Vielleicht ist es nur eine Kleinigkeit, etwas, das wir mit unseren begrenzten Kenntnissen nicht erkennen können. Sie sollen ihn nur ansehen, es ist nicht weit. Gleich im nächsten Dorf. Mein Sohn ist verzweifelt, und Sie können ihm vielleicht Hoffnung geben."

„Ich weiß nicht. Es ist schon spät." Anna kämpft mit sich. „Was denkst du, Sara?"

„Ich gebe Ihnen einen guten Mann mit, der wird Sie beschützen. Und Sie werden vor Einbruch der Dunkelheit zurück sein. Ganz bestimmt", wirft der Alte ein.

„Was kann schon passieren. Es hört sich eher wie ein Abenteuer an. Dann sehen wir auch, wie die Menschen hier leben", sagt Sara.

„Ja, ein schönes altes Dorf, ich bin dort geboren. Wir bringen Sie hin und wieder zurück, es dauert nicht lange", sagt der Alte.

„Kann ihr Mann unser Auto fahren, ich bin zu müde?"

„Wie Sie wollen." Plötzlich ist die Unterwürfigkeit des Alten verschwunden, als bedauere er überhaupt gefragt zu haben. „Wir sind keine Diebe."

Anna schüttelt verwundert den Kopf, als verstünde sie nicht, was er meint. Sie nimmt die Veränderung des Alten wahr und sucht in seinem zerfurchten Gesicht nach einer Erklärung. Als ihr aufgeht, was er gemeint haben könnte, sagt sie brüsk: „Diebe, Unsinn, wenn ich glaubte, was

Ihnen womöglich durch den Kopf geht, würde ich nirgendwohin fahren, egal in welchem Auto. Was für ein Auto haben Sie denn?"

„Einen Jeep, sehr stabil. Er kommt in der Wüste, dem Sand vor allem, besser klar als Ihr schwerer BMW."

„Gut, wir sind bereits einmal im Sand stecken geblieben. Kinder haben geholfen, uns freizukriegen. Und der Fahrer?"

„Er ist einer meiner Mitarbeiter, Sie können ihm vertrauen, ich verbürge mich für ihn."

„Na dann los, aber wir sollten gleich fahren, bevor es zu dunkel wird. Ich möchte den Patienten noch bei Tageslicht sehen. Einen Moment noch, ich hole nur schnell meinen Koffer."

„Ist sie immer so misstrauisch? So bestimmend?", fragt der Alte Sara, als Anna gegangen ist.

„Nein, sie ist Ärztin, daran gewöhnt, dass die Menschen tun, was sie ihnen sagt. Und vielleicht macht sie sich Sorgen, was auf sie zukommt. Ein Dorf am Rand der Sahara ist nicht gerade ihr gewohntes Arbeitsumfeld. Was ist, wenn sie ihrem Enkel nicht helfen kann?"

Der Alte hebt nur hilflos die Schultern. „Ich verstehe, was Sie meinen. Sie scheint eine gute Ärztin zu sein, sie wird uns sagen, was zu tun ist."

Ich werde mitfahren, denkt Sara. Ich will sehen, wie sich Anna schlägt. Marokko ist ein zivilisiertes Land, und was soll schon passieren. Der Alte macht einen vertrauenerweckenden Eindruck. Und wer weiß, vielleicht braucht Anna meine Hilfe ja doch.

Anna trägt noch dieselbe weiße Bluse, als sie zurückkommt, doch den Anzug hat sie gegen eine olivfarbene Windjacke und eine Cargo Hose getauscht. Die Haare sind unter einer Schirmmütze verborgen, und in der Hand hält sie den abgeschabten Lederkoffer, der alles birgt, was sie für eine Notfallbehandlung braucht. „Geht es ohne ein Kopftuch?", fragt sie den Alten.

„Natürlich, für Sie gelten andere Regeln. Die Dorfbewohner verstehen das, und meine Familie sowieso."

„Wo ist der Fahrer?"

„Er wartet bereits auf Sie."

„Ich möchte mitkommen", sagt Sara, „wenn du einverstanden bist."

Anna zögert keinen Moment: „Gerne, wir haben es bisher gemeinsam geschafft, dann werden wir den kleinen Ausflug auch noch hinkriegen. Außerdem kannst du mich am Einschlafen hindern", lacht sie.

„Wo hast du dein neues Outfit her? So groß ist dein Koffer doch gar nicht. Und warum hast du es überhaupt mitgebracht? Du siehst aus, wie gemacht für einen Einsatz in der Wüste."

„War so eine Art spontane Eingebung. Ich hab's einfach noch reingequetscht. Vielleicht dachte ich auch, ich könnte ein paar Tage länger in Marokko bleiben, mit einem Begräbnis hatte ich ja nicht gerechnet."

„Mit was hattest du gerechnet?"

„Mit einem kranken Mann, der wollte, dass ich die Scheidungspapiere unterschreibe." Für einen Moment huscht ein Lächeln über ihr Gesicht. „Und mit dir. Ich wollte wissen, wen er sich ausgesucht hatte. - Danke übrigens, dass du mitkommst. Es macht es leichter, so ganz geheuer ist mir der Ausflug dann doch nicht."

Das Auto scheppert und rumpelt, ein Diesel, der längst gewartet gehört. Der Fahrer schweigt beharrlich, reagiert eher einsilbig auf ihre Fragen, was sie in dem Dorf erwartet. Nach einer Stunde biegt er von der geteerten Hauptstraße in eine Schotterpiste, die aussieht, als wäre sie von einer Schubraupe in die Landschaft gefräst worden. Das Gelände gleicht einer flachen, endlosen Ebene aus der nur gelegentlich ein paar bizarre Felsformationen herausragen. Wie aus dem Nichts tauchen Felder auf. Kleine Parzellen umgeben von Steinmauern, darin Esel, ein paar Kamele.

„Wir sind da", sagt der Fahrer.

„Von was leben die?", fragt Sara leise, als hätte Anna die Antwort. Doch die zuckt nur mit den Schultern. „Kein Wunder, dass der Alte nach Azemmour gezogen ist. Sein Hotel ist ein Paradies dagegen. Und dass sie hier keinen Arzt haben, wundert mich auch nicht."

Am Eingang des Dorfs umringt sie eine Horde Kinder und begleitet sie schreiend ins Zentrum, wo der Fahrer das Auto vor einem zweistöckigen

Gebäude, dem einzigen im ganzen Dorf, abstellt. „Ich bringe Sie rein, Sie werden bereits erwartet."

„Das nenne ich Neuzeit", sagt Anna. „Kein Wasser, kein Arzt, aber Fernsehen und Internet. Hast du die Satellitenschüsseln auf den Mauern gesehen?"

„Ja, aber auch die Esel, die Dornenhecken und halb verfallenen Mauern aus Lehm. Hier prallt alles zusammen, Tradition mit einer Neuzeit, die sie überrollt. Ob das auf Dauer gut geht?"

„Werden wir gleich sehen", sagt Anna und folgt dem Fahrer durch ein mit Blech beschlagenes Tor in den weitläufigen Innenhof aus gestampftem Lehm. Ein Mann empfängt sie, vierzig vielleicht. Die von der Sonne gegerbte Haut ist die eines Bauern, doch der bodenlange Kaftan in dezentem Grau, verrät den Städter, den es aufs Land verschlagen hat.

In einer Ecke des Hofs steht ein tiefschwarzer Araberhengst. Neugierig betrachtet das Pferd die Ankömmlinge, als fordere es sie auf, seine Schönheit wahrzunehmen, den schmalen Kopf, die aufmerksam gespitzten Ohren und die ungeduldig scharrenden Hufe.

Der Mann verbeugt sich mit gefalteten Händen vor den Frauen. Mit Blicken versucht er herauszufinden, wer von den beiden die Ärztin ist. „Mein Vater hat sie angekündigt, ich nehme an, Sie sind die Ärztin", sagt er zu Anna. „Vater hat sie als sehr kompetent beschrieben. Und Sie, wenn ich Ihren Blick auf Said richtig deuten darf, lieben Pferde", wendet er sich an Sara. „Er ist mein Alles, wir gewinnen Rennen zusammen."

Sara nickt. „Darf ich hierbleiben und ihn genauer betrachten, währen Anna ihren Sohn untersucht?"

„Natürlich, aber gehen Sie nicht zu nahe ran, er mag nicht gestreichelt werden." Mit einem Lächeln wendet er sich erneut an Anna: „Möchten Sie den Jungen sofort sehen, oder darf ich Ihnen zuvor noch ein Glas Tee anbieten?"

„Lieber gleich, wir wollen vor Anbruch der Dunkelheit zurück in Azemmour sein."

„Ja, natürlich, kommen Sie."

Während Anna mit dem Mann ins Haus geht, setzt sich Sara auf einen Stein und betrachtet den Hengst, seine feurigen Augen, die schlanken Fesseln, den kräftigen Körper eines durchtrainierten Athleten. Nach einiger Zeit kommt ein Mädchen aus dem Haus, die Haare zu vielen kleinen Zöpfen geflochten, durchwirkt mit Perlen. Das Kleid ein vielfarbiger Sack, an den Füßen Flip-Flops. Ohne ein Wort setzt sie sich neben Sara auf den Boden. Kurz darauf folgt ein zweites Mädchen, jünger, und setzt sich neben die Schwester. Sie reden kein Wort, betrachten nur neugierig die Frau, vor allem ihr blondes Haar. Schließlich sagt die Ältere etwas auf Arabisch und deutet auf das Pferd. Sara, obwohl sie kein Wort versteht, lächelt und nickt.

Ihr ist klar, dass die Mädchen etwas sagen wollen, sich aber nicht trauen. „Wollt ihr mir euer Dorf zeigen?", fragt sie auf Französisch, und sofort nickt die ältere, als hätte sie nur darauf gewartet.

Vor dem Haus werden sie sofort von den Kindern umringt, die das Auto schon bei der Ankunft begrüßt haben. Ein fröhliches Geschnatter begleitet Sara auf dem Weg durch verschlungene, staubtrockene Gassen. Sie betrachtet die Tiere und grüßt die Erwachsenen, die meist so tun, als nähmen sie keine Notiz von ihr. Es sind zu viele, denkt Sara, wer soll all die Menschen ernähren? Alban würde sagen: Wir sind uns selbst zum Feind geworden. Beiläufig sieht sie, wie ihr Fahrer wild gestikulierend telefoniert. Aufgebracht scheint er. Als er ihrem Blick begegnet, wendet er sich ab und verschwindet hinter einer Mauer.

Inzwischen beugt sich Anna über einen jungen Mann, dem das Fieber ins Gesicht geschrieben steht. Schweißperlen bedecken die Stirn. Die glänzenden Augen sind voller Hoffnung auf sie gerichtet. Sie müssen ihm gesagt haben, dass ich ihn heilen kann, denkt Anna. „Wo ist die Wunde?", fragt sie den Vater.

Der schlägt die Decke zurück und zeigt auf den schmutzigen Verband quer über der Brust.

„Der muss weg, und der Junge soll sich aufrichten, damit ich die Kugel erfühlen kann, falls sie noch im Körper sitzt. Ich brauche warmes Wasser und frische Leinen- oder Baumwollstreifen. Das Verbandszeug, das ich dabeihabe, wird nicht reichen."

Der Vater gibt den Frauen im Hintergrund ein paar Anweisungen und hilft dem Jungen sich aufzurichten. Er fragt, was die Frau aus dem Westen mit ihm vorhat. Als der Vater ihm erklärt, dass es sich um eine erfahrene Ärztin handelt, entspannt sich sein Gesicht.

Die Wunde hat sich infiziert und eitert. „Es gibt kein Austrittsloch, also sitzt die Kugel noch im Körper", sagt Anna. „Ich muss versuchen sie zu ertasten. Es wird weh tun ohne Betäubung, bitte sagen Sie das Ihrem Sohn. Am besten Sie geben ihm ein Stück Stoff zwischen die Zähne, damit er sich nicht auf die Zunge beißt. Ich muss mit dem Finger in die Wunde greifen, vielleicht spüre ich, wie tief das Projektil sitzt."

Während der Vater beruhigend auf den Jungen einspricht, streift sich Anna ein paar sterile Handschuhe über, reinigt die Wunde so gut es geht, und beginnt vorsichtig das Einschussloch abzutasten. Als sie versucht mit dem Finger in den Einschusskanal vorzudringen spuckt der Junge das Tuch aus und beginnt laut zu brüllen.

„Ist gut", sagt Anna. „Das funktioniert so nicht. Wir müssen die Wunde desinfizieren so gut es geht, und dann braucht er viel Ruhe. Um das Projektil heraus zu holen müsste er ins Krankenhaus, aber das wollen Sie nicht, hat ihr Vater gesagt. Also können Sie nur hoffen, dass der Körper die Kugel abkapselt. Ihr Junge ist stark, er schafft das. Lieber wäre mir aber ich hätte ihn in einem Operationssaal."

„Wenn das ginge, hätten wir es schon getan. Danke für Ihre Mühe", sagt der Mann enttäuscht.

Anna legt einen neuen Verband an und gibt dem Vater ein paar Schmerztabletten. „Dreimal pro Tag mit etwas Wasser. Wenn die Entzündung nicht bald abklingt muss er ins Krankenhaus. Mehr kann ich im Moment nicht für ihn tun."

„Wie lange sind Sie noch in Azemmour. Könnten Sie wiederkommen?"

„Wir wollen nur ein paar Tage bleiben. Wenn es mit Hilfe Ihres Vaters gelingt ein Operationsbesteck aufzutreiben und etwas lokale Betäubung, dann komme ich wieder. Ansonsten kann ich leider nichts tun."

„Das verstehe ich."

Es ist bereits Nacht, als sie zurück nach Azemmour fahren. Anna schläft, den Kopf an Saras Schulter gelehnt. Das Rumpeln der Reifen dringt ins Auto und das Nageln des Dieselmotors schläfert auch Sara ein. Teilnahmslos starrt sie in die Dunkelheit, als der Fahrer plötzlich scharf auf die Bremse tritt. Im Lichtkegel der Autoscheinwerfer stehen drei bewaffnete Männer.

„Merde", zischt der Fahrer, und versucht erst gar nicht sie zu umfahren. Er stoppt, steigt aus und beginnt ein langes Palaver mit einem der Dreien.

Anna ist durch das scharfe Bremsen erwacht. Halb verschlafen vermutet sie, dass es sich um eine Sicherheitskontrolle handeln könnte. Zu befürchten gäbe es daher nichts, warum sonst würden die Männer so ausführlich miteinander reden. „Wenn es Banditen wären, könnten sie sich nehmen, was sie wollen. Sie bräuchten nicht ewig zu palavern", versucht sie Sara zu beruhigen.

„Ich habe Angst", sagt Sara, „ich bin Jüdin. Ich hätte nicht mitkommen sollen. Die ganze Reise war eine Schnapsidee. Was haben sie mit uns vor?"

„Weiß ich nicht. Was soll das mit der Jüdin? Drehst du gerade durch? Keiner sieht dir an, wer oder was du bist. Bitte werde nicht hysterisch, bleib einfach ganz ruhig. Wir sagen, wir sind deutsche Touristen, vielleicht hilft das. Lass mich reden, ich kann mit Kerlen umgehen."

Sie glaubt nicht, dass es eine Kontrolle ist, denkt Sara. Nicht verwunderlich, so wie die Männer aussehen, auf keinen Fall wie Polizisten oder Militärs.

Aus der Männergruppe löst sich eine Gestalt und kommt zum Auto. Mit der Maschinenpistole bedeutet er Anna das Fenster herunter zu lassen. Als er den Kopf ins Auto steckt verrutscht das Tuch, das er um Kopf und Mund geschlungen hat. Sie riecht seinen schlechten Atem, doch sie vermeidet zurückzuweichen. „Mesdames, mein Name ist Idrissous, aber alle nennen mich Driss, wir bedauern, Ihnen Unannehmlichkeiten machen zu müssen", sagt er höflich, als ihn Anna erwartungsvoll ansieht. „Ihr Fahrer will partout nicht, dass Sie uns helfen, aber mein Freund hier", mit einer lässigen Handbewegung weist er auf die Pistole, „hat ihn überzeugt."

„Um was geht es?", fragt Anna.

„Wir brauchen Ihre Hilfe. Sie haben einen unserer Jungs behandelt, den es bei einem Feuergefecht erwischt hatte. Wir sind nur hier im Norden, weil wir sehen wollten, wie es ihm geht. Die Kinder im Dorf haben uns erzählt, dass eine von Ihnen Ärztin ist. Und da dachten wir an unsere anderen Kämpfer, wie sehr auch sie Ihre Hilfe gebrauchen könnten. Wissen Sie, wir kämpfen für die Freiheit dieses Landes, aber das gefällt nicht allen, also können wir nicht einfach ins nächste Krankenhaus gehen, um sie zu versorgen."

„Wir sind nur deshalb in das Dorf gefahren, weil uns der Besitzer des Hotels in Azemmour gebeten hat seinem Neffen zu helfen. Mit ihrer Sache wollen wir nichts zu tun haben", sagt Anna betont ruhig.

„So ähnlich hat es Ihr Fahrer auch gesagt. Aber leider konnte er mich nicht überzeugen."

„Wie soll ich Ihren Männern helfen können, ich bin weder eine Wunderheilerin noch ein fahrendes Krankenhaus. In meinem Arztkoffer befinden sich nur ein paar Schmerztabletten und etwas Verbandszeug. Das ist keine große Hilfe. Der Junge hat eine Kugel in der Brust, die sich entzündet hat. Sie müsste dringend entfernt werden, aber das geht nicht ohne eine Operation. Also können wir nur hoffen, dass sein Körper stark genug ist, die Kugel abzukapseln."

„Er wird überleben, manch einem unserer Kameraden geht es bedeutend schlechter. Die Marokkaner schießen nicht mit Gummigeschossen."

„Ich sagte doch, ich habe nichts, um zu helfen."

„Wenn Sie uns sagen, was Sie brauchen, werden wir die Sachen besorgen. Was wir nicht haben, ist Ihre Erfahrung. Wir wollen nicht, dass einer von uns stirbt, bloß weil wir eine Kleinigkeit übersehen haben. Bei schweren Verwundungen können wir sowieso nichts tun, es ist Schicksal, wir wissen das. - Ihr Fahrer will nicht, dass Sie mit uns kommen. Er fühlt sich für Sie verantwortlich, wohl auch gegenüber dem Alten in Azemmour. Wir kennen ihn, ein ehrlicher Mann. Er hat mit dem, was wir von Ihnen erwarten, nichts zu tun."

„Was erwarten Sie denn?"

„Dass Sie mit uns kommen. Für ein paar Tage, vielleicht auch länger, das wird unser Anführer entscheiden."

„Aber wir haben nichts dabei für so einen Ausflug, keine Kleider, nichts", mischt sich Sara ein, die Stimme in Aufruhr. Sie schweigt und setzt sich kerzengerade zurück, als sie Anna mit einem Händedruck zu beruhigen sucht.

„Ausflug!", ein flüchtiges Lächeln huscht über das Gesicht des Mannes. „Ausflug würde ich es nicht nennen. Aber vielleicht gefällt Ihnen ja auch, wie wir leben", lacht er gehässig. „Vor einiger Zeit habe ich weiter im Süden eine Schlepperbande abgefangen. Sie hatten einen Lehrer aus Dakar dabei, der über die Kanaren nach Europa wollte. Den haben wir auch eingeladen bei uns zu bleiben, die anderen ließen wir laufen, sie wären uns nur zur Last geworden. Warum erzähle ich das? Weil sich dieser Lehrer inzwischen zu einem unserer besten Kämpfer entwickelt hat. Man kann also nie wissen, wie sich die Dinge entwickeln."

„Das heißt, Sie haben ihn gefangen genommen", sagt Anna.

„So könnte man es nennen." Driss wendet sich abrupt an Sara, die er bisher weitgehend ignoriert hat. „Machen Sie sich keine Sorgen um Kleider, oder was immer Sie zu brauchen glauben. In der Wüste gibt es nicht viel, was man wirklich benötigt, um am Leben zu bleiben. Im Lager sind auch Frauen, die werden Sie mit dem Nötigsten versorgen. Einen Burnus oder Kaftan finden wir allemal für Sie." Mit den Augen tastet er Saras Körper ab, als könne er sich vorstellen, ihre Einkleidung selbst zu übernehmen.

„Und wenn wir uns weigern mitzukommen?", fragt Anna.

„Das wäre schade. Notfalls müssten wir den Fahrer erschießen, und das Auto anzünden. Das können Sie kaum wollen. Sie würden verschwinden, in den Weiten der Wüste, und niemand wüsste, wo Sie sind. Ich würde es vorziehen ihn am Leben zu lassen, dann kann er dem Alten berichten, dass Sie sich wohlbehalten in unseren Händen befinden. Als Schutz gewissermaßen, denn wer weiß, was Ihnen sonst noch passiert wäre. Zwei Europäerinnen allein, nachts in der Wüste, keine gute Idee. - Unser Kämpfer wird überleben, sagt der Vater, dank Ihrer Hilfe. Das ist gut. Umso mehr setzen wir auf Ihre Kunst."

„Kämpfer!", sagt Anna. „Er ist noch ein Junge. Wie kam es überhaupt dazu, dass er eine Kugel in der Brust hat?"

„Wir sind ein Teil der Polisario, die für die Unabhängigkeit der Westsahara kämpft. Die Männer kommen freiwillig zu uns, sie wissen, dass sie sterben können. Keiner von ihnen wird in den Dienst gezwungen, wenn Sie das meinen."

„Ich meine gar nichts. Aber der Junge ist nicht in der Lage zu übersehen, auf was er sich einlässt."

„Da sind wir anderer Meinung. Aber lassen Sie uns nicht streiten. Wir brauchen Ihre Hilfe, unser Anführer braucht Ihre Hilfe, er ist verwundet. Sie werden wissen, was zu tun ist. Ohne Ihre Hilfe stirbt er womöglich. Gott hat Sie uns zum Geschenk gemacht. Das dürfen wir nicht ablehnen. Sie sollten sich nicht dagegen wehren. Gott wird entscheiden, wie und wann sie wohlbehalten zurückkehren."

„Das heißt, Sie wollen uns entführen."

„So könnte man es nennen. Aber nichts ist zufällig, alles ist uns bestimmt."

„Ja, so scheint es wohl. - Ich möchte mich einen Moment mit meiner Freundin besprechen. Können Sie uns bitte allein lassen."

„Natürlich, aber kommen sie nicht auf falsche Gedanken. Und sagen Sie Ihrer Freundin, dass wir sie gehen lassen, falls sie das will. Wir wollen nur Sie. Ihre Freundin kann mit dem Fahrer nach Azemmour." Mit diesen Worten tritt er ein paar Schritte zurück in die Dunkelheit.

„Die meinen es ernst, eine astreine Geiselnahme. In deren Köpfen sind alle Ärzte reich, eine prima Quelle für Lösegeld. Das Geschwätz über Gott ist nichts anderes als Geschwätz, gib nichts darauf. Vermutlich hat er dem

Fahrer bereits seine Forderung genannt. Ich will versuchen alleine zu gehen. Vielleicht stimmt ja, was er sagt, dass sie mich als Ärztin brauchen, dann wäre ich in ein paar Tagen zurück. Was hältst du davon?"

„Gar nichts. Ich bleibe bei dir. Wenn sie uns auseinanderdividieren, spielen wir nur in ihre Hände. Außerdem, wenn deine Annahme stimmt, sind zwei Geiseln mehr wert als eine."

„Ich hatte gehofft, du würdest es sagen. Aber es war meine Schuld, dass ich diesem hirnrissigen Ausflug überhaupt zugestimmt habe. Albans Tod hat anscheinend all meine Schutzinstinkte weggespült, anders kann ich es mir nicht erklären."

Sie hat nie verwunden, dass er sie verlassen hat, denkt Sara. Sie bezieht ihn immer noch in all ihre Überlegungen mit ein. Aber das ist jetzt wohl unser geringstes Problem.

Während der Fahrt in den Süden sind die beiden Frauen immer wieder erschöpft weggedöst, bis das gleichmäßige Brummen des Motors in wechselnde Drehzahlen übergeht. Sara erwacht schreckhaft, braucht Zeit um zu erfassen, wo sie sich befindet. Wir fahren durch ein Gebirge, denkt sie. Auf der Karte, als ich ein Hotel suchte, gab es kein Gebirge. Sie weckt Anna: „Hier sind Berge, wie kann das sein?", fragt sie leise.

„Keine Ahnung, sie sagten, ihre Einheit operiere im Süden. Sieh nach auf deinem schlauen Telefon, vielleicht bekommst du eine Verbindung."

„Er hat mir das Telefon abgenommen, wäre besser so, damit sie uns nicht orten können, hat er gemeint. Sie könnten einen Hubschrauber schicken, der unfreundliche Sachen auf uns wirft, wenn sie wissen, wo wir sind. Der Mann scheint Humor zu haben. - Was passiert uns, Anna?"

„Keine Ahnung. Vermutlich landen wir in irgendeinem Harem. Du als Zweitfrau und ich als Putzhelferin", lacht Anna gehässig. „Tut mir leid, ich bin zu müde, um mir vorzustellen, was auf uns zukommt. Lösegeld scheint mir noch die wahrscheinlichste Variante. Warum sonst sollten sie sich mit zwei weißen Frauen herumschlagen, die in dieser Wüstenei zu nichts zu gebrauchen sind. Wir müssen einfach abwarten."

Resigniert bläst Sara die Luft durch die Nase. „Seit Vater in der Wüste von einem Panzer Schrapnell in Stücke gerissen wurde, habe ich geahnt, dass dieses Land meine Bestimmung ist. Und jetzt ist es soweit."
„Was redest du für Unsinn. Wir sind am Leben, müde, aber wir sind am Leben."
„Noch."
Als der Pass hinter ihnen liegt, verliert sich die Straße, wird zur Sandpiste und dann nur noch hartes, steiniges Terrain. Im Morgengrauen erreichen sie eine Ansammlung von Lehmhütten am Fuß eines Felsmassivs. Frauen zünden Feuer an. Männer, bärtig und lange nicht gewaschen, schälen sich aus ihren Decken.

6

Der Lehrer hat die ganze Nacht bei Youssuf verbracht, versucht mit Kräutern das Fieber zu senken, doch die Stirn des Anführers glüht unverändert.

Im Morgengrauen erreicht Driss das Lager und führt Anna sofort zu Youssuf. Sara übergibt er einer älteren Frau, damit sie ihr eine leere Hütte zuweist, und sich um das Nötigste für die beiden Frauen kümmert.

„Wie geht es dir? Ich habe eine Ärztin mitgebracht", sagt er zu Youssuf, der versucht sich aufzurichten.

„Eine Frau?", fragt Youssuf zweifelnd, während er Anna misstrauisch beäugt. Mit einer Handbewegung bedeutet er ihr, sich neben ihn zu setzen. „Danke, dass Sie gekommen sind", ringt er sich ab, als würde ihm bewusst, dass sie seine einzige Chance ist zu überleben.

„Ich bin nicht freiwillig hier, aber jetzt…"

„Ich will keine geschönte Diagnose", unterbricht sie Youssuf rüde, als wäre ihm egal, wie sie gekommen ist, solange sie nur ihren Job tut. „Ich will wissen, wie es wirklich um mich steht. Der Arm lässt sich nicht bewegen, und das Fieber macht mir zu schaffen. Der Lehrer hat alles versucht es zu senken, aber wir haben keine Medikamente."

„Welcher Lehrer?", fragt Anna.

Der Lehrer tritt aus dem Halbdunkel der Hütte und stellt sich vor: „Sékou Allaye, sie nennen mich Lehrer."

„Ein junger Mann", sagt Anna mit gerunzelter Stirn. „Was konnten Sie tun?"

„Nichts, außer ein paar Kräuter auflegen, die mir die Frauen im Dorf gegeben haben. Sie würden Wunden heilen, haben sie gesagt, aber es hat nicht viel bewirkt. Wir haben gehofft, dass Sie bald kommen würden."

Wir sind gekidnappt worden, um einen Rebellenführer zu retten, denkt Anna, zumindest das stimmt. Vielleicht geht es tatsächlich nicht um Lösegeld. Aber der Mann sieht übel aus. Wenn er mir unter der Hand stirbt, sieht es schlecht aus um Sara. An mich will ich gar nicht denken. „Wann ist er verwundet worden?"

„Vor einer Woche, etwa", sagt Driss.

„Wie viele Tage genau, jeder Tag zählt."

„Acht Tage", sagt der Lehrer.

„Ein Wunder, dass er noch lebt", sagt Anna. „Ich muss ihn untersuchen. Sind Sie damit einverstanden?", fragt sie Youssuf.

Er nickt und wendet sich an den Lehrer: „Hilf mir den Oberkörper frei zu kriegen."

Sékou versucht ihm das schmutzig grüne T-Shirt über den Kopf zu ziehen, bis Youssuf ihn mit dem gesunden Arm zurückstößt. „Schneid es auf Blödmann", presst er unter Schmerzen hervor.

Als Anna den blutverkrusteten Verband sieht, bläst sie die Luft durch die Zähne. „Wann hast du das letzte Mal gewechselt?", fragt sie den Lehrer.

„Schon vor Tagen, wir haben ja nichts."

„Sieht schlecht aus, das muss alles weg." Vorsichtig windet sie mit Hilfe des Lehrers die verkrusteten Binden ab. Trotzdem reißt die Wunde auf, als sie die letzte Lage abzieht. Aus dem Einschussloch quillt Eiter und das Gewebe darum herum ist stark gerötet. „Nicht schön, ein Infekt, vermutlich von Bakterien, die das Projektil eingetragen hat. Die Kugel muss raus, sonst kollabiert irgendwann das Immunsystem."

„Wird er durchkommen?", fragt der Lehrer.

„Kann ich noch nicht sagen. Wenn ich die Kugel kriege, hat er eine Chance." Sie wendet sich an Youssuf, der unbeteiligt zugehört hat, als ginge ihn das Ganze nichts an. „Ich werde die Wunde aufschneiden müssen, es wird weh tun, weil ich kein Betäubungsmittel bei mir habe. Sind Sie damit einverstanden?"

„Habe ich eine Wahl", sagt er mit der Andeutung eines Lächelns.

„Eigentlich nicht, wenn Sie leben wollen. Der Lehrer wird Sie halten, damit sie sich nicht bewegen, wenn der Schmerz zu groß wird. Ich will vermeiden, dass mir das Skalpell verrutscht."

Sie wendet sich an Sara, die aus dem Hintergrund die Szenerie beobachtet hat. „Kannst du mir helfen? Ich brauche jemand, der den Eiter abtupft, während ich die Wunde öffne."

„Du sprichst so forsch mit ihnen, hast du keine Angst?", fragt Sara auf Deutsch.

„Doch, aber macht es unsere Situation besser, wenn ich sie zeige? Willst du, dass wir uns unterwerfen? Wenn wir das tun, haben sie bereits gewonnen. Sie brauchen einen Arzt, bekommen haben sie eine Ärztin. Pech für sie. Jetzt sollen sie lernen damit umzugehen."

Wie leicht sich das sagt, denkt Sara, bei mir sieht alles ganz anders aus. „Sag mir, was ich tun soll."

„Danke. - Ich brauche eine Flamme zur Desinfektion der Klinge, und möglichst etwas warmes Wasser", wendet sich Anna an den Lehrer.

„Wir haben Propangaskocher. Mit dem Wasser ist es schwieriger."

„Und Verbandszeug?"

„Nur ein paar Binden. Wir könnten einen Kaftan zerreißen."

„Ja, tun Sie das, und bringen sie den Kocher, ich will gleich beginnen. - Es wird schwierig", sagt sie zu Sara, nachdem der Lehrer gegangen ist. „Ich weiß nicht, wo die Kugel sitzt, wie tief die Einschusshöhle ist. Er wurde bereits vor einer Woche angeschossen. Um die Kugel zu finden, werde ich in der Wunde herumwühlen müssen, das wird ihm nicht gefallen. - Wissen Sie, was für ein Projektil es ist?", fragt sie Driss, der sich unbeteiligt im Hintergrund gehalten hat.

„Eine Kugel, aus einer alten Pistole, abgefeuert von einem Offizier der marokkanischen Armee. Er schoss nur einmal, dann haben wir ihn erledigt", sagt er stolz.

Räuber, denkt Anna, und nickt erleichtert. Wenigstens keine moderne Munition mit kleinem Einschussloch und dahinter alles zerfetzt, geht ihr durch den Kopf. Vielleicht habe ich doch eine Chance.

Während der Lehrer die Flamme des Propangaskochers hochschraubt, kramt Anna ein Skalpell, eine Pinzette und eine Packung Gaze-Tupfer aus ihrem Arztkoffer, die sie Sara reicht: „Erschrick nicht, wenn es spritzt, die

Wunde steht unter Druck. – Dann wollen wir mal." Dem Lehrer bedeutet sie, sich hinter Youssuf zu setzen und seine Schultern zu halten. „Er soll sich möglichst wenig bewegen. Wenn er schreit, lass dich nicht beeinflussen, festhalten, egal was passiert."

Sie desinfiziert die Klinge und setzt den ersten Schnitt. Sofort quillt gelber Eiter aus der Wunde. Sara entfernt das Sekret, während Youssuf den Schmerz in stoischer Ruhe erträgt.

Hm, denkt Anna, anscheinend haben sie hier ein anderes Schmerzempfinden, oder er will mir nur zeigen, was für ein harter Hund er ist.

Als sie weiter in die Wunde eindringt, spürt sie an der Spitze des Skalpells etwas Hartes. „Scheint die Kugel zu sein." Anna legt das Skalpell zur Seite und bittet um die Pinzette. „Halt sie noch kurz ins Feuer, wir wollen nicht noch mehr Bakterien einbringen", sagt sie zu Sara. „Wenn ich sie packen kann, haben wir eine Chance."

Sie schiebt die Pinzette in die Wunde, wühlt richtiggehend darin herum, doch das Projektil entgleitet ihr immer wieder. Youssuf stöhnt, ermuntert sie aber weiter zu machen. Schließlich gelingt es ihr, die Kugel heraus zu winden. Mit einem triumphierenden Lächeln hält sie sie in die Höhe.

„Und jetzt?", fragt Driss.

„Abwarten. Ich habe nur eine Schachtel Antibiotika, die wollte ich eigentlich ihrem jungen Kämpfer in Azemmour geben, aber Youssuf braucht sie jetzt dringender. Ansonsten müssen wir hoffen, dass sein Immunsystem genügend Abwehrkräfte mobilisiert. Zumindest hat er jetzt eine Chance durchzukommen." Sie nimmt ein paar der sterilen Tupfer und stopft sie mit der Pinzette in die Wunde. Dann verbindet sie Youssuf mit den Baumwollstreifen des zerrissenen Kaftans und hilft ihm, sich zurück auf sein Lager zu legen. „Mehr kann ich vorerst nicht tun. Er braucht jetzt viel Schlaf. Genau wie Sara und ich, die Nacht war lang", sagt sie zu Driss, und wendet sich an Sara: „Hat er dir gezeigt, wo wir unterkommen?"

„Eine Frau hat mir eine leere Hütte zugewiesen. Nicht gerade ein Luxus-Apartment."

„Was hattest du erwartet?"

„Danke, dass Sie ihn gerettet haben", unterbricht sie Driss. „Das mit der verlorenen Nacht tut mir leid, aber sie sehen ja, wie dringend er sie brauchte", sagt er mit der Andeutung eines Lächelns. „Die Hütte für sie beide müsste inzwischen vorbereitet sein. Sie ist einfach, aber wir alle leben so, auch unser Anführer", weist er mit der Hand auf Youssufs Behausung. „Sie können sich im Lager frei bewegen, aber versuchen Sie besser nicht zu fliehen, die Wüste ist unbarmherzig. Es wäre unschön, Sie verdurstet zwischen den Felsen zu finden." Er klingt fast, als wäre er besorgt, dass seinen Schützlingen etwas zustoßen könnte.

„Und was passiert mit uns, wenn wir bleiben?", fragt Anna. „Ich habe getan, was Sie von mir erwartet haben. Bringen Sie uns zurück?"

„Youssuf wird entscheiden", vermeidet Driss eine Antwort. „Vorerst sind Sie unser Gast."

Nach einer unruhigen Nacht weckt sie der Lehrer mit zwei Fladenbroten in der Hand. „Das ist alles, was wir haben", sagt er irgendwie aufgekratzt.

„Wo sind wir?", fragt Anna desorientiert, um dann nachzuschieben, als die Erinnerung zurückkommt. „Wie geht es Youssuf, so heißt euer Anführer doch?"

„Ich war die ganze Nacht bei ihm, wir haben geredet. Jetzt schläft er endlich tief. Es scheint ihm besser zu gehen, aber er kann den Arm nicht bewegen."

„Das ist normal. Die ganze Schulter ist wund."

„Er sagt, der Arm sei taub. Er habe kein Gefühl und kann ihn nicht heben."

„Geduld, so eine Wunde heilt nicht über Nacht."

„Ein Anführer mit gelähmtem Arm hat keine Chance in der Wüste. Die Männer werden einen Krüppel nicht tolerieren."

Das ist nicht mein Problem, denkt Anna. „Ich sollte ihn nur von seiner Kugel befreien, mehr kann ich nicht tun. Wenn das Gelenk verletzt, oder ein paar Nervenbahnen abgetrennt sind, hilft nur eine genaue Diagnose."

„Wenn Driss das Kommando übernimmt, wäre das nicht gut. Auch nicht für euch. Er ist ein harter Mensch. Und er schuldet euch nichts. Nicht wie Youssuf, der dir sein Leben verdankt."

„Was würde er tun?", fragt Sara besorgt.

„Er würde euch versklaven. So wie er mich versklaven wollte, bis Youssuf ihn zwang, mich zum Kämpfer auszubilden. Jetzt kann mich keiner mehr versklaven."

„Wir wollen nicht kämpfen", sagt Sara.

„Hier fragt keiner danach, was man will. Es geht nur ums Überleben."

„Wie lange bist du schon hier? Du bist anders", fragt Anna.

„Wegen meiner Hautfarbe?"

„Nein, das spielt keine Rolle. Du sprichst und denkst anders. Sie respektieren dich."

„Ich habe Youssuf bei dem letzten Einsatz in der Wüste das Leben gerettet. Dazu musste ich den Offizier der marokkanischen Truppe entwaffnen. Er hatte Youssuf verwundet, als der ihn gefangen nahm. Das hat den Männern imponiert, jetzt lassen sie mich in Ruhe."

„Was passierte mit dem Offizier?", fragt Anna.

„Er wurde erschossen, standrechtlich."

„Und was machst du jetzt?", fragt Sara, der das Schicksal des Offiziers egal zu sein scheint.

„Ich erzähle ihnen Geschichten, nachts am Lagerfeuer, wenn die Kälte zu beißen beginnt. - Und ihr, warum seid ihr überhaupt hier? Ich dachte, die Europäer trauen sich nicht aus ihren bewachten Ferienhotels."

In Annas schmutzigem Gesicht blitzt ein kurzes Lächeln auf, das sofort wieder erstirbt. „Ist dumm gelaufen bei uns. Aber das erzählen wir dir ein andermal. Ich sehe nach Youssuf. Kommst du mit, Sara?"

„Ja. Gibt es eine Toilette im Lager?", fragt sie den Lehrer.

„Oh ja, wir haben die größte, schönste Freilufttoilette in alle Himmelsrichtungen. Die Natur wird es dir danken."

Auf dem Weg zu Youssufs Hütte kommen sie an einer Gruppe verschleierter Frauen vorbei. Sara grüßt sie, aber sie wird nur feindselig angestarrt.

„Sie können uns nicht einordnen. Weder du noch ich passen in ihr Weltbild", sagt Anna. „Bei mir hat es sich womöglich herumgesprochen, dass ich Ärztin bin, so groß ist das Dorf nicht. Aber bei dir, jung, blond, schön, wissen sie nicht in welche ihrer Schubladen du passt."

„Wissen wir es denn? Weißt du, was diesen Frauen durch den Kopf geht?"

„Keine Ahnung, ich fürchte nur, ihre Blicke verheißen nichts Gutes. Und dieser Driss gefällt mir auch nicht. Er scheint mir, wie ein Raubtier auf dem Sprung. Einer der mehr will, als er verkraften kann."

„Sein Verhältnis zu Youssuf scheint angespannt, hast du auch den Eindruck?"

„Ja, er will nicht herumkommandiert werden. Bei zwei Alpha-Tieren ist immer eines zu viel. Der Lehrer ist ok. Ein junger Schwarzer, der sich an den Anführer gehängt hat, weil er glaubt, nur so überleben zu können, in einer Horde marodierender Männer. So ganz übel ist die Strategie nicht, wir sollten dasselbe tun."

„Uns an Youssuf hängen?"

„Er könnte unsere Versicherung sein, hier lebend rauszukommen. Als erstes brauchen wir unverfängliche Kleider. So Säcke, wie die der anderen Frauen auch."

„Mit Hijab?"

„Nein, ein Schal reicht, aber der Körper muss verschwinden. Vor allem deiner sieht zu verlockend aus."

„Du meinst, sie könnten sich nehmen, was sie sonst nicht kriegen können?"

„Genau."

Die Tür zu Youssufs Hütte steht offen. Als sich die Augen an das Halbdunkel des Innenraums gewöhnt haben, sehen sie Driss, wie er neben Youssuf sitzt und leise auf ihn einredet.

„Kommt rein", sagt Youssuf. „Es geht mir besser, das Fieber sei gefallen, meint der Lehrer. Danke, Sie sind eine gute Ärztin", sagt er zu Anna. -

„Driss und ich überlegen gerade, was wir mit euch anfangen sollen. Einfach gehen lassen funktioniert nicht mitten in der Wüste."

„Sie brauchen andere Kleider", sagt Driss bestimmt. „Die Männer spielen verrückt, wenn sie sie so herumlaufen sehen."

„Daran haben wir auch gedacht", sagt Anna. „Aber ich nehme nicht an, dass eure Frauen Schränke voller Kleider mit sich herumschleppen, wenn ihr das Lager wechselt."

„Wer hat dir gesagt, dass wir das Lager wechseln?", fragt Driss misstrauisch.

„Wir haben Augen im Kopf. Nichts hier erscheint permanent."

„Wie wir uns in der Wüste bewegen, ist unwichtig, solange sie uns nicht orten können. Und ihr beide seid schließlich keine Spione, sondern unsere Gäste", lacht Youssuf. „Ich kann euch einen Kaftan anbieten", schlägt er vor. „Wann meint Frau Doktor, dass ich wieder auf die Beine komme. Das Herumliegen geht mir auf die Nerven."

„Ein Kaftan wäre gut", sagt Anna. „Sie brachen noch Ruhe, wenn Sie keinen Rückschlag riskieren wollen. Jemand sollte Sie pflegen, darauf achten, dass Sie es nicht übertreiben, bis sie wieder ganz bei Kräften sind. Sara könnte das übernehmen, sie hat Erfahrung in der Pflege. Wäre dir das recht?", fragt sie Sara, indem sie die Augenbrauen, um Zustimmung bittend, nach oben zieht.

Erfahrung in der Pflege? denkt Sara, und will sofort ablehnen. Die Vorstellung, mit diesem Räuber ein Zimmer zu teilen, erscheint ihr unerträglich. Doch dann versteht sie, was Anna bezweckt. In der Nähe des Häuptlings bleibt mir die restliche Meute erspart. Sie erfasst schnell, welche Möglichkeiten sich bieten. Ich sollte ihr vertrauen. „Ja, das mache ich gern", sagt sie bescheiden.

Die beiden Männer sehen sich an, als könnten sie nicht glauben, was sie gerade gehört haben.

„Siehst du, Driss, was für ein großartiges Geschenk du mir gebracht hast. Eine Ärztin und eine Krankenschwester, ganz für mich allein", sagt Youssuf, einen Schuss Sarkasmus in der Stimme.

„War nicht so geplant. Ich dachte mehr an Lösegeld, nicht an einen Harem für den Pascha."

Youssuf grinst und übergeht die Spitze. „Die Geschichten vom Lehrer hätte ich trotz der guten Betreuung durch Sara aber gerne weiter gehört", lacht er, und weist mit der Hand in den hinteren Teil der Hütte. „Driss, dort in der Tragetasche, in der Ecke, sind zwei Kaftans, gib sie den Frauen. Falls sie zu lang sind, kann sie jemand kürzen, ich brauche sie nicht mehr."

Driss holt die Tasche, kramt kurz darin herum und zieht zwei Kleidungsstücke hervor, die er Anna überreicht. Sara betrachtet er, als wäre sie seiner nicht würdig. „Hier, du entscheidest, wer was trägt."

„Nein, Sara soll", sagt Anna, und übergibt ihr das Bündel.

Driss zuckt zurück, anscheinend nicht gewohnt, Widerspruch von einer Frau zu bekommen. Doch dann zieht er die Schultern hoch, atmet einmal tief durch, und wendet sich an Youssuf. „Ich gehe dann, von den beiden kriegst du genug Aufmerksamkeit. Den Einsatz verschieben wir, wie du befohlen hast, aber es ist ein Fehler, und das weißt du."

Als er gegangen ist, meint Youssuf mehr zu sich selbst: „Freunde werden wir wohl nicht mehr, aber ich brauche ihn, solange mein Arm nicht funktioniert. Frau Doktor, sie haben die Kugel entfernt, jetzt helfen Sie mir gesund zu werden. Einen Esser, der nicht zu gebrauchen ist, verzeiht die Wüste nicht lange."

Seine Männer, meint er wohl, denkt Anna. „Sie müssen Geduld haben, so eine Wunde verheilt nicht über Nacht. Morgen fangen wir an, den Arm zu bewegen, dann wissen wir mehr. - Was ist mit Driss? Er scheint uns nicht zu mögen. So, wie er Sara ansieht, mache ich mir Sorgen."

„Er hasst Frauen. Ein Wunder, dass er sie überhaupt heil hierhergebracht hat. Aber die Männer, die Driss dabeihatte, kannten den Auftrag, einen Arzt zu besorgen. Ihm blieb also keine Wahl. Wenn es nach ihm gegangen wäre, hätte er mich wohl eher sterben lassen. - Noch kann er sich nicht sicher sein, ob sie ihn, anstelle meiner, zum Anführer wählen, also spielt er etwas länger den loyalen Partner. Als die Kinder im Dorf über eine Ärztin sprachen, die ihren Bruder gesund machen würde, dachte er wohl, Gott hätte sie gesandt. Zumindest hat er so etwas angedeutet. Was soll's, mit oder ohne Driss muss ich so schnell wie möglich wieder auf die Beine kommen. - Dass Sie mir Sara anvertrauen, ist ein schlauer Schachzug, sie ist sicherer in meiner Obhut. Noch ist Driss nicht stark genug, sie für sich zu beanspruchen. Irgendwann wird er es aber tun, schließlich hat er sie geraubt, also ist sie sein Besitz. So denken wir nun mal, wir sind Barbaren", fügt er hinzu.

„Lassen Sie uns gehen", sagt Sara, Panik in der Stimme.

„Das kann ich nicht. Der Mannschaftsrat wird entscheiden, was mit euch geschieht."

Anna winkt Sara mit den Augen, dass sie nicht weiter in ihn dringen soll.

„Danke für die Kleidung. Dürfen wir sie anprobieren?"

„Natürlich sie gehört ihnen."

Als Anna die beiden Kaftans entrollt, erweisen sie sich als exquisite marokkanische Gewänder. Eines in Weiß, mit goldbestickten Bordüren, das andere in hellem Grau, weniger aufwendig verziert, aber mit Kapuze. „Sie sind wunderschön", sagt Anna, und reicht Sara den Weißen, als gäbe es keine Zweifel über die Zuordnung. Den Grauen hält sie sich an den Körper und stellt zufrieden fest, dass die Länge stimmt.

„Soll ich wirklich?", fragt Sara.

„Er wird dir stehen. Und ich gebe dir meinen Schal, das macht dich zu einer der ihren."

„In einem weißen Kaftan?", zweifelt Sara.

„Sie gehörten meiner Frau", sagt Youssuf. „Sie braucht sie nicht mehr."

„Wo ist ihre Frau?", fragt Anna.

„Sie wurde ermordet. Wir waren im Einsatz, und als ich zurückkam, war sie tot. Ich weiß bis heute nicht, was passiert ist. Gehen sie jetzt, ich brauche Ruhe."

Mit der Zeit entwickelt sich zwischen Youssuf und Sara ein prekäres Vertrauensverhältnis, das immer wieder kollabiert, wenn er ihr die Schuld an seiner langsamen Genesung gibt. An guten Tagen erzählt er ihr Geschichten über sein Leben als Kämpfer, nie spricht er über seine Frau. An schlechten Tagen bringt sie die Beziehung an die Grenzen ihres Selbstverständnisses, denn er lässt keine Zweifel, dass auch er sie als seinen Besitz betrachtet.

In einem Moment von Vertrautheit, zieht er sie mit dem gesunden Arm zu sich. Sie riecht seinen Atem, spürt seine Lippen auf ihrer Wange, und merkt, wie sich ihr Körper verkrampft. Schuldgefühle wallen hoch. Ist das nun Unterwerfung, oder Überlebenswille, denkt sie, als seine Annäherung über sie hinweg schwappt. Animalisch, denkt sie, es wird animalisch werden, aber ich bin der Preis. Wenn ich mich wehre, werden sie Anna töten und mich versklaven.

Der Akt wird ein mühsames Unterfangen, als er versucht in sie einzudringen. Die Schmerzen der offenen Wunde, vor allem aber der unbewegliche Arm machen ihm zu schaffen. Schließlich hilft sie ihm, ohne ein Empfinden von Lust.

Danach betrachtet er sie als gebrauchte Ware, mit der er machen kann, was er will. Zuweilen überlässt er sie einem Freund, um ihm eine Gunst zu erweisen. Sie denkt, es könnte eine Geste gegenseitigen Respekts sein, dabei weiß sie längst, dass es nur ihre Art ist Druck abzulassen. Sie erträgt es, wie die anderen Frauen im Camp auch.

Anna lassen sie in Ruhe, weil sie sie brauchen, solange die Verwundeten noch versorgt werden, oder weil sie ihnen zu alt ist, denkt Sara. Sie hört nicht auf, Youssuf zu pflegen.

Als er sie fragt, was sie bei all dem empfindet, als Frau aus dem Westen, sagt sie gelassen: „Nichts. Warum sollte ich etwas spüren. Du behandelst mich wie ein Stück Holz, vögelst mich nach Belieben und verschenkst mich an einen Freund, oder wem immer du dich verpflichtet fühlst."

„In der Wüste müssen wir uns aufeinander verlassen können. Ich kaufe mir Loyalität, und du hilfst mir dabei."

„So ähnlich hatte ich es mir schon gedacht. Ich füge mich, dadurch bleibe ich am Leben. Ich erdulde es, aber wenn mir mein Leben nichts mehr bedeutet, werde ich mich töten. Dann ist der Verlust für dich größer, als für mich."

„Und Anna?", fragt er.

„Die muss für sich selbst kämpfen. Wenn sie euch nichts mehr nützt, werdet ihr sie in die Wüste schicken, wie eine räudige Hündin."

Inzwischen verschärft sich die Spannung in der Führungsmannschaft, nicht nur, aber auch wegen den beiden Frauen. Einige sehen sie als Sklavinnen, andere als wandernde Geldbörse, deren Inhalt sie längst einlösen wollen, bevor er nichts mehr wert ist. Youssufs Umgang mit ihnen betrachten sie voller Misstrauen. Sie fragen sich, wie lange er noch warten will, bis er Lösegeld für sie eintreibt.

Driss stört es, dass Youssuf Sara an einzelne Kämpfer verleiht. Zunehmend verweigert er sich auch Youssufs Führungsrolle, widerspricht, und droht, sich mit einem Teil der Mannschaft abzuspalten.

Eines Nachts, Sara hat gerade hinter einem Busch ihre Notdurft verrichtet, hört sie ein Geräusch. Sie schreit, denkt, es wäre ein Tier, doch es ist Driss, der ihr gefolgt ist. Er beruhigt sie, streichelt sie und wird dabei immer zudringlicher. Als sie sich wehrt, zwingt er sie mit Gewalt zu Boden, stülpt ihr den Kaftan über den Kopf und dringt brutal in sie ein. Sie spürt die Steine im Rücken, Dornen dringen in ihre Haut, doch sie rührt sich nicht, nimmt es hin wie ein lebloses Stück Fleisch. Wie zwei Tiere in der Wildnis, denkt sie, und wartet darauf, dass er von ihr ablässt.

Als es vorbei ist, erhebt sie sich, klopft den Sand aus dem Kaftan und wendet sich ab. Doch er lässt sie noch nicht gehen. „Ab jetzt gehörst du nur noch mir", sagt er drohend.

„Ich gehöre niemand", sagt sie bestimmt und wundert sich, dass sie keine Angst mehr vor ihm hat. „Nur weil ihr mich vergewaltigt und demütigt, soll ich euch auch noch gehören? Ihr könnt mich töten, mich verletzen, aber besitzen könnt ihr mich nicht."

„Und Youssuf?"

„Ich versuche ihn gesund zu pflegen, mehr nicht."

„Er schläft mit dir."

„Na und? Die anderen tun es auch. Es ist nur mein Körper, ich mache damit was ich will."

„Du bist eine Hure."

„Und du ein Vergewaltiger. Du tust es, um dich zu beweisen, ich tue es, um zu überleben. Das ist ein gewaltiger Unterschied." Sie lässt ihn stehen und geht zurück ins Dorf. Dort berichtet sie Anna, ruhig und völlig unbeteiligt, von Driss' Vergewaltigung.

„Kann ich etwas für dich tun?", fragt Anna, entsetzt über Saras Veränderung.

„Du könntest mir die Haare schneiden. Kurz, nichts an mir soll einem von ihnen gefallen. Du hast doch eine Schere in deinem Arztkoffer, oder?"

„Ja, aber ich weiß nicht, ob sie sich dazu eignet. Es könnte zwicken."

Sara deutet ein Lächeln an und meint: „Das dürfte wohl das geringste Problem sein."

„Es wird Youssuf nicht gefallen."

„Ihm wird auch nicht gefallen, dass mich Driss, ohne seine Zustimmung auf freiem Feld vergewaltigt hat. Ich weiß, dass er es nicht gewollt hätte. Warum sonst hat er mich nicht auch an ihn verliehen."

„Er wird dich bestrafen."

„Nein, wird er nicht, und wenn schon. Es wird ihn wütend machen, weil er weiß, wie sehr es seinen Führungsanspruch untergräbt. Und was kann er mir schon antun, was nicht längst passiert ist. Es hat mich alles viel stärker gemacht, ich bin nicht daran zerbrochen. Bitte schneid endlich."

„Wie du willst", sagt Anna gefasst, doch als sie die Schere ansetzt, beginnt sie zu weinen.

„Was ist?", fragt Sara.

„Ich fühle mich so schuldig. Was hätte ich tun können, um dir all das zu ersparen? Das frage ich mich jede Nacht, bevor ich verzweifelt einschlafe."

„An nichts, was uns passiert, bist du schuld."

Während Anna schneidet, sprechen die beiden Frauen über Alban. Instinktiv scheinen sie zu verstehen, dass er es ist, der sie zusammenhält. Sara gibt ein paar der Geschichten wieder, die ihr Alban auf der Reise erzählt hat. Seiner Achtung vor dem Islam, dem Aufenthalt in Granada, dem Wunder der Stuckaturen in der Alhambra.

Sie spricht von dem Ägypter, den sie in Kairouan trafen, einem jungen Mann, Flüchtling auf dem Sprung nach Europa, das er gleichzeitig zu hassen und zu bewundern schien. Wie sehr sie der Lehrer an den Ägypter erinnert. Dieselbe Überzeugung, das Richtige tun zu müssen, und doch längst zu ahnen, dass nichts stimmt, was sie aus den Medien über Europa erfuhren. Wie klar beiden scheint, dass sie die Mühsal des Wegs nach Europa erleben müssen, um daran zu wachsen. Die gnadenlose Wüste, das endlose Meer, das Schreien der Kinder in den leck geschlagenen Booten, und den Hass der jungen Männer auf die eigene Hilflosigkeit. Zu erleben, wie Einzelne daran zerbrechen, andere zu Männern werden. „Europa soll mich als starken Menschen empfangen, hat der Ägypter gesagt, bevor er sich abrupt verabschiedete", sagt Sara, und lächelt dabei. „Wenn ich unter einem der Männer liege, seinen verschwitzten Körper rieche, denke ich daran. Es gibt mir Kraft."

Anna erzählt von ihrem Ehrgeiz, wie sie und Alban sich getrieben haben, im Streben nach beruflichem Erfolg. Und als sie ihn, jeder für sich, erreicht hatten, war nur Leere übriggeblieben. Eine Leere, die sie immer weiter auseinandertrieb. Die Müdigkeit und Sprachlosigkeit, die Ungeduld und Versteinerung, der flüchtige, gehetzte Blick, der nichts mehr festhalten konnte, schon gar nicht das Gesicht, die Regungen des Anderen. „Vielleicht, wenn wir geredet hätten, wie ich jetzt mit dir, oder ihr beide während der Reise, wären wir zusammengeblieben. Aber so hatten wir uns irgendwann nichts mehr zu sagen. Vielleicht ist es gut für dich, dass er gestorben ist, als es am schönsten war zwischen euch beiden. Du wirst den strahlenden Mann in Erinnerung behalten, nicht den Zweifler, den Verwundeten, der nicht mehr sehen konnte, wo sein Leben hinführt. Du hast ihm ein paar wunderbare Jahre geschenkt."

Am nächsten Tag, als Youssuf sie in seine Hütte ruft, fragt sich Sara, wie er auf die Stoppelhaare reagieren wird. Sie kennt das Ritual und nimmt sofort den Schleier ab. Verblüfft sieht er auf ihren Kopf. „Warum hast du das getan, ich mochte deine Haare", fragt er vorwurfsvoll. Dann verändert sich sein Gesicht zur hässlichen Fratze, als verstünde er plötzlich, was es bedeutet.

„Einer deiner Männer hat mich gestern Nacht auf freiem Feld vergewaltigt. Ich konnte mich nicht wehren", sagt sie, als wäre es eine lästige Nebensache, nicht der Rede wert. „Den Männern ist egal, dass ich Dir gehöre, Dich pflege, wie Deine Frau es tun würde. Jetzt will ich allen zeigen, Dir vor allem, wie wenig es mir bedeutet, dass ihr mich wie ein Stück Vieh behandelt. Du hast keine Macht mehr, denn jeder wird wissen, was passiert ist, wenn sie meine Haare sehen. Ich habe nichts mehr, was mich von den anderen Frauen unterscheidet. Ihr seid Tiere, und du kannst mich nicht beschützen."

„So also siehst du uns."

„Ja. Kann ich jetzt gehen?"

„Nein, zieh dich aus."

Als sie nackt vor ihm steht, sieht er die blauen Flecken und roten Einstiche auf dem Rücken, die sich entzündet haben. „Wo kommt das her?", fragt er.

„Von den Dornen auf dem Boden, auf den mich der Vergewaltiger geworfen hat. Anna hat die Dornen entfernt."

Aufmerksam untersucht er jede einzelne Stelle, wütend, weil sie das Makellose ihrer weißen Haut zerstören. Er nimmt etwas Öl und reibt es ihr auf Rücken und Beine. Dann liebt er sie, und es ist das erste Mal, dass sie darauf reagiert. Ist es der Schmerz, oder habe ich mich einfach daran gewöhnt, denkt sie. Am Morgen fragt er, wer es war. Als sie zögert, schlägt er sie ins Gesicht.

„Sag's, oder soll ich dich erschießen, weil du Zwietracht säst?"

„Zwietracht? Wie blind du geworden bist. Es findet unter deinen Augen statt, aber du willst es nicht sehen. Der, der es getan hat, wartet nur darauf, dass du einen Fehler begehst, damit er in deine Rolle schlüpfen kann."

„Du meinst Driss?"

„Er wollte mich von Anfang an, gleich nachdem er uns gekidnappt hatte. Ich konnte es in seinen Augen sehen."

„Hast du ihn dazu angestiftet?"

Sie lacht laut auf, fühlt sich stark, spürt, wie es in ihm wühlt. „Du bist wie alle anderen. Wie könnte ich Zwietracht säen, eine verdreckte Sklavin, die ihr euch nehmt, als wäre sie eine Ware."

Youssuf betrachtet sie schweigend. Er scheint mit sich zu kämpfen, während Sara abwartet.

„Geh jetzt", sagt er schließlich. „Ich muss nachdenken. Du und Anna, ihr beide habt uns kein Glück gebracht."

Nachdem Sara gegangen ist, ruft er Driss zu sich, fragt, ob stimmt, was Sara gesagt hat.

Driss bestätigt sofort alles, er fühlt sich im Recht. Findet, dass er mit Sara machen könne, was er will, weil sie ihm gehört. „Was soll das, Youssuf, wegen einer Frau, einer Sklavin, beschuldigst du mich?"

„Sie ist keine Sklavin, sie ist unser Gast, das war von Beginn an klar. Ich verdanke Anna mein Leben, und Sara gehört zu ihr. Und seit wann gibt es blonde Sklavinnen!"

„Immer schon. Wer Herr und Sklave ist, ist keine Frage der Haut oder Haarfarbe. Es ist eine Frage der Macht, und du weißt das besser als ich. Früher, als du noch nicht am Zipfel dieser Frauen gegangen hast, hättest du nur mit den Schultern gezuckt. Die Hälfte der Kinder im Lager wissen nicht, wer ihr Vater ist, so ist es nun mal, und die Frauen haben es zu akzeptieren."

Youssuf schweigt lange, überlegt, ob es der Moment ist, wo Driss nach der Macht greift. Ob er noch stark genug ist, Driss' Führungsanspruch abzuwehren. Oder ob er es ist, den sie am Ende in der Wüste allein zurücklassen. „Nein", sagt er schließlich, „sie akzeptieren es nicht, sie beugen sich, weil sie überleben wollen. Und du hast dir etwas genommen, das dir nicht zusteht. Das Gesetz der Wüste zwingt uns den Dieb zu bestrafen."

Noch am selben Tag ruft er den Mannschaftsrat ein. Fünf erfahrene Kämpfer, deren Loyalität außer Frage steht. Nur bei Driss kann er sich nicht sicher sein. Im Stil eines Anklägers berichtet Youssuf, dass Driss Sara vergewaltigt hat. Das wäre an sich nicht das Problem, meint er, aber sie alle hätten beschlossen, dass den beiden Frauen, um des Lösegelds willen, kein Haar gekrümmt werden dürfe. Driss habe mit seiner Eigenmächtigkeit die Regeln der Gemeinschaft und der Wüste verletzt. Darauf stehe die Todesstrafe, und er, Youssuf, werde sie vollstrecken, doch zuvor suche er die Zustimmung des Rats.

Eine lange Debatte beginnt, die Driss stoisch erträgt, als hätte er verstanden, dass er sich zu früh aus der Deckung gewagt hat.

Anna, die sie in einer Anwandlung von Zivilisiertheit zu der Beratung geladen haben, versucht auszugleichen. Doch sie hat kein Stimmrecht und erkennt schnell, dass es längst nicht mehr um eine Vergewaltigung geht, sondern um Youssufs uneingeschränkten Führungsanspruch.

„Ich verstehe eure harten Gesetze", sagt sie, „aber ich möchte nicht zusehen, wie ihr ihn vor meinen Augen erschießt. Dafür habe ich euch nicht zusammengeflickt, wenn ihr mit euren Verwundungen zu mir kamt. Gebt ihm eine Chance und schickt ihn in die Wüste. Allein. Und wenn er überlebt, so hat er es auch verdient."

Mit einem anerkennenden Gemurmel wird ihr Vorschlag angenommen. Bei Sonnenaufgang soll er in die Wüste entlassen werden, bis dahin wird er in das Verließ gesperrt, das auch dem Lehrer bei dessen Ankunft als Gefängnis diente.

Zurück in ihrer Hütte, wartet Sara bereits auf Anna. „Was haben sie beschlossen?"

„Er wird in die Wüste geschickt. Allein, bei Sonnenaufgang, ohne Wasser. Das ist sein Todesurteil, wenn er nicht schnell eine Karawane oder einen Konvoi findet, der ihn mitnimmt. Was mich gewundert hat, ist, dass sie dir geglaubt haben. Für Driss war es keine Vergewaltigung, er forderte nur sein Recht auf dich ein, weil er es war, der uns beide gekidnappt hat."

„Auf dich auch?"

„Ich bin ihm wohl schon zu alt. Oder er hält mich für eine Hexe, mit der man sich besser nicht anlegt", lacht Anna. „Vergiss nicht, die meisten hier sind Analphabeten, alles, was sie gelernt haben, hat ihnen die Natur beigebracht. Aber irgendeinen verqueren Ehrenkodex muss Driss wohl gebrochen haben. Möglicherweise ging es um die Loyalität gegenüber dem Anführer."

„Sie sind roh, aber Youssuf ist anders."

„Ja, und ich hätte gedacht, dass auch der Lehrer gegen das Urteil stimmt, aber er hat es nicht getan. Vermutlich hatte er keine Stimme, genau wie ich. Sie respektieren ihn, aber mitbestimmen darf er nicht."

In der Nacht versorgt der Lehrer Driss mit Wasser und Proviant, und entlässt ihn in die Wüste.

„Bist du auch gegen Youssuf?", fragt Driss, bevor er geht.

„Nein, wir sind Freunde. Aber ich will…. Geh jetzt, bevor sie aufwachen."

„Sag mir warum."

„Weil du ein guter Kämpfer bist, und nichts besser wird, wenn du stirbst."

Das Geschrei ist groß, als sie am Morgen das Verließ öffnen, nur Youssuf bleibt überraschend ruhig, als wüsste er, was passiert ist. „Lasst ihn gehen", sagt er. „Wir vergeuden nur unsere Kraft, wenn wir ihn suchen. Gott hat es so gewollt."

Sara ist besorgt, dass Driss zurückkommen könnte, doch Anna gelingt es sie zu beruhigen. Sie setzt auf den Lehrer, der in ihren Augen anders ist als die Tuareg und die Araber, feinfühliger und brutaler zugleich. Sie weiß, dass ihn die anderen Kämpfer respektieren, weil er manch einen von ihnen im Kampf gerettet hat. Und manch einer genießt es auch, nachts am Lagerfeuer seine Geschichten zu hören.

„Sie nennen dich Lehrer. Warum?", fragt Anna, als sie merkt, wie gelassen er Driss' Verschwinden nimmt.

„Weil ich einer bin."

„Und warum bist du hier?"

„Weil sie mich gefangen haben. Driss vagabundierte mit einer kleinen Einheit entlang des Korridors, der nach Al Ayun führt. Er hielt unseren Laster an, nahm den Schleppern das Geld ab und pickte mich heraus. Die anderen Flüchtlinge ließ er laufen. Warum er mich auswählte hat er nie gesagt."

„Du erzählst ihnen Geschichten?"

„Ja, die meisten können weder lesen noch schreiben, doch sie sind hungrig von einer Welt zu hören, die jenseits ihres Horizonts liegt. Nur Youssuf hat eine Schule besucht. Manchmal diskutieren wir Nächte lang, dann behandelt er mich wieder als wäre ich Luft."

„Hast du auch einen Namen?"

„Ja, Sékou Allaye, ich habe ihn euch schon einmal genannt, gleich am Anfang, als ihr ins Dorf kamt. Damals hast du Youssuf untersucht und gefragt, was wir unternehmen hätten, um das Fieber zu senken. Aber du hast es wahrscheinlich vergessen, es war zu viel los. Sékou Allaye", wiederholt er, als müsse er sich erst wieder an den eigenen Namen gewöhnen, „so hieß ich einmal. Das war im Senegal, meine Mutter hat mich so genannt. Es ist so lange her. Ich wollte nach Europa, über die Kanaren, es schien so einfach, aber die Schlepper wollten nur unser Geld."

„Und jetzt? Youssuf respektiert dich."

„Weil ich ihm das Leben gerettet habe. Aber sonst ist er wie alle anderen. Wenn es ernst wird, sehen sie nur die Farbe."

„Was meinst du?"

„Respekt, Toleranz, Geduld, gibt es immer nur für die mit der helleren Haut."

„Wenn du Respekt willst, musst du zurück in den Senegal, Europa wird ihn dir nicht geben", sagt Sara.

„Das habe ich inzwischen kapiert, sogar hier in der Wüste. Aber es ist nicht so leicht, gegen Vorurteile anzukämpfen, die sich seit Jahrhunderten in den Köpfen festgesetzt haben. Zu Hause werden sie mich als Versager betrachten, als Einen, der es nicht geschafft hat. Ich muss etwas mitbringen, damit sie mich respektieren. Geld, irgendetwas, das sie wertschätzen. - Ich bin ein Wolof, wir sind die Mehrheit im Senegal. In unserer Gesellschaft gibt es ähnliche Strukturen wie bei euch, habe ich gelesen. Es gibt den Adel, die Priester, Arbeiter und Sklaven. Ich dachte, ich könnte zu euch passen, als ich mich auf den Weg machte." Er lacht kurz gehässig auf. „Das hat sich erledigt. Sogar hier in der Wüste spielt die Färbung der Haut eine Rolle. Schattierungen machen dich zu einem anderen Menschen. Mich machte mein schwarz Sein zu einem Sklaven."

„Den sie mit Respekt behandeln", wirft Sara ein. „Anders als uns. Wir sind weiß, trotzdem betrachten sie uns als Sklavinnen. Die Farbe unserer Haut kann es also nicht sein. - Bei Anna ist es anders, die brauchen sie", korrigiert sie sich sofort. „Aber mich behandeln sie wie Dreck."

„Ihr seid Frauen, schwach in ihren Augen. Hier geht es vor allem um Gewalt. Die Männer sind gewalttätig und die Frauen haben zu dienen. Für sie ist das Gesetz."

„Und du? Findest du es richtig?", fragt Anna.

„Richtig? - Ich habe keine Wahl, wenn ich überleben will."

„Genau wie wir, wir wollen auch nur überleben", sagt Sara.

„Ich bin gestrandet", sagt der Lehrer resigniert, als hätte er Saras Bemerkung nicht gehört. „Gestrandet bedeutet Wasser, das aus einer löchrigen Flasche tropft. Es hinterlässt eine kleine dunkle Spur, dann nimmt der Boden sie auf, und zurück bleibt nichts als Erde und Sand. Sand bist du und zu Sand wirst du werden. Wer die Wüste durchquert empfindet Angst. Jeder Gedanke muss darauf gerichtet sein voranzukommen, zu überleben und weiterzuziehen. Das Feuer verbrennt dich, trotzdem kannst du nur vorwärts gehen, denn zwischen deinem Traum von Europa, und dem, was hinter dir liegt, existiert nur ein Meer aus Sand."

„Wie lange bist du schon hier?", fragt Sara.

„Monate, ich weiß es nicht mehr genau. Anfangs behandelten sie mich wirklich wie einen Sklaven. Ich ernährte mich von Resten, die mir eine mitleidige Frau hinwarf. Ich hatte keine Ehre mehr, zweifelte an dem, was ich einmal gelernt hatte. Es besaß hier keinen Nutzen. Und doch glaubte ich, dass es noch nicht zu Ende sei. Und das war es dann auch nicht. Ich wurde stärker, weil ich mich innerlich abhärtete. Ich ertrug es lächelnd, wenn sie mich schlugen, und dann schlug ich zurück. Ein Sklave, schwarz, der zurückschlägt, das war neu für sie. Vermutlich hätten sie mich getötet, aber dann überfielen wir einen Konvoi der Regierung, es gab ein Feuergefecht und ich konnte dem Anführer das Leben retten. Seit dann stehe ich unter seinem Schutz."

„Youssuf?", fragt Sara.

„Ja."

Sara sieht den jungen Ägypter in Kairouan vor sich, aus dem es plötzlich herausbrach. Auch er hatte einen Traum, auch er war bereit, alles hinter sich zu lassen. Wie viel Kraft in diesen jungen Männern steckt, denkt sie.

„Erzähl weiter", fordert sie den Lehrer auf.

Der lässt sich nicht lange bitten. Wie in Trance spricht er von Timbuktu, der Stadt der Weisen, der tausend Bücher und der schieren Macht. Spricht von dem Sklaven, dem sie die Zunge herausschnitten, weil sie seine Fragen nicht mehr ertrugen. „Hier bei den Kämpfern hat mich die Realität eingeholt. Es waren die Strapazen, die Erniedrigungen, die meinen Charakter gehärtet haben. Mehr als ich es mir gewünscht hätte. Einmal in einer namenlosen Oase - die Männer ändern häufig ihr Lager, damit sie nicht entdeckt werden - hat mir eine mitleidige Frau einen Fetzen Fleisch hingeworfen. Danach wütete der Hunger in meinem Bauch weniger stark. Ich setzte mich in den Sand, betrachtete die Sterne und glaubte zu sehen, wie sie sich bewegten. Ich spürte die Zeit, nicht die alltägliche, sondern jene des Gestrandeten, in der er Stück für Stück seine Wünsche und

Sehnsüchte ablegt. – Dabei war Timbuktu für mich immer ein Traum Ort voller Bücher und arabischer Gelehrter", fügt er hinzu, als hätte er sich gedanklich in zwei Welten bewegt. Er schweigt abrupt, fährt sich durch das verfilzte Haar und betrachtet Sara, als wundere er sich, weshalb er überhaupt mit ihr gesprochen hat.

„Jetzt weiß ich, weshalb dir die Männer gerne zuhören. Deine Geschichten haben etwas tröstliches", sagt Anna. „Zu welcher Religion gehörst du?"

„Zu keiner", sagt er irritiert. „Früher war ich einmal Christ. Mit der Ankunft der Portugiesen ist meine Familie zum Christentum konvertiert. Zumindest wird es so erzählt", schwächt er ab.

„Ein Christ", lacht Sara. „Ein versklavter Christ trifft in der Sahara eine wehrlose Jüdin. Wie absurd kann es eigentlich noch werden."

„Du bist Jüdin?", fragt der Lehrer verblüfft. „Umgeben von Mohammedanern treffe ich eine Jüdin? Seltsam! Wissen es die anderen? Youssuf?"

„Nein, keiner weiß es, und ich will auch nicht, dass sie es erfahren."

„Besser so." Für eine Weile überlegt er, scheint in sich hinein zu hören. Dann richtet er sich auf und sagt triumphierend: „Es ist wunderbar, mitten in der Wüste… Die Königin von Saba soll von der Weisheit des Königs der Juden gehört haben. Sie ging mit einem gewaltigen Tross nach Judäa um ihn kennenzulernen. Es heißt, sie wäre von ihm beeindruckt gewesen, und womöglich haben sie nicht nur geredet."

„Steht das in den Büchern Timbuktus, von denen du erzählt hast?", lacht Anna. Ein Hauch Skepsis schwingt in ihrer Stimme mit.

„Nein, wir erzählen es uns seit Jahrhunderten", sagt der Lehrer bestimmt. „Aber es passt vielleicht nicht in euer europäisches Weltbild, das von Eroberungen und Schlachten geprägt ist." Er klingt fast ein wenig beleidigt, aber er ist noch nicht fertig. „Noch eine Erzählung handelt von Mansa Musa, dem König von Mali. Den gab es wirklich. Sogar eure Chroniken erwähnen ihn. Er herrschte vor ein paar Jahrhunderten und war unermesslich reich. Die Kunde über seine Verschwendung und Großzügigkeit drang bis nach Europa. Du kannst es mir glauben, es steht alles in den Büchern", reagiert er auf die skeptischen Blicke Annas.

„Ich glaube dir, aber du beschämst mich, mit all deinem Wissen", sagt Sara. „Als ich mit Alban in Kairouan die große Moschee besuchte, war es ähnlich", wendet sie sich an Anna. „Ein junger Araber führte uns, ein Flüchtling aus gutem Haus, der auf dem Weg nach Europa war, wie so viele andere, die einer Illusion anhängen. Ich glaube, ich habe dir davon erzählt."

„Ja. - Menschliches Treibgut in einer Zeitschleife, der sie nicht entkommen können." Anna klingt, als hielte sie es für einen Fehler aufzubrechen, ohne das Ziel zu kennen.

„Manche schaffen es trotzdem", sagt der Lehrer leise.

„Weil sie ihre Träume am Leben halten?", fragt Sara.

„Nein, wir träumen schon lange nicht mehr", sagt der Lehrer. „Wir wollen, dass die Welt die Wahrheit über uns erfährt. Wir waren nicht immer arm und verloren, die Sklaverei hat uns zu dem gemacht, was wir heute sind."

Für eine Weile hängen sie ihren Gedanken nach, bis Anna fragt: „Warst du schon einmal in Timbuktu, Sékou? Du hörst dich so an."

„Ja, aber das ist eine andere Geschichte, die erzähle ich euch ein andermal. - Ich habe viel über die Moscheen gelesen, die Mansa Musa bauen ließ."

„Und die zerstörten Bibliotheken, die marodierenden Milizen, wie ist es damit", wirft Anna ein.

„Sie haben nicht alle zerstört", verteidigt sich der Lehrer. „Es gab einen guten Mann, der einen Großteil der Bücher aus der Stadt brachte."

„Und wo sind die Bücher jetzt?", fragt Sara.

„In Bamako, oder wieder zurück in Timbuktu, ich weiß es nicht."

„Ich gehe schlafen", sagt Anna. „Euer Referat macht mich müde. Du musst dich sehr intensiv mit der Geschichte dieser Region beschäftigt haben, Sékou."

„Es war mein Leben. - Danke, dass ihr mir zugehört habt. Für einen Moment konnte ich wieder der Lehrer sein, dem die Kinder an den Lippen hingen", lacht er. „Lange her. Tut mir leid, wenn ich übers Ziel hinausgeschossen bin. Ich neige zum Dozieren."

„Mir hat es gefallen", sagt Sara.

„Ja, mir auch", sagt Anna. „Auch wenn ich am Anfang etwas skeptisch war. Es war eine schöne Abwechslung zum stumpfen Starren in die Wüste." Sie sitzt im Sand, an einen Felsbrocken gelehnt, und ein noch unfertiger Gedanke scheint ihr durch den Kopf zu gehen. „Eins wird mir immer klarer, wenn ich euch so zuhöre: Wir müssen hier weg. Es geht nicht um mich, aber ihr beide habt zu viel Talent, um in dieser Einöde zu verkommen", sagt sie schließlich. „Ich werde mit Youssuf reden, ob wir uns freikaufen können."

„Ich weiß nicht, ob er darauf eingehen wird", sagt der Lehrer. „Er ist anders geworden, seit er wieder gesund ist. Früher war er brutal, unnachgiebig. Vielleicht hast du ihn verändert, Sara."

„Die Wüste hat ihn wieder", sagt Sara. „Weder deine Geschichten noch meine Pflege können ihn ändern. Die Männer sind froh, dass er wieder der alte ist."

„Ich muss es wenigstens versuchen", sagt Anna.

7

Nachdem sich Youssuf gesetzt und Anna signalisiert hat, sich zu äußern, beginnt ein eigenartiges Gespräch, als würden sich zwei Kombattanten umkreisen, um die Schwäche des Gegners auszuloten.

Die halbe Nacht hat Anna damit verbracht, sich ein Konzept auszudenken. Sie hat abgewogen, ob es ihre Situation verbessern oder verschlechtern könnte, wenn sie offen mit Youssuf spricht. Hat überlegt, was ihn bewegen könnte, sie frei zu lassen, und kam zum Schluss, dass es sein Kampf gegen Marokko ist. Die Unabhängigkeit der Westsahara, die ihm über alles geht.

Jetzt, in der Geborgenheit seiner Hütte, sieht sie in Youssuf vor allem den jungen Mann, ihren Patienten, dem sie sich erklärt: „Wir sind jetzt seit Monaten im Lager, länger, als Sie je an einem festen Platz geblieben sind", spricht sie ihn formal an, bar jeder Vertraulichkeit, die er als mangelnden Respekt verstehen könnte. „Warum? Hat es mit Sara und mir zu tun? Wollen Sie uns verkaufen, oder sollen wir werden wie ihr? Das geht nicht, auch wenn wir es wollten. Die Wüste ist zu hart für uns, wir werden sterben, dann haben Sie gar nichts. Sie sind wieder gesund, und ich habe gelernt Ihren Kampf gegen Marokko zu würdigen. Aber ich denke, dass Sie allein mit Gewalt nichts erreichen werden. Dafür steht für die Regierung in Marokko zu viel auf dem Spiel. Früher oder später wird das Militär mit allem was es hat zurückschlagen. - Ihre Familie wurde von Soldaten getötet, trotzdem haben Sie kein Recht die Marokkaner zu schlachten, als wären es Tiere." Anna schweigt, als sie sieht, wie sich sein Gesicht verfinstert. Sie ärgert sich, die Kontrolle verloren zu haben. Warum musste ich auch noch die Familie erwähnen. Er hat mir davon erzählt, als es ihm schlecht ging. Wahrscheinlich bereut er den vertraulichen Moment längst, und ich muss ihn ausgerechnet jetzt daran erinnern.

„Recht", sagt Youssuf, perplex über ihre Offenheit. Noch nie scheint eine Frau so direkt mit ihm gesprochen zu haben. „Familie", sagt er mit einem Zucken um die Mundwinkel. „Es ist schwierig mit einer Fremden darüber zu sprechen. - Als ich mich entschloss, zum Kämpfen in die Wüste zu gehen, machte ich mir keine Illusionen über den Wert der Mission. Ich wusste, wie groß das Risiko war: Trotz der Warnungen machte ich weiter. Und als die Familie den größten Teil ihres Besitzes verlor, hatte ich eine Erklärung für den Kampf. Heute ist mir alles egal, was nicht unmittelbar mit dem Kampf zu tun hat. Im Grunde bin ich ein Spieler. Und wie alle Spieler, denke ich nur an meinen Gewinn, eigensinnig und verbissen. Manchmal ändern sich die Spielregeln, aber im Grunde geht es immer um dasselbe: Du musst schneller töten als der Andere. Dabei habe ich gelernt, dass ein Leben nichts wert ist, dass aber nichts so viel wert ist wie ein Leben. Seit einigen Tagen jedoch habe ich das Gefühl, als ob ich etwas sehr Wesentliches vergessen hätte, als ob sich da etwas anbahnt..." Er hält inne, richtet sich plötzlich mit einer Grimasse auf und murmelt: „Nun, lassen wir das..."

Anna hat fasziniert zugehört. Er respektiert mich als Ärztin, wenn auch nicht als Frau, denkt sie. Immerhin habe ich ihn und einen seiner besten Männer gerettet. „Sie glauben wirklich im Recht zu sein, in dem was Sie tun. Ist es das, was Sie mit Spielregeln meinen?"

„Hier gibt es kein Recht. Was kann uns die Armee schon antun? Mehr als Tod geht nicht. - Was erwarten Sie von mir?"

„Lassen Sie uns frei, wir können dafür bezahlen. Ich habe Geld in Deutschland, ich kann es kommen lassen."

„Mit der Post? Einem Kurier des Königs von Marokko, oder doch lieber in der Satteltasche eines Kamels?", lacht er laut auf.

„Nein, weder noch. Der Alte im Hotel in Azemmour hat uns den Luxusaufenthalt bei Ihnen eingebrockt. Er wird uns helfen, denn vermutlich werden wir längst gesucht, und je länger Sie warten, desto größer wird die Gefahr, dass Sie, wir alle, entdeckt und getötet werden. Wenn wir sterben, ist es nur eine weitere vertrocknete Leiche in der Wüste, die ihnen nichts bringt, außer Unannehmlichkeiten." Noch während sie es sagt, merkt sie erneut, dass sie übers Ziel hinausgeschossen ist. Ich muss ihm Zeit geben, es einsinken lassen, denkt sie.

Youssuf zuckt zurück. Sein Gesicht verhärtet sich, und auf einmal schlägt er einen hasserfüllten Ton an. „Wie kannst du mir drohen, du bist ein Nichts. Hier in der Wüste gelten andere Gesetze, als in deiner Welt. Ich entscheide hier, und wenn ich einen Fehler mache, gehen wir alle vor die Hunde. Spar dir deine klugen Reden, alte Frau." Er atmet schwer und greift sich an die verletzte Schulter. Langsam beruhigt er sich wieder. „Du hast uns geholfen, deshalb lebst du noch. Dich will keiner haben, aber Sara bleibt, sie gehört mir. Hätte ich sie nicht zu mir genommen, wäre sie die Beute der anderen geworden. Sie hat es gut, es fehlt ihr an nichts." Mit einer wegwerfenden Bewegung bedeutet er Anna zu gehen. Doch als sie aufsteht, sagt er, als hätte er es die ganze Zeit im Hinterkopf gehabt: „Ihr habt euch mit dem Lehrer angefreundet. Glaubt ihr, er hilft euch zu entkommen? Er ist Nichts, noch weniger als du. Seit Jahrhunderten halten wir uns schwarze Sklaven, es ist unser Recht."

Anna schweigt lange, sieht nur starr auf den Mann, bis er ihrem Blick nicht mehr standhalten kann. „Sie wissen, dass es ein Fehler ist, uns weiter festzuhalten", sagt sie ganz ruhig. Dann, als müsse sie sich überwinden, fügt sie hinzu: „Es ist ein fairer Vorschlag. Wenn Sie sich beruhigt haben, werden Sie mir recht geben. Ich rüttle nicht an Ihrer Autorität, niemand weiß von diesem Gespräch. Und der Lehrer soll uns nicht bei der Flucht helfen. Sara und ich mögen seine Geschichten, nicht anders als Sie und ihre Männer auch. Nehmen Sie unser Geld, Sie brauchen es für Waffen, für die Sache für die Sie kämpfen. Wenn ich Ihnen das Geld übergebe, werden Ihre Männer sie für einen starken, gewieften Anführer halten. Sara ist es nicht wert, dass sie das alles aufs Spiel setzen."

Verdutzt sieht sie Youssuf an. Anscheinend hat er nicht damit gerechnet, dass sie ihn durchschauen könnte. „Und wie soll das gehen?", fragt er, und bedeutet ihr, sich wieder hinzusetzen. „An was denken Sie überhaupt? An ein paar tausend Euro? Dann können Sie sich den Rest sparen."

Erleichtert setzt sich Anna wieder auf ihr Lederkissen. Immerhin scheint er interessiert, denkt sie. Ein Teppichhändler, der eine Chance wittert. „Sie kennen den Alten vom Hotel in Azemmour", sagt sie ganz ruhig.

„Ja, ich traue ihm nicht. Er spielt immer auf zwei Klavieren."

„Vielleicht, aber mir schuldet er etwas. Die Zeit bei Ihnen hat mich gelehrt, wie wichtig es ist, eine Schuld zu begleichen. Ich nehme an, der Alte denkt ähnlich, sonst würde er nicht mit Ihnen zusammenarbeiten. Ich habe seinen Enkel kuriert, in einem Dorf, in dem wir nicht sein sollten, und nur dadurch sind wir überhaupt in Ihre Hände gefallen."

„Es geht Ihnen doch gut", lacht der Anführer. „Sie werden verpflegt und sind am Leben. Das ist mehr, als man als Fremdling in der Wüste erwarten kann."

„Sparen Sie sich ihren Zynismus. Was halten Sie von meiner Idee."

„Was für eine Idee? Sie haben nur von dem Alten gesprochen, als könnte der das Geld aufbringen. Aber so viel, wie Sie für uns Wert sind, hat er nicht."

Aufgepasst, er scheint darauf einzugehen, nur jetzt keine Fehler mehr, denkt Anna. „Wie viel sind wir ihnen denn Wert?"

„Wie wär's mit zwei Millionen?"

Sag ich's doch, ein Basar für Leben, denkt Anna. „Bei uns heißt es: Den Preis bestimmt immer der Käufer. Wenn man keinen Käufer findet, gibt es auch keinen Preis. Das Leben in einem Basar läuft genau nach diesen Regeln, Sie wissen das. Wie wär's mit einem realistischen Preis? Bei zwei Millionen kommt die Regierung ins Spiel, es gibt wenige Menschen, die so viel Geld locker auf der Bank liegen haben. Und wenn, dann lassen sie sich nicht mit einem fadenscheinigen Argument in die Wüste locken", lacht sie laut auf. „Spaß beiseite, warum sollte sich die Regierung für uns einsetzen. Sie wissen womöglich noch gar nicht, dass wir verschwunden sind. Wir könnten uns doch genauso gut in einem Küstenort vergnügen."

„Es kostet nur einen Anruf bei ihrer Botschaft, dann weiß sie, dass sie sich nicht vergnügen."

„Und warum sollte Ihnen die Botschaft glauben. Zwei Frauen, allein in der Wüste, ohne jede Spur verschwunden. Die Wahrscheinlichkeit, dass sie längst verdurstet sind ist höher, als dass sie mit Lösegeld ausgekauft werden können. Und wie verwundbar machen Sie sich, wenn die marokkanische Regierung eingeschaltet wird, um so ein Räubernest wie Ihres auszuheben."

Anna sieht, wie es in Youssuf arbeitet. Das Räubernest hätte ich mir sparen können, denkt sie.

Er schaut, an ihr vorbei, auf den staubigen Dorfplatz, die halb verfallenen Hütten aus Lehm. Der Blick schweift über die Dünen am Fuß des Felsmassivs, das die Häuser notdürftig vor den Sandstürmen schützt. Langsam dreht er sich zu Anna und schaut ihr frontal in die Augen: „Und was würden Sie anbieten?"

„Fünfhunderttausend, und ich brauche zwei Wochen um das Geld zu beschaffen. Ich muss nach Azemmour, damit ich eine gute Verbindung nach Deutschland kriege. Ich werde meine Bank anweisen, das Geld an das Hotel zu überweisen. Dort können Sie es dann abholen."

„Nur für Sie?"

„Nein, für Sara, mich und den Lehrer. Wir brauchen ihn als Beschützer auf dem Weg in die Freiheit. Ich möchte nicht erneut gekidnappt werden."

„In Dollar?"

„Ja."

„Es ist weit weniger, als ich dachte. Ich muss es mir überlegen."

Draußen wartet Sara bereits auf sie. „Wie kamst du überhaupt auf die Idee?", fragt sie, als ihr Anna von dem Gespräch mit Youssuf erzählt.

„Spontan, ich habe versucht mich in ihn hineinzuversetzen. Du siehst doch wie knapp es hier zugeht. Sie müssen einen Militärstützpunkt überfallen, um an Waffen und Proviant zu kommen. Mit unserem Geld könnten sie Leute bestechen, die ihnen die Tür aufhalten, damit sie die Munitionskisten am hellen Tag hinaustragen können. Das schien mir eine verlockende Vorstellung."

„Was will er denn haben?"

„Ursprünglich zwei Millionen, ich habe ihn auf fünfhunderttausend Dollar heruntergehandelt."

„Hast du denn so viel Geld?"

„Ich verkaufe unser Haus, und Alban hat dir sein ganzes Vermögen vermacht, das reicht allemal."

„Ich will sein Vermögen nicht."

„Jetzt wirst du es brauchen, oder willst du auf Dauer die Braut eines Räuberhäuptlings bleiben."

Wow, denkt Sara, das ist es wohl, was Alban meinte, als er sie als hypereffizient bezeichnete. Sie nimmt kein Blatt vor den Mund, und scheint echt überzeugt zu sein, das durchziehen zu können. Ich sollte ihr vertrauen. „Und wie willst du es anstellen?"

„Ich muss nach Azemmour. Dort kann ich meine Bank anrufen, die sollen das Geld auf ein Konto des Hotels überweisen. Das müsste gehen. Ich habe so etwas ähnliches schon einmal gemacht, auf Kuba, als mir der Pass und alle Kreditkarten gestohlen wurden. Da habe ich bei der Bank angerufen und die haben mir Überbrückungsgeld geschickt. Das reichte, bis mir die Botschaft einen neuen Pass ausstellte. Aber es war natürlich weit weniger als das, was ich diesmal haben will. Vertrau mir, ich werde kämpfen wie eine Löwin."

„Es wäre wunderbar, wenn es klappte. Ich halte nicht mehr lange durch. Für eine Weile dachte ich, ich könnte leben wie all die anderen Frauen hier, aber ich kann es nicht."

„Es wird klappen, da bin ich mir ziemlich sicher. Sie kennen mich bei der Bank, ich bin eine gute Kundin. - Was geht dir durch den Kopf, du schaust, als wärst du ganz weit weg?"

„Wenn du gehst, bin ich ihnen allein ausgeliefert. Kommst du auch wirklich zurück?"

„Wie kannst du so etwas fragen?"

„Weil Youssuf dasselbe denken wird. Warum solltest du zurückkommen, wenn du schon einmal in Azemmour bist. Du bräuchtest nur auf die nächste Polizeistation gehen, und in Casablanca gibt es bestimmt ein deutsches Konsulat, das dir helfen würde nach Hause zu kommen."

„Damit sie dich hier umbringen? Allein schon aus Rache, weil sie denken würden, ich hätte sie ausgetrickst. Natürlich komme ich zurück, und dann gehen wir gemeinsam mit dem Lehrer in die Freiheit."
„Du willst ihn mitnehmen."
„Ja, ich glaube, das schulden wir ihm. Zuerst aber muss sich Youssuf entscheiden, dass ich nach Azemmour darf."

Ein paar Stunden später ruft Youssuf Anna erneut zu sich.
„Erklär mir deinen Plan, aber möglichst detailliert. Du musst mich überzeugen, sonst wird das nichts."
„Gut, ich versuch's. Es wird nicht einfach, und kann auch schief gehen."
„Was soll das, es ist dein Plan. Nur Geschichten erfinden, damit du von hier wegkommst, wird nicht reichen."
Ich muss einfache Wörter wählen, damit er mir glaubt. Mein Französisch ist nicht gut genug, ich bräuchte Sara, ihres ist bedeutend besser. Wer weiß, ob er überhaupt einen internationalen Geldtransfer kennt. Er ist misstrauisch, hält die ganze Idee für einen Vorwand, um mich abzusetzen. Sara als Geisel ist ihm nicht genug, vielleicht ist er ihrer auch längst überdrüssig. Bitte, wer immer von den höheren Mächten für diese Region zuständig ist, mach, dass er mir glaubt. Hilf mir, dass ich die richtigen Wörter finde. „Also nochmal, Schritt für Schritt. - Zuerst brauche ich eine stabile Verbindung nach Deutschland zu meiner Bank. Mein Finanzberater kennt meine Stimme, ihm kann ich erklären, dass es sich um einen Notfall handelt, und er das Geld an das Hotel in Azemmour überweisen soll."
„Wie?"
„Per wire transfer. Vermutlich wird er ein Dokument benötigen. Ein Fax mit meiner Unterschrift, sonst gibt die Bank das Geld nicht frei. Das Hotel hat ein Fax, ich hab's gesehen."
„Das heißt, du willst nach Azemmour, und Sara mitnehmen. Hältst du mich für einen Vollidioten?"
„Nein, Sara bleibt hier, gewissermaßen als Garantie, dass ich mit dem Geld zurückkomme."

„Hm. Wie willst du das schaffen? Die Entfernungen sind groß und es gibt Räuber."

„Für diesen Teil brauche ich deine Hilfe. Ohne dein Zutun geht der Plan nicht auf. Jemand muss mich nach Azemmour bringen, egal wie. Je schneller desto besser."

Youssuf überlegt eine Weile, tut, als könne er sich durchaus vorstellen, sie gehen zu lassen. Doch dann grinst er und sagt verschlagen: „Du hältst mich für bescheuert. Meine Männer würden mich für verrückt halten, wenn ich dich gehen lasse. Sara soll es tun, sie soll uns das Geld bringen. Dann könnt ihr gehen."

„Das würde nicht funktionieren. Es ist mein Geld, auf meiner Bank. Keiner dort kennt Sara, warum sollten sie einer Unbekannten mein Geld schicken."

Youssuf versinkt für eine Weile ins Grübeln, bis er sich aufrichtet und sagt: „Das Lösegeld gibst du dem Alten im Hotel. Wenn er es in Händen hält, wird er dir deinen Pass geben. Dann kannst du machen was du willst."

„Du denkst, ich will mich freikaufen, und Sara kann sehen wo sie bleibt. Du täuschst dich. Bevor ich Sara in Stich lasse, bleibe ich hier und wir gehen beide zu Grunde. Aber der, der dabei am meisten verliert, bist du. Zwei tote Frauen, und schon ist die Chance, ohne großes Risiko an eine schöne Summe Geld zu kommen, vorbei." Sie lacht laut auf, als könne sie sich diesen Irrsinn eigentlich nicht vorstellen.

Als sie sieht, wie sich sein Gesicht verdüstert, wie die gesunde Hand in Richtung seiner Maschinenpistole kriecht, wird sie sofort wieder ernst. „Du bist zu intelligent, Youssuf, um wirklich zu glauben, dass ich Sara in Stich lasse. Ich habe sie durch meine Naivität in die Situation gebracht, in der wir uns befinden. Jetzt muss ich wenigstens versuchen, uns da wieder heraus zu holen. - Wir haben beide einmal denselben Mann geliebt, das verbindet, deshalb sind wir überhaupt in Marokko. Und wenn du mir dein Wort gibst, dass ihr nichts passiert, während ich das Geld hole, werden wir auch gemeinsam wieder zurück nach Deutschland gehen." Gib ihm Zeit, denkt sie, als sie sieht, wie es in Youssuf arbeitet.

„Gut, rede weiter."

„Ich werde dir das Geld bringen, und wenn du es gezählt hast, lässt du uns frei. Du gibst uns einen Jeep und den Lehrer. Den nehmen wir mit, damit wir in der Wüste überleben, bis wir in Sicherheit sind. Das Auto bleibt in Azemmour, wir haben dort unser eigenes. Wenn du das haben willst, überlassen wir es dir. Alles andere macht keinen Sinn", sagt sie bestimmt, als würde sie einem ihrer Patienten die Therapie für seine Krankheit erklären. „Es ist deine Entscheidung, und ich glaube kaum, dass die Männer es gut fänden, wenn du diese Chance verstreichen lässt. Nur wegen zweier Frauen, die in ihren Augen nichts gelten, und einem Sklaven, den sie verachten."

„Ich will dein Auto nicht, das Geld reicht mir. Und der Lehrer, wir verachten ihn nicht, wir lieben seine Geschichten, er ist einer von uns geworden", sagt er, verdattert über ihre plötzliche Souveränität.

„Das redest du dir ein, Youssuf. Du hättest deinen besten Mann erschossen, weil er Sara vergewaltigt hat. Das war ehrenhaft, aber vielleicht sehen das deine Männer ganz anders. Sie denken, Sara und ich hätten Unglück über das Dorf gebracht. Sie wollen, dass wir gehen, aber sie wollen auch ein Lösegeld. - Ich weiß, wie sehr dir die Unabhängigkeit der Südsahara am Herzen liegt. Du wirst aber keinen Schritt vorankommen, wenn ihr weiter wie eine gemeine Räuberbande agiert. Du brauchst Waffen und Verbündete, die kriegst du nur mit Geld. Und ich werde es dir bringen."

„Du willst also, dass ich dir glaube? Etwas anderes hast du nicht zu bieten." Er klingt unentschlossen, als kämpfe er noch mit sich, ob er dieser Frau wirklich trauen soll.

„Genau, eine Alternative gibt es nicht. Youssuf, ich habe dich geheilt, ich hätte die Wunde infizieren können, dann wärst du nicht mehr am Leben. Sara hat dich gepflegt, es gab sicher Momente in deiner Hütte, wo sie dich hätte ermorden können, sie hat es nicht getan. Was willst du noch?", sagt sie voller Leidenschaft, und zügelt sich sofort wieder. „Mit der Zeit wird unser Nutzen immer kleiner. Wir sind nicht gemacht für die Wüste, wir werden euch zur Last. Und der Alte in Azemmour wird euch am Ende verraten. Noch hält er still, weil er um das Leben seines Enkels bangt. Glaubst du, ich habe nicht verstanden, wie es um euch steht. Wenn der Junge stirbt, wird der Alte euch verraten."

„Das wird er früher oder später sowieso tun. Wenn wir seiner Sache nichts mehr nützen, wird er uns verraten, da hast du völlig recht." Youssuf hört für einen Moment in sich hinein, unentschlossen wirkt er, und sagt dann bestimmt: „Du bleibst hier, bis ich das Geld in Händen halte."

„Und wie soll das gehen?"

„Sara soll es besorgen, ich traue ihr mehr als dir."

„Wie gesagt, niemand wird ihr das Geld überweisen. Schon bei mir könnte es Schwierigkeiten geben. Keiner weiß, dass ich überhaupt in Marokko bin. Ich bin überhastet aufgebrochen, weil ich dachte es würde nur ein paar Tage dauern, bis ich meinen Mann zurück nach Deutschland bringen könnte."

„Du hast einen Mann? Warum kann der dir nicht das Geld schicken?"

„Er starb, hier in Marokko, eine geplatzte Ader hat ihn getötet. Wir Mediziner nennen es Aneurysma. Wenn es an der falschen Stelle auftritt, ist es tödlich. Aber das ist eine andere Geschichte. - Du bist misstrauisch, Youssuf, aber nicht dumm. Nimm mal an, Sara ginge tatsächlich nach Azemmour, warum sollte sie zurückkommen? Wegen mir, die ihr diesen Albtraum eingebrockt hat? Wegen dir, der sie an seine Männer verschachert hat, wie eine Sklavin, mit der er machen kann was er will? Sei nicht naiv, Youssuf, nach allem, was du ihr angetan hast, wäre es nur vernünftig sofort nach Deutschland zu gehen. Sie ist Deutsche wie ich, hat dieselben Rechte wie ich. Sie kann aufs nächste Konsulat gehen und wird ausgeflogen."

„Nein, sie ist anders. Nichts von dem, was du sagst, ist wahr. Sara ist Jüdin, sie wird wissen, wie sie an Geld kommt."

Mein Gott, denkt Anna, mitten in der Wüste dieselben Vorurteile. Sie überlegt eine Weile und versucht dann einen neuen Ansatz: „Du machst einen Fehler, Youssuf. Die Regierung weiß bestimmt längst, dass wir noch leben. Sie werden kommen und euch jagen, bis es kein Versteck mehr für euch gibt."

Ein feines Lächeln spielt um Youssufs Mund. „Du hast keine Ahnung von der Wüste, sie ist mächtig und sie liebt uns. Sie streut Sand unter die Räder der Fahrzeuge, die uns verfolgen, und schickt Stürme, die sie verwirren. Es sind nur Bauernjungen aus dem Norden, die sie in einen Krieg schicken, den sie nicht verstehen. Sie haben keine Chance gegen uns. Willst du mir drohen?"

„Nein, nur beim Wort nehmen. Du hast den Männern gesagt, dass wir sehr viel wert sind, und jetzt brichst du in ihren Augen alle Regeln. Sie werden dich verdammen, auch wegen Driss. Man bricht sein Wort nicht wegen einer Frau, werden die Männer sagen. Die Dörfler, die euch Schutz bieten, die anderen Gruppen, alle werden dich verdammen. Was ist eine Frau schon gegen sehr viel Geld", wiederholt sie, in einem Akt der Selbstverleugnung. Doch langsam kriecht Verzweiflung in ihre Stimme.

In Youssuf beginnt es zu arbeiten, als hätten ihre Worte etwas in ihm ausgelöst. „Ich will das Geld sehen, und du wirst es mir bringen", bricht es endlich aus ihm heraus. „Bis dahin bleibt Sara hier. Danach könnt ihr gehen, und den Sklaven könnt ihr gleich mitnehmen. Ein Esser weniger im Lager."

„Und den Jeep?"

„Auch den."

„Und wie komme ich nach Azemmour?"

„Wir bringen dich hin. Wenn du falsch spielst, töte ich beide, Sara und den Lehrer. Ich hätte auch Driss getötet, er hat mich verraten, aber einer der Männer hat ihn befreit. Vermutlich war es der Lehrer, der ihn in die Wüste entließ. Jetzt habe ich einen Feind mehr, der geschworen hat, mich umzubringen."

„Warum erzählst du mir das?", fragt Anna verwundert.

„Damit du mich nicht für schwach hältst. Und dass du weißt, wie wenig ich dir traue, aber trotzdem mein Wort halten werde."

„Daran habe ich nie gezweifelt."

„Gut. - Du kriegst eine Woche Zeit."

„Eine Woche ist zu knapp, wer weiß, was auf der Strecke passiert. Du weißt, wie unberechenbar die Wüste sein kann. Die Regierung und die Polisario sind überall. Ich will nicht zwischen die Fronten geraten."

„Keine Sorge, wir wissen, was wir tun. Ein Freund wird dich nach Azemmour fliegen. Eine Woche reicht. Ihr fliegt in der Nacht, und ich rate dir, zu kooperieren. Tue einfach, was er dir sagt, es wäre schade, wenn dir etwas passiert. Halte dich bereit, sobald ich den Freund erreicht habe, geht's los. - Geh jetzt, es ist spät geworden. Ich muss mich um meine Männer kümmern, morgen führen wir einen lang geplanten Einsatz durch. Vielleicht brauchen wir danach dein Geld nicht mehr, oder aber deine Dienste sind hier so gefragt, dass ich dich nicht entbehren kann."

Anna verlässt das Haus, die Anstrengung der Verhandlung ist ihr ins Gesicht geschrieben. Sie weiß, dass sie noch nichts erreicht hat. Er rechnet mit Verwundeten, denkt sie, das kann den ganzen Plan über den Haufen werfen. Es kommt, wie es kommt, erstmal bin ich froh, die stickige Luft und den Geruch Youssufs hinter mir zu haben.

Draußen wölbt sich eine sternklare Nacht über dem Dorf. Der Himmel über der Wüste, denkt sie, ich hatte ihn mir immer gewünscht. Langsam fällt die Furcht von ihr ab, obwohl sie weiß, wie gefährdet sie nach wie vor ist. Aufgewühlt setzt sie sich an den Fuß einer Palme und wartet auf den Sonnenaufgang. Müde lehnt sie sich an den Stamm, die groben Stoppeln der Palmwedel stechen durch ihr Hemd, doch sie nimmt es kaum wahr. Keiner beachtet sie. Die Männer kommen und gehen, säubern ihre Waffen, die Patronengurte wie Schals um den Hals geschlungen. Einige tragen Metallkisten heran, alles deutet auf den bevorstehenden Einsatz hin.

Schließlich kommt Youssuf zu ihr und sieht sie eine Weile schweigend an. „Wir brechen auf, ihr seid für ein paar Tage allein. Ihr könnt nicht davonlaufen. Ohne ein Fahrzeug würdet ihr nur in der Wüste verdursten. Sag das auch Sara, sie soll wissen, dass ich es ernst meine. Der Lehrer bleibt bei euch, zum Schutz. Versuch erst gar nicht ihn auf deine Seite zu ziehen, er wird mich nicht verraten, anders als Driss."

„Niemand wird dich verraten, wir wollen nur, dass du uns gehen lässt."

Doch Youssuf hört gar nicht zu. „Morgen wird dich mein Freund in einer kleinen Cessna, mit der er normalerweise Touristen die Wüste zeigt, nach Azemmour bringen. Hoffentlich kommst du bald mit dem Geld zurück, dann könnt ihr gehen." Er nimmt die Zigarette aus dem Mund und spuckt aus. „Versuch nicht zu fliehen, die Wüste ist unerbittlich", warnt er erneut, als ginge ihm der Gedanke nicht aus dem Kopf. „Wir würden eure Leichen nicht suchen. Und lass das Militär aus dem Spiel, in Azemmour meine ich. Es könnte durchaus sein, dass sie dich auf ihre Seite ziehen wollen. Aber sie spielen falsch, sind schlimmer als wir."

Anna nickt, ohne aufzustehen. Wie kommt er auf die Idee mit dem Militär, denkt sie, als sie zusieht, wie die Autos in den Weiten der Wüste verschwinden.

Erleichtert atmet sie auf und geht ins Dorf. Im Schatten einer Hütte, findet sie Sara und den Lehrer vertieft im Gespräch. Anna setzt sich zu ihnen und sagt teilnahmslos: „Youssuf lässt mich nach Azemmour bringen, um den Geldtransfer zu veranlassen."

„Wann?", fragt Sara, die sich über ihre Teilnahmslosigkeit wundert.

„Vielleicht schon morgen, vielleicht erst in ein paar Tagen. Vermutlich wird er den Verlauf des Einsatzes abwarten."

„Falls es Verwundete gibt?"

„Gut möglich, er hält sich bedeckt. Aber vielleicht ist Youssuf das Geld wichtiger, als wenn ich hier im Lager, ohne Medikamente, Wunder vollbringen soll."

„Hat er Forderungen gestellt, die du nicht erfüllen kannst?", fragt Sara besorgt. „Du wirkst bedrückt. - Ich habe Sékou von deinem Versuch erzählt, uns auszukaufen. Er findet es sehr mutig von dir."

Ein flüchtiges Lächeln erscheint auf Annas Gesicht. „Es ist nur.... Es ist nur der Anfang..." Abrupt wendet sie sich an den Lehrer: „Es kann auch schief gehen. Ich vermute, sie stecken alle unter einer Decke, der Alte im

Hotel, Youssuf, vielleicht sogar das Militär. Youssuf hat es erwähnt, warum würde er das tun, wenn es nicht irgendeine Verbindung gäbe. Ich selbst wäre nie auf die Idee gekommen. Wenn wir Pech haben, kommt das Geld an, sie nehmen es mir ab und bringen mich um. Euch womöglich gleich mit, wenn sie nichts mehr von euch erwarten können. Ich traue niemand mehr."

„Du musst auf der Hut sein. Wir alle müssen das. Willkommen in der Wüste. Wie kommst du hin?", fragt der Lehrer.

„In einer kleinen Cessna. Ein Freund Youssufs scheint eine Art Buschpilot zu sein, nur gibt es hier keinen Busch", lacht sie gehässig. Für einen Moment ringt sie mit sich, als koste es Überwindung, es auszusprechen: „Sékou, du musst dich um Sara kümmern, während ich weg bin. Sie braucht Schutz, auch vor den anderen Frauen. Wenn der Einsatz schief geht, werden sie uns, Sara vor allem, die Schuld geben. Sie hassen uns, weil sie meinen, wir hätten Unglück über das Camp gebracht. Vor allem, dass wir an Driss' Verbannung schuld sind." Für einen Moment kehrt sie in sich, betrachtet die Gesichter der beiden, als könnten die ihr verraten, ob sie stark genug sind, die nächsten Wochen zu überstehen. „Youssuf, schätze ich, wird Sara als Sklavin verkaufen, wenn das mit dem Geldtransfer nicht klappen sollte. Allein schon um sich an mir zu rächen, aber das darfst du nicht zulassen, Sékou", fleht sie den Lehrer an, als hätte sie Saras Gegenwart vergessen.

„Dafür muss ihr Haar erst nachwachsen. Für eine blonde Europäerin, mit frisch gewaschenen Haaren, könnte er vermutlich eine schöne Summe bekommen", lacht Sékou kurz auf, doch er wird sofort ernst, als er Saras abwehrende Reaktion sieht. „Macht euch keine Sorgen, es wird nicht passieren. Inzwischen kenne ich Youssuf gut genug, um das sagen zu können. Er hat mir befohlen euch zu beschützen. Warum sollte er das tun, wenn ihr ihm egal wärt."

„Seid ihr verrückt", schreit Sara, „ihr redet über mich, als wäre ich eine Handelsware."

„Tut mir leid, Sara, ich kann nicht mehr klar denken", sagt Anna und nimmt Saras Hand. „Manchmal fürchte ich den Verstand zu verlieren, wenn ich mir vorstelle, was alles schief gehen kann." Sie betrachtet Saras aufgesprungene Lippen, die abblätternde Haut auf der Stirn, und streicht ihr liebevoll durch das Stoppelhaar. „Wenn mir etwas passiert, müsst ihr euch allein durchschlagen, hier im Lager könnt ihr nicht bleiben."

„Noch ist es nicht soweit, und für ein paar Tage ist erst einmal Ruhe", sagt Sékou gelassen.

„Weißt du, was sie vorhaben?", fragt Anna.

„Nein, ein Überfall auf ein Waffenlager der Armee, vermute ich. Sie machten nur so Andeutungen, als würde sich dadurch in ihrem Abschnitt das Blatt wenden lassen."

„Hm. Ich denke eher an einen Konvoi, Munitionstransporter oder ähnliches", sagt Anna. „Ihnen geht langsam die Munition aus. Was, sie noch haben, ist zu knapp, um einen großen Überfall zu wagen."

„Warum denkst du das?", fragt Sara.

„Ich vermute es nur. Youssuf hat erst zugestimmt, mich gehen zu lassen, als ich erwähnte, dass er ohne unser Geld keine neuen Waffen bekäme. Anscheinend hat ihn das überzeugt."

Ganz langsam schüttelt Sara den Kopf, als wäre sie es satt über etwas zu spekulieren, das sich sowieso nicht ändern lässt. „Vielleicht schon morgen holen sie Anna", sagt sie zu Sékou. „Bitte erzähl uns eine Geschichte, eine lange Geschichte, damit wir wenigstens für kurze Zeit auf andere Gedanken kommen."

„Was wollt ihr hören?"

„Erzähl uns von deinem Afrika, so wie du es siehst."

„Oh, das wird schwierig." Für einen Moment betrachtet er die Felsen hinter ihnen, und beginnt dann in einem gleichmäßigen Sing Sang zu erzählen: „Einmal war ich am Niger, dort wo der Fluss seinen Lauf umkehrt, und sich nach Süden wendet, damit er nicht in den Weiten der Sahara versickert. Wie der Okavango, der sich in die Kalahari ergießt, und nie ein Meer erreicht. Ich war fasziniert von Flüssen, schon als Junge, als ich gelesen hatte, dass der Kongo und der Sambesi, wie zwei Zwillingsbrüder in einem riesigen Sumpfgebiet in Angola entspringen. Aber die Brüder haben sich getrennt, der Kongo entschloss sich in den Norden, der Sambesi in den Süden zu fließen. Und als mich eine schwedische Journalistin in Dakar ansprach, ob ich sie nach Timbuktu begleiten könnte, stimmte ich sofort zu. Ich hatte den Verlauf des Niger immer nur auf der Karte verfolgt, und gefragt, was mit dem Herzen Afrikas geschehen wäre, hätte er sich nicht nach Süden gewandt. Und auf einmal bot sich die Gelegenheit selbst zu sehen, was ihn dazu bewogen hatte."

„Du sprichst von den Flüssen als wären sie deine Freunde", lacht Sara.

„Sind sie das nicht? Sie liefern uns alles, was wir Menschen brauchen, Wasser, Nahrung. Du siehst ja, was passiert, wenn das Wasser versiegt. Dreh dich um, dann weißt du es. Wasser bedeutete für mich immer nur das Meer, es ist launisch und manchmal sehr böse. Viele unserer Fischerboote sind nie zurückgekehrt. Flüsse dagegen bedeuteten Leben."

„Und hat sie dich mitgenommen?", fragt Anna, die nur mit halbem Ohr zugehört hat, in Gedanken bereits auf dem Trip nach Azemmour. „Die Journalistin meine ich."

„Ja, sie war schon einige Zeit in der Stadt, aber sie hatte keinen Zugang zu den Menschen gefunden. Vielleicht, weil sie so ungeheuer Weiß war. Sie besaß strohblonde Haare, die Haut glühte unter der Sonne, als stünde sie unter Strom. Sie kam an meine Schule und fragte, ob sie ein Lehrer, der die Landessprachen beherrschte, auf ihrer Reise begleiten könnte. Timbuktu war ihr Ziel. Sie wollte die Stadt auf dem Landweg erreichen, aber sie traute sich nicht allein. Der Rektor empfahl mich wegen meiner Sprachkenntnisse, und weil ich ihm schon ein paarmal von Timbuktus Bibliotheken vorgeschwärmt hatte. Ich schlug der Schwedin vor zu fliegen, aber das wäre ihr zu langweilig, meinte sie. Sie wollte unbedingt mit dem Bus fahren, also haben wir es getan. Es wurde eine beschwerliche Reise, weniger weil immer mal ein Bus liegen blieb, und wir Stunden, zuweilen auch Tage, warten mussten, bis wir weiterkonnten. Wir waren so verschieden und ich verstand nicht, weshalb sie richtig verschreckt reagierte, wenn Menschen ihre Haare berühren wollten. Vor allem die Kinder zog sie an, wie ein Magnet. Sie umringten sie manchmal wie ein Schwarm Fliegen."

„Aufdringlich, meinst du?", fragt Sara.

„Nein, neugierig, als hätten sie so eine weiße Haut, und Haare aus Stroh, noch nie gesehen. - Heute denke ich, dass die Journalistin, die Menschenflut, die uns auf der Reise begegnete, einfach nicht ertrug. Ich bat sie, einen Schal, oder sonst eine Kopfbedeckung zu tragen, aber das wollte sie lange nicht. Bis sie bemerkte, dass sie dadurch für die Menschen unsichtbarer wurde. Ab da trug sie einen Kaftan mit Kapuze, in dem sie sich verstecken konnte, wenn es ihr zu viel wurde. So ähnlich wie deiner", deutet er auf Sara.

„Und, habt ihr es bis Timbuktu geschafft?", fragt Anna.

„Ja, wir waren vier Wochen unterwegs. Damit hatte ich eigentlich nicht gerechnet, aber sie bezahlte für alles. Für mich wurde die Reise zum Erlebnis, ohne die Erfahrung wäre ich wohl nie auf die Idee gekommen, mich quer durch die Sahara nach Europa aufzumachen. Vielleicht hätte ich es besser gelassen", lacht er. „Aber gleichzeitig habe ich in Timbuktu, in Djenne, in Mopti gemerkt, aus was für einem fantastischen Land ich stamme."

„Wegen der Moscheen?", fragt Sara. „Die Orte liegen alle in Mali, aber du kommst aus dem Senegal, hast du gesagt."

„Ja, aber früher gab es diese Grenzen nicht, und genau das begriff ich auf der Reise. Du brauchst ja nur die Linien ansehen, alle wie mit dem Lineal gezogen. Was für einen Sinn machen solche Grenzen? Keinen. Sie wurden uns aufgezwungen, von Leuten, denen die Menschen, die seit Jahrhunderten hier lebten, egal waren. In Afrika gab es keine Grenzen, bevor sie uns die Europäer aufzwangen. Wir Senegalesen haben seit jeher mit den Völkern im Osten gehandelt. Der Niger war und ist eine Wasserstraße, die die Menschen miteinander verband. Der Hafen in Mopti ist ein einziges Wimmelbild mit Menschen in fantastischen Kleidern, die Waren auf dem Kopf tragen, oder Ballen aus Baumwolle zum Transport vorbereiten. Die Boote sind bemalt. Am spitz zulaufenden, hoch aufragenden Bug prangen Bilder, häufig Augen, die die Bootsfahrer vor allen Übeln beschützen sollen."

„Wimmelbild", lacht Sara, „wo hast du denn das her?"

„Die Journalistin hat es so genannt."

„Ich habe nur Bilder der Moschee in Djenne gesehen. Eindrucksvoll, eine riesige Struktur aus Lehm. Unglaublich, eigentlich", sagt Anna.

„Ja, die Journalistin konnte nicht genug von ihr kriegen. Ich glaube, sie hat den Speicher ihrer Kamera voll geknipst. Dabei machte sie sich nichts aus Architektur, auch nicht sehr viel aus unserer Geschichte. Sie wollte nur mit Menschen sein, aber eigentlich hatte sie Angst vor ihnen, glaube ich wenigstens. Da war so eine Kluft zwischen ihr und dem Leben um uns herum. Als ich sie fragte, woher das käme, sagte sie, sie wäre ein Einzelkind und lebe allein. Ich konnte es kaum glauben, denn bei uns gibt es wenig Distanz. Wir leben in Großfamilien, fühlen uns für einander verantwortlich, und werden nervös, wenn es zu still wird."

„Und du? Warum hast du dich auf den Weg gemacht, wenn dir die Familie so viel bedeutet?"

Für einen Moment zögert der Lehrer, als wüsste er nicht mehr, was ihn bewog aufzubrechen. Dann entschließt er sich, die Frage zu ignorieren, und erzählt einfach weiter von der Reise mit der Journalistin. „Ich war überwältigt von der Vielfalt um uns herum. Dakar, wo ich aufwuchs, ist eine afrikanische Großstadt direkt am Meer. Ein Bienenkorb voller Menschen. Ich liebe Dakar, gerade weil es so laut und voller Energie ist. Nie zuvor hatte ich die Stadt verlassen, und jetzt dieses Land, die Vielzahl der Bewohner. - Tuaregs, ich hatte nur Bilder von ihnen gesehen, stolze Männer auf Kamelen, mit Turbanen und Tüchern, die nur die Augen freigaben. Ich konnte nicht genug von ihnen kriegen, weil sich hinter diesen Augen die ganze Wüste zu verbergen schien. Die gleißende Sonne, die brütenden Steine und die sternklaren Nächte! - Es war die Trockenheit der Halbwüste, mit Temperaturen, wie ich sie von der Küste nicht kannte, die den Niger nach Süden wandte. Er war zu neugierig, wollte sehen, was es noch auf seiner Reise ans Meer zu sehen gab. Die Vorstellung, in einem

Niemandsland aus Sand und Steinen einfach zu versickern, hat ihm eben nicht gefallen", lacht der Lehrer laut auf, als er die verblüfften Gesichter der Frauen sieht.

„Und wie ging es weiter auf der Reise?", fragt Sara fasziniert.

Mit einem breiten Grinsen meint Sékou: „Meiner, oder der des Niger?"

„Deiner", lacht Sara.

„Die des Flusses wäre bestimmt viel spannender, aber euch gefallen meine Ausflüge in das Land der Fantasie nicht, oder? Anna vor allem. Sie sieht mich so skeptisch an. Doch ihr täuscht euch, warum sollte ein Fluss nicht in der Lage sein, Entscheidungen zu treffen. Ganze Kulturen haben Flussgötter verehrt. Aber gut, ich konzentriere mich auf meine Reise, die reale Welt, die Architektur, das Abbild einer tausendjährigen Geschichte. - Es war überwältigend, ich habe versucht alles wie ein Schwamm aufzusaugen. Gleichzeitig musste ich gegenüber der Journalistin so tun, als wüsste ich Bescheid, schließlich war ich ihr Führer", lacht er befreit auf. „Aber ich merkte schnell, dass sie mehr über die Region wusste als ich. Sie hatte dieses Buch voller Bilder. Da stand alles Wissenswerte drin, über die Menschen, das Klima, die Geschichte, die Religion, alles. Trotzdem hat sie mich nicht zurückgeschickt. Eine Frau, noch dazu eine Weiße, wäre womöglich in dem Wimmelbild ertrunken", sagt er traurig.

Erschrocken hält er inne und forscht in den Gesichtern der beiden Frauen, ob er sie nicht doch beleidigt hat. Als sie jedoch weiter lächelnd zuhören, bemüht er sich, weniger blumig zu berichten: „Als wir nach drei Tagen Fahrt durch eine eintönige, staubig gelbe Landschaft an den Niger kamen, veränderte sich die Luft. Sie fühlte sich frischer an, besaß einen merkwürdigen Geruch nach verfaultem Gras und schwefeligen Algen. Bei der Annäherung an den Fluss, an manchen Stellen hatte er sich zu einem See ausgedehnt, lagen plötzlich große Grünflächen vor uns. Grün, mitten in der Wüste, es war ein beglückendes Gefühl nach Tagen der Dürre. Wir wollten hinein, darin schwimmen, aber sie warnten uns, es gäbe Krokodile."

„Ich habe Bilder von Dakar gesehen, junge Männer auf Surfbrettern am Strand. Warst du auch einer von ihnen?", wirft Sara ein.

„Wie kommst du jetzt darauf?", fragt Anna verblüfft.

„Weil er so glücklich aussah, als er vom Wasser sprach."

„Ich bin am Meer aufgewachsen, Wasser gehört zu mir, wie das Leben", sagt der Lehrer bestimmt.

„Und doch schwärmst du von Timbuktu, den Büchern, den Bibliotheken. Suchst du ein anderes Leben, wolltest du deshalb nach Europa, weil du gedacht hast, dort könntest du es finden?"

„Ich hatte keine Wahl. Sie haben mich ins Gefängnis gesteckt, nur weil ich mich gegen ihr korruptes Regime wehrte. Beim zweiten Mal würden sie mich umbringen, haben sie gesagt."

Sara spürt, wie sehr ihn die Erinnerung an das Gefängnis plagt. Sie will ihn ablenken und fragt, wie es auf der Reise weiterging.

„Es gab eine komische Wendung", sagt er, nachdem er im Schneidersitz die Position gewechselt hat. „Auf einmal wollte die Schwedin, dass ich ihr Gesprächspartner bringe, mit denen sie sich über die Beschneidung der afrikanischen Frau unterhalten konnte. Davon hatte sie mir nichts gesagt, als wir aufbrachen. Ich fand das komisch, aber ich hab's versucht. Zuerst haben alle abgelehnt, mit uns zu sprechen. Die, die überhaupt reagierten, schauten misstrauisch und meinten, das ginge mich nichts an. Erst als ich versicherte, es ginge nicht um mich, sondern um eine Europäerin, die ein Buch über afrikanische Rituale schrieb, waren ein paar ältere Frauen bereit darüber zu reden."

„Und die Männer?", fragt Anna, als wäre es ein Thema, das sie interessiert.

„Die hielten mich für verrückt. Beschneidung, es gehört zu uns, wir tun es seit Jahrhunderten, sagten sie. Keine Ahnung, ob das stimmt, auf jeden Fall wollte keiner mit ihr reden."

„Wundert mich nicht."

„Doch, einer redete", korrigiert sich Sékou. „Er meinte, dass die Beschneidung der Frauen auch nichts anderes sei als die der Männer. Dass es sich im Grunde nur um den Eintritt ins Sexualleben handelte. Ich weiß noch, wie sich die Journalistin darüber aufregte. Bei den Männern ist es ein kleiner Eingriff, aber die Mädchen werden ein Leben lang daran gehindert Lust zu empfinden, sagte sie erregt. Sie konnte sich gar nicht beruhigen. Wir haben dann die Männer außenvorgelassen."

„Nicht verwunderlich", lacht Anna.

„Und die Frauen?", fragt Sara.

„Die meisten älteren Frauen, mit denen wir sprachen, fanden, dass man die Traditionen eines Volks nicht in Frage stellen solle. Jedes Volk habe seine Sitten, die wären zu respektieren, egal wie blutig sie seien."

„Und die jungen Frauen?"

„Die wurden nicht gefragt. Zumindest hatte ich den Eindruck. Eine alte Frau zeigte uns voller Stolz das Messer, mit dem sie die Prozedur durchführte. Für sie repräsentierte dieses Messer das Gesetz, die Tradition, die Pflicht. Und doch hatte ich den Eindruck, sie wolle sich vor der Fremden rechtfertigen. Mich würdigte sie keines Blicks, als wäre ich gar nicht da."

„Und, hast du herausgefunden, weshalb sich der Niger für den Süden entschied?", fragt Sara, der das Thema Beschneidung nicht geheuer scheint.

„Nein. Meine Theorie, dass er ein handelndes Wesen sei, zu neugierig, um im Sand zu versickern, gefällt euch wohl nicht", lacht Sékou. „Vielleicht gefällt euch meine rationale Vermutung besser: Der Fluss fächert sich auf in eine riesige Seenlandschaft mit kleinen Inseln und riesigen Flächen aus Schilf. Fische in rauen Mengen. Und als sich der Fluss wieder zu einem einzigen Bett vereinigt, fließt er bereits nach Süden. Bei Goa hat er sich längst entschieden. Stellt euch vor, er würde es nicht tun, ganz Nigeria wäre anders, kein Delta, keine vom Öl verseuchten Sümpfe."

„Noch schlimmer wäre es, hätte sich der Nil entschlossen nach Süden zu fließen. Kein Ägypten, keine mehrtausendjährige Geschichte", sagt Anna lapidar.

„Wie kamst du dann zurück?", fragt Sara

„Wir nahmen wieder den Bus nach Dakar. Danach wurde es schwierig für mich. Aber das ist eine andere Geschichte, die erzähle ich euch später. - Ich muss jetzt nachdenken, die Erinnerung an die Reise hat mich angestrengt."

Nachdem der Lehrer gegangen ist, fragt Sara: „Willst du auch gehen? Schlafen? Du siehst müde aus."

„Nein, ich kriege schon lange kein Auge mehr zu", sagt Anna resigniert. „Es ist die Angst, die mich wachhält."

„Ja", bestätigt Sara und lässt offen, was sie damit meint. „Du warst so einsilbig, als Sékou erzählte. Hat dir seine Geschichte nicht gefallen?"

„Ich mag ihn. Er wird einmal ein guter Gelehrter, wenn er die Wüste überlebt. Timbuktu! Was für ein Traum. - Ich mache mir Sorgen, ob es gelingt, uns frei zu kaufen. Und ich frage mich, was mit dir passiert, während ich weg bin."

„Denk nicht daran, es lenkt dich nur ab. Schlimmer als jetzt kann es kaum werden."

„Das ist kein Trost. - Als ich dem Lehrer zuhörte, wanderte ich in Gedanken in meine eigene Vergangenheit. Ich fragte mich, was für ein Leben ich eigentlich mit Alban gelebt habe."

„Er ist tot, Anna, nichts, was zwischen euch beiden passiert ist, lässt sich jetzt noch ändern."

„Ich weiß, aber ich kann die Gedanken an ihn nicht einfach verdrängen. Du bist die Einzige, die es versteht. Er war auch dein Mann. Wegen ihm sind wir überhaupt hier, als hätte er uns über den Tod hinaus zusammengeschweißt."

Sara überlegt lange, ob sie darauf eingehen soll. „Willst du wirklich darüber reden?", fragt sie schließlich. „Ich würde dir gerne zuhören, vielleicht über die Zeit, als noch alles stimmte zwischen euch beiden. Keine Sorge, es macht mich nicht eifersüchtig."

„Wegen deiner Beziehung zu Youssuf?"

Sara schüttelt vehement den Kopf, als fände sie den Gedanken völlig absurd: „Es ist keine Beziehung", sagt sie einen Tick zu scharf. „Er benützt mich, um Druck abzulassen. Wie in einem Bordell, das er hier nicht hat. Ich könnte genauso gut eine der anderen Frauen sein, in die er sich ergießt. Manchmal denke ich, er habe keine Gefühle. Und dann mache ich mir auch wieder den Vorwurf, dass es mir nicht gelingt, ihn zu verstehen. So zu denken, wie eine Frau, die in der Wüste geboren ist."

„So ähnlich erging es mir lange mit Alban, ich wollte mich anpassen, so sein, wie er sich eine Frau wünschte. Aber so wurde ich immer mehr eine Andere, eine, die uns beiden fremd war. Und als ich merkte, was zwischen uns beiden stattfand, war es zu spät."

„Ihr konntet nicht darüber reden?"

„Nein. Ich sah ihn zum ersten Mal im Audi Max - ich habe dir davon erzählt - da las er mitten in der Vorlesung die Zeitung. Als sich der Professor das Rascheln verbat, stand er auf, packte seine Sachen und ging. Das imponierte mir, weil ich es für ein Zeichen von Rückgrat hielt. Dabei hatte er sich nur gelangweilt, sagte er, als ich ihn später darauf ansprach. So war er, er ertrug es nicht, sich anzupassen. Die anderen sollten es tun, sich seiner Ungeduld fügen, aber das ging nicht gut zwischen zwei Menschen, die jeder für sich den Erfolg suchten."

„Was hat euch am Ende auseinandergetrieben?"

Anna überlegt lange, will etwas sagen, lässt es und schweigt weiter, bis Sara sie erinnert: „Du musst nicht darauf antworten?"

„Doch ich will. Ich bin nur nicht sicher, ob es ein einzelner Punkt war. Am Ende war es wohl doch die Sache mit Jonas."

„Fühlte sich Alban für seinen Tod verantwortlich?"

„Das weiß ich nicht. Aber so, wie er danach agierte, wohl schon. Dabei konnte er sich absolut nicht an den Unfall erinnern. – Aber auf einmal bewarb er sich bei den Ärzten ohne Grenzen. Seine Karriere schien ihm völlig nebensächlich. Sie nahmen ihn sofort, sie brauchten Chirurgen, und schickten ihn in ein Flüchtlingslager in Darfur. Dort metzelten die Reitermilizen der Janjaweed die Bevölkerung nieder, es gab viel zu tun für einen Arzt."

„Der vergessen wollte?"

„Ich glaube, er wollte wirklich helfen. Aber es machte alles nur noch schlimmer. Nach einem halben Jahr kam er zurück und war völlig verstört. Anfangs, als er mir von der Zeit in Darfur erzählte, hatte ich kurz das Gefühl, dass wir wieder zusammenfinden könnten. Aber ich täuschte mich."

„Was war passiert?"

„Er sollte einem Anführer der Reitermiliz den geplatzten Blinddarm entfernen. Der Mann, sagte Alban, habe sogar noch auf dem OP-Tisch geprahlt, wie er manchen Frauen das ungeborene Kind aus dem Bauch schnitt. In seiner Selbstherrlichkeit konnte er sich gar nicht vorstellen, dass ihm, dem allmächtigen Herrscher, etwas ähnliches passieren könnte. - Alban hat ihn aufgeschnitten und zugesehen, wie er in der Narkose verblutete. Selbstjustiz nannte er es, wenn er mit sich haderte. Für mich war es ein Moment, in dem ihn die Moral übermannte. Wo er die Besinnung verlor, weil ihn das Monströse des Mannes überwältigt hatte. Genauso habe ich es gesagt, aber Alban hat mir nicht geglaubt. - Es gab keine Anklage, die Schwestern, die ihm bei der Operation assistierten, fanden richtig, was er getan hatte. Aber er fragte sich, ob er noch länger Arzt sein konnte."

„Er erzählte dir alles?"

„Ja, weil er Absolution suchte, die ich ihm nicht geben konnte. Ich war unfähig, mir so eine Situation vorzustellen, hatte ein anderes Bild von ihm, das sich mit dem, was er mir erzählte nicht decken ließ. Ich sah nur den Chirurgen, frei von Zweifeln. Dabei muss er sich schon damals, vermutlich nach Jonas Tod, verändert haben, aber ich habe es nicht mitgekriegt."

„Weil du zu sehr mit dir selbst beschäftigt warst?"

„Ja, bestimmt. Ich war so müde."

„Warum hat er diesen Anführer überhaupt behandelt? Er hätte wissen müssen, wie gefährlich es für ihn werden könnte."

„Er hatte keine Wahl. Der Mann brauchte Hilfe, der Blinddarm war durchgebrochen, ohne Operation wäre er gestorben. Seine Leute brachten ihn auf der Pritsche eines Pick-ups ins Lager. Sie wussten, dass es dort einen Arzt gab. - Warum denkst du, habe ich Youssuf behandelt? Ich hätte ihn an seinem Infekt sterben lassen können. Aber wir sind Ärzte, wir behandeln Menschen, wenn es ihnen schlecht geht, und manchmal scheitern wir auch an uns selbst."

„Wenn Youssuf gestorben wäre, glaubst du, sie hätten uns umgebracht...?", fragt Sara nach.

„Vielleicht. - Wie lange erträgst du es noch, Youssufs Geliebte zu sein?"
Geliebte? Werkzeug wäre wohl treffender, denkt Sara. Sie greift nach einem trockenen Zweig und zieht Kringel durch den Sand. Dann zuckt sie mit den Schultern, als gäbe es darauf keine schlüssige Antwort. „Es ist mein, vielleicht auch dein Leben, das ich dadurch erhalte. Zumindest bilde ich mir das ein. Solange er mit mir schläft, denke ich, sind wir vor den anderen sicher. Er bedeutet mir nichts. Ich spüre nur Schmerzen, wenn er in mich eindringt. Meist tut er es wie ein wildes Tier. - Hatte es mit Jonas zu tun, dass Alban zu den Ärzten ohne Grenzen ging?", kommt sie zurück zu Alban, als wäre es nicht wert, über Youssuf zu reden.

Anna fährt herum, und starrt sie feindselig an. „Wie kommst du darauf, was weißt du überhaupt von Jonas?", fragt sie gereizt.

„Alban sprach auf unserer Reise so häufig über ihn, als gäbe es zwischen den beiden etwas, das nie aufgearbeitet wurde. Etwas, das tief in seinem Innern festsaß, und nicht einfach begraben werden konnte. Manchmal hatte ich das Gefühl, als säße noch eine Person mit uns im Auto, mit der Alban eigentlich sprach. Als müsse er sich für etwas rechtfertigen, das er nie aufgearbeitet hatte."

Annas Gesicht versteinert sich, sie macht ein paar Schritte weg von Sara, kommt aber gleich wieder zurück: „Alban hat Jonas mit seiner entsetzlichen Selbstgerechtigkeit umgebracht. Wenn er ihm das Darlehen gegeben hätte, das Jonas brauchte, um über die Runden zu kommen, würde er heute noch leben."

Sie haben es beide nicht verwunden, denkt Sara. Vielleicht ist sie deshalb sofort gekommen, um die Geschichte von damals endlich abzuschließen. Jetzt wird es sie bis ans Lebensende verfolgen. „Tut mir leid, ich hätte Jonas nicht erwähnen sollen."

„Schon gut…es ist nur …", Anna bricht in Tränen aus und wendet sich ab. „Lass gut sein, nichts lässt sich mehr ändern. Jonas ist tot, Alban ist tot, und die Erinnerung an beide wird irgendwann verblassen. Du hast noch dein ganzes Leben vor dir, und keinen Grund so hart zu werden wie ich."

„Nimmst du deshalb das Risiko mit dem Geld auf dich? Vielleicht werden wir längst gesucht, und sie kommen, um uns zu befreien. Was ist, wenn der Transfer nicht klappt?"

„Dann sitzen wir fest. Ich glaube kaum, dass es jemand gibt, der sich um uns schert. Wir sind seit Monaten wie vom Erdboden verschluckt, kein Hahn kräht nach uns. Aber noch weigere ich mich einfach aufzugeben. Die erfolgsgewöhnte Ärztin, für die Aufgeben keine Option ist. So bin ich nun mal. Dabei finde ich die Kraft, mit der du trotz allem weiter machst, bewundernswert. Es braucht Mut, zwei Personen gleichzeitig zu sein, wer weiß schon, welche am Ende obsiegt. Ich merke auch bei mir, wie ich mich verändert habe. Meine Sicht auf die Welt, das Verhältnis zwischen Mann und Frau, alles anders. Vieles hat mit dir zu tun, weil ich spüre, wie stark du geworden bist. Selbstbestimmter, erwachsener. Ich wünsche mir jeden Tag dringender, dass wir heil aus der Sache rauskommen. - Denkst du manchmal an Flucht?"

„Nein, es wäre der sichere Tod. Youssuf hat recht, wir sind nicht gemacht für die Wüste. Sie toleriert nur jene, die hier aufgewachsen sind."

„Und der Lehrer, glaubst du, er könnte uns helfen wegzukommen. Nichts hindert uns daran einfach loszugehen."

„Innerhalb von Tagen würden wir an Erschöpfung sterben. Sékou ist stark, aber er weiß nicht, wo er hingehört. Noch nicht, aber er scheint daran zu arbeiten. Wenn es soweit ist, wird er uns helfen, das spüre ich, aber noch ist es zu früh, ihn zu fragen."

„Du hörst dich an, als wärst du eine Wahrsagerin", lacht Anna gequält.

Sara sieht sie lange prüfend an, als suche sie nach dem Sinn ihrer Worte: „Vielleicht bin ich das", sagt sie nachdenklich. „Als Alban mich fragte, ob ich mit ihm auf die Reise gehen wolle, dachte ich daran abzulehnen. Aber dann erzählte er mir von der Wüste. - Mein Vater ist in der Wüste gestorben, musst du wissen. - Und je länger ich darüber nachdachte, schien es mir wie ein Magnet, der mich hierherzog. Als könnte ich herausfinden, wie es ist, in der Wüste zu sterben."

„Wow, du hast nie darüber gesprochen. Eigentlich hast du nie über dich gesprochen, immer nur über Alban."

„Und über dich, weil ich wissen wollte, wie er wirklich war. Ich habe ihn geliebt, aber nie erfahren, wer er war. - Einmal ganz am Anfang der Reise, noch in Italien, machten wir einen kurzen Stopp an einer Autobahnraststätte. Als ich von der Toilette zurückkam, saß er an der Espressotheke und rauchte eine Zigarette. Es war Rauchverbot, und ich konnte der Bedienung ansehen, wie unangenehm es ihr war, aber sie wollte es ihm nicht verbieten. Später fragte ich Alban, was er sich dabei gedacht hatte, und er meinte, er wäre von dem gebärfreudigen Becken der Bedienung abgelenkt gewesen, und hätte die Zigarette eher unbewusst gezogen."

„Das hat er gesagt?", lacht Anna laut auf.

„Ja, ganz ehrlich."

„Gebärfreudiges Becken! Typisch Alban, er warf gern mir solchen Sprüchen um sich. Womöglich wollte er dir imponieren, jünger erscheinen, weil er dachte, in deinem Alter würde man so reden. Mir hat er die Geschichte mit dem Becken auch erzählt. Er war mit seiner Verbindung auf Skitour, in einer Hütte im Alpenvorland, eine Woche lang unter angehenden Medizinern, aber vor allem Jurastudenten. Einer von denen spielte sich anscheinend als Frauenheld auf, in dessen Augen alle Frauen nur Gebärmaschinen seien, und da fiel wohl auch der Spruch mit dem Becken. Der Typ muss Alban beeindruckt haben, obwohl er die Juristen eigentlich nicht ausstehen konnte. - Wie sind wir jetzt darauf gekommen? Wir sitzen mitten in der Wüste, am Fuß eines von der Sonne zerfressenen Felsvorsprungs und reden Unsinn."

„Vielleicht, weil wir uns nach Normalität sehnen", sagt Sara traurig.

„Wann hast du gesagt, holen sie dich ab?"

„Genau weiß ich es nicht, vielleicht in zwei Tagen. Ich bekomme eine Nachricht von dem Buschpiloten, hat Youssuf gesagt. Wenn alles klappt, bin ich spätestens in zwei Wochen zurück. Wenn nicht…"

„Daran will ich nicht denken. Wenn du zurück bist, müssen wir weg von hier, egal wie. Was nützt mich die Erfahrung in der Wüste, wenn ich tot bin."

Anna sieht sie lange schweigend an. Sie darf nicht aufgeben, nicht schon jetzt, denkt sie, sonst war all ihr Schmerz umsonst: „Ich werde das Geld besorgen, verlass dich darauf. Youssuf wird uns gehen lassen, wenn er das Geld bekommt, er hat es versprochen, er ist ein Ehrenmann."

Saras Augenbrauen schnellen nach oben. Ehrenmann passt nicht so ganz, denkt sie. Ein feines Lächeln erscheint um ihre Mundwinkel, als wüsste sie besser, was für ein Mensch Youssuf ist, doch sie geht nicht darauf ein.

„Und wenn wir wieder in Deutschland sind, wirst du dich an die langen Nächte unter freiem Himmel erinnern und wissen, wie die letzten Tage deines Vaters verliefen", überspielt Anna Saras Reaktion.

„Er starb schnell, zu schnell für ein kleines Mädchen", sagt Sara verträumt. „Er ging in die Wüste, um zu kämpfen, nicht um zu sterben."

„Wie alle hier, sie kämpfen um zu leben. - Glaubst du, der Lehrer erzählt uns eine erfundene Geschichte. Diese Fixierung auf Timbuktu, ich verstehen sie nicht. Vielleicht hat er sie sich angelesen, er hat von einem Sklaven erzählt, dem sie die Zunge herausgeschnitten haben, weil sie seine Reden nicht mehr ertrugen. Und Youssuf hat davon geredet, dass er die Männer daran hinderte, dem Lehrer die Zunge heraus zu schneiden, als wäre das die gängige Praxis mit Sklaven umzugehen."

Sara kratzt etwas intensiver mit ihrem Stock im Sand, bevor sie antwortet: „Sékou liebt Geschichten, aber die Reise mit der Schwedin war sicher real", sagt sie schließlich.

„Warum glaubst du das?"

„Weil sie so ticken, denke ich, diese jungen Männer aus Ländern, die ihnen keine Perspektiven geben können. Keinen Job, keine eigene Familie, nichts. Sie besitzen ein Telefon, dessen Bildschirm ihnen Bilder liefert, die sie nicht verstehen. Nicht verstehen können, solange sie die Welt, aus der die Bilder stammen, nicht selbst erlebt haben. Es funktioniert wie Werbung, wir sehen, hören, riechen etwas und wollen es haben. So ähnlich kamen mir die Beweggründe des jungen Ägypters vor, den Alban und ich in Kairouan trafen. - Ich denke, sie sitzen Wochen und Monate am Strand und sehen aufs Meer. Die ganze Zeit reift in ihnen ein Gedanke an Freiheit. Am Ende ist das Verlangen viel stärker als die Angst vor dem Tod. Sie wissen, dass es auf der anderen Seite des Wassers etwas gibt, das auch ihnen Leben verleiht. Etwas, das sie befreit von den Konventionen und Hemmnissen, die ihnen zu Hause auferlegt sind. So ähnlich, denke ich, muss es den Portugiesen ergangen sein, als sie im fünfzehnten Jahrhundert aufs Meer blickten, und wissen wollten, was sich hinter dem Horizont verbarg. Schließlich machten sie sich auf, ohne zu wissen, was sie erwartete."

„All das hast du aus Sékous Erzählungen herausgehört?"

Sara hebt die Schultern und lässt sie sacken, als wäre es nicht das Einzige was ihr Sékou gab. „Ich glaube, er hat etwas geweckt, das schon eine Weile in mir schlummerte. Manchmal denke ich, das Ganze hier hätte ich es schon immer in mir getragen. Die Wüste, Männer, die sich wie Tiere verhalten. Steine, die in der Sonne brüten, als warteten sie auf etwas. Der Sand, ein Zeichen für die Vergänglichkeit der Zeit. Dieser sternklare Himmel, ungetrübt von den Lichtern der Zivilisation. Am schönsten finde ich die Stille, wenn sie anfängt mit mir zu sprechen. Dann ist es pure Magie."

„Die Wüste hat dich zur Poetin gemacht. Wie schön du bist, wenn die Wörter so aus dir quellen."

Lange starrt Sara in die Dunkelheit, als hätte sie nicht gehört, was Anna sagte. Dann, übergangslos, bricht es aus ihr heraus: „Ich hasse mich. Hasse das, was aus mir geworden ist. Ich habe keine Kraft mehr, noch lange durchzuhalten."

„Ich weiß, und ich werde alles tun, um dich hier rauszuholen. Aber gib bitte noch nicht auf. In ein paar Tagen, hat der Lehrer gemeint, kommen sie zurück. Es wird Verwundete geben und vielleicht gehört Youssuf auch dazu. Wenn nicht, wird er dich weiter missbrauchen, und du musst es ertragen, sonst geht unser Plan nicht auf."

„Wie leicht sich das sagt. Wessen Sklavin bin ich eigentlich?"

„Bitte Sara, bitte."

„Warum glaubst du Youssuf? Könnte es sein, dass er einen ganz anderen Plan verfolgt als deinen?"

„Was meinst du?"

„Wie, und mit wem kommuniziert er überhaupt. Hat er ein Mobiltelefon, das auch hier in der Einöde noch funktioniert. Er geht gelegentlich auf den Berg, was tut er dort. Er hat Driss einfach gehen lassen, nicht den leisesten Versuch unternommen, ihn wieder einzufangen. Warum haben sie dieses Fake-Tribunal abgehalten? Doch bestimmt nicht wegen mir, die sie zuvor herumgereicht haben, wie eine gebrauchte Ware. Und jetzt bringst du auf einmal das Militär ins Spiel. Warum erwähnt er das? Ist es ihm herausgerutscht, weil er dir imponieren wollte? Es gibt so viele Ungereimtheiten. Zunehmend denke ich, dass wir nur zwei unbedeutende Bauern in einem verwirrenden Spiel sind, dessen Regeln wir nicht verstehen."

8

Tags darauf nähert sich eine Autokolonne mit hoher Geschwindigkeit dem Dorf. Ihre Staubwolke ist meilenweit zu sehen, bevor die Pick-ups von Youssufs Männern zu erkennen sind.

Als sie lautstark jubelnd auf dem Dorfplatz anhalten, nicht ohne zuvor eine Siegesrunde gedreht zu haben, ist die Stimmung der Männer euphorisch. Doch auf einem der Kleinlaster liegen zwei Verwundete auf der Pritsche.

Youssufs sandfarbene Camouflage Uniform ist staubig und blutverkrustet, doch er selbst scheint unverletzt. „Sie brauchen keine Hilfe, sagen sie", ruft er Anna zu, „ist aber besser, du untersuchst sie schnell, bevor sie sich aus dem Staub machen", lacht er aufgekratzt.

Er wirkt, als stünde er unter Drogen, denkt Anna. So blutverschmiert, wie er aussieht, muss er die Männer persönlich aus dem Gefecht gezogen haben.

Sie macht sich an die Arbeit, während die Männer die Autos entladen und Youssuf Sara ein Bündel Kleider zuwirft. „Das ist für dich, den Rest zeige ich dir später."

Nach dem nächtlichen Ritual, als er schlafend neben ihr liegt, kämpft Sara mit sich. Was wäre gewesen, wenn es Youssuf getroffen hätte, und er nicht zurückgekommen wäre. Dann hätten mich die anderen umgebracht, und es wäre vorbei gewesen, denkt sie. Eine tröstliche Vorstellung. Sie überlegt, ob sie ihm die Kehle durchschneiden soll. Sein Messer liegt in Reichweite neben dem Bett, doch sie bringt es nicht fertig. Bilder von Judith und Holofernes gehen ihr durch den Kopf. Was für eine tapfere Frau sie gewesen sein muss, denkt sie, als sie leise aufsteht, das Messer unter den Gürtel schiebt, und in der Dunkelheit aus der Hütte schleicht. Anna wird es auch ohne mich schaffen, denkt sie, während sie den geschützten Innenhof von Youssufs Residenz durchquert.

Der Wachposten, der sie trotz der Dunkelheit erkennt, lässt sie gehen. Wo soll sie auch hin, nachts in der Wüste, ohne Wasser, ohne Schutz. Sie wünscht ihm gute Nacht und schreitet voran, vorbei an Männern, die in Grüppchen um offene Feuer sitzen, Umhänge über den Kopf gezogen, und sich ihrer Heldentaten rühmen. Sie sind unbesorgt, der Feind ist weit weg und ihr Anführer in den Armen der blonden Frau.

Sara, außerhalb des Feuerscheins, nehmen sie nicht wahr. Nur der Lehrer erkennt sie, und folgt ihr mit Abstand in die Wüste.

Die streunenden Hunde schlagen nicht an. Das Mondlicht taucht die Felsen hinter dem Dorf in fahles Grau, als Sara befreit die kalte, klare Luft einatmet. Aus dem Dorf dringt monotones trommeln, begleitet vom rhythmischen Trillern der Frauen, und dem Weinen eines Saiteninstruments.

Sie feiern ihren Sieg, denkt Sara, und geht weiter in die Wüste, wobei sie sandige Stellen vermeidet, um keine Spuren zu hinterlassen. Sie zieht den Burnus enger um den Körper und denkt an nichts. Dabei könnte sie sich ohne weiteres an alles erinnern, was in den letzten Wochen passiert ist. Doch sie will den Vorhang an Erniedrigungen nicht lüften, der wie eine Barriere zwischen ihr und Youssufs Hütte liegt. Am Fuß einer kümmerlichen Tamariske legt sie sich in den Sand, still, die Füße unter den Körper gezogen. Sie fühlt die Kühle des Bodens durch ihre Kleidung. Als sie zu zittern beginnt, steht sie auf und wandert ein paar Schritte vor und zurück, um sich zu erwärmen. Langsam driftet sie weiter in die offene Wüste. In der Morgendämmerung verändert sich die Landschaft, Entfernungen schrumpfen, eine vermeintlich nahe Felswand erweist sich als ferne Barriere.

Als die Sonne an Kraft gewinnt, nimmt Sara die ersten Strahlen dankbar in sich auf. Sie lehnt sich an einen Felsen und wartet, bis sich der Stein erwärmt. In einer spontanen Aufwallung zieht sie den Burnus über den Kopf und legt ihn achtlos zur Seite. Nichts soll sie mehr an den Mann erinnern, der sie zwingt ihre Nächte mit ihm zu verbringen. Schließlich legt sie auch die schmutzige Wäsche ab. Das Messer, denkt sie, ich muss es vergraben. Eine Intensität wächst in ihr, als wäre sie neu geboren. Macht, denkt sie, so muss sie sich anfühlen. Ich habe die Macht über mich zurückgewonnen. Sie drückt das Messer auf die Pulsadern, erwartet den Schmerz, wenn das Blut fließt, doch sie schafft es nicht durchzuziehen. - Alban hat die Alhambra erwähnt, denkt sie, vielleicht ist es der Ort, wo er hinging, nachdem wir seine Asche ins Meer gestreut haben. Wenn ich das hier überlebe, werde ich hinfahren, um ihn dort zu suchen.

Als der Lehrer aus der Deckung tritt, gibt sie ihm unaufgefordert das Messer. Er versucht ihre Nacktheit zu übersehen, nimmt den am Boden liegenden Burnus und bedeckt sie. Als er sich das Messer in den Gürtel steckt, fragt er: „Woher hast du es."

„Es lag neben seinem Bett."

„Direkt vor dir? Du glaubst, er bot dir ein Messer an, um dich zu prüfen? Das ergibt keinen Sinn."

„Aber so war es. Es lag neben seinen Kleidern."

„Hast du ihn getötet?"

„Nein, ich konnte nicht. - Er hatte mich genommen, brutal und selbstverständlich, wie er es immer tut. Aber auf einmal ertrug ich es nicht mehr. Ich wollte ihn töten, aber ich habe es nicht geschafft. - Es ist schwer jemand umzubringen."

„Wem sagst du das. Und dann wolltest du dich selbst töten. Aus Scham, oder weil du dabei versagt hast", nickt er, als verstünde er genau, was in ihrem Kopf vorging. „Für ihn sind wir Sklaven. Seine Zivilisiertheit ist nur ein dünner Firniss voller Löcher. Er stammt von den Tuareg ab, ein harter Menschenschlag. Sie müssen so sein, um hier zu überleben. Seit Jahrhunderten ziehen sie durch die Wüste, die Frauen zählen nur so lange sie funktionieren. Hast du gewusst, dass er auch Gedichte schreibt?"

„Ich hätte ihn töten können, aber es ging nicht", sagt Sara, als hätte sie die Frage nicht gehört.

„Judith und Holofernes", sagt Anna, die aus dem Schatten der Felswand tritt, und sich zu ihnen setzt. „Ich habe euch zugehört."

„Warum bist du hier?", fragt Sara, und schlüpft in den Burnus, als schäme sie sich ihrer Blöße.

„Die Männer waren sehr laut, ein großer Sieg in ihren Augen, dabei war es nur ein kurzes Feuergefecht. - Ich konnte nicht schlafen, da sah ich dich durchs Dorf schleichen. Gleich hinter dir den Lehrer. Ich dachte, ihr beide wolltet euch davonmachen. Ein Wahnsinn in meinen Augen, also bin ich euch nachgegangen, um euch umzustimmen. Es ist noch nicht soweit, dass wir uns verabschieden können. Wir brauchen einen Plan für die Zeit, nachdem ich das Geld übergeben habe. Ich glaube nicht, dass sie uns einfach gehen lassen werden."

„Ich wollte ihn töten und sterben", sagt Sara, als würden sie Annas Strategien nicht mehr interessieren. „Aber ich bin keine Judith, und er ist kein Holofernes, nur der Anführer einer Bande von Räubern."

„Seltsam", sagt der Lehrer, „ihr redet über Menschen, als hättet ihr dieselben Bilder im Kopf. Judith und Holofernes, wer ist das?"

„Bilder aus dem Alten Testament, aber bestimmt hat Sara eine andere Judith im Kopf als ich."

„Das Alte Testament gilt für uns beide", sagt Sara leise.

„Wir haben auch Bilder, andere als eure bestimmt", sagt der Lehrer. „Die Missionare wollten sie aus unseren Köpfen verbannen, weil sie fürchteten, unsere Bilder könnten stärker sein als die ihren. Aber es ist ihnen nicht gelungen, uns in uns selbst zu vernichten. Doch jetzt ist sowieso alles anders. Das Internet, das Fernsehen, schafft einen großen Brei aus Bildern von überall auf der Welt. Ein schwer verdaulicher Brei aus ungestilltem Verlangen und Verzweiflung."

„Woher kommt das, Sékou? Aus dir spricht so viel Weisheit, zu viel für einen Mann deines Alters." Anna beugt sich zu ihm, nimmt ihm das Messer ab und wirft es weit von sich. „Es lag ganz offen neben ihm?", fragt sie Sara.

„Ja, auf seinen Kleidern, als würde er mich einladen…"

„Ihn zu töten?", beendet Anna den Satz. „Du glaubst, er wollte dich testen?"

„Vielleicht, ich bin so verwirrt." Sara schämt sich zuzugeben, dass sie gedacht hatte, wenn sie das Schweigen zwischen ihr und Youssuf überwinden könnte, wenn sie mehr miteinander sprechen würden, viele Dinge möglich wären. Dass sich ihnen neue Wege eröffnen könnten: Neue Gesten, ein Brüllen, Kämpfen, sich blutig kratzen. All das wollte sie sich vorstellen, nur nicht länger dieses tierische Verlangen. Sie nahm sich vor, ihn zu beschämen, jegliche Zurückhaltung aufzugeben. Sie wollte ihm ihre weibliche Begierde und Schönheit ins Gesicht schleudern, ihre Unzucht und Lüsternheit. Ihm beweisen, dass es in ihr etwas Unangreifbares gab, etwas Schmutziges, das aber nicht er beschmutzt hatte. Eine Finsternis, die nur ihr gehörte, und die er nie begreifen würde. Aber ich habe es nicht getan, denkt sie. „Ich weiß nicht mehr, was etwas bedeutet", sagt sie leise. „Die Wüste hat alle meine Gedanken ins Gegenteil verkehrt."

Anna sieht sie lange schweigend an, als verstünde sie, was in ihr vorgeht.

„Vielleicht muss man leiden, um ein Maß an Gelassenheit zu erlangen", sagt der Lehrer. „Youssuf ist ein zerrissener Mensch. Er tötet, gleichzeitig schreibt er Gedichte, das hält einer auf Dauer nicht aus. - Mein Vater starb an Demenz, ich habe seine letzten Jahre miterlebt und gemerkt, wie wenig ich ihn kannte", beginnt er eine andere Erzählung, als wolle er von Youssuf ablenken.

„Du willst ihn schützen?", fragt Anna.

„Nein, das muss er schon selbst tun. Er ist fair, aber ich bin immer auch sein Sklave. Er ist nicht glücklich mit dem, was er tut, weil ihm die innere Überzeugung fehlt. Anders als bei Driss, dem das Töten Spaß macht. Youssuf tut es aus soldatischer Disziplin, die ihm eigentlich nichts bedeutet. Bei meinem Großvater, den ich geliebt habe, muss es ähnlich gewesen sein. Mit zunehmendem Alter wurde es schlimmer, und am Ende wurde die Vorstellung für mich, dass der eigene Erzeuger Flure in sich haben könnte, zu denen nicht einmal er selbst noch Zugang hat, äußerst schockierend. Vielleicht, dachte ich, ist die Senilität des hohen Alters eine Art, den Schmerz erträglich zu machen, dass das eigene Leben im Nebel versinkt. Vielleicht, denke ich manchmal, wenn ich mit Youssuf am Feuer sitze, geht es ihm ähnlich. Dass er längst nicht mehr weiß, wer er ist, oder wer er sein will."

„Bist du deshalb aus dem Senegal geflohen, weil du dich schuldig gefühlt hast?", fragt Sara.

„Nein, es war Abdoulaye Wade, der mich in die Wüste trieb. Als Teenager habe ich ihn bewundert, den großen Staatsmann, den Führer. Die Korruption, die allenthalben im Land grassierte, schrieb ich seinen Handlangern zu. Aber mit der Zeit begriff ich, dass sie bis ganz nach oben reichte, reichen musste. Mein Herz hat lange nicht akzeptiert, was der Verstand sagte: Dass im Zentrum der Regierung eine große Spinne saß, die ihr Netz über alles gesponnen hatte, was Leben bedeutete. Und alles, was Wade sagte, nur ein weiteres Gespinst an Lügen war. Genau wie all die anderen Autokraten, die sich an die Macht klammern, weil sie das Land, den Staat, die Menschen, als ihr persönliches Eigentum betrachten. In meinem Verließ in Dakar, in das sie mich steckten, weil ich gegen Wade's Allmacht demonstriert hatte, gab es viel Zeit darüber nachzudenken. Als sie mich frei ließen, warum, weiß ich bis heute nicht, musste ich gehen, wollte ich mich nicht vor mir selbst verleugnen."

„Um hier in der Wüste zu landen", sagt Anna.

„So war es nicht geplant. Ich wollte nach Europa, Geld verdienen, und dann nach Amerika, um denen zu helfen, die seit vierhundert Jahren daran gehindert werden sie selbst zu sein. Es waren viele Wolofs unter den Sklaven, die vor Jahrhunderten aus dem Senegal verschleppt wurden." Für einen Moment überlegt er, ob er weiterreden soll.

„Du warst noch nicht fertig", sagt Sara.

„Ja, ich habe daran gedacht, wie dumm ich war. Ich hätte wissen müssen, dass Europa eigentlich keine Option für mich ist. - Bei uns am Strand in Dakar gab es eine Frau, Yayi Bayam Diouf, ich erinnere mich noch genau an ihren Namen. Sie war schon alt, und hatte ihren Sohn ans Meer verloren. Er war mit fünfzig anderen in einem Fischerboot aufgebrochen, um die Kanaren zu erreichen, aber nie angekommen. In ihrem Schmerz über den Verlust entschloss sich die Frau, alle anderen, die das gleiche vorhatten, zu warnen. Sie kam täglich zu uns an den Strand und redete mit uns. Ihr erster Name, Yayi, bedeutet Mutter in Wolof, aber eigentlich war sie eine Fischerin. Eine der ersten, denen die Männer erlaubt hatten aufs Meer zu fahren. Frauen, hieß es, wären nicht fit, um zu fischen. Sie hat es trotzdem getan, und nicht nur das, sie hat auch andere Frauen als Fischerinnen ausgebildet."

„Und du?", wirft Anna ein, „du hast ihr nicht geglaubt. Warum bist du wirklich aufgebrochen?"

Sékou sieht sie an, als hätte sie ihn ertappt. „Weil ich Angst hatte", sagt er traurig. „Die Angst noch einmal im Gefängnis zu landen war stärker als die Angst vor der Wüste. Wenn ich das Meer erreiche, dachte ich, dann habe ich es geschafft. Wie gesagt, ich liebe das Wasser, das Meer, es war lange Jahre mein Zuhause."

Anna nickt zustimmend, als verstünde sie jetzt, weshalb er in die Hände der Straßenräuber gefallen war, und gleichzeitig von ihnen respektiert wurde. „Glaubst du, wir werden versklavt, wenn ich mit leeren Händen aus Azemmour zurückkomme?", fragt sie.

„Nein. Du hast etwas, das ihnen fehlt. Du kannst sie heilen, das schätzen sie. Bei Sara ist es schwieriger, sie ist jung und schön. Viele Männer wünschen sich vermutlich eine blonde Sklavin. Aber ich glaube, sie werden euch beide gehen lassen, denn sie wollen das Geld. Und das kriegen sie nur, wenn sie euch im Paket behandeln."

„Im Paket", lacht Anna. „Aber du hast Recht, so ähnlich denke ich auch. Wir müssen es ihnen so schwer wie möglich machen an das Geld zu kommen."

„Sékou, du scheinst zu verstehen, wie die Männer ticken?", fragt Sara. „Warum hat mich Youssuf anfangs an die Männer ausgeliehen, wenn er mich heute als sein Eigentum verteidigt? Es ergibt keinen Sinn."

Der Lehrer zögert lange, ob er überhaupt darauf antworten soll. Doch als er ihren erwartungsvollen Augen nicht mehr entkommen kann, sagt er: „Das habe ich ihn auch gefragt."

„Und?", fragt Anna gespannt.

„Er wollte Saras Willen brechen, sagte er. Seit Jahren trägt er einen Hass auf weiße Frauen in sich. Ihr Gebaren stoße ihn ab, seit er als Student in einem der Touristen-Camps von ihnen wie ein Dienstbote behandelt wurde, gab er zur Begründung an. Treibgut in Sachen Sex, nennt er diese Art Frauen, und er wollte sehen, wie du damit umgehst", wendet er sich direkt an Sara.

„Das hast du dir ausgedacht", sagt Sara perplex.

„Und, es kann ja wohl nicht das Ende sein", fügt Anna gereizt hinzu.

Sékou hebt die Schultern und lässt sie sacken. „Mehr kann ich nicht sagen. Er weiß jetzt, wie stark Sara ist, dass ihr der Körper nichts bedeutet, aber er weiß nicht, wie er damit umgehen soll. Also verhält er sich wie immer, nimmt sich, was er kriegen kann. Weil er glaubt, dass Männer nun mal so sind."

„Hm. Glaubst du, sein Verhalten könnte auch mit dem Tod seiner Frau zu tun haben?", fragt Sara.

„Keine Ahnung. Über seine Frau spricht er nie, zumindest nicht mit mir."

„Es bringt nichts, in Youssufs Seele zu schürfen. Vermutlich fänden wir nur Abgründe. Alles was zählt, ist, dass wir ihm das Geld überbringen, und er sich an die Absprachen hält", meint Anna lapidar.

„Und was, wenn er uns tötet, nachdem er das Geld hat?", fragt Sara.

„Er gab mir sein Wort, das zählt in der Wüste. Ich baue darauf", sagt Anna bestimmt.

Noch vor Sonnenaufgang des nächsten Tages wird Anna von Youssuf geweckt. „Du fliegst noch heute. Mach dich fertig, einer meiner Leute bringt dich zum Flieger. Ihr fahrt, bevor die Sonne über den Bergrücken kommt. Der Pilot, ein Freund, wartet an einer aufgelassenen Piste auf dich. Beeil dich, das Auto steht auf dem Marktplatz."

Marktplatz, denkt Anna schlaftrunken, während sie sich etwas Wasser ins Gesicht spritzt und notdürftig die Zähne putzt. Es ist nur ein sandiger

Flecken, eingerahmt von Dornenhecken hinter denen sich Esel und Ziegen verbergen.

Draußen sieht sie Youssuf im Gespräch mit einem seiner Männer. Sie sprechen im Dialekt, und als Anna nähertritt, hört sie den Namen Driss.

Bevor sie ins Auto steigt, wiederholt Youssuf noch einmal die Order: „Abu bringt dich zum Flugzeug und übergibt dich dem Piloten. Der bringt dich direkt nach Azemmour. Es wird wie der Routineflug einer wohlhabenden Touristin aussehen. Was du ja bist", lacht er kurz auf. „Ich rate dir das Spiel bis zum Ende mitzuspielen."

„Wer bringt mich ins Hotel? Ich sehe nicht aus wie eine Touristin, die ein paar entspannte Tage in der Wüste verbracht hat."

„Du nimmst dir ein Taxi. Die Fahrer sind daran gewöhnt, die seltsamsten Gäste zu befördern."

„Ich habe kein Geld."

„Hier", er kramt in seiner Tasche und reicht ihr ein paar Scheine. „Das müsste reichen. Im Hotel wird sich der Alte um alles kümmern."

„Er steckt also mit euch unter einer Decke", rutscht es ihr heraus.

„Was hast du gedacht? Dass ich dich an einen Fremden übergebe. Er ist uns verbunden, und so lange wir seinen Enkel unter Kontrolle haben, wird er nichts gegen uns unternehmen."

Eigentlich schön, denkt Anna, auf der Fahrt zum Landeplatz. Die Sonne steht tief, und die Kühle der Nacht steckt noch in den Felsen. Lange Schatten greifen grauen Zungen gleich in den Sand.

Nach einer Stunde erreichen sie die Ebene auf der die Landebahn liegt. Eine grobe Piste, die mit schwerem Gerät in die Landschaft gefräst und von Steinen befreit wurde. Am Rand der Piste steht ein halb verfallenes Gebäude, dessen Mauern aus Lehm in der Sonne brüten. Ein bärtiger Mann, der Pilot, sitzt im Schatten und sieht zu, wie sich das Auto nähert. Die Cessna steht startbereit am Ende der Landebahn. Eine 182er, Viersitzer, robust und gut geeignet für private Flüge in die entlegensten Ecken der Welt. Auf dem Rumpf ist das Emblem der Firma aufgetragen, der das Flugzeug gehört: Nordafrika Safari.

Abu steigt aus und spricht ein paar Worte mit dem Piloten, während Anna noch im Auto sitzen bleibt. Nach einem abschließenden Handschlag, als hätten sie einen Vertrag geschlossen, kommt der Pilot zum Auto und hält Anna die Tür auf. „Ich heiße Ibrahim, zumindest nennen mich meine Kunden so", lacht er. „Kommen Sie, ich bringe Sie nach Azemmour. Sind Sie schon einmal in so einer Maschine geflogen?" Mit der Hand weist er auf den Flieger am Ende der Landebahn.

„Ja, es hat mir nicht gefallen. Habe ich eine Wahl?"

Ibrahims Augenbrauen zucken nach oben, als hätte er so eine Antwort nicht erwartet. „Eigentlich nicht, außer sie wollen hier in der Wüste verdursten. Sie brauchen sich nicht zu sorgen, das Wetter ist gut, in vier Stunden sind wir in Azemmour. Kommen Sie. Haben Sie Gepäck?"

„Nein."

„Umso besser."

Auf dem Weg zum Flieger spürt Anna die Sonne in ihren verfilzten Haaren. Schmerzhaft wird ihr bewusst, wie sehr sie ein Bad vermisst.

Der Pilot prüft die Beweglichkeit des Leitwerks, öffnet das Cockpit und bietet Anna den Sitz neben sich an. Er zeigt ihr, wie sie sich anschnallt und startet den Motor. Die Drehzahl fährt hoch und er bringt die Maschine in Startposition. Aus dem Seitenfenster winkt er Abu noch zu, dann nimmt er Fahrt auf. Kurz darauf befinden sie sich in der Luft und steigen stetig auf rund dreitausend Meter, knapp unterhalb der Höhe, ab der sie eine Druckkabine bräuchten.

Unter ihnen liegt eine staubtrockene, rötlich graue Landschaft. So stelle ich mir den Mars vor, denkt Anna, die sich wundert, weshalb sie so gelassen bleibt. Immerhin sitze ich in einer fliegenden Sardinendose, die jederzeit herunterfallen kann. Und dann? Es wäre das Ende eines Martyriums. Ich würde verdursten, falls wir überlebten, und Sara würde wohl versklavt. Vorsichtig versucht sie mit dem Piloten ins Gespräch zu kommen.

„Sind Sie bei der Nordafrika Safari angestellt?", fragt sie, obwohl ihr das eigentlich völlig egal ist.

„Ich bin Partner."

„Und mich transportieren Sie im Auftrag von wem?"

„Das geht Sie nichts an", blockt er ab, und fügt hinzu: „Madam, ich bin nicht ihr Komplize, ich führe nur einen Auftrag aus. Youssuf ist mein Freund, wir sind im selben Dorf aufgewachsen, ich würde nichts tun, was sich gegen ihn richten könnte. Versuchen Sie also erst gar nicht, mich irgendwie zu beeinflussen."

„Warum sollte ich Sie beeinflussen wollen? Ich will nur wissen, mit wem ich es zu tun habe. Bringen Sie mich ins Hotel, oder wie komme ich sonst dahin? Ich nehme nicht an, dass sie direkt vor der Haustür landen", sagt sie irritiert.

„Nach der Landung führe ich Sie zu einem Taxi, das bringt Sie ins Hotel. Der Alte wartet bereits auf Sie. Youssuf wollte keine besonderen Vorkehrungen, er baut darauf, dass Sie sich an die Absprachen halten. Wenn nicht", fügt er drohend hinzu, „könnte es schlecht enden für ihre Freundin."

„Hat er das gesagt?"

Der Pilot schweigt, legt den Kopf schief und zuckt nur leicht mit den Schultern.

Aus dem Seitenfenster sieht Anna von Wind und Sand gefräste Felsformationen vorbeigleiten. Nachdem sie den Antiatlas überflogen haben, tauchen grüne Flecken und Straßen auf. Je näher sie dem Meer kommen verdichten sich die menschlichen Spuren, Dörfer, kleine Städte mit Verkehr auf den Straßen. Von hier oben sehen wir Menschen den Ameisen ähnlich, denkt Anna. Alles wohlgeordnet, in einer Gemeinschaft, in der sich jeder auf den anderen verlassen kann. Nur unten, in der Nähe, spielen sich die Dramen ab, das Töten und Betrügen.

Bilder vom Okavango fallen ihr ein, als sie mit Alban, in einer ähnlich kleinen Maschine, über das Delta flog. Die Giraffen auf winzigen Bauminseln, die Nilpferde, wie Kaulquappen, in schwarzen Tümpeln. Trampelpfade der Elefanten, die alljährlich aus dem Norden kommend das Delta aufsuchen. Die Büffelherden, die aufgeschreckt vom Motorgeräusch ihres Fliegers auseinanderstoben. Es ist so lange her, denkt sie, schließt die

Augen und lässt sich vom gleichmäßigen Brummen des Motors einschläfern. Das erste Mal seit Wochen, vergisst sie in welcher Gefahr sie und Sara schweben. Ich werde es schaffen, denkt sie, bevor sie weg döst.

Der Pilot vermeidet den hohen Atlas und fliegt hinaus aufs Meer, vorbei an Agadir weiter nach Norden, bis nach Azemmour. Über das Intercom bittet er um Landeerlaubnis und erhält sie postwendend.

Als wären wir auf einer Vergnügungstour, denkt Anna, die vom Geschnatter aus den Kopfhörern geweckt wurde. Dabei geht es um Leben und Tod.

Nach der Landung muss sie sich dringend erleichtern. Der Pilot reagiert ungehalten und misstrauisch, doch schließlich bringt er sie zu den Toiletten in der Empfangshalle neben der Landebahn. Sicherheitshalber wartet er vor der Tür, bis sie fertig ist. Als Anna, das Gesicht notdürftig gewaschen und die Haare zu einem Knoten gebunden, erscheint, bringt er sie zum Taxi, das er zuvor über Intercom bestellt hatte.

9

In Azemmour wartet der Alte bereits auf sie. Erschrocken nimmt er Annas verwilderten Zustand wahr, doch er vermeidet jeden Kommentar. Anna, die ihre Wut auf den Mann kaum verbergen kann, kommt sofort zur Sache: „Wenn ich die Wahl hätte, würde ich Sie anzeigen. Sie haben uns das ganze Schlamassel eingebrockt. Aber ich vermute, es würde mir nichts helfen, wenn die Polizei mit Ihnen unter einer Decke steckt. Also lasse ich es besser und spiele nach Ihren Regeln."

„Ich habe die Suite für Sie herrichten lassen", ignoriert der Alte ihre Anschuldigungen. „All Ihre Sachen sind dort. Möchten Sie gleich ein Bad nehmen?"

„Nein, das hat Zeit. Sie wollen anscheinend nicht darüber reden, wie alles zusammenhängt. Ihr Enkel, die Räuberbande, die uns gefangen hält? Kann ich eigentlich verstehen, warum sollte sich jemand selbst beschuldigen. Aber ich werde Sie nicht so einfach davonkommen lassen. Sie haben von Ihrer Achtung vor den Deutschen gesprochen, Menschen die vor den Nazis geflohen waren, und die Ihnen immer noch in Erinnerung sind. Alles nur Lüge vermutlich, wir sollten Ihnen vertrauen, und wir sind Ihnen auf den Leim gegangen."

Der Alte lässt sie ausreden, dabei wirkt er keineswegs schuldbewusst: „Nichts ist so, wie Sie es vermuten, Frau Bremmer. Wenn Sie mir gestatten, schildere ich Ihnen meine Sicht, zumindest so, wie diese unselige Verquickung von Fehlern begann. Aber trinken Sie erst einmal etwas Wasser, Sie sehen müde aus."

Anna spürt, wie sie innerlich zusammenbricht. Ich darf mir keine Blöße geben, keine kleinlichen Kämpfe anzetteln, denkt sie. Alles, was zählt, ist, dass ich das Geld beschaffe, es zurück ins Lager bringe, und Sara befreie.

Sie lässt sich erschöpft in einen Stuhl fallen, nickt, und ergreift das Glas, das ihr der Junge reicht, der ihnen das Gepäck aufs Zimmer gebracht hatte. Als wäre es erst gestern passiert, denkt sie, dabei sind Wochen vergangen. Immerhin leben wir noch.

„Mohammed ist der Bruder von Kasem, meinem Enkel, den Sie behandelt haben", weist der Alte auf den Jungen. „Kasem geht es inzwischen besser, das Projektil hat sich verkapselt, wie Sie es vorausgesagt haben. Wir sind Ihnen zu Dank verpflichtet. Mein Sohn wird alles tun, um Sie und Ihre Freundin für das Leid, das sie erfahren haben, zu entschädigen."

„Weshalb haben Sie uns an die Rebellen verraten? War es der Dank dafür, dass ich Ihnen geholfen habe?"

„Es war eine Verkettung unglücklicher Umstände."

„Sparen Sie sich Ihre Erklärungen. Es geht jetzt nur darum Sara so schnell wie möglich aus der Gewalt dieser Räuber, die offensichtlich mit ihnen zusammenarbeiten, zu befreien. Dazu brauche ich das Geld aus Deutschland. Sie wissen von was ich rede?"

„Ja, Youssuf hat mich eingeweiht, aber deuten Sie es bitte nicht als Zustimmung."

„Bevor Sie mir eine weitere Lügengeschichte erzählen, möchte ich, dass Sie mir eine Verbindung nach Deutschland herstellen. Ich nehme an, Youssuf hat Sie auch in die geplante Transaktion eingeweiht. Vermutlich sind Sie ja sein Teilhaber", ergänzt sie ätzend.

„Damit habe ich nichts zu tun. Lassen Sie uns…. Mohammed wird sich um die Verbindung kümmern, wenn Sie so weit sind, er kann so etwas."

Anna betrachtet den Alten misstrauisch, ob es nicht doch eine weitere Falle ist. Dann, als würde ihr bewusst, dass sie keine Wahl hat, sagt sie: „Ich muss zuerst aufs Zimmer, dort habe ich alle nötigen Informationen. Und geben Sie mir unsere Pässe, ich traue Ihnen nicht über den Weg."

„Die habe ich nicht, sie liegen oben in der Suite, zusammen mit ihrem Geld und den Kreditkarten. Das Zimmer ist abgeschlossen, keiner durfte hinein. Hier, den brauchen Sie", irgendwie erleichtert reicht er ihr einen der überdimensionierten Schlüssel mit Messinganhänger. „Mohammed wird die Verbindung herstellen", wiederholt er sich. „Möchten Sie nicht doch zuvor duschen?"

„Hören Sie auf. Wie soll ich Sara erklären, dass ich als erstes im Hotel ein Bad genommen habe. Etwas, das sie sich mehr als alles andere wünscht."

„Vermutlich werden sie um diese Zeit niemand mehr in Deutschland erreichen", gibt er zu bedenken.

„Ich muss es wenigstens versuchen."

Anna nimmt den Schlüssel, findet die Suite verschlossen und drinnen all ihre Sachen feinsäuberlich auf dem Schreibtisch aufgereiht. Sie erinnert sich, dass das Zimmer einen kleinen Safe besitzt. Sie findet ihn neben der Tür zum Bad, legt alle Wertsachen, Schmuck und die Pässe, hinein, programmiert einen neuen Code und verschließt den Tresor. Die Nummer schreibt sie sich mit Kugelschreiber auf die Innenseite des Oberarms. Vielleicht stimmt ja doch, was der Alte sagt, denkt sie, dass er mit der ganzen Sache, so wie sie abgelaufen ist, nichts zu tun hat. Ein Opfer, wie wir auch, das sich gegen die mit den Waffen nicht wehren kann, ohne die eigene Familie zu gefährden.

Mit dem Geldbeutel und den Kreditkarten geht sie zurück zum Empfang. Der Alte und Mohammed warten schon auf sie.

„Sind Sie jetzt bereit?", fragt der Alte fast unterwürfig.

„Ja. Bitte versuch es sofort, und wenn du durchkommst, gibst du mir den Hörer", sagt sie, und reicht Mohammed die Verbindungsdaten ihrer Bank.

Er versucht es immer wieder, doch niemand hebt ab. Schließlich gibt er mit einem Schulterzucken auf.

„Dann muss ich ein Fax schicken, dass sie mich anrufen sollen. Sie haben doch ein Fax, oder?"

„Ja, aber es funktioniert nicht immer. Wir haben manchmal Stromausfälle, dann kommt es nicht mehr zurück und ich muss es neu einrichten lassen."

„Egal, ich versuch's trotzdem." Sie lässt sich einen Bogen Briefpapier mit dem Kopf des Hotels geben und schreibt ein paar Anweisungen an ihren Bankberater drauf, die sie aber gleich wieder verwirft. Ich weiß nicht, was ich mache, wenn ich keinen erreiche, denkt sie. Vielleicht über das Konsulat in Casablanca, aber das würde alles enorm verkomplizieren. „Es ist zu spät", sagt sie zu dem Alten. „Ich nehme jetzt tatsächlich ein Bad, und lege mich ein paar Stunden hin. Mehr kann ich vorerst nicht tun. Bitte wecken

Sie mich morgen in aller Frühe. Gibt es in Casablanca ein deutsches Konsulat?"

„Ja, aber ich würde Ihnen nicht empfehlen dort hinzugehen."

„Warum?"

„Die marokkanische Regierung könnte es als unfreundlichen Akt betrachten. Sie müssen wissen…"

„Jetzt reden Sie schon", schreit Anna. Sie spürt Panik in ihr aufsteigen.

„Der Mann, der Sie und Sara gefangen nahm, Driss heißt er, hat die Seiten gewechselt."

„Ich kenne Driss, aber was hat das mit uns zu tun?"

„Er hat Youssuf nicht verziehen, dass er ihn in die Wüste geschickt hat. Und Ihnen auch nicht, weil er glaubt, dass Sie und ihre Freundin hinter Youssufs Veränderung stecken, dass sie ihn gegen ihn aufgehetzt haben."

„Und?"

„Er hat sie als Terroristinnen ausgegeben, die freiwillig im Lager der Rebellen sind. Das Geld, das Sie besorgen wollen, werde den Kampf der Aufständischen unterstützen, wird er sagen, wenn es zum Schwur kommt. Die Regierung wird ihm eher glauben als Ihnen."

Anna lässt sich in den nächsten Stuhl fallen und schlägt die Hände vors Gesicht. „Ein Überläufer, auch das noch", stöhnt sie. „Und jetzt?", fragt sie hilflos.

„Sie müssen mir vertrauen. Vielleicht kann ich das Militär überzeugen, dass Driss' Version falsch ist, und Sie gekidnappt wurden. Das Militär, müssen Sie wissen, hat den Aufenthalt der Rebellen längst ausgemacht, es wartet nur noch auf den Einsatzbefehl."

„Dann stirbt Sara", sagt Anna leise. Ihr ist kalt, sie fröstelt. „Und Sie sind schuld daran", plötzlich hasst sie den alten Mann abgrundtief. „Ich muss mit dem Einsatzleiter reden. Wo finde ich ihn?"

„Dort." Der Alte zeigt auf die Straße, wo sich ein groß gewachsener Mann in Tarnkleidung mit dem Taxifahrer unterhält, der Anna ins Hotel gebracht hat.

Als der Mann sieht, wie Anna auf ihn zukommt, geht er ihr langsam entgegen. „Major Abdelachem", stellt er sich vor. „Ich nehme an, Sie sind die Ärztin, von der mir Herr Abdeslam erzählt hat. Wir schätzen es, wie sehr Sie sich um die Gesundheit unserer Mitbürger bemühen", sagt er mit leichter Verbeugung, ein schiefes Grinsen im Gesicht, als bereite ihm die Scharade großes Vergnügen.

Anna nickt, nur jetzt keinen Fehler machen, denkt sie. So wie er grinst, glaubt er vermutlich, dass er alle Trümpfe in der Hand hält. „Wie kommen Sie darauf? Ich habe auf Bitten von Herrn Abdeslam seinen Enkel untersucht, konnte ihm aber nicht helfen. Das war schon vor einiger Zeit."

„Was hatte er denn?"

„Eine Entzündung in der Schulter."

„So könnte man es nennen. Schusswunden erzeugen fast immer Entzündungen. Und dann?"

Verdammt, denkt Anna, ich bin anscheinend die Einzige hier, die nicht weiß, was gespielt wird. Am besten ich sage, wie es wirklich abgelaufen ist: „Ich habe den Jungen in seinem Dorf, hier in der Nähe, behandelt. Auf der Fahrt zurück zum Hotel wurden ich und meine Freundin gekidnappt, und in ein Lager von Menschen verschleppt, die sich als Befreier ihres Volkes ausgeben. Wir sind Opfer, keine Täter, falls Sie das andeuten wollen."

„Und warum sind Sie hier? Ungewöhnlich für ein Opfer, scheint mir. Normalerweise finden wir die Opfer verdurstet in der Wüste."

„Ich bin hier, um uns freizukaufen. Sie halten Sara, meine Freundin, in ihrer Gewalt, bis ich mit dem vereinbarten Betrag zurückkomme. Dann wollen sie uns gehen lassen."

„Interessant."

„Wer sind Sie überhaupt?", fragt Anna, wobei sie, vorbei an dem Major, auf den Alten blickt, als könne der ihr eine Antwort geben.

„Ich leite eine Antiterror-Einheit der marokkanischen Armee. Unsere Quelle beschreibt die Geschehnisse, wie Sie sie gerade erzählt haben, ganz anders. Anscheinend haben Sie bereitwillig zugestimmt, ins Lager eines uns bekannten Rebellenführers zu fahren. Diese Leute sind keine Freiheitskämpfer, sie sind Verbrecher."

Vom Alten kommt kein Widerspruch, und Anna begreift, dass sie allein mit der Situation klarkommen muss. „Antiterror", sagt sie gedehnt. „Der Kampf der Leute, die uns gefangen nahmen, ist nicht unser Kampf. Wir wurden mit vorgehaltener Waffe von Driss aufgefordert, ihn in das Lager der Rebellen zu begleiten. - Derselbe Driss, von dem Sie vermutlich Ihre Informationen haben. - Hätten wir es nicht getan, wären wir wahrscheinlich nicht mehr am Leben. Im Lager habe ich dann dem Anführer eine Kugel aus der Schulter operiert. Es war schwer, aber er hat überlebt."

„Warum haben Sie ihn nicht sterben lassen?"

„Ich bin Ärztin, wir retten Menschen."

„Auch die, die Sie gefangen nehmen?"

„Auch die."

Der Major überlegt eine Weile, und deutet dann galant ins Innere des Hotels. „So kommen wir nicht weiter. Wir sollten uns setzen, damit wir uns ausführlicher unterhalten können. Sind Sie damit einverstanden, Herr Abdeslam, dass wir das in Ihrem Hotel tun?"

„Selbstverständlich", sagt der Alte, und geht schon voraus, schiebt ein paar Stühle um einen kleinen Kaffeetisch, und bittet Anna und den Major sich zu setzen.

„Ich möchte Sie unterstützen", sagt der Major, nachdem er Abdeslam mit einer Handbewegung weggescheucht hat. Er rückt die Uniform zurecht und streckt die Beine provozierend in Annas Richtung. Die ganze Zeit hat er sie nicht aus den Augen gelassen.

„Warum? Ich brauche keine Unterstützung. Ich will mein eigenes Geld hierher transferieren, was ich damit anfange geht niemand etwas an."

„Vielleicht doch. Wir haben es mit Menschen zu tun, die Sie benützen, um diesem Land zu schaden. Das ließe sich als Landesverrat auslegen."

„Wie soll ich das verstehen?", sucht Anna den Blickkontakt zum Alten, der sich hinter das Empfangspult verkrochen hat. „Hat er Sie ins Spiel gebracht?"

„Abdeslam hat mit der ganzen Sache nichts zu tun. Wir haben unsere eigene Verbindung zu den Rebellen."

„Driss, meinen Sie. Er ist ein Verräter", sagt Anna mit vor Hohn triefender Stimme.

„Egal, wie Sie es nennen. Was zählt, ist, dass wir wissen, wie Sie zu den Rebellen stehen, und wo die sich aufhalten. Wenn Sie nicht mit uns kooperieren, werden wir sie auch ohne ihre Hilfe vernichten."

„Meine Hilfe?"

„Ja, Sie wollen, doch ihre Freundin lebend wiedersehen."

Mein Gott, in was für ein Rattennest bin ich geraten, denkt Anna. „Und wie könnte diese Hilfe aussehen?"

„Sie könnten uns zu ihnen führen."

Also weiß er doch nicht genau, wo sich Youssuf befindet. Driss war schlau genug, nicht alles zu verraten. „Wie käme ich dazu. Sie würden Sara umbringen." Und den Lehrer gleich mit, denkt sie. Ich darf mich nicht darauf einlassen.

„Sie haben sich mit ihnen verbrüdert", lacht der Major gehässig. „Stockholm Syndrom heißt das in unserer Branche, wenn sich die Geiseln mit den Geiselnehmern solidarisch erklären."

„Was für ein Unsinn, nur weil ich mich um das Leben meiner Freundin sorge, bedeutet das noch lange keine Verbrüderung."

„Ansichtssache. - Aber jetzt sagen Sie endlich, wie Sie die ganze Transaktion geplant haben, oder wollen Sie, dass ich Sie sofort festsetze." Die Stimme des Majors ist hörbar schärfer geworden.

Anna sieht den Mann lange schweigend an. Ein widerlicher Typ, denkt sie, doch wenn ich jetzt einen Fehler mache, lande ich im Gefängnis. Es wäre Saras Tod. Irgendeinen Grund wird er finden, mich einzusperren, und ich kann mich nicht dagegen wehren. Am besten, ich schildere ihm, was ich vorhabe, dann verheddere ich mich nicht in Widersprüchen: „Die Rebellen haben mich gehen lassen, weil ich Youssuf, dem Anführer, eine schöne Summe versprach. Als Lösegeld für mich und Sara."

Der Major nickt, als hätte er nichts anderes erwartet. „Das haben Sie bereits angedeutet. Aber wir kennen Youssuf, ihm ist nicht zu trauen. Sie scheinen zu glauben, dass er Wort hält. Das ist ein Irrtum. Es kann Sie und ihre Freundin, das Leben kosten. Was, wenn er das Geld nimmt und sie trotzdem nicht frei gibt?"

„Das wird er nicht tun. Ich habe ihm das Leben gerettet. Wir sind eher zufällig in ihre Hände geraten. Driss sollte einen Arzt besorgen, weil es Youssuf schlecht ging, aber er fand niemand außer mir. Die Männer in der Wüste sind keine Straßenräuber, sie halten sich an ein gegebenes Wort."

Der Major lacht laut auf. „Das glauben Sie wirklich? Wer hat Ihnen denn solch einen Unsinn erzählt?"

„Youssuf selbst, und Herr Abdeslam."

„Ausgerechnet Abdeslam, der steckt doch mit denen unter einer Decke. Alles was der will, ist, sein Land wiederhaben. Vermutlich sind Sie tatsächlich nur ein Bauer in einem komplizierten Schachspiel, dessen Regeln Sie nicht verstehen. Aber lassen wir das, wir könnten zusammenarbeiten. Ich will die Rebellen, und Sie wollen Sara. So heißt sie doch, oder? Das lässt sich kombinieren."

„Was meinen Sie?"

Der Major wirkt plötzlich viel aufgeweckter, als wäre eine Idee in ihm gewachsen, wie er zum eigenen Vorteil mit der ganzen Situation umgehen könnte: Zwei Fliegen mit einem Schlag erlegen, die Rebellen vernichten und gleichzeitig an Geld kommen, das nirgendwo registriert ist. „Die Idee mit dem Geld ist brillant. Dadurch entsteht Vertrauen, und Vertrauen macht unachtsam. Um wie viel handelt es sich übrigens?"

Bleib wachsam, denkt Anna, der Bursche ist mit allen Wassern gewaschen, und führt etwas im Schild. „Ich habe das Geld noch nicht, es muss aus Deutschland überwiesen werden. Gut möglich, dass mir die Bank einen Strich durch die Rechnung macht, und die Überweisung verweigert."

„Eine Bank ist im Spiel?", fragt er enttäuscht. „Marokko hat Kapitalkontrollen, meines Wissens nach."

„Lassen Sie das meine Sorge sein. Aber wie sähe denn Ihre Hilfe aus?"

„Gut, nehmen wir an, Sie beschaffen das Geld. Hoffentlich nicht zu wenig, sonst lohnt sich die ganze Mühe nicht. Dann muss es ja irgendwie in die Hände Youssufs gelangen. Wie stellen Sie sich das vor?"

„Auf demselben Weg, wie ich gekommen bin. Ich nehme das Geld, bringe es wie vereinbart ins Lager, und komme mit Sara zurück."

„Das Lager der Rebellen ist weit, mitten in der Wüste. Die Wüste ist rau, Sie könnten verloren gehen."

„Das glaube ich nicht."

Der Major verdreht die Augen über so viel Naivität. „Na gut. Sehen Sie zu, dass Sie Ihr Geld beschaffen. Wenn Sie es haben, können Sie meine Hilfe immer noch annehmen. Notfalls bringen wir Sie hin. In der Zwischenzeit muss ich Sie aber bitten hier im Hotel zu bleiben. Sie können nach außen kommunizieren, Abdeslam wird Ihnen behilflich sein, aber Sie dürfen das Hotel nicht verlassen, bis wir uns über das weitere Vorgehen geeinigt haben."

„Sie wollen mich festsetzen?"

„Wie kommen Sie darauf. Sieht so ein Gefängnis aus?", weist er mit großzügiger Geste in den Hof des Hotels mit Springbrunnen und Palmen. „Hier haben Sie meine Karte. Rufen Sie an, wenn Sie bereit sind." Er tippt sich an sein Barett, nickt dem Alten kurz zu, und verlässt das Hotel.

Anna bleibt wie betäubt sitzen. Das Gefühl alles zu verlieren, überschwemmt sie wie eine reißende Flut. Sie nimmt kaum wahr, wie sich Abdeslam zu ihr setzt.

„Geht es Ihnen gut, Sie sehen sehr blass aus?", fragt er besorgt.

Mit einem Ruck kommt sie zurück in die Wirklichkeit. „Das verdanken wir alles Ihnen", sagt sie, mit vor Wut erstickter Stimme.

„Es tut mir leid. Nichts von dem, was Ihnen und ihrer Freundin passiert ist, konnte ich ahnen. Dass sich ausgerechnet Driss im Dorf meines Sohnes aufhalten würde, während Sie Kasem behandelten, war reiner Zufall. - Youssuf war einmal unser bester Mann, gebildet, mit großem Herzen. Ein Mensch voller Ideale. Wir dachten, er könnte es schaffen, aber dann hat er einen Fehler nach dem anderen gemacht. Der schlimmste war, dass er

Driss am Leben ließ, als der ihn verriet. Damit hat er alles auf den Kopf gestellt, was uns zusammenhält. Er hat Schwäche gezeigt, wo es eine Demonstration der Stärke gebraucht hätte. Das verzeiht die Wüste nicht, und seine Männer schon gar nicht. Irgendwann werden sie ihn töten, und Youssuf weiß das."

„Warum erzählen Sie mir das? Sie sind doch ein Teil des Komplotts."

„Ja und nein. Sie sollen wissen, in was Sie durch meine Schuld geraten sind. Vielleicht können wir gemeinsam eine Lösung finden."

„Wird Youssuf sein Wort halten und uns gehen lassen?"

„Das wird er, aber ich weiß nicht, ob es noch in seiner Macht liegt. Die Dinge haben sich zu seinen Ungunsten entwickelt. Driss…"

„Immer dieser Driss. Wie ein böser Geist schwebt er über allem", sagt Anna resigniert.

„Er ist ein Teil des Ganzen, und doch auch wieder nicht. Ein guter Kämpfer, der nur noch um des Kampfes willen dabei ist. Unsere Sache ist ihm egal. Er will nur Geld und den Kick, den ihm das Töten bereitet."

„Noch so eine Aussage, mit der ich nichts anfangen kann. Entschuldigen Sie, ich habe jetzt keine Zeit für lange Erklärungen, das Fax nach Deutschland muss raus."

„Natürlich, Mohammed wird Ihnen helfen."

Nachdem Anna eine Weile am Text der Mitteilung an ihre Bank gefeilt, Teile verworfen und neu formuliert hat, geht sie zurück zu Abdeslam, während der Junge die Verbindung herstellt. „Jetzt können wir reden", sagt sie erleichtert, und lässt sich in einen der Korbsessel im Innenhof fallen.

„Wollen Sie nicht doch zuerst duschen?"

„Wenn es Sie nicht stört, bleibe ich wie ich bin. Ich bin inzwischen daran gewöhnt tagelang ungewaschen zu bleiben", lacht sie bitter. „Nur durchatmen möchte ich, ohne darauf achten zu müssen, dass mir jemand böse will. Das stimmt hoffentlich?", fügt sie an, als sie seine abwehrende Reaktion sieht.

Ein kurzes Verstehen blitzt in den Augen des Alten auf. „Ich möchte mich zuerst in aller Form dafür entschuldigen, was ich, wir, Ihnen angetan haben. Aber vielleicht, wenn ich Ihnen alles erzählt habe, begreifen Sie meine Beweggründe."

Anna beobachtet neugierig, wie er nach den richtigen Wörtern sucht. Als es dauert, sagt sie versöhnlich: „Kurz bevor wir bei Ihnen eincheckten, hatten wir die Asche meines Mannes im Meer versenkt. Es war sein letzter Wunsch. Wir waren erleichtert, dass wir ihn erfüllen konnten, und sehnten uns nach einer guten Flasche Wein. Ist es vorstellbar, dass sich in Ihrem Hotel so eine Flasche verbirgt? Und während ich trinke, können Sie mir Geschichten erzählen, so viele Sie wollen. - Dieser Major, ich kann sein schmieriges Gehabe nicht ausstehen, hat mich wahnsinnig gemacht. Schlafen kann ich jetzt sowieso nicht. Und besser geht es mir auch erst, wenn ich die Bestätigung der Bank über den erfolgreichen Geldtransfer in Händen halte."

Der Alte nickt erleichtert und winkt seinen Enkel zu sich. Kurz darauf bringt der eine Flasche Bordeaux und ein Tulpenglas, das er vor Anna stellt.

„Nur eines?", fragt sie.

„Ich trinke keinen Alkohol, schon lange nicht mehr. Aber lassen Sie sich bitte nicht stören. - Soll ich jetzt?"

„Ja, ich bin ganz Ohr."

Er räuspert sich, hört kurz in sich hinein und beginnt, als ginge er in der Erinnerung weit zurück: „Meine Familie besaß einmal viel Land, in der Gegend, in der Youssuf heute operiert. Landadel würde man uns in Ihrem Land vermutlich nennen. Wir lebten gut, die Wüste war fair und ließ uns ausreichend Wasser. Das änderte sich, als auf unserem Gelände Phosphat entdeckt wurde. Das war noch während der Kolonialherrschaft. Die Franzosen erlaubten uns das Phosphat abzubauen, und solange wir einen Großteil der Erträge an die Regierung abführten, ließen sie uns in Ruhe. Aber als die Marokkaner die Franzosen aus dem Land trieben, fiel unser Besitz an den König, der unsere Familie enteignete. Es hieß, wir hätten mit den Kolonisatoren kollaboriert, und verdienten es nicht anders. Mit dem Geld, das mir blieb, habe ich über einen Mittelsmann dieses Hotel erstanden. Es war eine halb verfallene Bruchbude."

„Und deshalb unterstützen Sie immer noch die Rebellen, weil sie ihr Land zurückhaben wollen", vervollständigt Anna die Erzählung.

„Nur halb. Inzwischen wurden riesige Kobalt-Vorkommen auf unserem Land, dem Land meiner Vorfahren, entdeckt. Doch die Regierung behauptet immer noch, die Enteignung wäre rechtens gewesen, und sie allein habe das Anrecht auf die Minen. Das, obwohl jedes Gutachten, das wir angestrebt haben, es anders sieht. Der König schuldet uns zumindest einen Teil der Erträge, weigert sich aber das anzuerkennen. Nachdem es seit Jahren keinerlei Entgegenkommen gibt, haben die jungen Männer zu den Waffen gegriffen, um sich mit Gewalt zu nehmen, was uns zusteht. Was blieb uns anderes übrig, wollten wir nicht das Diktat eines ungeliebten Herrschers akzeptieren. Inzwischen hat sich unser Widerstand zum Kampf um die Westsahara ausgeweitet. Die meisten Männer unter Youssufs Kommando sind in der Sahara geboren. Tuaregs manche, die sich schon unter Harakat Tahris zum Widerstand entschlossen. Wir wollen unsere Unabhängigkeit, Samara wird unsere Hauptstadt, so Gott will."

„Wie stark ist Youssuf?"

„Er war einmal unsere Hoffnung, ein entfernter Verwandter, dessen Vater schon früh bei Kämpfen fiel, die begannen, als Marokko die Westsahara annektierte. Er ist der Bruder einer der Frauen meines Sohnes."

„Dem Pferdezüchter?"

„Ja, er gewinnt Rennen", lacht der Alte. „Irgendetwas muss er ja tun. Nicht alle können kämpfen."

„Und wann ist Youssuf zum Räuber geworden?"

„Sie tun ihm unrecht. Der Tod seiner Frau hat ihn zu dem gemacht, was er heute ist."

„Er hält uns gefangen", geht Anna nicht darauf ein. „Ist das in Ordnung? Der Zweck heiligt die Mittel, gewissermaßen."

„Sie wurden von Driss gefangen, Youssuf hätte das nicht getan. Driss ist keiner von uns, ein Abenteurer, dem es nur um Geld geht. Und anscheinend hat er sich in Sara verguckt, die er als seinen Besitz betrachtet. Leider ist es ihm gelungen einen Teil der Männer auf seine Seite zu ziehen. Denen ist unsere Familiengeschichte egal, sie wollen nur Beute." Für einen Moment hängt er seinen Gedanken nach, um dann hinzuzufügen: „Der Krieg ist ein schmutziges Geschäft, Frau Bremmer. Er stülpt das Innerste der Menschen nach außen, und es ist nicht immer schön."

„Sie relativieren, Herr Abdeslam. Für mich hört es sich wie eine Rechtfertigung an, für etwas, das sich nicht rechtfertigen lässt. Wenn stimmt, was Sie sagen, hätte uns Youssuf längst freilassen müssen. Stattdessen hat er einem schäbigen Lösegeld-Deal zugestimmt."

„Es ist die Wahrheit. - Als Beweis werde ich Ihnen helfen aus dem Lager zu entkommen. Wenn es mit dem Geldtransfer aus Deutschland nicht klappen sollte, werde ich Ihnen genug Geld von mir geben, damit Youssuf sagen kann, sie hätten sich selbst freigekauft. Dann werden die Männer weiterhin ihm folgen, und nicht Driss, der die ganze Aktion mit dem Lösegeld als eine Lüge bezeichnet."

„Weshalb ist Driss denn überhaupt noch am Leben?"

„Jemand hat ihn in der Nacht aus dem Lager befreit. Youssuf hatte Sie im Verdacht, aber das macht keinen Sinn. Driss überlebte, fand einen Konvoi, der ihn nach Al Ayun brachte, und schloss sich einer Schlepperbande an. Jetzt sinnt er nach Rache. Er ist es, der uns diesen Major auf den Hals gehetzt hat."

Für eine Weile überlegt Anna. Sie nippt am Wein und sagt dann bestimmt: „Ich möchte Ihr Geld nicht. Nur im Extremfall, falls Saras Leben auf dem Spiel steht. Jetzt gehe ich schlafen, nachdem ich zuvor geduscht habe", fügt sie noch schnell hinzu. „Morgen sehen wir weiter. Gute Nacht Herr Abdeslam."

Am nächsten Morgen erreicht sie tatsächlich ihren Finanzberater. Er bestätigt den Eingang ihres Fax' und zeigt sich besorgt. Doch sie spürt das

Misstrauen in seinen Rückfragen: „Sie sagen, Sie wurden gekidnappt, in Marokko, da kommt ja auch Ihr Fax her. Die Adresse eines Hotels in Azemmour. Wie konnten Sie das Fax absetzen, wenn Sie in der Gewalt von Rebellen sind?"

„Es ist eine komplizierte Geschichte, Herr Kühne, glauben Sie mir einfach. Ich war mit einer Freundin unterwegs, sollte den Enkel das Hotelbesitzers, bei dem ich mich gerade befinde, behandeln, da wurden wir verschleppt. Mit dem Anführer der Rebellen, in deren Lager sich meine Freundin immer noch befindet, konnte ich einen Deal aushandeln, dass ich fünfhunderttausend Euro aus Deutschland als Lösegeld besorge, dann lassen sie uns gehen. Er hat mir nur zwei Wochen Zeit gegeben. Schaffen Sie es in der Zeit, das Geld zu überweisen?"

Am anderen Ende der Verbindung herrscht Stille. Nur gelegentlich knackt es im Äther. Anna kommt es wie eine Ewigkeit vor, bis Kühne endlich antwortet. „Es wird schwierig. Ihr Fax kann die Bank nicht als gültige Anweisung akzeptieren, es gab zu viele gefälschte Papiere in letzter Zeit. Aber jetzt haben wir ja gesprochen, ich kenne Ihre Stimme, kann also für den Wahrheitsgehalt des Fax' bürgen. Trotzdem…"

„Was heißt trotzdem?", unterbricht sie ihn.

„Dass ich nicht dafür bürgen kann, dass es auch klappt. Marokko ist nicht die USA, da geht so eine Überweisung innerhalb von Tagen. Bei Marokko muss ich über die Compliance Abteilung gehen, die wird vermutlich den Vorstand einschalten. Fünfhunderttausend sind kein Pappenstiel. Tut mir leid, aber so sind nun mal die Regeln."

„Es ist mein Geld", schreit sie, zunehmend verzweifelt.

„Natürlich, wir müssen aber vermeiden, dass es in die falschen Hände gerät."

„Lassen Sie das mein Problem sein."

„Ja, aber am Ende steht auch meine Unterschrift drauf. Was ich machen kann, ist, aus Ihrem Portfolio genügend Bargeld bereitstellen, damit es überwiesen werden kann, sollte die Bank grünes Licht geben. Soll ich das tun?"

„Ja, tun Sie, was Sie tun müssen, aber tun Sie es schnell. Bitte, Herr Kühne, es geht um unser Leben. Wenn es mir nicht gelingt, das Geld in die Hände der Rebellen zu bringen, stirbt Sara."

„Ich verstehe Sie ja, aber…. Wie kann ich Sie erreichen?"

„Unter dieser Nummer, oder auch über Fax, beide Nummern haben Sie?"

„Ja, sie sind gut lesbar. Dann bis bald, ich mache mich gleich an die Arbeit. Übrigens, haben Sie Ihr…", er zögert kurz, als fiele es ihm schwer, das Wort zu benützen, „…Kidnapping bei der Polizei gemeldet?"

Wenn ich ihm sage, dass die Polizei, oder zumindest dieser schmierige Major, vermutlich mit den Rebellen unter einer Decke steckt, wird er völlig durchdrehen, denkt sie. „Das Hotel hat die Botschaft in Rabatt über unser Verschwinden informiert, aber das war schon vor ein paar Wochen."

„Das ist gut, Hauptsache es liegt etwas vor."

Das wird nichts, denkt Anna, als sie den Hörer auflegt. Ich habe bewusst eine renommierte Bank gewählt, und jetzt habe ich es mit einem Bürokratiemonster zu tun. Compliance, bankinterne Regeln, ohne Vorstand geht gar nichts. All das kann dauern. Und wenn es doch klappt, liegt das Geld auf dem Konto des Hotels. Wie kriege ich es da runter? Ich muss mich auf Abdeslam verlassen, dass er nicht falschspielt. Fünfhunderttausend sind viel Geld, da kommt manch einer auf krumme Gedanken. Aber ich habe keine Wahl, Youssuf will Bargeld, er kann nicht hierherkommen, auf die Bank gehen, und mit einem Koffer voller Geld wieder verschwinden.

Sie setzt sich in einen der Korbstühle im Innenhof und spielt den Plan erneut durch. Irgendwo mache ich einen Denkfehler, aber es gibt zu viele Unwägbarkeiten. Das Einzige, was ich beeinflussen kann, ist der Geldtransfer, aber der ist nur ein Teil des Puzzles. Alles andere liegt nicht in meiner Hand. Das meint der Major vermutlich, wenn er mir seine Hilfe anbietet. Weil er weiß, wie dieses Marokko funktioniert, egal wie viel Geld ich herbeischaffe. Alles hier funktioniert anders, als meine Welt in

München. Ich schaff das nicht allein, muss mich dem Alten anvertrauen, sonst sehe ich Sara nie wieder.

Das Hotel ist schlecht besetzt, die Saison längst vorbei, nur in einer Ecke des Hofs sitzt ein älteres Paar aus England, das Anna misstrauisch beäugt, als Abdeslam ohne Umschweife auf sie zusteuert.

„Sie sind durchgekommen, hat Mohammed gesagt?", fragt er gespannt, und setzt sich, ohne sie um Erlaubnis zu bitten.

„Ja, durchgekommen, aber noch nichts erreicht. Mein Finanzberater hatte kein Problem, die Stimme zu identifizieren. Aber es geht nicht so einfach, wie ich es mir vorgestellt habe. Compliance, Compliance, ein Wort wie ein Damoklesschwert. Die Bank kann und wird nicht wegen mir die Regeln brechen. Lieber lassen sie mich in der Wüste verdorren. Die sitzen in ihren gekühlten Bürotürmen und können sich meine Situation überhaupt nicht vorstellen. Für sie bin ich ein lästiger Nebenschauplatz", bricht es aus ihr hervor. „Nichts zu tun ist für sie sicherer, als einen Fehler zu machen, der ihnen später um die Ohren fliegt. Vermutlich denken sie, wenn sie mein Fax lesen, dass sie gerade einem gut getarnten Betrug aufsitzen. Also warten sie ab, vielleicht löst sich ja inzwischen alles in Wohlgefallen auf, und das Ganze entpuppt sich als verspäteter Aprilscherz", lacht sie bitter.

„War es wirklich so schlimm?"

„Ich weiß nicht. Deprimierend halt. Ich fühle mich so hilflos. Sitze hier und kann nichts tun, als jemand vertrauen, der eigentlich nichts tun will. - Was sage ich diesem Major?"

„Ich habe die halbe Nacht darüber nachgedacht."

„Und?"

„Wir müssen ihn einbinden, sonst nimmt er die Sache in die Hand und tut etwas, das Ihre Freundin das Leben kosten kann."

„Das befürchte ich auch. Und was soll ich tun?"

„Bieten Sie ihm einen Teil des Geldes an, wenn er Sie sicher mit dem Rest ins Lager bringt."

„Das ist Bestechung", rutsch es ihr heraus. Doch sie bereut es sofort. Zuhören, schilt sie sich, es ist ein anderes Land, mit anderen Sitten.

Ein feines Lächeln spielt um die Mundwinkel des Alten. „Sie reagieren wie die Deutschen, die mich vor Jahren ihre Sprache gelehrt haben. Sie wollten auch nicht akzeptieren, wie es bei uns läuft. Sie spürten die Sonne, fühlten den Sand, aber im Innern blieben sie Nordeuropäer. - Sie würden den Major nicht bestechen, Sie würden ihn nur für seine Dienste bezahlen", kommt er auf ihre Bedenken zurück.

„Aber Youssuf erwartet fünfhunderttausend Euro. Wenn etwas fehlt, fühlt er sich betrogen."

„Lassen Sie Youssuf meine Sorge sein. Mir geht es eher darum, wie Sie sicher im Lager landen, ohne zuvor abgeschossen zu werden."

„Landen, warum landen?"

„Ich dachte an einen Hubschrauber der Regierung. Irgendwas muss der Major schließlich liefern."

Ja, irgendwas. Eigentlich hat der Alte recht, es wäre die einfachste Lösung. Sie bringen mich hin, ich liefere das Geld ab und fliege mit Sara wieder zurück. Ende der ganzen Affäre. Wir nehmen ein langes Bad, trinken eine Flasche Wein, und am nächsten Tag fahren wir gemeinsam nach Deutschland. Wie naiv bin ich eigentlich? „Und was ist, wenn mein Geld nicht rechtzeitig kommt?"

„Dann nehmen Sie mein Geld. Es wird nicht so viel sein, aber die beiden, Youssuf und der Major, werden es akzeptieren. Wenn sie erst einmal am Haken hängen, nehmen sie, was sie kriegen können. Ich kenne meine Landsleute. Aber Ihr Geld wird kommen, früher oder später, da mache ich mir keine Sorgen. Und dann zahlen Sie mich zurück."

Wie soll das gehen, denkt Anna, er glaubt wohl, wir bleiben hier, bis alles ausgestanden ist. Keinen Tag länger hält es mich in dem Land. Trotzdem sollte ich sein Angebot annehmen. „Und, wie sage ich es dem Major? Hat er überhaupt einen Hubschrauber?"

„Ich werde mich darum kümmern, wenn Sie damit einverstanden sind. Ich habe Sie und Sara in diese missliche Lage gebracht, jetzt ist es an mir, Sie da wieder heraus zu holen."

Anna hört lange in sich hinein. Was ist das denn nun, denkt sie, Großmut, oder nur eine weitere Falle, aus der es dann kein Entkommen mehr gibt? Aber welche Alternative habe ich überhaupt? Es scheint so klar: Er gibt mir das Geld, ich fliege damit ins Lager, übergebe alles Youssuf, und ein paar Stunden später ist der Albtraum zu Ende. Warum eigentlich nicht. „Gut", sagt sie bestimmt. „Ich verlasse mich auf Sie."

Als der Major zurückkehrt, fängt ihn der Alte ab und bittet um eine Unterredung. Die beiden Männer ziehen sich in ein Hinterzimmer des Hotels zurück und erscheinen bald darauf entspannt, wie zwei alte Kumpel.

„Möchten Sie, dass ich der Frau Doktor berichte, wie Sie vorgehen wollen?", fragt der Alte.

„Nein, das würde ich gerne selbst tun. Nicht, dass sie noch eine falsche Meinung von mir bekommt."

„Wie Sie wollen. Ich schicke jemand nach ihr."

Anna erscheint sofort und nimmt das strahlende Lächeln des Majors verwundert zur Kenntnis. Freudestrahlend reicht er ihr die Hand: „Ich bin so froh, dass Sie bereit sind mit uns zusammenzuarbeiten."

Anna schweigt und legt den Kopf zur Seite, in Erwartung, dass er weiterspricht. Anscheinend hat er sich mit dem Alten geeinigt, denkt sie.

„Das erspart uns eine Menge Komplikationen, und natürlich können Sie sich ab sofort völlig frei bewegen. Herr Abdeslam hat mich darüber informiert, dass der Kontakt zu Ihrer Bank in Deutschland erfolgreich war, und Sie eine größere Summe Geld erwarten können. Das ist wunderbar. Und natürlich werden wir Sie dabei unterstützen, das Geld zu überbringen. Es soll nur nicht so aussehen, als würde das Militär so ein Geschäft aktiv betreiben. Ein Hubschrauber wird Sie nach Samara bringen, auf einen Militärstützpunkt. Die restliche Strecke, bis ins Lager der Rebellen, müssen Sie dann selbst bewältigen. Ich glaube kaum, dass Youssuf begeistert wäre, wenn wir Sie direkt einfliegen, außerdem wissen wir ja nicht, wo sich das Lager genau befindet", fügt er in einem Tonfall hinzu, der offen lässt, ob es stimmt. „Die Details regle ich dann besser direkt mit Herrn Abdeslam, wenn Ihnen das recht ist."

Er hat zweimal natürlich gesagt, als wäre es das Natürlichste auf der Welt, eine Räuberbande mit Geld zu versorgen, denkt Anna. Vermutlich ist das einzig Natürliche hier, dass er bei der ganzen Aktion mitverdient. „Und was erwarten Sie von mir direkt?"

„Nur dass Sie mich informieren, sobald das Geld aus Deutschland eingegangen ist. - Dann gehe ich besser, falls Sie keine Fragen an mich haben." Damit dreht er sich um und will das Hotel verlassen.

Doch bevor er auf die Straßen tritt, ruft ihm Anna hinterher: „Wenn wir Sara lebend befreien wollen, müssen wir uns beeilen."

Der Major dreht sich um, das Gesicht versteinert, als fühle er sich ertappt: „Sind Sie sicher, dass sie noch lebt?"

„Ja."

„Und warum?"

„Weil ich dem Wort Youssufs glaube. Er ist kein Mörder. Er handelt aus denselben Beweggründen wie Sie, nur auf der anderen Seite."

„So könnte man das sehen", sagt Abdelachem ungerührt, als hätte er etwas ganz anderes erwartet. Das Schicksal Saras scheint ihm völlig egal zu sein.

Warum habe ich ihn nicht einfach gehen lassen, schilt sich Anna. Die Details der Absprachen kann mir doch der Alte erklären. Doch sie ist noch nicht fertig, als spräche eine fremde Person aus ihr: „Ich bin nur hier, um mein eigenes Geld zu besorgen, damit wir freikommen. Geben Sie mir den Hubschrauber, Sie werden es nicht bereuen."

Der Major entfernt sich ein paar Schritte, verwirrt, als hätte er mit all dem nicht gerechnet. Er wählt seinen Vorgesetzten an und spricht lange mit ihm auf Arabisch. Danach ruft er seinen Adjutanten zu sich und gibt ihm ein paar Befehle. Schließlich weist er galant in Richtung seines Autos: „Dieser Fahrer wird sie auf unsere Basis bringen, sobald Sie mir grünes

Licht geben. Dort steigen Sie in einen Hubschrauber, der Sie, wie gesagt, nach Samara bringt. Von dort fahren Sie in einem neutralen Auto, mit einem Fahrer Ihrer Wahl, ins Lager der Rebellen. Sie liefern das Geld ab, oder besser, Sie nehmen Sara in Empfang und liefern erst dann das Geld ab. Danach ist es Ihre Entscheidung, ob Sie mit demselben Auto zurück nach Samara, fahren, falls Youssuf sie gehen lässt", fügt er süffisant hinzu. „Ich würde Ihnen raten nicht zu zögern. Der Hubschrauber wird zwei Tage auf Sie warten, um Sie nach Casablanca zu fliegen, wenn Sie das wollen. Sie können jederzeit nach Deutschland ausreisen. Aber sagen Sie Herrn Abdeslam, dass er Youssuf instruiert, wie es ablaufen wird. Nicht dass er auf die Idee kommt, den Fahrer des Autos als Geisel zu nehmen, weil er fürchtet verraten zu werden."

Etwas stimmt nicht, denkt Anna, er plant etwas, das er nicht offenlegt. Aber wenn er mir den Hubschrauber besorgt, soll mir egal sein, was er sonst noch vorhat. Hauptsache ich kriege Sara aus der Hand der Rebellen.

Eine Woche später kommt endlich das lang ersehnte Fax der Bank. Das Geld wird auf das Konto des Hotels angewiesen. Doch dann dauert es erneut mehrere Tage, bis der Eingang tatsächlich auf dem Konto gutgeschrieben wird. Als der Alte unter den misstrauischen Augen des Filialleiters die fünfhunderttausend Euro abhebt und in einer abgeschabten, unauffälligen Tasche verstaut, ist Anna dabei.

Zurück im Hotel holt der Alte eine alte Flasche Cognac aus dem Versteck und schenkt ihnen zwei Gläser ein.

„Sie trinken nicht, haben Sie gesagt", sagt Anna.

„Zur Feier des Tages. Ich habe schon nicht mehr damit gerechnet, dass es klappen könnte. Jetzt bin ich sehr erleichtert."

„Ich auch."

„Aber es ist nur der erste Schritt", bringt er sie auf den Boden der Realität zurück. „Rufen Sie den Major an, er muss sich beeilen, sie sind über der mit Youssuf vereinbarten Zeit."

„Glauben Sie, dass sich jeder an die Absprachen hält?"

„Glauben? - Wir haben keine Wahl."

10

Zurück im Lager der Rebellen, wird Anna längs erwartet. Sie brauche Zeit, um alles zu regeln, hat sie den Fahrer des Autos, mit dem er sie zurückbrachte, entlassen. Er nickte nur, als hätte er nichts anderes erwartet, und verlässt umgehend das Lager.

Die anfängliche Abneigung der Dorfbewohner ist gewichen, seit Sara und der Lehrer in der Gemeinschaft blieben, während Anna verschwand. Und jetzt, da sie zurückgekehrt ist, sind alle überzeugt, dass die beiden Frauen auf ihrer Seite stehen. Die Kinder umringen Anna und begleiten sie mit viel Geschrei zum Haus des Anführers. Sie wollen ihr helfen, die Tasche zu tragen, doch Anna weist sie freundlich ab. Nach einer ausführlichen Begrüßung, die Youssuf wie einen persönlichen Triumph zelebriert, bittet er Anna in seine Hütte.

„Sie sind spät dran, Anna, aber es scheint alles glatt gelaufen zu sein. Etwas zu glatt für mein Gefühl, aber warum nicht. Es war ein gewagter Plan, und eigentlich dachte ich, Sie würden nicht zurückkommen. Jetzt bin ich froh, dass Sie wieder hier sind. Wir haben Ihre glückliche Hand vermisst. In Ihrer Abwesenheit habe ich drei Männer verloren."

Anna vermeidet darauf einzugehen. Er tut nur so, denkt sie, wir sind keine Freunde. Es ist erst vorbei, wenn ich mit Anna wieder in Azemmour bin.

Sie bläst die Luft durch die Nase, um Druck abzulassen, und setzt sich auf das Lederkissen, das er ihr anbietet. Die Tasche mit dem Geld behält sie schützend auf dem Schoß. „Dann wollen wir mal", sagt sie mit belegter Stimme. „Das Militär kennt anscheinend unseren Aufenthalt. Von mir haben sie nichts erfahren, ich hätte gar nicht gewusst, wie ich unsere Position verraten könnte. Ein paar Lehmhütten mitten in der Sahara, am Fuß eines Felsmassivs, reicht wohl kaum für eine Beschreibung. Also gibt es in Ihrer Mannschaft wohl einen Informanten, der sie auf dem Laufenden hält. Sie sollten die Telefone einsammeln und die Nachrichten überprüfen."

„Das wird nicht nötig sein", sagt der Anführer entspannt. „In ein paar Tagen sind wir hier weg. Wir hätten das Lager längst gewechselt, aber ich vertraute darauf, dass Sie kommen würden. Vielleicht hat auch das Vertrauen des Lehrers in Sie geholfen", sagt er mit einem feinen Lächeln.
„Und, haben Sie das Geld?"
„Ja, es ist in der Tasche, aber zuerst möchte ich Sara sehen. Wo ist sie? Ich hatte gehofft, sie bereits bei meiner Ankunft auf dem Marktplatz zu treffen."
„Glauben Sie wirklich, wir könnten ihr etwas antun?", fragt er mit hochgezogenen Augenbrauen. „Sara ist hier sicher, aber Sie wollte uns verlassen, als die Hoffnung schwand, Sie wiederzusehen. Einmal ging sie in die Wüste, der Lehrer brachte sie zurück, sonst wäre sie längst da draußen verdurstet. Sie hätten uns eine Nachricht schicken sollen."
Warum erwähnt er, dass Sara bei ihm sicher ist, denkt Anna. Glaubt er, sie könnte bei ihm bleiben? Eine von mehreren Frauen, die ihm zu Diensten sind? „Wie hätte ich das tun können? In Azemmour merkte ich, dass ich mich in einem Spiel befand, dessen Regeln ich nicht kannte. Noch dazu in einem Land, das mir völlig fremd ist. Jeder Schritt in die falsche Richtung hätte meinen und Saras Tod bedeuten können."
„Es ist gut, entspannen Sie sich. Hier sind Sie sicher. Wir wussten immer, wie es um Sie steht."
Wie verlogen er ist, denkt Anna, für ihn gibt es nur Erfüllungsgehilfen. Es ist nicht allein die Wüste, die ihn zu dem gemacht hat, was er ist. Das Morden steckt tief in ihm drin. Sara wollte ihn töten während er schlief. Sie wollte sich umbringen, aus Verzweiflung, dass sie es nicht übers Herz brachte. Und er denkt, sie könnte bei ihm bleiben.
Auf einmal fühlt sie sich nur noch müde und schlapp, bereit alles hängen zu lassen, alles zu akzeptieren, was er von ihr verlangt. Sie fragt sich, wie lange sie noch durchhält, bis er ihr die Tasche entreißt, und sie ihrem Schicksal überlässt. Doch er tut nichts dergleichen, sieht sie nur an, als suche er nach dem Grund ihres Zögerns.
„Geld", sagt er schließlich mit ausgestreckter Hand.

„Hier", sie reicht ihm die Tasche, doch bevor er sie ergreifen kann, zieht sie zurück und presst die Tasche an die Brust, als wäre sie ihre Versicherung am Leben zu bleiben. „Ich vertraue auf Ihr Wort, uns gehen zu lassen. - Wir brauchen den Lehrer als Schutz, allein sind wir in der Wüste verloren", presst sie hervor, während sie Youssuf misstrauisch beäugt. „Und Sara soll endlich kommen, ich will sie sehen."

„Nur mit der Ruhe, Sara geht es gut. Und den Lehrer, warum ihn? Er ist ein Sklave, er kommt aus dem Senegal, dort gibt es keine Wüste. Wie soll er sich allein mit zwei weißen Frauen in dieser unwirtlichen Gegend zurechtfinden?"

„Er ist ein gebildeter Mann, den ihr gekapert habt, genau wie Sara und mich. Ihr behandelt uns, als wären wir Vieh, über das ihr nach Gutdünken verfügen könnt. Er hat überlebt, weil er gelernt hat in der Wüste zu existieren, und mit Menschen wie Ihnen umzugehen. Er kann uns beschützen. Zwei Frauen, allein in einem Land, wo Frauen keinen Wert haben, sind verloren. - Wer hat ihnen eigentlich verraten, dass ich den Enkel des Alten vom Hotel behandeln würde?"

„Der Alte selbst, er ist einer von uns. Trotzdem traue ich ihm nicht über den Weg. Er war einmal sehr reich, bis ihn die Krone enteignete. Er ist ein Sahraoui, wie ich, und wird es den Marokkanern nie verzeihen, dass sie ihn enteignet haben. Seinen Hass hat er an uns weitergegeben, an mich, seinen Sohn, seinen Enkel. Er hat uns vergiftet, weil er weiß, wie stark die andere Seite ist. Deshalb schaukelt er gerne, steht mit einem Bein auf Seiten der Regierung, mit dem anderen bei uns Rebellen, oder wer immer ihm einen Vorteil bietet. Irgendeiner wird ihn umbringen, wenn er sich zu sehr geprellt fühlt. Noch ist er für uns eine nützliche Quelle, die schnell versiegen kann."

„Wer seid ihr? Ihr bekriegt euch gegenseitig, dabei sitzt ihr alle gemeinsam in einem großen, menschenleeren Sandkasten. Vielleicht verhaltet ihr euch deshalb wie kleine Kinder, die sich das Spielzeug neiden und mit den Fäusten auf einander losschlagen. Nur sind es zunehmend die Kalaschnikows, die die Spielregeln bestimmen, bis ihr euch alle umgebracht habt."

Youssuf zuckt nur abschätzig mit den Schultern. „Wie lange sind Sie jetzt schon hier, zwei, drei Wochen, Monate? Kapiert haben Sie aber gar nichts. - Marokko spielt falsch. Jeder in der Sahara spielt falsch. Vielleicht hat es mit den unwirtlichen Bedingungen zu tun, wo man nicht lange überlebt, wenn man seinem Gegenüber zu viel Vertrauen schenkt. Der König hat uns die Unabhängigkeit versprochen, dabei hat er nur auf Zeit gespielt. Er hat uns das Land genommen, weil er das Kobalt wollte. Er dachte wohl, dass sich die Polisario nicht auf Dauer halten kann, aber er hat sich getäuscht. Unsere Brüder in Algerien lassen uns nicht fallen. Sie wollen nicht, dass Marokko die ganze Region übernimmt. - Du denkst, wir wären eine undisziplinierte Räuberbande, das stimmt nur halb. Wir sehen uns als Nachkommen der Tuareg, denen gehört dieser Teil der Sahara seit Jahrhunderten. Ihre Karawanen haben Städten wie Timbuktu Reichtum gebracht, wir wollen keinen allmächtigen Herrscher im fernen Rabatt."

„Und Lösegeld eintreiben, das finden Sie normal?"

„Was hast du gedacht, ihr wart eine leichte Beute? Leichter als mancher Konvoi, den die Schlepper durch die Wüste schleusen. Meist sind sie bewaffnet, und manchmal schießen sie zurück, wie die, die den Lehrer gefangen hielten. Als wir ihn befreiten, hatte er kein Geld mehr, sie hätten ihn sowieso in der Wüste zurückgelassen, nachdem sie alles hatten, was sie wollten. Wenige, die sich mit hehren Ideen nach Europa aufmachen, erreichen je ihr Ziel." Youssuf schnalzt verächtlich mit der Zunge, und wechselt abrupt das Thema. „Aber alle Achtung, du bist hier. Eigentlich dachte ich, du kämst nie wieder", wiederholt er sich. „Den Versuch war es aber Wert. Wir wissen, dass du mit Abdelachem gesprochen hast. Wir mögen ihn nicht besonders, ein mieser, verschlagener Mann. Der Alte sollte einen verlässlichen Mann besorgen, der hält, was er verspricht. Es ist ihm anscheinend nicht gelungen. Abdelachem ist korrupt und hält uns für Banditen, je nachdem, was ihm am meisten nützt. Manchmal sind wir auch Soldaten, Driss zum Beispiel, den hat er rekrutiert, weil er glaubt, ihn benützen zu können. Dass Driss einige seiner Leute erschossen hat, spielt jetzt keine Rolle mehr."

„Soldaten", sagt Anna verächtlich. „Driss hat Sara vergewaltigt."

„Er wäre dafür erschossen worden, hätte ihn nicht jemand befreit. Er war ein Freund, wir haben zusammen gekämpft. Wegen einer Frau hätte ich ihn erschossen, ist das nichts. Für eine Weile hatte ich sogar dich in Verdacht, dass du ihm geholfen hast, in die Wüste zu entkommen."

„Warum hätte ich das tun sollen?"

„Um mir zu schaden."

„Was für ein Unsinn. Außerdem hätten Sie Driss nicht wegen Sara erschossen, sondern weil er ihre Autorität untergraben hat. Glauben Sie, dass irgendjemand das anders sieht? Sollten Sie je gefasst werden, werden Sie vor Gericht gestellt. Nicht vor ein Militärgericht, wie sie es gerne hätten, sondern vor ein Ziviles, das Sie zum Tod durch den Strang verurteilen wird."

„Was du nicht sagst. Sie werden mich nicht fangen, und sie werden mich nicht vor Gericht stellen, egal welches", sagt er bestimmt und nickt zur Bestätigung. - „Gib her, wir haben genug geredet." Mit ausgestreckter Hand fordert er die Tasche mit dem Geld.

Ich muss mich beherrschen, denkt Anna, die Sache ist noch nicht zu Ende. „Es ist nicht genau die Summe, die Sie erwarten. Der Alte hat einen Teil abgezwackt und dem Major gegeben, sonst hätte er mich nicht gehen lassen."

„Das weiß ich. Warum glaubst du, haben wir deinen Fahrer nicht getötet? Meine Männer wollten es tun, weil sie glaubten, dass er ein Spion sei, der unseren Aufenthalt verraten würde. Aber ich habe sie daran gehindert, weil wir längst weg sein werden, wenn er wieder in Samara ist. Hast du wirklich geglaubt, dass du in unser Land kommen kannst, und innerhalb weniger Wochen bist du in der Lage das Dickicht an falschen Versprechungen und Betrügereien zu durchschauen? Hier geht es um viel mehr, als die paar hunderttausend Euro, die du in deiner Tasche hast."

Anna ist auf einmal hellwach. Sie fühlt sich verschaukelt und ist bereit sich zu wehren. „Um was geht es dann, Youssuf?"

„Schau auf die Landkarte, dann siehst du es. Algerien will nicht, dass Marokko zu stark wird, deshalb muss es ihm den Zugang zu den Bodenschätzen erschweren. Der König, hat unser Land geraubt und verhätschelt aus den Erlösen sein Militär, weil er zunehmend durch seine eigenen Leute unter Druck gerät. Wer will schon auf Dauer einen Alleinherrscher, die Zeiten sind vorbei, auch hier. Dann gibt es große Konzerne, die endlich ungestört das Kobalt, das Phosphat abbauen wollen. Sie taktieren, unterstützen mal den, mal einen anderen, der ihnen gerade am meisten nützt. Wir sind nur ein verstreuter Haufen Ameisen, in einem brütend heißen Land. Wir verdursten, oder werden zerquetscht, und keiner nimmt es zur Kenntnis."

„Das heißt, die ganze Scharade mit mir, dem Geld, war nur ein Ablenkungsmanöver. Aber von was?"

„Ich wollte großzügig sein, sehen, was du leisten kannst. Und jetzt freue ich mich über das Taschengeld. Gib endlich her."

„Wo ist Sara?", lässt Anna nicht locker und presst die Tasche enger an ihre Brust.

„Gib mir das Geld, ich will es sehen", schreit Youssuf, dessen Fassade zu bröckeln beginnt.

„Gib es ihm, Anna", sagt Sara, die leise in die Hütte getreten ist. „Ich will nicht, dass er durchdreht und dir weh tut. Es reicht, was sie mir angetan haben."

„Siehst du, Sara ist vernünftig", zischt Youssuf, und will die Tasche mit dem Geld an sich reißen.

In dem Moment hören sie den dumpfen Schlag von Rotorblättern in der Luft, und gleich darauf das Rattern einer Bordkanone.

Youssuf springt auf, packt seine Kalaschnikow und rennt aus der Hütte.

Draußen ist Chaos ausgebrochen. Mehrere Hubschrauber feuern mit allem was sie haben ins Dorf. Die Männer, die sich im Freien befinden, werden getötet, bevor sie ihre Waffen erreichen können. Nach einem zweiten Überflug drehen die Maschinen bei und verschwinden hinter dem Felsmassiv am Rand des Dorfs.

Anna und Sara haben den Angriff im Schutz der Hütte überlebt. Sie warten ab, bis das Fluchen und Schreien der Männer in ein schrilles Wehklagen der Frauen übergeht. „Das hatte ich erwartet", stammelt Anna entsetzt, als sie voller Horror auf die zerfetzten Körper blickt. „Aber nicht so schnell", bringt sie den Satz zu Ende.

„Woher wussten sie, wo wir sind?", fragt Sara.

„Wahrscheinlich habe ich sie hierhergeführt. Sie brauchten mir nur einen Peilsender in die Geldtasche schmuggeln. Ich habe es geprüft, aber ich fand nichts. Aber dem Alten traue ich alles zu, irgendwo muss der Sender versteckt sein. Vermutlich hat sich der Alte mit dem schmierigen Major auf einen billigen Deal geeinigt, warum sonst hätte mein Rücktransport so glatt geklappt", sagt sie mehr zu sich selbst. „Wie Youssuf sagte, der Alte schaukelt zwischen den Parteien, und anscheinend hat er sich jetzt für das Militär entschieden."

„Und wir?"

„Wir sind ihnen egal, Bauern in einem undurchschaubaren Spiel. Wenn wir mit drauf gehen, kräht kein Hahn nach uns. Zwei Touristinnen, einfach in den Weiten der Wüste verschwunden. Es würde mich nicht wundern, wenn der Alte einen Teil des Geldes für sich behalten hat, bevor er mir die Tasche aushändigte. Der Mann am Bankschalter hat keinen Mucks getan, als er das Geld, vorab gebündelt, in die Tasche steckte. Was weiß ich, was die beiden ausgekocht haben, alles ging viel zu glatt. Und ich Esel war dabei, gab dem ganzen einen Anstrich von Legitimität und habe nicht einmal nachgezählt. Jetzt, wenn Youssuf merkt, dass er ausgetrickst wurde, kann es immer noch ziemlich unangenehm für uns werden. Wo ist er überhaupt."

„Bei den Männern vermutlich."

„Bitte sieh nach. Ich kümmere mich inzwischen um die Verwundeten. Hoffentlich ist der Lehrer nicht unter ihnen."

Kreischende Frauen knien neben toten und verwundeten Männern, und raufen sich die Haare. Andere rennen hysterisch schreiend durchs Dorf, als suchten sie etwas.

Im Schatten, den Rücken an die Mauer einer Hütte gelehnt, finden sie Youssuf. Eine Hand presst den Bauch. Blut färbt die Kleider rot. Der Lehrer kniet neben ihm. Er steht auf und umarmt Sara, etwas, das er zuvor noch nie getan hat. „Ihr lebt", sagt er erleichtert.

„Und Youssuf?", fragt Sara.

„Er ist verwundet, aber ansprechbar."

„Sara, bitte setz dich zu mir", sagt Youssuf, als er Saras Stimme vernimmt. Er stöhnt und reicht ihr die Hand. Sand, mit Blut vermengt, klebt an ihr, als hätte er versucht, sich im Schmerz in den Boden zu krallen. Seine Dschelaba ist blutgetränkt.

„Lass mich sehen", sagt Sara, und kniet sich neben ihn. Unter seinem Körper hat sich der Sand blutrot verfärbt. „Das sieht ernst aus", sagt sie zu Anna. „Es ist wohl besser, du kümmerst dich um ihn."

„Warum sollte ich, damit er uns umbringen kann?", zischt Anna gehässig.

„Damit es dich nicht für den Rest deines Lebens verfolgt. Denk an Alban und den Janjaweed, den er einfach verbluten ließ. Willst du, dass dir dasselbe passiert?"

„Es war eine andere Situation."

„Nein. Youssuf braucht deine Hilfe, egal, was er getan hat."

„Interessant, wie du dich für ihn einsetzt. Was ist passiert, während ich weg war?", registriert Anna verwundert, wie sich die Beziehung zwischen den beiden verändert hat. Sie sieht, wie Youssuf Saras Hand umklammert und sie ihm Mut zuspricht, wie einem Kind, das es zu trösten gilt.

„Nichts. Bitte sieh nach, wie stark er verletzt ist." Sara denkt an die Tage und Wochen während Anna in Azemmour war. Als ihr klar wurde, dass ihr Leben, so wie sie es gewohnt war, geendet hatte. Als sie begann sich vorzustellen, dass sie und Youssuf nicht zwingend in zwei gegnerischen Lagern leben mussten. Wo sie nicht darauf lauerten, dass einer weint oder jubiliert, um ihn darauf mit Vorwürfen zu überhäufen. In solchen Momenten gehörten sie beide einem Lager an, das nicht existierte. Einem Lager in dem sich Nachsicht gegenüber der Gewalt und Mitleid mit den Mördern und den Ermordeten mischten. Alle Gefühle, die sich in ihnen regten, erschienen ihnen wie Verrat, und sie verschwiegen sie lieber. Sie waren Opfer und Henker zugleich, Kameraden und Gegner, zwei hybride Wesen, die nicht benennen konnten, wem ihre Loyalität galt.

Mit einem Ruck kehrt Sara in die Gegenwart zurück. Sie entzieht Youssuf ihre Hand und hilft ihm, sich aufzurichten.

„Sie will nicht mit Ihnen zurückkehren, in ein Land, das ihr nichts bedeutet", stöhnt Youssuf.

„Um mit Ihnen ein Leben auf der Flucht zu verbringen, falls Sie das hier überleben", fragt Anna höhnisch.

„Anna, bitte", fleht Sara.

„Lass sie, ich schaffe es auch ohne ihre Hilfe." Youssuf versucht aufzustehen, doch er ist bereits zu schwach. „Es wäre nicht die erste Verwundung, die ich ohne einen Arzt überstanden habe." Mit einer herrischen Bewegung befiehlt er einem seiner Leute, der stumm die Szene beobachtet hat, die Geldtasche zu holen.

Der Mann stellt die Tasche neben ihn, öffnet sie, und als Youssuf die Bündel Banknoten sieht, stiehlt sich ein zufriedenes Grinsen auf sein Gesicht. Wie ein Priester, der vor seiner versammelten Kongregation die Monstranz enthüllt, nimmt er ein Bündel nach dem anderen heraus und zeigt es seinen Leuten.

Auf einmal hören sie wieder das Wummern eines Hubschraubers, noch verborgen zwischen den Felsen. „In Deckung", schreit Youssuf. „Sie kommen zurück. Helft mir auf."

Doch keiner kümmern sich mehr um ihn. In Panik suchen die Leute Schutz, wo immer sie ihn finden können. Nur der Lehrer hilft Youssuf auf die Beine. Gleichzeitig schiebt er Anna mit dem Fuß die Geldtasche zu. „Lauft", schreit er, und weist in Richtung einer Hütte.

Wie ein überdimensioniertes Insekt schießt der Hubschrauber hinter der Felswand hervor und bleibt über dem Dorfplatz in der Luft stehen. In einer Wolke aus Staub und Steinen seilen sich Männer ab und schießen, noch bevor sie den Boden erreicht haben, auf alles, was sich bewegt. Die

Truppe sichert den Landeplatz, dann springt Major Abdelachem aus dem Hubschrauber.

Inzwischen erreicht Anna Youssufs Hütte. Als der Pilot den Motor abstellt, hört sie die Schreie der Verwundeten, doch sie kann ihnen nicht helfen. Sie nimmt das Geld aus der Tasche und stopft es in einen Tontopf. Instinktiv beschwert sie die leere Tasche mit Steinen und wirft ein paar Scheine als Abdeckung darüber.

Draußen ist Abdelachem zum Lehrer gegangen, der Youssuf wieder an die Wand gebettet hat. Sara sitzt neben ihm, Youssufs Kopf an ihre Schulter gelehnt.

„Ihr habt geglaubt, wir lassen euch in Ruhe. Ließen euch morden und rauben, wie es euch gefällt", sagt der Major, mit selbstgerechtem Grinsen. „Das war ein Irrtum. Lebt er noch?" Mit der Pistole deutet er auf Youssuf.

„Er ist verwundet", sagt Sara.

„Schade, ich hatte gehofft, er wäre tot. Es hätte mir einige Komplikationen erspart. Aber das lässt sich ja alles auch ändern."

„Wie haben Sie uns gefunden?", fragt Youssuf unter Stöhnen.

„Anna, so heißt sie doch, die Ärztin, erwies sich als wunderbarer Lockvogel. Dachtest du wirklich, wir schicken sie mit dem Geld zurück, ohne immer genau zu wissen, wo sie sich gerade befindet."

Youssuf ächzt hilflos, doch er ist längst zu schwach, um sich zu wehren. „Aber Abdeslam…", sagt er, bevor er ohnmächtig wird.

„Hat gedacht, er könne mich bestechen, und die Regeln bestimmen. Er hat sich getäuscht", komplettiert der Major die Frage.

Er prüft kurz das Magazin seiner Pistole, nickt, und schießt Youssuf in den Kopf. „Ich hasse Komplikationen", murmelt er. „Sie also sind Annas Freundin", sagt er zu Sara. „Ich wollte sie nicht erschrecken, aber sie hätten sich nicht einmischen sollen. Legen Sie ihn ab, dann können Sie gehen."

„Warum haben Sie das getan?", stammelt Sara.

„Er hat meine Leute getötet. Wir töten ihn, so sind die Regeln. Wo ist Anna?"

„Hier", sagt sie, und tritt aus dem Schatten der Hütte. „Sie haben Youssuf Point blank erschossen, ich habe es gesehen. Er konnte sich nicht wehren, es war glatter Mord. Sie werden sich verantworten müssen."

Der Major grinst nur verächtlich und betrachtet den leblosen Körper Youssufs, als wolle er ihm noch einen Tritt verpassen. „Er war ein Hund, der sie gekidnappt hat. Er hätte Sie und ihre Freundin erschossen, nachdem er das Geld in Händen hielt. Das ist Ihnen doch hoffentlich klar."

„Nein, das hätte er nicht", sagt Sara bestimmt. „Sie haben ihn kaltblütig ermordet."

„Oh, was für formidable Gegner. Zwei Frauen gegen einen Mann, wie kann ich da gewinnen", lacht der Major laut auf. Er dreht sich wie ein Schauspieler auf der Bühne, als erwarte er Applaus, doch er ist hellwach, den Lehrer lässt er keinen Moment aus den Augen. „Trotzdem, wenn Sie wollen, bringen wir sie zurück nach Azemmour, dort wartet der Alte bestimmt längst auf Sie. Aber jetzt hätte ich gerne das Geld. Wo ist es?", fragt er Anna.

„Wie soll ich das wissen. Ich habe es längst Youssuf übergeben."

Der Major geht einen Schritt auf Anna zu, sein Körper spannt sich als wolle er sie anspringen. Alle gespielte Überheblichkeit fällt von ihm ab, als er mit kaum gezügelter Wut sagt: „Willst du mich verschaukeln? Glaubst du, ich hätte nicht gesehen, wie dir der Typ", mit der Pistole weist er auf den Lehrer, „die Tasche mit dem Geld zugeschoben hat? Ihr haltet mich wohl für bekloppt."

„Ich habe das Geld in Youssufs Haus gebracht und dort einem seiner Leute übergeben. Das Geld gehört den Rebellen, so war es vereinbart. Sie sind es, der sich nicht an die Regeln hält", lässt sich Anna nicht beirren.

„Regeln? Was für Regeln. Ich bestimme die Regeln, oder habt ihr das noch nicht bemerkt. Das Geld ist konfisziert, es ist Kriegsbeute, die ich in der Wüste gefunden habe. Also gehört es mir, so sind die Regeln."

„Anna, bitte gib ihm die Tasche. Der Mann ist unberechenbar. Ich will nicht, dass er uns auch noch erschießt", sagt Sara.

„Oh, was für ein vernünftiges Mädchen. Ist es das, was Sie so lange bei den Rebellen gehalten hat. Die Bereitschaft zum Ausgleich? Jeder kriegt ein bisschen etwas ab?"

Sara legt Youssufs Leichnam zur Seite und steht auf. Sie wendet sich ab und will gehen, bleibt aber, und sagt auf Deutsch zu Anna: „Bitte gib ihm das Geld, soll er doch daran ersticken."

„Wo ist es?", schreit der Major.

„In Youssufs Haus. Ich hole es, wenn es der Mann, dem ich es übergab, nicht woanders hingebracht hat. Aber Sie werden sich verantworten müssen", sagt Anna voller Verachtung.

„Natürlich, fragt sich nur vor wem. Gehen Sie endlich. Ich bleibe hier, ich will nicht, dass mich jemand in den Rücken schießt", sagt er bedeutungsvoll in Richtung Lehrer.

Als Anna mit der Tasche zurückkommt, will sie ihm das Geld geben, doch der Major lehnt ab. Mit einer herrischen Bewegung weist er einen seiner Soldaten an, die Tasche zum Hubschrauber zu tragen. Schließlich fragt er eher widerwillig: „Wollen Sie nun mit uns zurückfliegen, oder haben Sie es sich anders überlegt? Sie haben immer noch die Wahl. In Azemmour können sie mich ja dann verklagen, fragt sich nur, wer ihnen glauben wird."

„Nein, wir bleiben hier, ich muss die Verwundeten versorgen. Wir schaffen es auch alleine zurück", sagt Anna, ohne einen Moment zu überlegen.

„Wie Sie wollen." Er dreht sich um und gibt ein paar Anweisungen an seine Soldaten, die darauf beginnen die Reste des Lagers abzufackeln. Bevor der Major in den Hubschrauber steigt, geht er zum Lehrer und redet lange auf ihn ein. Dann kommt er noch einmal zu den beiden Frauen.

„Wir lassen Ihnen ein Auto, den Rest der Ausrüstung haben wir vernichtet. Der Lehrer bleibt bei Ihnen, hat er gesagt. Es ist seine Entscheidung", mit einem Achselzucken wendet er sich ab, und sagt über die Schulter: „Geben Sie acht auf Ihrer Rückreise, es gibt viele Banditen in dieser Gegend."

11

„Warum hast du Abdelachems Angebot nicht angenommen", fragt Sara, nachdem der Hubschrauber abgehoben hat.

„Ich habe hier noch etwas zu tun", weist Anna auf die verwundeten Männer. „Den Lehrer hätte er sowieso nicht mitgenommen. Irgendetwas läuft zwischen den beiden. Hast du gesehen, wie sie miteinander getuschelt haben? Woher kennen die sich überhaupt?" fragt sie ins Leere, als wüsste Sara Bescheid. „Und außerdem, wer weiß, was mit uns auf der Strecke passiert wäre. Ich habe dem Schleimer noch nie getraut, und als er sagte, er hasse Komplikationen, war mir klar, dass er uns nicht einfach gehen lassen würde. Wir beide sind eine einzige Komplikation für Männer wie ihn. Wie soll er erklären, wie er an das Geld kam, wenn wir noch am Leben sind? Leute, die aus Versehen aus dem Hubschrauber fallen, sind tot, verloren in der Wüste. Eine Anklage gibt es dann nicht mehr."

„Warum, glaubst du, hat er uns nicht auch erschossen?", fragt Sara.

„Keine Ahnung, ein Rest Erbarmen vielleicht. Und vielleicht traut er auch seinen eigenen Leuten nicht, irgendein Verräter findet sich immer."

„Erbarmen gibt es nicht in der Wüste", sagt der Lehrer, der sich zu ihnen gesellt hat. „Eine Absprache mit dem Alten in Azemmour, vermutlich, aber das soll uns jetzt nicht kümmern. - Wir brauchen Proviant, Wasser und Benzin, wenn wir am Leben bleiben wollen. Auf die Leute hier können wir nicht mehr zählen. Youssuf ist tot, und die Frauen halten uns sowieso für das Übel, das ihnen all das eingebrockt hat. Vermutlich würden sie uns eher umbringen als unterstützen. Außerdem brauchen sie die Reste des Lagers selbst. Sie müssen woanders neu anfangen, hier kann keiner mehr bleiben."

„Ja, aber zuerst muss ich mich um die Verwundeten kümmern, dann fahren wir. Die Frauen können mir gestohlen bleiben", sagt Anna bestimmt. „Schau bitte nach dem Land Rover, Sékou, dass er auch wirklich fahrbereit ist. Zuzutrauen wäre es dem Major, uns eine Schrottkiste zu überlassen."

„Was war das?", fragt Sara leise, als sie sich zu Anna setzt, die neben Youssufs Leiche kniet. „Ist er tot?"

„Ja. - Was meinst du, dieser Angriff des Militärs, oder das Tuscheln zwischen dem Lehrer und dem Major?"

„Diese Attacke, sie kommt mir so sinnlos vor."

„Ist sie auch, vermutlich ging es gar nicht nur ums. Geld. Auf alle Fälle hätte es so nicht ablaufen sollen. Der Alte in Azemmour hat dem Major einhunderttausend Euro versprochen, wenn er mir einen Hubschrauber stellt, der mich nach Samara bringt. Und der Alte hat auch den Transport von dort ins Lager organisiert. Es schien alles ganz einfach. Aber wahrscheinlich wollte der Major das gesamte Geld, und die Rebellen gleich miterledigen. Ich habe dem Alten geglaubt, als er mir seinen Plan erläuterte. Nicht im Traum konnte ich mir vorstellen, dass er Youssuf dem Militär ausliefern würde, nach allem was er mir über ihn erzählt hat."

„Und was machen wir jetzt?",

„Durchatmen, glücklich, dass wir noch am Leben sind. Bin ich froh, dass der Major die Tasche mit dem Geld gleich dem Soldaten übergeben hat. Vielleicht hat er gedacht, ich hätte zu viel Angst, um ihn auszutricksen. Was für ein Idiot. - Heute Nacht werde ich den Lehrer bitten mit mir zu schlafen", sagt sie völlig unzusammenhängend. „Ich muss wissen, welche Rolle er in dem Ganzen spielt. Das Tuscheln mit dem Major irritiert mich. Außerdem brauche ich einen Beweis, dass ich noch am Leben bin. Ich will seine rauen, geschundenen Hände auf meiner Haut spüren, damit ich weiß, dass ich mehr bin, als eine funktionierende Maschine."

„Du hörst dich ziemlich wirr an."

„Bin ich auch. Als er Youssuf erschoss, dachte ich, wir wären als nächste dran. Auf einen Schuss mehr oder weniger kam es auch nicht mehr an. Kollateralschaden gewissermaßen. Aber wir waren ihm ziemlich egal, Ballast, mit dem er sich nicht weiter herumschlagen wollte. Er wollte nur das Geld, aber ich wollte es ihm partout nicht geben, nach dem bösen Spiel, das er mit uns getrieben hat. Also bin ich mit der Tasche, die mir der Lehrer zuschob, in Youssufs Hütte gerannt, und habe den größten Teil in einem Krug versteckt. Ein paar Scheine und Steine habe ich wieder in die Tasche gelegt, damit sie ähnlich schwer war wie zuvor. Ich möchte sein Gesicht sehen, wenn er die Tasche öffnet", lacht sie laut auf. „Hoffentlich kommt er nicht zurück. Der Mann ist rachsüchtig. Keine Ahnung, was mir alles durch den Kopf ging. Nur eins war mir klar: Ohne Geld würden wir keine Chance haben, jemals zu entkommen."

„Wow, was für ein klarer Verstand", sagt Sékou, zurück vom Land Rover, dabei strahlt er übers ganze Gesicht. „Das Auto lässt sich starten, sieht aus, als wäre es intakt."

Anna nickt, noch gefangen in ihrer überdrehten Gedankenwelt. „Ich möchte, dass du heute Nacht bei mir bleibst. Vielleicht lenkt mich das ab. Willst du das tun?", fragt sie den Lehrer.

Sékou zögert kurz, dann nickt er und fragt: „Und Sara?"

„Die braucht keine Männer mehr, sie hatte genug davon, ohne sich wehren zu können."

„Stimmt, aber ich habe überlebt. Sie konnten mich nicht brechen", wirft Sara ein.

„Du wolltest dich umbringen", sagt der Lehrer.

„Wer hätte es ihr verübeln können", bemerkt Anna. Auf einmal knicken ihre Knie ein, sie fällt zu Boden, als wäre alle Kraft aus ihr entwichen. „Es ist alles meine Schuld, ich bin auf den Trick des Alten hereingefallen", stammelt sie. „Der Enkel hatte eine Schusswunde! Sämtliche Alarmglocken hätten läuten müssen, aber ich habe nicht einmal gefragt, wie es dazu kam. Der Alte muss die ganze Zeit ein doppeltes Spiel betrieben haben." Mit der flachen Hand schlägt sie sich gegen die Stirn, dann richtet sie sich auf und sagt resigniert: „Bitte kratzt einiges an Proviant zusammen, ich sehe inzwischen nach, ob es überhaupt noch etwas für mich zu tun gibt."

Später, als Anna mit offenen Augen neben Sékou liegt und gegen die Decke starrt, fragt sie ohne Übergang: „Du arbeitest mit Abdelachem, habt ihr deshalb so lange miteinander getuschelt? Der Mann ist ein Verbrecher und Mörder. Er hat Youssuf vor unseren Augen erschossen. Wie kannst du …!"

„Ich habe ihm gesagt, dass ich nicht mit ihm zurückfliegen werde. Er wollte mich umstimmen. Wie kommst du darauf, dass ich mit ihm arbeite?"

„Abdelachem hat schon in Azemmour geprahlt, dass es einen Mann im Lager gibt, dem er vertrauen könne. Ich habe nichts darauf gegeben, dachte, es wäre nur eine weitere Lüge, um mich zu verwirren. - Warum hast du die Seiten gewechselt? Du bist ein Poet, ein Mann der Bücher, den es nach Timbuktu zieht."

„Genau deshalb. Irgendwie musste ich Youssufs Truppe hinter mir lassen. Driss brachte mich darauf. Ein Köder womöglich, um mich von Youssuf loszueisen, aber ich hatte längst mit dem Gedanken gespielt. Und dann kamt ihr beide ins Lager, das hat einiges geändert. - Und was hat Abdelachem noch über mich gesagt?"

„Dass du genug hättest vom Gutsein. Dass du dich entscheiden müsstest, auf welcher Seite du kämpfst."

„Wahrscheinlich hatte er Recht. Aber jetzt will ich nicht mehr kämpfen."

„Wahrscheinlich? - Du bist ein durch und durch guter Mensch, ich kann das beurteilen. Willst du immer noch die Seiten wechseln, nachdem er vor deinen Augen den Freund erschossen hat?"

„Ich weiß es noch nicht. Für mich gibt es keine Seite, die mich so akzeptiert, wie und was ich bin. Nicht hier in der Wüste. Hier wollen alle nur, dass ich ihre schmutzigen Jobs für sie erledige. - Egal, zuerst werde ich euch beide in Sicherheit bringen, dann kann ich immer noch entscheiden. - Heute sehe ich die Welt, wie sie ist, durch und durch verrottet. Jeder nur seinem eigenen Vorteil verpflichtet. Ich weiß jetzt, wie es läuft. Die mit den Waffen haben alle Freiheiten, und ich habe das Gesetz, und meinen Verstand, der mich eher verwirrt. Aber das Gesetz ist fern, versteckt sich hinter Grenzen und gilt bestenfalls hinter den Mauern der Städte. Hier in der Wüste gilt nur das Gesetz der Stärke, so war es immer. - Auf dem Weg hierher überquerte ich den Fluss Senegal. Ein großer Fluss, aber nichts im

Vergleich zum Niger. Ein mächtiger Strom in einer großen afrikanischen Nation, dachte ich. Ich war stolz, aber dass derselbe Strom auch unser Land teilt, in Muslime im Norden und Christen im Süden, kam mir damals gar nicht in den Sinn." Anna richtet sich auf, ihre Brustwarzen vor Augen atmet er den Duft ihrer Haut. „Interessiert dich überhaupt, was ich sage? Du hast noch nie geantwortet, wenn ich dir aus meiner Welt erzählt habe", fragt er.

Anna steht auf und schlüpft in ihre Kleider. „Wie könnte ich? Deine Welt, was ist das? Ich verstehe sie nicht. Und jetzt verstehe ich auch dich nicht mehr. Du wolltest nach Europa, hast du gesagt. Ich habe überlegt, wie ich dir dabei helfen könnte, aber jetzt willst du hierbleiben. Ein Leben als Räuber. Ich kann damit nichts anfangen. Ich bin Ärztin, ich gehöre in eine Umgebung, in der die Dinge funktionieren. Wo es Strom und fließendes Wasser gibt. Wo man sich verlassen kann auf den Anderen, auf das, was er verspricht. Nicht wie bei dem Alten im Hotel, oder Abdelachem, der eine Uniform trägt, aber eigentlich nicht anders ist, als die, die er bekriegt. - Warum bist du nicht mitgeflogen, wenn ihr euch einig wart."

Auch Sékou richtet sich auf. Er setzt sich nackt an die Bettkante und scheint zu überlegen, ob er Anna die Wahrheit sagen soll. „Er hat gemerkt, dass ich noch nicht soweit war. Er wollte, dass ich euch beide allein in der Wüste zurücklasse, aber das konnte ich nicht. Ich werde euch nach Azemmour bringen, wie es Youssuf wollte. Wenn ich weiß, dass ihr dort sicher seid, kann ich immer noch entscheiden, was ich mache. Abdelachem gab mir seine Telefonnummer, ich soll anrufen, wenn ich bereit bin. Aber vermutlich geht das jetzt nicht mehr, wenn er merkt, wie du ihn ausgetrickst hast", sagt er, wobei ein Lächeln auf sein Gesicht kriecht. „Er wird denken, ich hätte mit euch kooperiert. Dass du instinktiv gehandelt hast, um am Leben zu bleiben, wird er nicht glauben wollen. Schon gar nicht, dass er von einer Frau ausmanövriert wurde. Also werde ich mich wohl allein durchschlagen müssen."

„Wir nehmen dich mit nach Europa. Nach allem, was wir gemeinsam erlebt haben, kann ich mir nicht vorstellen, dass sie dich abweisen."

„Danke, aber ich glaube, ich gehöre jetzt hierher. Und irgendwann werde ich in den Senegal zurückkehren."

„Bist du dir sicher?", fragt Sara, die sich dazu gesellt hat. Sékous Nacktheit scheint sie nicht zu interessieren.

„Es wächst noch in mir. Kein Heimweh, eher so eine Gewissheit, wo ich hingehöre. Ich liebe das Meer, Dakar ist eine weltoffene Stadt. Unsere Strände sind voller Fischerboote. Ich dachte, die Überfahrt nach den Inseln würde mir keine Angst machen, aber die Angst kam hier in der Wüste. Sie steckt in diesem Meer aus Sand. Sie zwang mich ein anderer zu werden. - Unsere Jungs surfen von klein an, nicht anders als die Bilder aus Kalifornien. Wir Senegalesen hätten reich sein können, wie Europa. Wir waren schon einmal reich, bevor die Portugiesen kamen, mit ihren Kanonen und Gewehren."

„Du klingst, als wärst du noch nicht ganz entschlossen", sagt Anna.

„Doch, doch."

„Und Timbuktu?", fragt Sara.

„Das muss noch eine Weile warten."

12

Sie kommen gut voran, doch bald merken sie, dass sie verfolgt werden. „Ein Jeep vermutlich", meint der Lehrer. „Ich sehe die Staubwolke schon eine Weile im Rückspiegel. Anscheinend wissen sie, wo wir hinwollen. Geht eigentlich nur, wenn wir einen Peilsender im Auto haben."

„Versteckt, von Abdelachem? Es wäre ihm zuzutrauen", schüttelt Anna frustriert den Kopf.

„Keine Ahnung", zuckt Sékou mit den Schultern. „Auf alle Fälle haben sie es auf uns abgesehen. Sie bleiben auf Distanz, aber sie fallen auch nicht zurück. Wir müssen anhalten und das Auto absuchen."

„Was wollen sie noch von uns?", fragt Sara entsetzt.

„Das werden wir bald sehen", sagt Sékou bestimmt. „Abschütteln geht nicht, wenn meine Vermutung mit dem Sender stimmt. Am besten, wir übernachten hier und lassen sie kommen." Mit ausgestrecktem Arm weist er auf einen niedrigen Bergrücken, an dessen Fuß große Felsbrocken in der untergehenden Sonne brüten. „Hier könnt ihr euch verstecken, während ich auf sie warte."

„Warum sie?", fragt Anna.

„Keiner in der Wüste fährt allein. Du bist verloren, wenn dir die Achse bricht, oder der Motor den Geist aufgibt, weil er zu viel Sand geschluckt hat. Irgendjemand hat sie auf uns angesetzt. Vielleicht ist es ja auch gut, dass sie kommen, unser Wasser reicht zwar noch eine Weile, aber das Benzin wird knapp. Einen Ersatzkanister habe ich noch nirgends gesehen."

„Es gibt keinen", sagt Sara. „Als hätten sie geplant, dass wir mitten in der Wüste liegen bleiben."

„Ja, sieht ganz so aus. Bitte sucht euch einen bequemen Platz hinter den Felsen dort, und verhaltet euch ruhig, egal was passiert. Ich verwische eure Spuren und richte das Auto her, als würde der Motor streiken. Dann sehen wir mal, was sie wollen."

Er scheint etwas zu wissen, was er uns nicht verrät, denkt Anna. Sie nimmt eine Wasserflasche und folgt Sara in die Felsen, während der

Lehrer die Haube öffnet und am Motor herumstochert, als würde er ihn reparieren.

Kurz darauf hält ein Toyota Pick-up ein paar Meter entfernt. Heraus steigt Driss, während der Fahrer hinter dem Steuer bei laufendem Motor sitzen bleibt.

„Du allein? Wo sind die beiden Frauen?", fragt Driss.

„Ich habe sie vor einiger Zeit abgesetzt. Sie redeten ununterbrochen und waren nur noch lästig. Irgendwie dachte ich schon, dass du es bist. Warum verfolgst du uns?"

„Weil ich dich töten, und die beiden Frauen vergewaltigen werde", lacht Driss gehässig, als bereite ihm allein der Gedanke Vergnügen. „Hast du wirklich geglaubt, Abdelachem lässt euch laufen? Er liebt Katz und Maus Spiele, ich bin die Katze und ihr seid die Mäuse. Er hat mich beauftragt euch zu erledigen, und das werde ich auch tun. Vielleicht, meinte er, könnte doch jemand auf die Idee kommen, die beiden Frauen zu suchen. Deshalb wäre es besser sie verschwänden spurlos in der Wüste. Auf keinen Fall darf irgendeine Spur zu ihm zurückverfolgt werden können. Und jetzt lässt du die Frauen einfach laufen." Driss hat sich in Rage geredet, Zorn hat das Gesicht gerötet, als würde ihm erst jetzt bewusst, wie schwer es wird, wenn nicht gar unmöglich, Abdelachems Auftrag auszuführen. „Wie konntest du, sie gehören mir, ich habe sie gefangen, sie gehören mir", brüllt er dem Lehrer ins Gesicht.

Ein Killer, denkt Sékou, ich hätte ihn in dem Verließ verrotten lassen sollen. „Ich wusste nicht, dass du sie immer noch haben willst. Und Abdelachems Auftrag kannte ich auch nicht. Ich dachte, wen interessieren die beiden überhaupt noch. Der Major hatte das Geld und Youssuf brauchte keine Hilfe mehr. Die beiden haben uns nur Unglück gebracht. Youssuf wollte zwar, dass ich sie nach Azemmour bringe, aber ich habe mich nicht daran gehalten. Du findest sie bestimmt, wenn du unsere Spur zurückverfolgst. Wo sollen sie schon hin, und ihr Wasser reicht nur für ein paar Stunden."

Driss fällt es schwer sich zu zügeln, doch langsam beruhigt er sich. „Ich sollte dich erschießen, von Anfang an habe ich gewusst, was für ein mieser Verräter du bist. Ohne Youssufs Schutz wärst du längst tot. Denkst du, du kannst mich an der Nase herumführen, nur weil du mich damals laufen ließt? Du wusstest, dass die Wüste einem Todesurteil gleichkam."

Youssuf ist sogar im Tod noch ein rotes Tuch für ihn, denkt Sékou. Er ist rachsüchtig, ich muss ihn reizen, dann verliert er vielleicht die Nerven, weil er Menschen hasst, die seine Aggression kalt lässt. Wenn ich ihn dazu bringen kann, einen Fehler zu machen, habe ich eine Chance. „Wie hast du mich überhaupt gefunden?", fragt er ganz ruhig, indem er Driss' Anschuldigungen ignoriert. „Du kennst dich mit Motoren aus, hast du immer behauptet. Meiner spuckt, ich weiß nicht warum. Könntest du mir helfen, vielleicht findest du, was es ist?"

Driss, überrascht von Sékous Gelassenheit, wirkt für einen Moment verunsichert. Dann, als schulde er dem Lehrer doch etwas, bequemt er sich nachzusehen. „Ein Land Rover, den mag ich eigentlich nicht. Meistens hat der Vergaser Sand angesaugt, egal welches Modell."

Er beugt sich über den Motor, dabei stört ihn die über der Schulter hängende Maschinenpistole. Er nimmt sie ab und lehnt sie gegen den Kotflügel. Dann kriecht er tief in den Motorraum, um den Vergaser zu erreichen.

Blitzschnell erkennt Sékou seine Chance. Er reißt die Sicherung der Motorhaube aus der Verankerung und knallte Driss den schweren Deckel mit voller Wucht ins Genick. Driss sackt zusammen und bleibt leblos über dem stotternden Motor liegen. Der Lehrer schnappt sich die Maschinenpistole und feuert sofort auf den Toyota Pick-up. Die Windschutzscheibe birst und der Fahrer kippt tödlich getroffen aus dem Auto. Unter der Leiche färbt sich der Sand blutrot. Als Sékou den leblosen Körper umdreht, ist es keiner aus Youssufs Truppe.

Benzin läuft aus den Einschusslöchern des Tanks, während Sékou zurück zum Land Rover geht, und Driss nach Lebensanzeichen untersucht, doch ihm ist nicht mehr zu helfen. Der Lehrer zieht den leblosen Körper aus dem Motorraum und schleift ihn zu dem Mann am Pick-up. Auf der

Pritsche liegt ein Kanister mit Benzin, die Hälfte davon gießt er über die beiden Leichen, den Rest trägt er zum Land Rover. Er sammelt die Waffen, sämtliche Wasserflaschen, und die Camouflage Jacken der beiden Männer ein, und legt alles in den Land Rover. In Driss' Jacke findet er dessen Telefon, eine Schachtel Zigaretten und ein Feuerzeug. Vor Freude hätte er am liebsten laut aufgeschrien. Jetzt haben wir eine reelle Chance durchzukommen, denkt er. Wir haben Benzin, Wasser und sogar GPS.

Zurück am Pick-up, aus dessen Tank immer noch Benzin rinnt, findet er noch eine Karte der Region im Handschuhfach. Er nimmt sie zu sich und zündet das Autowrack an. Das Feuer schießt hoch, springt auf die beiden Leichen über und lässt das im Tank verbliebene Benzin explodieren. Schließlich verpestet nur noch der Rauch der brennenden Reifen die Luft.

Nachdem der Lehrer sicher ist, dass keine weitere Explosionsgefahr besteht, ruft er nach den beiden Frauen, doch nichts rührt sich. Er macht sich auf die Suche nach ihnen, und findet sie kauernd hinter einem riesigen Felsbrocken.

Als sie Sékou erkennt, schluchzt Sara auf, geht ein paar Schritte auf ihn zu, und umarmt ihn. „Wir dachten du wärst tot. Es gab Schüsse und eine Explosion, dann stieg schwarzer Rauch auf. Als jemand rief, dachten wir, dass du es nicht sein kannst. Die Schüsse, die Explosion, du hattest ja keine Waffe." Dabei bemerkt sie die Maschinenpistole über Sékous Schulter. „Woher hast du sie? Hast du unsere Verfolger getötet?"

„Ja."

„Ist sie von denen?", fragt Anna, und deutet auf die Maschinenpistole.

„Gleich, ich erkläre euch alles am Auto. Für eine Weile sind wir jetzt sicher."

Zurück beim Auto setzen sie sich in den Schatten des Land Rovers und sehen zu, wie das Feuer des Pick-up ausbrennt, bis nur noch ein Gewirr aus Blech und zwei verkohlten Leichen übrig bleibt. Sékou holt eine Flasche Wasser und gibt jeder einen Schluck. „Davon haben wir jetzt genug, es müsste reichen, bis wir in der Zivilisation sind. Das Benzin reicht auch, aber wir müssen den Peilsender finden, den sie uns im Auto versteckt haben müssen. Noch im Camp vermutlich, während ich bei euch stand. Irgendeiner hat den Land Rover präpariert, deshalb wollten sie, dass wir genau den nehmen. Wenn er weitersendet, könnte es sein, dass wir erneut Besuch bekommen."

Er breitet die Karte aus, die er in Driss' Auto fand, und sucht ihren Standort. Als er den lang gestreckten Bergrücken hinter ihnen findet, erkennt er, dass sie kurz vor der marokkanischen Grenze sind. „Hundert Kilometer schätze ich, wenn ich die Karte richtig lese", sagt er erleichtert. „Die schaffen wir noch vor Sonnenuntergang."

„Hast du die beiden gekannt?", fragt Anna und deutet auf die verkohlten Leichen.

„Nur einen, Driss. Abdelachem hat ihn auf uns angesetzt. Er sollte uns töten."

„Driss?", schreit Sara in einer Mischung aus Schreck und Erleichterung. „Es war doch klar, dass sie uns nicht einfach gehen lassen."

„Abdelachem wollte, dass Driss alle Spuren beseitigt. Vor allem ihr beide solltet für immer verschwinden", sagt der Lehrer gelassen.

„Umbringen", sagt Anna, „warum haben sie es nicht schon im Lager getan?"

„Da gab es zu viele Zuschauer, meint der Lehrer.

„Was für ein Land. Ich werde gegen Abdelachem aussagen, sollten wir Azemmour je erreichen, egal was es mich kostet. - Hundert Kilometer bis zur Grenze. Sékou, bitte zeig mir, wo wir uns befinden."

„Das hier ist der Bergrücken hinter uns", deutet Sékou auf einen Punkt der Karte im Nirgendwo. „Und das hier ist die Piste, auf der wir uns befinden. Ich fand Driss' Telefon, ich hoffe es hat GPS. Mal sehen." Er schaltet ein und sieht gespannt, wie sich Google Maps aufbaut. „Gut", sagt er. „Ich habe vermutet, dass er es hat, warum sonst…"

„Und der Peilsender? Du hast einen Peilsender erwähnt", sagt Sara.

„Den müssen wir finden und ausschalten. Nein besser, an das Wrack heften, damit er noch eine Weile sendet und den nächsten in die Irre führt, falls Abdelachem noch einen schickt, um uns auszuschalten."

„Der Major?", fragt Anna, als wäre sie in Gedanken bereits ganz woanders.

„Ja, natürlich. Driss kam in seinem Auftrag, er hat Youssuf Point blank erschossen, es war kaltblütiger Mord."

„Vergiss den Alten in Azemmour nicht, was, wenn auch der uns loswerden will?", spekuliert sie. „Ich weiß, ich höre mich verzweifelt an, aber ich weiß einfach nicht mehr, wem ich noch vertrauen kann." Dann nach einer Weile des Nachdenkens, fragt sie: „Wie hast du es geschafft, Sékou, du hattest keine Waffe?"

„Sie auszuschalten?"

„Ja."

Der Lehrer schüttelt den Kopf, als begreife er erst jetzt, was er getan hat. Er zieht die Schultern hoch und setzt sich wieder zu ihnen in den Sand. „Es war pures Glück", sagt er erschöpft. „Ich habe eine Panne simuliert und Driss gefragt, ob er mir helfen könne, den Motor zum Laufen zu bringen. Driss war ein Autonarr. Im Lager hat er immer damit geprahlt, wie viele Fahrzeuge er schon unter schwierigen Bedingungen wieder flott gekriegt hatte. Er fiel darauf herein, und als er sich in den Motorraum beugte, habe ich ihm die Klappe auf den Kopf geknallt und ihm dabei wohl das Genick gebrochen. Aber da war noch der andere Mann. Ich musste ihn mit Driss' Waffe erschießen. Dann habe ich alles angezündet, mehr war nicht." Als er den entsetzten Blick der beiden Frauen sieht, fügt er hinzu: „Ihr haltet mich für einen Killer, aber das bin ich nicht. Sie hätten uns getötet, aber ich hatte Youssuf versprochen euch nach Azemmour zu bringen", sagt er zu seiner Verteidigung. „Ich bin ein Wolof, aus einer adeligen Linie meines Stamms", fügt er hinzu, als würde das alles erklären. „Die Familie wollte, dass ich studiere. Ich habe es geliebt, Lehrer zu sein, zu sehen, wie die Kinder an meinen Lippen hingen, wenn ich ihnen die wirklich wichtigen Dinge beibrachte. Aber es hat mir in der Wüste nichts genützt, außer dem Gefühl anders zu sein, als der Abschaum um mich herum. Ich habe mich gezwungen stark zu werden, physisch stark meine ich, ohne Skrupel. Deshalb konnte ich die beiden ohne Zögern töten, denn wenn ich es nicht getan hätte, gäbe es uns jetzt nicht mehr. Dich, Anna, hat Driss gehasst, und mich hielt er für einen Verräter, obwohl ich ihn vor dem sicheren Tod bewahrte. Am Morgen sollte er erschossen werden."

„Warum erzählst du uns das?", fragt Sara leise. „Du musst dich nicht verteidigen, du hast uns das Leben gerettet."

„Damit ihr wisst, warum ich es getan habe. Damit ihr wisst, wer ich bin. Nicht der Mörder, den ihr in mir seht. Ich kann es in euren Augen erkennen."

„Erzähl weiter", sagt Anna, die spürt, dass er noch nicht fertig ist.

Sékou sieht sie dankbar an. „Youssuf wollte, dass ich euch beschütze, wenn ihm etwas passiert. Aber alle anderen, der Major, Driss, wollten das nicht. Abdelachem wird nicht aufgeben, so lange wir leben. Wir sind eine Gefahr für ihn, denn wir haben gesehen, wie er Youssuf erschoss. Er kann sich nicht auf Notwehr berufen", wiederholt er sich. „Ich habe geschworen euch sicher nach Azemmour zu bringen, und das werde ich auch tun", stammelt er, als müsste er Rechenschaft vor sich selbst ablegen.

„Danke Sékou", sagt Anna, legt ihren Arm um seine Schultern und drückt ihn an sich, wie einen Jungen, den es zu beschützen gilt. „Wir werden den Major anklagen, verlass dich darauf. Aber versprich dir nicht zu viel davon, er hat das Recht des Stärkeren auf seiner Seite? Dich wird niemand anklagen, du hast in reiner Notwehr gehandelt."

„Ich musste es tun", begehrt Sékou auf. „Wir hätten keine Chance gehabt lebend davon zu kommen, wenn ich sie nicht getötet hätte. Sara hätten sie vielleicht am Leben gelassen, aber nur, um sie zu versklaven. Ich kenne Typen wie Driss, sie sind voller Hass."

„Lass' gut sein, Sékou", sagt Anna. „Wir müssen uns auf den Weg machen, die Sonne geht bald unter. Ich möchte ungern hier übernachten. Was tun wir mit den Leichen?"

„Wir verscharren sie im Sand", sagt der Lehrer, bereits auf dem Weg zum Auto, um den Klappspaten aus dem Kofferraum zu holen.

Im Morgengrauen nähern sie sich der marokkanischen Grenze. Halb verfallene Lehmmauern ragen aus dem Sand. Die Piste führt mitten durch eine Ansammlung von Behausungen, die mehr für Kamele, Schafe und Ziegen gedacht sind, als für Menschen. Über einem gedrungenen Gebäude aus Lehm, kaum unterscheidbar von der rauen Umgebung, hängt die Fahne Marokkos träge an einer Bambusstange.

„Sieht nicht sehr bewacht aus", sagt der Lehrer. „Was machen wir? Einfach durchrasen, oder uns erkennen geben? Erzählen, wie es ist?"

„Lieber nicht die ganze Geschichte, wer weiß, wie sie es aufnähmen. Und durchrasen geht gar nicht, wenn wir sie nicht dauernd auf den Fersen haben wollen. Außerdem würden sie es als Schuldeingeständnis werten. Wir können uns nicht ausweisen, unsere Papiere liegen im Hotel in Azemmour, ich habe sie im Safe der Suite zurückgelassen. Hier", Anna hebt den linken Arm und zeigt eine halb verwaschene, aber noch gut lesbare Nummer. „Das ist der Code. Ich war überzeugt, und bin es immer noch, dass mir der Alte nur die halbe Wahrheit erzählt hat."

„Wir haben eine Menge Geld", wirft Sara ein.

„Alles offenlegen, damit sie das Geld einkassieren, uns umbringen und in der Wüste verscharren? Was willst du damit sagen?", fragt Anna.

„Um den Wachposten zu bestechen", sagt Sara mit einem Achselzucken. „So geht das doch hier. Und wenn wir erstmal in Marokko sind, schaffen wir es auch bis Azemmour. Dort holen wir unsere Papiere aus dem Safe und verlassen das Land. Alles wird dann nur noch ein Albtraum sein, mit dem wir irgendwie umgehen müssen." Jeder auf seine Weise, denkt sie.

„Sara hat Recht", nimmt der Lehrer ihren Gedanken auf. „Es wird nicht teuer, und keiner darf erfahren, wie viel wir haben. Lasst mich das machen. Wir halten mit genügend Abstand zur Grenze, damit wir umkehren können, falls es Schwierigkeiten gibt. Ihr beide bleibt im Auto, ich gehe zu Fuß. Anna, bitte gib mir tausend Dollar, das müsste reichen."

„Warum denkt er, dass es Schwierigkeiten geben könnte?", fragt Sara, nachdem Sékou gegangen ist.

„Keine Ahnung. Er ist vermutlich genauso misstrauisch wie ich."

„Wie wir", sagt Sara. „Willst du wirklich zurück ins Hotel, der Alte hat uns diesen Ausflug eingebrockt. Was ist, wenn der Major dort bereits auf uns wartet?"

„Wird er nicht, er denkt hoffentlich, dass uns Driss erledigt hat, und wundert sich, weshalb der Peilsender immer noch sendet. Und der Alte? Ich hoffe, dass er uns hilft, schnellstens außer Landes zu kommen. Schließlich hat er uns in das Dorf seines Sohns gelockt. - Wir schaffen es nicht allein, wenn uns der Major zur Fahndung ausschreibt. Und das wird er tun, wenn ihm Driss keinen Vollzug meldet. Zusätzlich wird er bestimmt einen weiteren Killer schicken, der den Peilsender aber keine Leichen findet, also vermuten sie, dass wir noch leben."

„Macht Sinn, sie finden Driss und den anderen Mann neben dem ausgebrannten Wrack. Aber warum sollte ausgerechnet der Alte uns helfen wollen, er hat uns den ganzen Schlamassel eingebrockt?", fragt Sara, während sie gespannt auf Sékou blickt, wie er mit dem Grenzposten verhandelt.

„Weil er vermutlich selbst betrogen wurde. Erinnerst du dich an die Geschichte mit den exilierten Deutschen im zweiten Weltkrieg. Die hat er nicht erfunden, um uns zu gefallen. Das war kein Casablanca Film. Das war er, als junger Mann, den diese Leute geprägt haben. Das Hotel später war ihm wohl immer zu langweilig. Er kommt aus einer wohlhabenden Familie, die früher einmal reich war, bevor sie vom König enteignet wurde. Auf dem Land der Familie des Alten befanden sich Kobalt und Phosphatvorkommen."

„Woher weißt du das?"

„Er hat es mir erzählt, als ich auf den Geldtransfer aus Deutschland wartete. Er war sogar bereit, mir von seinem Geld zu geben, nur um uns frei zu kriegen. Youssuf war ein entfernter Verwandter von ihm. Ich kann mir nicht vorstellen, dass der Alte, mit dem, was der Major im Lager abzog, einverstanden war. Wir werden es hören, wenn wir dort sind. - Anscheinend hat es geklappt", sagt Anna, als sie sehen, wie Sékou mit einem Grinsen im Gesicht zurückkommt.

„Ok, wir können fahren. Fünfhundert Dollar, das war alles", sagt er, als er sich hinters Steuer setzt und den Motor startet.

An der Grenze, als sie langsam auf den rot-weißen Schlagbaum zurollen, werden sie jedoch von einem Offizier gestoppt. Lässig lehnt er in seiner sauber gebügelten, kakifarbenen Uniform am Fahnenmast und hebt die Hand. Es könnte ein Willkommensgruß sein, wäre nicht der herunter gelassene Balken quer über der Straße. „Ich habe gesehen, wie ihr Begleiter mit dem Wachposten sprach, um was ging es da?", fragt er Anna, die ihm wohl am wenigsten abgerissen erscheint. „Darf ich ihre Papiere sehen?"

Es ist aus, denkt sie. Er wird uns festsetzen, bis alles geklärt ist. Abdelachem wird uns als Terroristinnen deklarieren, und es wird Monate dauern, bis wir freikommen, falls überhaupt. Ich muss die Wahrheit sagen, und dabeibleiben, egal was passiert: „Unsere Papiere, liegen in einem Hotel in Azemmour. Dort wohnten wir vor unserer erzwungenen Reise in die Wüste. Ich bin Ärztin, der Besitzer des Hotels bat mich, seinen verletzten Enkel zu untersuchen, der in einem nahen Dorf mit hohem Fieber lag. Ich habe dummerweise zugestimmt. Auf der Rückfahrt ins Hotel wurden Sara, hier meine Freundin, und ich entführt. Sie haben uns wochenlang festgehalten. Unser Begleiter", mit der Hand weist sie auf Sékou, „ist ein Freund, der uns während unserer Gefangenschaft beschützte. Wir baten ihn, die Formalitäten zu klären, wie wir ohne Papiere nach Marokko einreisen können, um unsere Pässe im Hotel abzuholen."

„Ein Freund", sagt der Offizier gedehnt, wobei er Sékou verächtlich betrachtet. „Es gibt keine Formalitäten zur Einreise nach Marokko für Menschen ohne Papiere. Und für so einen schon gar nicht."

„Er hat uns aus den Händen der Rebellen befreit. Es ist eine lange Geschichte."

„Eine schöne Geschichte, um illegal einreisen zu können", lacht der Offizier. „Wer sind Sie und woher kommen Sie wirklich?"

„Aus Deutschland", wirft Sara schnell ein, als hätte sie Angst, vergessen zu werden.

„Deutschland?", fragt er verblüfft. „Sie sehen aus, wie manche unserer Berber Frauen im Norden. Ich habe deutsche Frauen am Strand gesehen, die sahen sehr anders aus."

Die konnten auch täglich duschen, denkt Sara. „Wir waren gefangen, und es war kein Luxus-Hotel. Was können wir tun, damit Sie uns glauben?"

„Mir ihren Pass zeigen, aber den gibt es ja nicht", sagt er süffisant. „Steigen sie bitte aus und gehen sie rüber in den Schatten. Ihr Begleiter soll das Auto dort abstellen." Mit dem Kopf weist er auf eine flache Mulde neben der Piste.

Als die beiden Frauen, in ihrem verschmutzten und erschöpften Zustand vor ihm stehen, schüttelt er traurig den Kopf. „Sie scheinen tatsächlich eine schwere Zeit hinter sich zu haben. - Ich darf Sie nicht einfach weiterfahren lassen. Mir liegt eine Fahndung vor, nach zwei westlichen Frauen, die sich den Rebellen angeschlossen haben. So etwas gibt es leider immer wieder, Menschen, die glauben, das Heft in die Hand nehmen zu müssen, um alle Übel der Welt auszurotten. Wie soll ich wissen, ob sie nicht diese beiden Frauen sind. Noch dazu mit einem Begleiter, der ganz bestimmt nicht aus Deutschland stammt."

Anna ist plötzlich hellwach. Sie richtet sich auf und mustert den Mann, als hätte er ihr verraten, wie sie aus der misslichen Lage herauskommen. „Was steht in Ihrer Suchanfrage?", fragt sie gespannt.

„Nichts, außer, dass die beiden Frauen vor ein paar Wochen untergetaucht sind. Das Bild, das mir per Fax geschickt wurde, ist verschwommen, als wäre es irgendwo am Strand aufgenommen. Keine Sorge, Sie sehen den beiden auf dem Fax nicht ähnlich."

Ein Bild vom Strand, denkt Anna, sie müssen uns überwacht haben. Wer und warum? Der Alte? Wohl kaum, aber warum eigentlich nicht. Alle Fäden laufen schließlich bei ihm zusammen. „Wenn wir nach Azemmour könnten, ließe sich unsere Identität sofort klären. Warum würden wir versuchen, legal einzureisen, wenn wir ein schlechtes Gewissen hätten. Ich nehme an, Aufständische, die Ihren Staat bekämpfen, bewegen sich nicht auf eine Grenzstation zu, ohne sie in die Luft sprengen zu wollen."

Der Offizier wirkt unentschlossen, er nickt, als würde Annas Argument Sinn ergeben. „Aber…"

Anna sieht, wie es in ihm arbeitet, sie will ihm Zeit geben. Eher beiläufig wirft sie ein: „Wir haben Geld. Wir können für die Fahrt nach Azemmour bezahlen."

Im ersten Moment zuckt der Mann zurück, doch dann tut er so, als hätte er es nicht gehört. „Ihre Pässe liegen in dem Hotel in Azemmour, sagten Sie? Wo sie vor Ihrer Entführung gewohnt haben?"

„Ja, in einem Safe, zu dem nur ich Zugang habe."

„Und Sie haben Geld?"

„In Dollars."

„In Dollars", wiederholt er, einen Tick interessierter. „Die Reise könnte teuer sein, vier Personen, Essen, Benzin, es ist weit bis Azemmour."

Warum vier Personen, denkt Anna, will er mitkommen? „Reisen ist überall teuer, auch in Marokko. Zehntausend Dollar wird so eine Reise wohl kosten. Was denken Sie?"

„Ein guter Richtwert, vielleicht ein wenig mehr, wenn ich denke, dass der Mann, den ich ihnen mitgeben werde, ja auch wieder zurück muss. Wir wollen natürlich wissen, dass Sie auch sind, wer Sie vorgeben zu sein."

Aha, denkt Anna, das ist der vierte Mann. Sie drückt Saras Hand und nickt Sékou zu, der gespannt die Verhandlungen verfolgt hat. „Natürlich, Reisekosten und militärischer Schutz vor allem. Nicht, dass wir erneut entführt werden. Wären Sie damit einverstanden, dass wir Ihnen das Geld vorab übergeben, schließlich sind Sie es, der uns den Schutz gewährt."

„Ich werde es gut aufbewahren. Sobald der Soldat, den ich ihnen mitgeben werde, zurück ist, werde ich das Geld der Regierung aushändigen. Der Mann hat mein Vertrauen, sie können sich auf ihn verlassen. - Wenn sie durchfahren, könnten sie bis zum Abend bereits in Azemmour sein. Nach etwa hundert Kilometern wird die Straße besser, fahren Sie am Meer entlang, da ist es am sichersten."

„Danke", sagt Anna, und hätte den Mann am liebsten umarmt. Er soll nicht glauben, dass er einen schlechten Deal gemacht hat, denkt sie. „Ich hole dann das Geld."

Im Auto zählt sie fünfzehntausend Dollar ab und wickelt das Bündel in einen ihrer Schals. „Es sind fünftausend mehr, schließlich ist es eine lange, beschwerliche Reise", sagt sie, als sie das Paket dem Offizier überreicht.

„Fahren Sie wohl", sagt der Mann erfreut. „Und achten Sie darauf, dass sie gesund ankommen."

Im Auto, neben Sékou, sitzt bereits der Grenzposten, den der Lehrer zuvor bestochen hat. „Woher hast du das?", fragt Sékou Anna auf Englisch, hoffend, dass der Soldat es nicht versteht.

„Was?"

„Das Verhandlungsgeschick."

Anna grinst übers ganze Gesicht. „Habe ich hier gelernt. Man muss auf das achten, was nicht gesagt wird, dann klappt es schon. Der Offizier hat anscheinend gesehen, wie du den Grenzer bestochen hast, da merkte er, dass wir Geld haben. Das muss ihn auf die Idee gebracht haben, dass mehr zu holen sein könnte. Ich muss schon sagen, er hat sich gut verkauft. Reisekosten, für die wir ihn bezahlen, darauf muss man erstmal kommen", lacht sie laut auf.

„Ich habe vor Angst geschwitzt", sagt Sara. „Stell dir vor, er hätte uns festgehalten, in einem dieser Lehmhäuser unter brütender Sonne. Ich hätte es nicht mehr ausgehalten. - Was ist, Sékou, du bist so still?"

„Ich muss mich auf die Straße konzentrieren, sie ist voller Löcher. Und ich wundere mich, was wir ohne das Geld gemacht hätten. Als ich Anna so zuhörte, wie sie uns aus der Schlinge zog, begriff ich, dass ich nichts verstanden habe. Die Rebellen haben mir das Töten beigebracht, aber was nützt das, wenn es ums Leben geht. Ihr beide kommt aus einer Welt, die mir fremd ist, wo Geld alles zu sein scheint. Wie lernt man so etwas?"

„Indem man dort lebt, wo das Geld regiert", sagt Anna bestimmt. „Bei euch in Dakar, ist es nicht ähnlich?"

„Vermutlich ja, aber nicht für mich. Geld war nie mein Ding."

„Themenwechsel", sagt Sara, die zu spüren scheint, dass das Gespräch in eine Richtung driftet, die nirgendwohin führt. „Du hast unsere Pässe im Safe der Suite verschlossen, Anna? Was ist, wenn er die Suite anderweitig vermietet hat?"

„Dann ist der Safe nicht benützbar. Normalerweise findest du den Safe offen vor, und wenn du ihn brauchst, für deine Wertsachen oder was immer, programmierst du deinen eigenen Code ein. Ich habe einfach darauf gebaut, dass ich bald wieder zurück sein würde, und dass der Alte in der Zwischenzeit nicht sehr viele Gäste hat. Du erinnerst dich bestimmt an die stehende Luft, als wir einzogen. Das Zimmer muss wochenlang nicht gelüftet worden sein."

„Na, hoffentlich hast du recht. - Sékou, du hast uns das Leben gerettet, nicht nur einmal. Wir sind in deiner Schuld. Möchtest du, dass wir dir helfen nach Europa zu kommen, wenn wir dieses Abenteuer lebend überstehen?", wendet sich Sara an den Lehrer.

Der atmet tief ein und bläst die Luft mit einem Seufzer wieder aus, ohne die Augen von der holprigen Straße zu nehmen. „Ich habe darüber nachgedacht, anfangs. Inzwischen ist so viel passiert. Ich bin ein anderer Mensch geworden, als der, der sich in Dakar auf den Weg gemacht hat. Ich kann dir nicht darauf antworten, Sara. Noch nicht. Youssuf hat von mir nur verlangt, dass ich euch sicher nach Azemmour bringe. Das werde ich tun, so Gott will. Danach ist alles offen."

Er wird es nicht tun, denkt Sara, und sieht an Annas Körpersprache, dass sie dasselbe glaubt. Es ist auch besser für ihn. Er gehört nach Afrika, vielleicht sogar in die Wüste. Das Land braucht Menschen wie ihn, wenn es vorankommen will. Timbuktu, davon träumt er, wir werden ihm helfen hinzukommen, wenn er bereit ist unsere Hilfe anzunehmen.

13

Spät abends erreichen sie Azemmour. Der uniformierte Begleiter half, sie an zwei Kontrollposten vorbei zu schmuggeln.

Als sie am Hotel die Nachtglocke betätigen und ihnen der Alte öffnet, kann er es nicht fassen, sie zu sehen. „Ich dachte, Sie wären tot", stammelt er. „Man hat mir berichtet, dass Youssufs Einheit komplett vernichtet wurde. Wie..."

„Das erzählen wir Ihnen alles morgen. Jetzt sind wir todmüde, ich kann kaum noch klar denken. Ist die Suite frei?"

„Ja, natürlich, ich hatte bis gestern täglich mit Ihrer Rückkehr gerechnet."

„Gut. Wir müssen unserem Begleiter beweisen", mit einem Kopfnicken weist Anna auf den Soldaten, „dass wir sind, wer wir vorgeben zu sein. Dazu brauche ich unsere Pässe. Ein wohlmeinender Offizier hat ihn uns bei der Einreise nach Marokko als Wegbegleiter und Bewacher mitgegeben."

„Sie denken? Nein, ich habe die Pässe nicht. Sie lagen immer oben in der Suite, aber jetzt nicht mehr. Sie müssen sie mitgenommen haben", sagt der Alte irritiert.

„Ich weiß, wo sie sind, alles ist gut. Bitte geben Sie mir die Schlüssel zur Suite. - Bin gleich wieder zurück", sagt sie zu Sara, und schwenkt den Schlüssel, als freue sie sich, wie glatt alles geht.

Zurück, mit den beiden Pässen in der Hand, findet sie den Lehrer und den Soldaten schlafend in zwei Klubsesseln der Lounge, während Sara intensiv auf den Alten einredet.

„Hier sind sie", sagt Anna, und hält die Pässe triumphierend in die Höhe. „Tut mir leid, dass es so lange gedauert hat, aber ich musste unbedingt auf die Toilette, sonst wäre ich geplatzt."

Sara schenkt ihr ein erleichtertes Lächeln, während der Alte sie mustert, als verstünde er nicht, von was sie redet.

Anna geht zu dem Soldaten, weckt ihn auf und zeigt ihm die beiden Pässe. Doch er nimmt sie kaum wahr, nickt, dreht sich zur Seite, und schläft weiter.

„Wir brauchen noch zwei Zimmer, eines für unseren Beschützer", weist Anna auf den schlafenden Lehrer. „Er heißt Sékou und hat uns das Leben gerettet. Gut möglich, dass er ein paar Tage hier bleibt. Das andere für den Soldaten, er muss morgen zurück zu seinem Grenzposten."

Nachdem der Alte zwei Zimmer ausgewählt hat, weckt Anna die beiden und gibt ihnen die Schlüssel. „So jetzt sind wir dran", sagt sie zu Sara, die kaum noch die Augen offenhalten kann. „Morgen, Herr Abdeslam, wenn wir ausgeschlafen sind, erzählen wir Ihnen, was passiert ist."

„Wie Sie wollen, aber…", setzt der Alte an, und stoppt sofort, als er Annas ungehaltene Reaktion sieht.

In der Suite wirft Sara als erstes die schmutzigen Kleider ab und geht unter die Dusche. Von dort ruft sie zurück: „Du scheinst dem Alten zu vertrauen. Er wollte noch etwas sagen, aber du hast ihm das Wort abgeschnitten. Bist du sicher, dass er uns nicht doch diesem Major ausliefert? Wer hat ihm gesagt, dass das Lager komplett zerstört wurde?"

„Nein, ich bin mir überhaupt nicht sicher. Nichts ist sicher in diesem Land. Aber was ist die Alternative? Zur Polizei gehen? Wir würden uns quasi selbst ans Messer liefern. Wem glaubst du, würden sie mehr vertrauen, uns oder ihm? Außerdem hat der Offizier an der Grenze gesagt, dass ihm ein Fahndungsaufruf vorlag. Keine Ahnung, ob das vorgeschoben war, um uns zu melken. Wir müssen das klären, bevor wir ausreisen, nicht dass sie uns an der Grenze doch noch aufhalten, Pässe hin oder her. Über all das reden wir morgen, jetzt bin ich zu nichts mehr zu gebrauchen."

„Ja, aber ich hätte doch gerne gewusst, wem wir letztlich den Ausflug in die Wüste verdanken. Oder ob alles nur Zufall war."

„Morgen, Sara, alles morgen. Der Alte entkommt uns nicht. - Lässt du mir noch etwas Wasser, nicht, dass der Tank leer ist, wenn ich dran bin."

„Bin schon fertig."

Sara legt sich nackt ins Bett, streicht über die frischen Laken und kann nicht fassen, wieder genau da gelandet zu sein, wo das ganze Abenteuer begann. Unter dem Rauschen von Annas Dusche schläft sie ein.

Am nächsten Morgen, als Anna und Sara zum Frühstück kommen, warten Sékou und der Alte bereits auf sie. Der Soldat hat sich längst verabschiedet.

„Was darf ich Ihnen anbieten?", fragt der Alte fast unterwürfig, aber weniger verstört als am Abend zuvor.

„Den stärksten Kaffee, den Sie haben. Für dich auch, Sara?"

„Ja, gern. Wie hast du geschlafen, Sékou?"

„Seltsam, seit Monaten wieder ein Dach überm Kopf zu haben. Und ihr?", fragt der Lehrer, der verwundert die beiden Frauen in ihren neuen Kleidern betrachtet.

„Göttlich", sagt Anna, die zusieht, wie der Alte den Kaffee vor sie stellt. „Was schaust du so, Sékou?"

„Ihr seht so anders aus."

„Wir sind dieselben, nur frisch gewaschen und in westlichen Kleidern", lacht Sara. „Gefallen wir dir nicht mehr?"

„Doch, aber…"

„Lass gut sein, Sékou. Ohne dich wären wir gar nicht hier", sagt Anna, und wendet sich an Abdeslam. „Wir müssen reden. Es gibt eine Reihe weißer Stellen in unserer Geschichte. Und möglicherweise haben sie mit Ihnen zu tun."

„Wann immer Sie wollen. Hier, oder wo es Ihnen beliebt. Allein oder zusammen mit ihren Freunden. Ich stehe Ihnen zur Verfügung."

„Warum nicht gleich hier. Wir machen uns Sorgen, dass noch mehr Zufälle passieren könnten. Dass plötzlich wieder der Major vor der Tür steht, und wir in einer Zelle landen, aus der es kein Entkommen mehr gibt."

Abdeslam schüttelt irritiert den Kopf, doch er bleibt ruhig, auch weil Anna sofort weiterredet.

„An der Grenze zu Marokko erwähnte der kommandierende Offizier, dass ihm ein Fahndungsaufruf zu zwei westlichen Frauen vorläge. Terroristinnen, die sich den Rebellen angeschlossen hätten. Er meinte, wir würden ihnen nicht ähneln. Das machte es leichter ihn zu bestechen, damit wir ohne Papiere einreisen konnten."

„Ich kann verstehen, dass Sie sich wegen des Majors Sorgen machen, aber sie sind unbegründet."

„Unbegründet?", fragt Sara hohntriefend. „Wir sind in einem fremden Land, wo jeder nach Regeln spielt, die uns fremd sind. Ihnen verdanken wir das Schlamassel, das uns um Haaresbreite das Leben gekostet hätte. Und Sie sagen, wir sollen uns keine Sorgen machen."

„Lass gut sein, Sara, was passiert ist, ist passiert, nichts lässt sich zurückdrehen. Mein Gefühl sagt mir, dass wir unter der Obhut von Herrn Abdeslam vorerst in Sicherheit sind. Noch weiß ja niemand, dass wir hier sind. Hätte er uns noch in der Nacht gemeldet, wären sie längst hier, um uns abzuholen."

Der Alte nickt, und beginnt sich zu entspannen. Die Vorwürfe Saras nimmt er unkommentiert hin. „Ich weiß, dass eine Fahndung nach Ihnen läuft, anscheinend hat Ihre Bank das deutsche Außenamt informiert, aber der Major hat sie als tot gemeldet. - Sie müssen sich auf einem deutschen Konsulat ausweisen, alles andere erledige ich dann für Sie. Und ich werde auch dafür sorgen, dass sich Abdelachem für seine Aktion verantworten muss. Er hat mich betrogen, und wollte Sie töten."

„Er hat Youssuf erschossen. Es war Mord", zischt Sara.

„Ich weiß, Ihr Begleiter hat es berichtet", sagt der Alte. „Aber lassen Sie mich das regeln. Die Polizei wäre da eher hinderlich. Wichtig ist, dass Sie bei der Ausreise keine Probleme kriegen."

„Wie leicht sich das sagt", wirft Anna ein, die spürt, wie Sara innerlich kocht. „Möchten Sie wissen, was ich denke, Herr Abdeslam?" Als er nickt, sagt sie mit brutaler Offenheit: „Sie sind derjenige, der unsere Entführung veranlasst hat. Dass Sie alles inszeniert haben, den todkranken Enkel, der gar nicht so todkrank war, um mich ins Lager der Rebellen zu kriegen.

Von alleine, das wussten Sie, wären wir nie dahingefahren. Nur bei den Beweggründen bin ich mir nicht sicher. Ihr Verhältnis zu Youssuf war schon seit einiger Zeit angespannt, und Geld scheint es auch nicht zu sein, davon haben Sie und Ihr Clan genug. Aber was war es dann? - Übrigens, gibt es unser Auto noch, oder hat es sich in Luft aufgelöst, wie so manches andere."

Der Alte schüttelt konsterniert den Kopf. Langsam, als müsse er Annas Vorwürfe erst einmal verdauen, beginnt er leise und konzentriert zu sprechen: „Ich hatte nicht damit gerechnet, dass Youssufs Männer so weit im Norden sein könnten. Sonst hätte ich Sie nicht ins Dorf meines Sohnes geschickt, bitte glauben Sie mir das. Dabei hätte ich es wissen müssen, schließlich war mein Enkel einer von ihnen.

Youssuf war ein guter Mann, der seine Leute nicht einfach sich selbst überließ, wenn es ihnen schlecht ging. Deshalb schickte er Driss, um nachzusehen, wie es um meinen Enkel stand. Im Dorf erfuhr Driss von den Kindern, die mit Ihnen", mit dem Kopf weist er auf Sara, „unterwegs waren. Von den Kindern erfuhr er, dass eine westliche Ärztin den Jungen behandelte. Das passte zu Driss' zweitem Auftrag, nämlich einen Arzt zu besorgen. Also hat er Sie auf der Rückfahrt zum Hotel gekidnappt. Als ich davon erfuhr, war ich außer mir. - Ich bin nicht der große Strippenzieher im Hintergrund, wie sie zu glauben scheinen. Und mit der Armee habe ich bestimmt nichts zu tun. Ich würde mir eher die Hand abhacken, als sie denen zu reichen. - Und was das Auto betrifft, wir haben es gepflegt und in einer Garage geparkt. Es ist fahrbereit", sagt er leicht pikiert, als fände er die Frage nach dem Auto unter den gegebenen Umständen völlig deplatziert. „Bitte glauben Sie mir", wiederholt er sich.

„Glauben? Nach allem was wir durchgemacht haben? Anscheinend sind Sara und ich die Einzigen, die nicht wissen, was hier wirklich gespielt wird."

„Lass gut sein, Anna, wir sind noch am Leben. Es spielt keine Rolle, ob er die Wahrheit sagt, Hauptsache er hilft uns, das Land zu verlassen." Sara klingt resigniert und angewidert, als sie sich abwendet.

„Aber ich will mich erklären", fleht Abdeslam. „Sie sollen nicht denken, dass ich Sie wissentlich den Rebellen ausgeliefert habe. Es war eine Verquickung unglücklicher Umstände, und Schuld war dieser Driss. Als ich von der Entführung erfuhr, habe ich verzweifelt versucht, sie frei zu bekommen, aber Driss hat sich allem widersetzt. Es gab diesen Führungsstreit zwischen Driss und Youssuf, den Youssuf für sich entscheiden musste, bevor er frei handeln konnte. Es gibt ungeschriebene Gesetze in so einer Truppe, Geiseln gehören demjenigen, der sie genommen hat, das hat Driss eingefordert. Und als Youssuf gewann, wollte er Sie freilassen, aber Driss war in der Nacht verschwunden. Keiner weiß bis heute, wer ihn befreit hat. Er hat die Wüste überlebt und sich diesem Major Abdelachem angeschlossen. Das hat alles verkompliziert."

„Ich habe Driss freigelassen", sagt der Lehrer, der dem Alten gespannt zugehört hat.

„Aber warum?", schreit Anna. „Du hast es schon einmal gesagt, aber ich dachte, du meinst es nicht ernst."

„Weil es falsch war, ihn zu töten. Er hatte eine Chance verdient."

„Sékou, bitte sag uns warum", fleht ihn Sara an.

„Du wirst es nicht verstehen?"

„So versuch es doch wenigstens."

„Der Mann hat mit uns gekämpft, war bereit, sein Leben für die Sache zu opfern, er verstand nicht, weshalb er schuldig gesprochen wurde."

„Aber er hat mich vergewaltigt."

„In seinen Augen war es keine Vergewaltigung. Du warst eine Sklavin, mit der er tun und lassen konnte, was er wollte. Eine Sklavin, die er gekapert, Youssuf ihm aber genommen hatte. Dadurch wurde er vor allen Mitstreitern entehrt."

„Und du? Hast du es genauso gesehen?", fragt Anna.

„Ja."

„Mein Gott. Warum hat Youssuf ausgerechnet dich zu unserem Beschützer ernannt?"

„Weil er wusste, dass er sich auf mich verlassen konnte. In der Wüste müssen wir uns auf einander verlassen können, sonst sind wir verloren."
„Aber du bist anders", sagt Sara.
„Nicht in dem Moment."
„Und dann hast du Driss getötet."
„Ja."
„Das ergibt keinen Sinn."
„Ich war euer Beschützer. Er wollte euch umbringen oder versklaven, in meinen Augen ist es dasselbe. Das durfte ich nicht zulassen."
„Lassen Sie ihn", mischt sich der Alte ein. „In der Wüste gelten andere Regeln, archaische Regeln. Er hat sie angenommen, um selbst zu überleben. Sie können das nicht verstehen."
„Er ist ein zivilisierter Mensch, ein Lehrer, den die Kinder bewundert haben. Das hat er uns selbst erzählt", sagt Anna fassungslos.
„Und jetzt hat er ohne Not gesagt, dass er es war, der Driss freigab. Sékou hätte schweigen können, und niemand hätte je davon erfahren. Er ist ein guter Mann. Sie leben, weil er Wort gehalten hat."
Sara geht zu Sékou, flüstert ihm etwas ins Ohr, und umarmt ihn wie einen Freund.
„Was soll die Heimlichtuerei?", fragt Anna.
„Ich habe ihm nur gesagt, wie froh ich bin, dass er uns beschützt hat. Ohne ihn wären wir nicht hier. Anna, ich weiß, du denkst genauso, aber du brauchst noch etwas Zeit, um es zuzugeben."
Plötzlich bricht Anna in Tränen aus. Ihr ganzer Körper schüttelt sich, als falle eine riesige Last von ihr ab: „Verzeih mir, Sara. Ich kann so nicht leben", schluchzt sie. „Allen und Jedem zu misstrauen. Du musst mir helfen, wieder zu mir selbst zu finden. Bitte."
„Du brauchst Zeit", sagt Sara. „Wir müssen überlegen, wie wir Sékou nach Europa bringen können."
„Nein, Sara, das ist nicht nötig. Ich weiß jetzt wo ich hingehöre. Herr Abdeslam hat recht: Ich muss nach meinen Regeln leben, das ginge nicht in Europa. Ein Anhängsel von euch beiden zu sein könnte ich nicht

ertragen. Irgendwann nähme die Wut auf mein Versagen überhand. Vielleicht etwas später, als bei den anderen, die auch einsehen mussten, dass sie die falsche Entscheidung getroffen haben. Bei mir bestimmt später, weil ich euch mag, und ihr mich, aber die Wut käme ganz sicher. Und sie würde sich in Hass verwandeln, den ich dann nicht mehr kontrollieren könnte. Dazu kenne ich mich inzwischen zu gut. - Ihr könnt mir helfen nach Timbuktu zu kommen, ich brauche den Ort, um zu mir selbst zurückzufinden. Ein paar Jahre vielleicht, als Lehrer. Den Weg nach Dakar, so Gott will, schaffe ich dann alleine. Und wenn ich wieder am Meer bin, schreibe ich euch, und lade euch ein, mich zu besuchen. Vielleicht habe ich dann auch eine Familie, Kinder, denen ich unsere Geschichte erzählen kann. Sie würden sich freuen euch kennen zu lernen."

„Aber…", sagt Anna, und stoppt sofort, als sie sieht, dass der Lehrer noch nicht fertig ist.

„Mein Platz ist in Afrika, Youssuf hat mich gelehrt, dass es mehr gibt, als das eigene Leben. In Europa verliere ich meine Würde, und wenn ich in den Senegal zurückkehre, will ich dafür kämpfen, dass wir ein angesehenes Land werden."

„Ist gut", sagt Anna, und legt den Arm um seine Schultern. „Wir helfen dir nach Timbuktu zu kommen. Aber sag uns, was hat sich wirklich geändert."

„Willst du es wissen, wegen dir, oder wegen mir?", fragt er ernst.

„Wegen uns beiden."

Sékou überlegt lange, als wüsste er nicht genau, wo und wann es stattfand. „Es war kein besonderes Erleben, eher ein schleichendes Erkennen. Zuerst diese schwedische Journalistin, mit der ich nach Timbuktu fuhr. Ich war beeindruckt von ihr, mochte ihre Unabhängigkeit. Wenn es Europa ist, das solche Frauen gebiert, dachte ich, dann muss es ein gutes Land sein."

„Aber wir beide, Anna und ich", lacht Sara, „haben dich aus dem Tritt gebracht."

„Nein, ihr habt mich eher bestärkt. Die Kraft, mit der ihr die Zeit im Lager überstanden habt, fand ich beeindruckend. Immerhin wart ihr gefangen unter einer Horde brutaler Männer, die der Krieg innerlich verstümmelt hatte. Es war…"

„Entsetzlich", vervollständigt Anna den Satz.

„Nein, außergewöhnlich. Ihr wart so sicher, in dem, was ihr getan habt. Sara verhielt sich bewundernswert, obwohl sie ihr übel mitgespielt haben. Und du Anna, warst ein wahrer Baum in einem Sturm, der jede andere Frau entwurzelt hätte."

„Ich habe gespürt, dass du uns anders sahst, als all die anderen Frauen im Dorf", sagt Sara. „Zwischen Youssuf und mir war es ein Handel, Schutz gegen Zuneigung. Am Ende war ich mir nicht mehr sicher, bei wem die Zuneigung überwog", versucht sie etwas zurecht zu rücken.

„Keiner von uns weiß jetzt schon, was ihm, oder ihr, in diesem Lager passiert ist. Aber es wird noch kommen. - Wir unterbrechen dich laufend, Sékou, dabei hast du immer noch nicht gesagt, wann du Europa abgeschworen hast", sagt Anna.

„Vielleicht war es die Nacht nach der Attacke, als du mich gefragt hast bei dir zu liegen. Ganz selbstverständlich hast du gefragt, nicht wie eine Sklavenhalterin, nein, wie ein Mensch, der bereit ist ein Geschenk zu erhalten, und gleichzeitig eines zu geben. Ja, vielleicht begann es danach. Am stärksten wurde es, als ich Driss und seinen Begleiter töten musste, und merkte, wie grausam ich sein konnte. Auf einmal begriff ich, was für ein Mysterium die Gewalt ist, aber dass ich so nicht sein wollte. Dass ich zu jenen Menschen gehören wollte, die zu moralischem Handeln fähig sind. Ich hoffte, in einem Augenblick der Klarsicht, als ich euch zwischen den Felsen fand, dass ich nach all der Verrohung und Mordlust, die ich in der Wüste erlebt hatte, ein anderes Mysterium finden könnte. Ein Geheimnis der Schönheit, des Lichts, des Gesangs der Nachtigall in der Dämmerung. Und ich hoffte, so etwas wie Gnade und Harmonie zu finden, aber das würde nicht in Europa sein. Ich musste zurück zu meinen Wurzeln, so schwer es auch sein würde. Könnt ihr das verstehen?"

„Ja, aber warum ausgerechnet Timbuktu? Es hat so wenig mit Dakar zu tun wie Lagos mit Kinshasa?", fragt Anna.

„Gerade deshalb. In meinen Augen kommt dort die Essenz all dessen zusammen, was Afrika ausmacht. Die tausendjährige Gelehrtheit seiner Bibliothek, die Gewalt der Tuareg, die die Stadt gegründet, geplündert und Jahrhunderte beherrscht haben. Ich will verstehen, lernen, ob es noch Erinnerung an Mansa Musa gibt. Sehen, was die Marokkaner bewog, die meisten Gelehrten umzubringen, oder des Landes zu verbannen. Warum? - Aus Angst vor deren Wissen? - Und was die Franzosen taten, als sie die Stadt beherrschten. Vielleicht verstehe ich dann, was der Kolonialismus uns Afrikaner angetan hat."

„Ich habe immer gewusst, dass du ein besonderer Mensch bist", sagt Sara, und küsst ihn auf den Mund.

Sara hat schon eine Weile zugehört, wie sich Anna hin und her wälzt. Albträume denkt sie, spürt dann aber, dass Anna wach liegt.

„Kannst du nicht schlafen?", fragt sie in die Dunkelheit.

„Ja, mir geht so einiges durch den Kopf."

„Über das, was uns passiert ist?"

„Auch, aber mehr noch über Sékou. Ich fühle mich so klein neben ihm. Er ist stark geworden, als hätte ihn die Wüste unverwundbar gemacht."

„Meinst du im Kopf?"

„Ja, so klar, so sicher in dem, was er will. Ein Lehrer! Einen wie ihn hätte ich mir als Kind gewünscht, einen, der mir die Welt erklärt, und sie nicht nur auf Schlachtenbilder und Jahreszahlen reduziert."

Sara überlegt, ob sie darauf antworten oder es besser dabei belassen soll. Zu kompliziert erscheint ihr Sékous Verwandlung. Doch dann sagt sie leise aber bestimmt: „Keiner kann aus seiner Haut. Nicht du, nicht ich, nicht Sékou, nicht einmal Typen wie Youssuf oder Driss, mit all den Waffen, die ihnen Macht verleihen."

„Du bist auch stark geworden, Sara, noch stärker als Sékou, nach allem, was sie dir angetan haben. Manchmal habe ich den Eindruck, als würdet ihr euch gegenseitig überbieten in innerer Stärke", sagt Anna in die Dunkelheit.

„Stark? Nein, hart trifft es wohl besser, zumindest in meinem Fall. Ich weiß nicht mehr, wer ich bin."

„So ähnlich geht's mir auch", sagt Anna, um nach einer langen Pause fortzufahren. „Manchmal denke ich, Sékous Gedanken hätten dich angesteckt. Aber vielleicht ist es doch eher die Wüste, die dich verändert hat. Dabei mag ich, was du sagst. Auch, wie sich Sékou von seinem aggressiven Selbst verabschiedet. Gut, dass er nicht mehr nach Europa will, er würde daran zerbrechen. Wir irren uns, wenn wir glauben, wir könnten uns an etwas klammern, um es zu behalten. Wie Marionetten, hängen wir an den Schnüren unseres Schicksals. Wie sonst kann es sein, was uns passiert ist."

„Hast du schon immer so gedacht?"

„Nein. Früher schien alles planbar, machbar, wenn du es nur wolltest. Das ist jetzt vorbei. - Wenn wir zu Hause, in der Wohnung mit den bekannten Büchern und Bildern angekommen sind, fragen wir uns vermutlich, ob unsere Erinnerung die neue Realität für uns ist. Wie es die Millionen auf der Flucht, in unmenschlichen Camps aushalten. Wie lange dauert es, bis sie aufgeben, weil sie nicht mehr die Kraft haben, leben zu wollen? Wir wissen, dass wir nichts daran ändern können, und dass wir unser Leben weiterführen müssen, um irgendwann zu vergessen."

„Nein, ich werde nie vergessen."

„Doch du wirst. Wir beide werden uns an unterschiedliche Dinge erinnern, Begebenheiten, die sich im Kopf verselbstständigen. Wir haben keine Fotos, die unser Erinnern bestätigen, nur Handlungen, Gerüche, Empfindungen, alles was sich verflüchtigt. Fast wie meine Erinnerung an Alban. Er verwandelt sich schon jetzt. Wenn ich früher gegangen wäre, vielleicht wären uns dann all die Streitereien erspart geblieben, die unser Leben wie eine Säure zersetzt haben. Alban hätte dich schon früher kennen gelernt, hätte Verantwortung für dich übernehmen können, und wäre glücklich geworden. So hat er alles, was schief ging, mir in die Schuhe geschoben. Aber ich dachte…".

„… dachte was?", fragt Sara mit einem Schuss Aggressivität in der Stimme, um sich gleich darauf zu entschuldigen: „Jetzt mache ich schon dasselbe wie du, dich unterbrechen, bevor du überhaupt zu Ende denken kannst. Anscheinend sind wir verwandt", sagt sie mit einem Anflug von Lächeln.

„Entfernt möglicherweise. Du hast diesen Teppich im Auto beschützt, als wäre es ein Kleinod. Woher hast du ihn", wechselt Anna das Thema.

„Es ist ein Gebetsteppich, Alban hat ihn mir geschenkt, in Kairouan. Ich hatte das Gefühl in einem Meer aus Islam zu ertrinken, da bin ich durchgedreht. Mit dem Teppich wollte mich Alban besänftigen."

„Und jetzt hast du etwas, das dich an ihn erinnert." Anna nickt, als würde ihr bewusst, wie wenig sie hat, das sie an ihn erinnert. „Möchtest du einen Tee? Wir müssen nicht auch noch frieren, wenn wir sowieso nicht schlafen können."

„Gern. Ich muss mir nur etwas anziehen. Es ist wirklich kalt hier, vielleicht das Meer. Auf alle Fälle anders, als in der Wüste. Die Türen zum Balkon schließen nicht richtig."

Anna geht in die Küche und setzt Wasser auf. Dort hört sie das Quietschen einer Schranktür.

Als Sara im Bademantel des Hotels in die Küche kommt, sitzt Anna am Fenster und schaut auf die Dächer Azemmours, die von der Morgendämmerung langsam erhellt werden. Ein einzelnes Licht brennt noch in einem der Nachbarhäuser, und im Westen liegt die schwarze Fläche des Atlantiks, dessen Brandung als unbestimmtes Rauschen bis zu ihnen dringt.

„Schön", sagt Anna. „Ich genieße die klare, salzige Luft. Hast du je daran gedacht, in eine andere Stadt zu ziehen?"

„Weg aus München, meinst du?"

„Ja."

„Eigenartig, dass du darauf kommst. Im Lager, als ich nicht mehr leben wollte, dachte ich an die letzte Nacht vor Albans Tod. Ich war allein im

Hotel, der Arzt hatte gemeint, dass Alban eine Klinik bräuchte, die sich auf solche Aneurysmen verstünde. Da begriff ich erst, dass er sterben könnte, und ich fragte mich, was aus mir würde, allein, in einem fremden Land. Und als Sékou mir das Messer aus der Hand nahm, war ich erleichtert. Das Leben ist zu stark in mir. Damals beschloss ich, in eine andere Stadt zu ziehen, einfach nur, um zu vergessen."

Anna betrachtet die Möbel der Suite, die im Halblicht der aufgehenden Sonne, einem wild zusammen gewürfelten Haufen ähneln. Sperrmüll, denkt sie, nicht anders, als die erste Wohnung, die ich mit Alban besaß. Damals brauchten wir keine Möbel, nur uns selbst. Sie sieht auf dem Sims des Küchenfensters drei Affen, unpassend und möglicherweise von einem Gast vergessen worden. Nichts sehen, nichts hören, nichts sagen, geht ihr durch den Kopf: „Du hattest Alban bereits aufgegeben?"

„Ja, der Arzt sagte mir gleich, dass sie wenig tun könnten. Die Blutung stillen, aber es wäre nur eine temporäre Lösung, ein Pflaster gewissermaßen. Er hätte sofort in eine Klinik gemusst, die auf so komplizierte Aneurysmen spezialisiert war."

„Du hast es gewusst?"

„Hätte ich ihn im Stich lassen sollen?"

„Nein, das meine ich nicht. Ich bewundere dich."

Sara lächelt nur: „So ähnlich hat Alban auch geredet, und du wiederholst dich. Ich glaube, ihr beide seht eine andere Sara…"

„… als du dich selbst siehst?", fragt Anna. „Du redest von Alban, als würde er noch leben."

„Für mich tut er das auch." Sara lächelt verträumt. Mit der Tasse in der Hand geht sie in die Suite und setzt sich in einen der überdimensionierten Klubsessel. „Du hast von dem vielen Geld erzählt, das Alban verdient hat, als wir überlegten, wo wir unser Lösegeld hernehmen könnten. Bist du reich, oder hast du alles dem Major in den Rachen geschmissen?"

„Nein, der bekam nur einen Bruchteil ab", lacht Anna. „Gerade genug, um die Steine zu verdecken, mit denen ich die Tasche beschwert hatte." Mit ausgestrecktem Arm deutet sie auf die Kamelsatteltasche in der Ecke der Suite. „Dort ist das meiste. Warum willst du ausgerechnet jetzt über Geld reden, in einem Hotel, wo jederzeit die Polizei auftauchen kann, um uns zu verhaften?"

„Gerade deshalb. Es könnte ja sein, dass wir noch mehr brauchen, um uns endgültig freizukaufen. Außerdem wolltest du Sékou etwas für die Reise nach Timbuktu geben."

„Wir haben noch genug. - Und Albans Geld besitzt jetzt du. Mir hat er das Haus vermacht, alles andere gehört dir."

„Das hast du schon einmal gesagt, aber woher weißt du das überhaupt?"

„Es steht in seinem Testament."

„Du hast also immer von mir gewusst?"

„Natürlich."

„Aber…", Sara hört sich völlig perplex an. „Ich will sein Geld nicht."

„Sei nicht albern. Zurück in München stehen uns eine Menge Treffen mit der Bank bevor. Den Teil, der sich dort in der Tasche befindet, lassen wir hier", lacht sie, „als Belohnung für Sékou, dass er uns das Leben gerettet hat. Ich bin schon ein wenig stolz darauf, wie wir diesen schmierigen Major getäuscht haben."

„Er hätte uns umgebracht, wenn er es gemerkt hätte."

„Vermutlich. - Sékou wird es brauchen, wenn er heil nach Timbuktu kommen will. Mehr noch, um sich dort etwas aufzubauen."

„Ich besitze eine kleine Eigentumswohnung in München, die kann ich verkaufen, wenn wir Geld brauchen."

„Du, meine Liebe, bist reich, wenn der Notar das Testament eröffnet. Wir müssen nur darauf achten, dass uns die Bank nicht übers Ohr haut", lacht Anna. „Für eine Weile, Mitte der neunziger Jahre, hat Alban in großem Stil im Osten Deutschlands investiert. Er wolle den Kommunisten zeigen, was so ein Westler bewegen kann, hat er einmal gesagt. Mit dem Rest hat er wohl an der Börse gezockt, es würde zu ihm passen. Als einige seiner Investments den Bach runter gingen, hat er nicht mehr über Geld gesprochen, als wäre es unanständig. Ich weiß also nicht genau, wie viel noch da ist, aber es müsste reichen. Vielleicht bist du ja auch nur die

Besitzerin einiger Schrottimmobilien in der ostdeutschen Pampa. Dann musst du den Abbruch organisieren", lacht sie befreit auf.

Sara schüttelt befremdet den Kopf. „Linker Protestler macht Karriere, und verzockt sich bei den ehemaligen Kommunisten. Wollte er allen zeigen, wie gut er ist? Ich kann das nicht glauben. In meinen Augen war er ein ganz anderer Mensch", murmelt sie.

„Woher hast du das mit dem linken Protestler?", fragt Anna verblüfft.

„Er hat es mir erzählt."

„Wow. Und was noch? Hat er dir auch von seiner Familie erzählt?"

„Ja, dass sie der Schlüssel zu allem war, was ihn ausmachte, und letztlich zu eurer Ehe-Misere geführt habe. Er machte aber nur so Andeutungen."

„Misere? So würde ich es nicht nennen. Und was ihn ausmachte? Wusste er das denn? Aber du magst Recht haben. Ich habe selten Menschen getroffen, die so ineinander verbissen waren, wie die Männer in Albans Familie. Die Frauen hatten nichts zu sagen, durften nur bewundern. Wenn ich mich beschwerte, meinte Alban, ich solle mich lieber anpassen, je schneller desto besser. Er war so gottverdammt selbstbezogen."

„Nicht bei mir", sagt Sara abweisend. „Du hast ihn gewählt, du wusstest also, auf was du dich einlässt."

„Was für ein hässliches Wort, gewählt, als hätte ich ein Produkt im Supermarkt gekauft. - Warum bist du auf ihn abgefahren?"

„Abgefahren ist auch nicht besser", lacht Sara, doch es klingt bitter. „Ich habe ihn geliebt. Hört sich abgeschmackt an, aber es stimmt. - Einer der Gründe für meine Zuneigung, ist mir besonders im Gedächtnis geblieben. Ich war in London, hatte gerade ein Jobangebot ausgeschlagen, und saß im Taxi auf dem Weg nach Heathrow, um zurück nach München zu fliegen. Am Abend zuvor hatte ich Gadamer gelesen, und seine Sicht der Freiheit hatte mich ungemein beeindruckt. Er sprach über das Selbstbewusstsein des Einzelnen, und wie sehr die moderne Wissenschaft dieses Selbstbewusstsein ins Wanken bringt. Letztlich blieb bei mir hängen, dass für die Meisten die verständliche Welt, die, in der wir heimisch sind, die letzte Instanz darstellt. Egal, wie sehr sich die moderne Industrie und

Technik über den ganzen Globus ausbreiten. Das ging mir im Taxi durch den Kopf, und so fragte ich den Fahrer, einen Pakistani, was er davon hielte."

„Einen Taxifahrer, zu Gadamer?"

„Nein, eher zu seiner Sicht auf die Menschen. Und warum nicht, ich tue das oft. Du kannst dabei die tollsten Überraschungen erleben. Einmal habe ich einen arbeitslosen Philosophen getroffen, das war aber eher unerfreulich."

„Und was hat dein Taxifahrer gesagt?"

„Ich kann mich noch genau daran erinnern. Er war ein schwerer Mann mit langem pechschwarzem Haar, das er zu einem Knoten gebunden trug. Er brütete eine Weile vor sich hin, und ich dachte schon, er hätte mich nicht verstanden. Doch dann sagte er: „Gar nichts." Und dann sagte er wieder lange nichts, bis es richtiggehend aus ihm heraussprudelte: „Wissen Sie eigentlich, warum es in der Welt so viel Ungerechtigkeit gibt? - Wegen Leuten wie Ihnen", gab er sich selbst die Antwort. „Sie bewegen sich in einem Kreis aus sinnlosen Worten. Was ist das denn, eine verständliche Welt? Nichts ist mehr verständlich, und das Schlimmste ist, dass ihr Gebildeten uns einreden wollt, die Welt wäre es. Aber wir, das Volk, wollen keine Worte mehr, wir wollen Taten. Wir wollen, dass ihr Wortakrobaten aufhört, uns die Ohren vollzublasen, mit etwas Neuem, noch Sinnloserem. Wir wollen, dass ihr alle dorthin geht, wo noch wirklich gearbeitet werden muss, um zu überleben."

„Ich war so erschrocken, dass ich weinte. Das ganze Gerede über Philosophie, diese Wissenschaftssprache, die ich mir im Studium so mühsam angelernt hatte. Dieses dialektische hin und her, alles war auf einmal ohne Bedeutung. Die verbleibende Fahrt haben wir kein Wort mehr gewechselt. Als ich ausstieg, vergaß ich sogar ihm ein Trinkgeld zu geben, so betroffen war ich. - Im Flugzeug wurde mir klar, dass ich mehr tun musste, als gute Ratschläge erteilen. Aber es hat dann noch Jahre gedauert, bis ich meinen Job wechselte, um näher bei den Menschen zu sein."

„Und was hat das alles mit Alban zu tun?"

„Als ich ihm die Episode im Taxi erzählte, schien er genau zu verstehen, was ich sagen wollte. Da war so ein Urvertrauen zwischen uns beiden."

„Anders als bei mir", lacht Anna, doch sie klingt bitter, und nimmt sich sofort zurück. „Du hast nie darüber gesprochen."

„Wie sollte ich, wir kannten uns doch kaum. Auch Alban kannte ich wenig, aber das Gefühl der Zusammengehörigkeit war stark. Erst die Wüste hat dich und mich zusammengeschweißt. - Ich wollte raus aus Europa, weg von den Büchern, die mich geprägt hatten. Die Welt sehen, wie sie ist, nicht mehr durch die Gedanken anderer erleben."

„Durch Albans Augen sehen, meinst du das? Hast du deshalb die Reise mit ihm gemacht, obwohl du wusstest, dass ein ganzes Rudel anderer Menschen mit euch im Auto sein würde?"

„Das wurde mir erst im Laufe der Reise klar. Dort in der Wüste habe ich oft darüber nachgedacht. Als ich es fast nicht mehr aushielt, habe ich mich festgehalten an der Illusion eines Geschenks. Dass ich endlich die Welt mit eigenen Augen sehen durfte, Eindrücke sammelte, die nur mir gehörten."

„Sehen musste", bemerkt Anna lapidar. „Du hattest keine Wahl. Du wolltest dich umbringen."

„Es war ein Moment der Schwäche, weil ich die Abgründe um mich herum nicht mehr ertrug. Sékou wusste, dass ich es eigentlich nicht wollte. Ein anderer hätte mich gelassen. - Als er sich gestern uns gegenüber öffnete, begriff ich, dass nur er mich retten konnte." Sie schweigt abrupt, hängt eine Weile ihren Gedanken nach, und sagt dann irgendwie erleichtert: „Als ich Alban die Geschichte mit dem Taxifahrer erzählte, hat er nicht gelacht. Er verstand, was ich meinte, und ich glaube mich zu erinnern, dass er sagte: Ein weiser Taxifahrer."

„Denkst du, wir haben alles falsch gemacht, Alban und ich?", fragt Anna betroffen, und fügt versonnen hinzu. „Es gab auch wunderbare Zeiten, nicht alles haben wir kaputt gemacht."

„Bestimmt, sonst wärst du ja jetzt nicht hier. - Hast du Alban eigentlich je betrogen?"

Anna lächelt verträumt, als wäre sie ertappt worden. „Oh ja. Ich hätte es nicht ertragen, wenn nur er es getan hätte. Aber es hat keinen Spaß gemacht. Einen Mann gab es, bei dem wäre ich fast geblieben, aber eigentlich wollte ich immer nur Alban…"

„…verpackt und schön aufbereitet, nur für dich. Der ehrenhafte Ehemann in den Armen der ehrenhaften Ehefrau. Ganz schön spießig, findest du nicht?"

„Warum hast du gefragt?"

„Nur so. - Als ich klein war, besaß ich eine Hündin, tiefschwarz mit einer Blesse auf der Stirn. Sie war wie eine Freundin, der ich alles erzählen konnte, was mich bewegte. Als sie starb, brach für mich eine Welt zusammen."

„Woran ist sie gestorben?"

„Ein Nachbar hat sie vergiftet, vermutlich weil sie manchmal in der Nacht gebellt hat. Ich durfte sie nicht begraben, weil Vater meinte, das könnte mich überfordern. Ich habe ihn dafür gehasst."

„Er wollte dir die Schmerzen ersparen."

„Ja, so hieß es." Sara sieht zu, wie sich Anna eine Zigarette anzündet. „Interessiert dich überhaupt, was ich so über mich ausschütte?"

„Oh ja, sehr sogar. Vielleicht verstehe ich dann auch, wer ich selbst bin, und was ich alles falsch gemacht habe. - Du hast nie über deine Familie gesprochen. Gibt es da ein paar dunkle Seiten?"

Sara überlegt kurz und greift dann nach Annas Zigaretten. „Darf ich?"

„Gern. Ich wusste nicht, dass du rauchst."

„Ich auch nicht", lacht Sara. „Aber jetzt scheint es passend. - Mein Vater starb in der Wüste, im Yom Kippur Krieg, zerrissen von einem Panzer-Schrapnell. Als mir all das Schlimme im Lager passierte, dachte ich, es wäre meine Strafe für diesen Hass, wegen eines Hundes. Ein absurder Gedanke, denn eigentlich liebte ich Vater abgöttisch. Kannst du das verstehen?"

„Ja. Wie alt warst du, als er starb?"

„Sechs, acht, ich weiß es nicht mehr. Mit Mutter konnte ich nicht darüber reden, sie hat Vater nie verziehen, dass er unbedingt in diesen Krieg ziehen wollte."

„Und du hast ihm wahrscheinlich nicht verziehen, dass er dich allein ließ. - Und was machen wir jetzt?", fragt Anna, die spürt, wie sich Sara in einem Gedanken-Labyrinth verliert, aus dem sie nicht herausfindet.

„Wir duschen, dann suchen wir Sékou und frühstücken mit ihm", sagt Sara erleichtert.

„Gute Idee. Ich hoffe nur, dass er noch da ist. Glaubst du, er wird das Geld akzeptieren? Würde mich nicht wundern, wenn er es ablehnt."

„Er wird verstehen, dass wir ihm wirklich helfen wollen. Kein Almosen, eher ein Vertrauensbeweis, mit dem er sein Leben gestalten kann. Ich glaube, er wird es nehmen. Wir müssen ihm Zeit lassen, darüber nachzudenken."

Als sie Sékou ihren Plan erläutern, lehnt er spontan ab. Doch auf einmal leuchten seine Augen auf. „Meint ihr es wirklich ernst?", fragt er unsicher.

„Natürlich", sagt Anna. „Wir wollen, dass du etwas aus deinem Leben machst. Es ist ein Geschenk, das Geld gehört dir."

„Alles?", fragt er ungläubig.

„Ja, alles", sagt Sara. „Du wärst dumm, wenn du es ablehnst."

Sékou schüttelt ungläubig den Kopf, als könne er nicht fassen, was sie ihm anbieten. „Ich werde es annehmen, und wisst ihr auch warum?", fragt er schließlich nach einigem Zögern.

Als ihn die beiden Frauen nur fragend ansehen, erzählt er zunehmend begeistert: „In Timbuktu kann ich mit dem Geld eine Schule gründen. Sie wird einen weiten Innenhof haben mit Inseln aus Palmen, in dem die Kinder ihr Mittagsbrot verzehren. Das Gebäude wird luftig sein, ein Tempel zum Lernen. Und die Lehrerinnen, Frauen, wie ihr beide, werden weltoffen sein. Auf keinen Fall eine Koranschule."

„Christlich? Du bist Christ, hast du gesagt", sagt Anna lächelnd.

„Nein, weltoffen, eine dem Wissen verpflichtete Institution. Und ich werde auch arme Kinder aufnehmen, sie brauchen keine Gebühren bezahlen. École de Anna wird die Schule heißen."

„Und ich?", lacht Sara.

„Du bekommst eine Statue am Eingang, mit ausgestreckten Armen, die die Kinder berühren können, wenn sie morgens zur Schule kommen. Sie wird etwas größer sein, als du es bist. Ich kann dich ganz klar sehen, wie du morgens die Kinder empfängst."

„Was habe ich an?", fragt Sara.

„Einen Kaftan natürlich."

„Natürlich", lacht Anna. „Dürfen wir dich besuchen kommen, in deiner Schule?"

„Ihr müsst. - Und was werdet IHR machen, bis meine Schule fertig ist?"

„Ich werde mich bei den ‚Ärzten ohne Grenzen' bewerben, vielleicht nehmen sie mich, trotz meines Alters. Aber ich habe ja jetzt eine Menge Erfahrung im Umgang mit improvisierten Feldlazaretten."

„Und du, Sara?"

„Ich werde zurückkommen."

„Ins Lager?", fragen Sékou und Anna unisono. Vor allem der Lehrer betrachtet sie perplex, als könne er nicht glauben, was er gerade gehört hat.

„Nein, in die Wüste. Die Weite, die Gerüche, den Sternenhimmel in einer klaren Nacht werde ich vermissen. Mir ist, als wäre sie ein Teil von mir geworden. Aber zuerst geht es zurück nach Deutschland, und dort werde ich stundenlang duschen", lacht sie. „Schaut nicht so bedröppelt, vielleicht mache ich ja auch etwas ganz anderes. Sékou besuchen, und meiner eigenen Statue die Hand reichen, zum Beispiel."

Anna zieht amüsiert die Augenbrauen hoch, während Sékou todernst meint: „Stundenlang duschen! Das werde ich dir in Timbuktu nicht bieten können", sagt er betrübt, und lacht schließlich laut auf. „Dafür habe ich etwas anderes für euch." Er verschwindet kurz, und als er zurück kommt trägt er zwei große Sandrosen in den Händen. „Die sind für euch."

„Woher hast du die?", fragt Sara.

„Selbst gesammelt, im Tal hinter dem Lager. Sie sollen euch an mich erinnern."

„Und wie hast du sie hierher gebracht?"

„Im Auto, ich habe sie in Tücher gewickelt und versteckt."

„Sie sind wunderschön", sagt Anna ernst, die mit sich kämpft es auszusprechen: „Willst du nicht doch zu uns nach Europa kommen? Du bist stark, du kannst es schaffen."

„Nein, Anna, ich gehöre nach Afrika. Das wird mir von Tag zu Tag klarer. Ich werde euch ewig dankbar sein, für alles, was ihr für mich getan habt, aber morgen mache ich mich auf den Weg zurück. Darf ich den Land Rover nehmen, ihr braucht ihn ja jetzt nicht mehr?"

„Natürlich", sagt Sara sofort.

Am nächsten Morgen, als sie beide noch im Bett liegen, und gedankenverloren an die Decke starren, fragt Sara: „Glaubst du, dass Sékou schon gefahren ist?"

„Ganz bestimmt, so entschlossen, wie er gestern klang. Irgendwie vermisse ich ihn bereits."

„Und Alban, vermisst du ihn auch?"

„Nein, Alban gehört dir. Das, was mich mit ihm verband, hat sich aufgelöst in einem Nebel an Erinnerung. Vieles verwandelt sich, hat mit dem, was wirklich stattfand, nur noch wenig zu tun. Sein Aufenthalt in dem Flüchtlingslager, die Tötung des Janjaveed Anführers, seine Gewissensbisse danach, und die Krise, die er durchmachen musste, nichts davon habe ich verstanden. Jetzt verstehe ich es besser, aber was heißt das schon. Ich konnte ihm nicht helfen, mit seinen Albträumen klar zu kommen. Es war das Ende unserer Ehe. - Hat er dir überhaupt davon erzählt?"

„Einmal hat er angedeutet, dass ihn etwas in seinem Leben fast aus der Bahn geworfen hätte. Ich dachte, er meinte seine Ehe, und hab nicht nachgefragt."

„Er wollte, dass ich ihm den Rücken stärke, ihm Absolution erteile, aber wie hätte ich das tun sollen. Ich bin Ärztin, er hat den Mann exekutiert. So empfand ich es zumindest."

„Hast du ihn angezeigt?"

„Nein, er hatte ja nichts Verborgenes getan. Sein ganzes Team wollte, dass er den Mann sterben lässt. Trotzdem war es falsch in meinen Augen."

„Denkst du immer noch so?"

„Was sollte sich geändert haben?"

„Vielleicht, weil du manchmal ähnlich gedacht hast, als du einige der Rebellen behandelt hast. Keiner von ihnen war zimperlich, wenn es ums töten ging. Wer wusste schon, was sie angerichtet hatten."

„Ich sah nur ihre Wunden."

Wie selbstgerecht sie ist, denkt Sara, prinzipienfest bis in den Tod. Das ist es vermutlich, was Alban nicht mehr ertragen konnte. „Und Jonas?", fragt sie, als wäre es in ihren Augen, der eigentliche Schlüssel zu Alban.

„Alban hat mir viel über sein Verhältnis zu ihm erzählt, ganz so, als würde er ihn immer noch vermissen."

„Jonas? Noch so eine Baustelle", sagt Anna, froh ein anderes Thema zu haben. „Sie sind nicht nur gemeinsam durch Nordafrika gefahren. Später rauschten sie gerne auf dem Motorrad durchs Alpenvorland, wie zwei kleine Jungs, sie sich für unverwundbar hielten. - Am Tag des Unfalls fuhr Alban, zu schnell vermutlich. Er schaffte eine Kurve nicht mehr, die sie zuvor tausendmal genommen hatten. Sie landeten an einem Felsbrocken. Alban blieb nahezu unverletzt, doch er war ohnmächtig, als sie die beiden fanden. Jonas dagegen hatte sich das Genick gebrochen. Ein kleiner Schlenker zu viel. Vielleicht hatten sie sich gestritten, vielleicht wollte Jonas, dass sie verunglückten. Er war nicht mehr stabil, alles war ihm zu viel geworden, und vielleicht dachte er, dass es der einzige Ausweg für ihn war. Alban konnte sich an nichts erinnern, nicht an die Fahrt, den Moment des Aufpralls, alles gelöscht. Er verneinte sogar überhaupt bei dem Unfall dabei gewesen zu sein, und doch empfand er Jonas' Tod als seine Schuld."

„Hör auf, ich will das alles nicht wissen."

„Du hast gefragt."

„Ja, aber Jonas' Geist hat mich die ganze Reise mit Alban verfolgt. Es bringt mich Alban nicht näher, wenn ich jedes Detail seiner Vergangenheit kenne. Ich will Alban so in Erinnerung behalten, wie ich ihn erlebt habe."

„Ein Idealbild?"

„Genau das!"

„Das wird nicht klappen, meine Liebe. Du bist seine Erbin, mir gehört nur das Haus. Der Rest wird dich auf Schritt und Tritt verfolgen, wenn du dich weigerst, ihn zu sehen, wie er wirklich war." Anna spricht weiter, ohne Saras Reaktion abzuwarten, die Stimme härter, als ginge es um eine Abrechnung, auch mit sich selbst. „Wir waren jung, und ich hatte Alban mit Jonas betrogen. Ich wollte eine Familie, aber Alban wollte aufsteigen. Kinder stören da nur, meinte er, in seiner unnachahmlichen Direktheit. Jonas wollte auch eine Familie, aber nicht mit mir, der Frau seines besten Freundes. Nach Jonas' Tod, als Alban einfach nicht aus seiner Trauer auftauchen wollte, gestand ich ihm in einem Anfall von Eifersucht, dass ich mit Jonas geschlafen hatte. Es war ein Fehler, und ich weiß heute noch nicht, weshalb ich es getan habe. Alban geriet außer Balance, wollte eine Auszeit und bewarb sich bei dieser Hilfsorganisation, die Flüchtlingscamps im Sudan betrieb. Er war Arzt, sie nahmen ihn sofort. Den Rest kennst du."

„Nein. Jetzt erzähl mir auch alles."

„Eines Tages kam ein Pick-up mit hoher Fahrt ins Camp. Auf der Pritsche wand sich ein Mann in Schmerzen. Er war der Anführer einer Miliz, die in der Gegend die Dörfer terrorisierte. Die Männer schossen in die Luft, sprangen vom Auto und brüllten nach dem Doktor. Es muss eine beklemmende Szene gewesen sein, so wie sie Alban erzählte.

Er erkannte schnell, dass es sich um einen durchgebrochenen Blinddarm handelte, und bat die OP-Schwestern eine Operation vorzubereiten. Doch sie weigerten sich, verlangten, dass er den Mann sterben lasse. Dieser Unmensch, sagten sie, habe ihnen und den Menschen in der Umgebung so viel Leid zugefügt, dass er den Tod mehrfach verdient habe. Aber Alban war im Lager um zu helfen, die Verbrechen des Mannes sollten Gerichte beurteilen, dachte er. Doch dann, schon auf dem OP-Tisch, prahlte der Mann von seinen Untaten, wie er manchen schwangeren Frauen das ungeborene Leben aus dem Bauch geschnitten hatte. Schließlich halfen die Schwestern widerwillig, anästhesierten und sahen zu, wie Alban den Mann aufschnitt und einfach verbluten ließ.

Als er ihn so vor sich liegen sah - erzählte mir Alban später - war es, als sähe er Jonas auf dem OP-Tisch. Da begriff ich, dass es zwischen ihm und Jonas etwas gegeben hatte, das mein Begriffsvermögen überschritt. Ich habe nie nachgefragt."

So ausführlich hat sie es noch nie erzählt, denkt Sara. Es war nicht nur Albans Trauma, es war und ist auch ihres. Vielleicht hat der Aufenthalt in der Wüste jetzt alles überlagert, dann wäre er nicht ganz umsonst gewesen. „Entsetzlich. Und das alles habt ihr ein Leben lang mit euch herumgeschleppt?"

„Er trug, ich habe nur zugehört, aber es hat ihm nicht geholfen. Irgendwann konnte ich sein Selbstmitleid nicht mehr ertragen."

„Glaubst du, dass er deshalb wieder in die Wüste wollte? Weil er einen Teil seines Lebens suchte, den er nie verarbeitet hatte? Und ich war nur sein Werkzeug."

„Nein, er hat dich geliebt. Und er wollte noch einmal leben, raus aus dem sterilen Operationssaal, irgendetwas finden, das er glaubte verloren zu haben, hat er mir einmal gestanden. Vielleicht die Familie, die er mir nie zugestand. Er war ein zerrissener Mensch."

Am nächsten Tag, während sie im Innenhof des Hotels neben dem Springbrunnen dem Geplätscher des fallenden Wassers lauschen, druckst Sara herum, als müsse sie etwas loswerden, traut sich aber nicht richtig es zu sagen. „Gestern hast du dich gefragt, was uns unsere neu gewonnene Stärke eigentlich nützt. Zumindest habe ich dich so verstanden. Ich hätte da vielleicht etwas."

„Und?"

„Meine Periode ist ausgeblieben."

„Ein Kind? Von Alban? Oder doch von einem der Kerle, die dich vollgepumpt haben mit ihrem Dreck?"

„Ich weiß es nicht, es wäre mir auch egal."

„Du würdest es behalten wollen?"

„Unbedingt."

Anna atmet tief ein und sieht, vorbei an Sara, in die offene Empfangshalle des Hotels. „Es kann aber auch Stress sein. Wäre nicht verwunderlich nach allem, was du durchgemacht hast."

„Es könnte auch von Alban sein."

„Er war zu alt."

„Nein, er war noch stark. Ihr habt lange nicht mehr miteinander geschlafen, hat er gesagt."

„Das stimmt. Es wäre schön, wenn das Kind von ihm wäre. Er hat Kinder gemocht, nur eben nicht am Beginn seiner Karriere. Danach war ich nicht mehr bereit dazu."

„Womöglich würde es ein Junge, dann könnte ich ihm von unserer Reise erzählen. Nicht von der Wüste, aber von Kairouan, der Moschee, dem Flüchtling, der nach Europa wollte. Vor allem von Sékou, wie stark der sich veränderte, vom Lehrer zum Rebellen und zurück zu einem Lehrer, der sich vornahm die Welt zu verbessern. Vielleicht, wenn Sékou es schafft, werde ich mit dem Kind nach Timbuktu reisen, damit er meiner Statue die Hand schütteln kann."

„Du spinnst. Außerdem könntest du alles auch einem Mädchen erzählen", lacht Anna. „Aber es wird nichts zu erzählen geben, denn alles, was Sékou gesagt hat, waren Hirngespinste. Es wird keine Schule und keine Statue geben."

„Wie willst du das wissen? Übrigens bist du entsetzlich rational."

„Was uns womöglich das Leben gerettet hat. Aber du hast recht, damit habe ich schon Alban aus dem Haus getrieben."

„Erinnerungen sind so flüchtig", vermeidet Sara weiter darauf einzugehen. „Das Kind könnte mir helfen, mit mir selbst klar zu kommen. Ich hätte jemand auf den ich mich konzentrieren muss, nicht dass sich in mir ein Berg auftürmt, der mich erdrückt, weil ich mit niemand darüber reden kann. Wir könnten gemeinsam reisen, von Anfang an. Ich würde eine Manduka vor der Brust tragen, damit ich dem Kind alles ins Ohr flüstern kann, was wir uns später, wenn es erwachsen ist, erzählen würden."

„Und was willst du noch alles auf dein Kind abladen? Seltsame Art einen Kinderwunsch zu begründen."

„Du verstehst es nicht, oder willst es nicht verstehen. Aber vielleicht werde ich ja auch nicht schwanger. Falls aber doch, würdest du mir helfen das Kind aufzuziehen?"

Anna schüttelt vehement den Kopf, doch langsam schwingt die Bewegung aus, bis sie schließlich sagt: „Hast du das wirklich gemeint?"

„Natürlich."

„Ich bin nicht mehr die Jüngste."

„Kinder brauchen auch Großmütter. Meine Mutter kommt da nicht in Frage."

Anna überlegt eine Weile. Sie strahlt, als sie sagt: „Ja, wenn du es wirklich willst."

„Und werden wir ihn anklagen?", fragt Sara, auf einmal gar nicht mehr verträumt.

„Wen, was, den Major? Er würde alles auf den Einsatz schieben, wo er nicht anders handeln konnte, als Youssuf zu erschießen, wollte er nicht selbst erschossen werden. Nein, das würde nichts bringen? Wir müssen allein damit klarkommen."

„Aber wir schulden es Youssuf."

„Dir, meinst du! Womit du recht hättest, aber auf welchem Recht würde die Anklage beruhen, auf dem der Wüste, dem Recht des Stärkeren? Dem Lehrer könnten wir es schulden. Vielleicht, aber unwahrscheinlich, dass er es wollte. Er ist so viel stärker geworden, als all die Verrückten, die mit ihren Kalaschnikows herumfuchteln. Und Youssuf, die Lebenden schulden den Toten nichts."

„Ja, wahrscheinlich hast du recht. Ich würde nur gerne wissen, was mir, uns, dort in der Wüste passiert ist. Hat es etwas hervor gebracht in uns, was wir nicht kannten, aber immer schon sein wollten? Oder war es nur ein Albtraum. Du bist Ärztin, du musst es wissen."

„Ärztin?", deutet Anna ein Lächeln an. „Du hast doch gesehen, wie wenig ich tun konnte. Uns beiden wurde eine Welt aufgezwungen, die uns völlig fremd war. In einer Landschaft, wie auf einem anderen Stern. In manchen Nächten, wenn ich ausblenden konnte, dass wir gefangen waren, hatte ich das Gefühl in der Unendlichkeit zu versinken. Grandios und bedrohlich. Aber wir haben überlebt. Jetzt denke ich manchmal, es wäre meine Neugeburt gewesen. So ähnlich muss sich Alban gefühlt haben, damals im Sudan. - Du warst dabei, als ich den Lehrer bat, die Nacht bei mir zu bleiben."

„Ja, warum denkst du jetzt daran? Ich habe mich gewundert, aber nur kurz. Jetzt nicht mehr. Es war so selbstverständlich, als müsstest du ein Gewand ablegen, das du zu lange getragen hast."

„Als wäre ich eine andere Frau geworden", bestätigt Anna. „Plötzlich verlangte die Situation eine Klarheit von mir, wie ich sie nie zuvor gekannt habe. Er begriff sofort, dass es nicht um Sex ging, überhaupt nichts körperliches, sondern um ein neues Bewusstsein. Als hätte er diese Transformation auch selbst durchgemacht. Dieses Lager…"

„Du musst es mir nicht erklären, ich habe es auch verstanden. Und ich habe mich gefreut für euch beide. Warum hast du ihn gefragt?"

„Er schien mir wie ein Fels, der mich daran hindern könnte abzustürzen. Und das tat er dann auch."

Als der Enkel des Alten das Frühstück, Croissants und Kaffee, wie jeden Tag, auf einem kleinen Marmortisch vor ihnen abstellt, sagt Sara bestimmt: „Ich will, dass Albans Kind in Deutschland aufwächst, und du sollst mir dabei helfen es aufzuziehen. Junge oder Mädchen, völlig egal." Sie beißt beherzt in ihr Croissant und strahlt übers ganze Gesicht.

Anna betrachtet Sara, als könne sie immer noch nicht glauben, was sie gerade gehört hat. „Gemeinsam aufziehen? Du meinst es ernst."

„Ja, in Berlin. Da ziehen wir hin. Freust du dich?"

„Warum ausgerechnet Berlin?"

„Weil da gerade alle hinwollen. Wir könnten also eine Menge interessanter Leute treffen. Aber wichtiger wäre, dass du nicht sofort wieder in deine alte Klinik gehen könntest, um dort Tag und Nacht zu arbeiten."

„Da ist was dran", sagt Anna lächelnd. „Berlin also, aber das alles ist bestimmt nur ein Traum."

„Nein, du wirst sehen, es ist kein Traum. Wir müssen es nur wollen, und dann ziehen wir beide Albans Kind groß. Wir haben gemeinsam seine Asche verstreut, und jetzt ziehen wir sein Kind auf. Das macht doch Sinn."

„Was ist, wenn ich zu alt bin, um dir mit dem Kind zu helfen?"

„Mach dir darüber keine Gedanken. Die ‚Ärzte ohne Grenzen' müsstest du sausen lassen, aber vielleicht war das ja nicht so ernst gemeint. Und das Haus in München müsstest du auch verkaufen, wir fangen einfach ganz von vorne an. Wie zwei Neugeborene, dann ergibt die Zeit in der Wüste sogar Sinn."

„Kennst du Berlin überhaupt? Es ist kein leichtes Pflaster."

„Ich habe London ausgehalten, dann schaffe ich Berlin auch. - Wann brechen wir auf. Wir können nicht ewig hier bleiben. Hast du mit dem Alten geregelt, was es zu regeln gibt?"

„Ja, er wird froh sein, uns loszuwerden. Was machen wir mit dem Auto?"

„Ich bringe es zurück."

„Die ganze Strecke?"

„Wir können gemeinsam fahren, aber vermutlich ist es dir lieber zu fliegen."

„Ich muss wohl. Es ist so wahnsinnig viel liegen geblieben, und die Bank wartet längst auf ein Lebenszeichen. Wenn du mich in Casablanca absetzt, nehme ich von dort den Flug nach München. Bis du kommst, habe ich dann alles im Griff. - Schaffst du es wirklich allein mit dem Auto, oder willst du nicht doch lieber mit mir zurückfliegen? Das Auto kriegen wir auch hier los, und zu Hause kaufst du dir ein neues."

„Mach dir keine Sorgen. Was kann mir schon passieren, was nicht schon passiert ist. - Ich brauche Zeit für mich. Nach Albans Tod habe ich mir vorgenommen über Spanien zurück zu fahren. So hatte er es geplant. Er wollte nach Granada, mir die Stuckaturen der Alhambra zeigen. Da will ich hin. Vielleicht finde ich dort noch einen Teil von ihm, den ich zuvor nicht gesehen habe. Und die ganze Zeit, während der Fahrt, werde ich dem Kind in meinem Bauch von der Wüste, von Alban, von dir erzählen. Ich habe gelesen, dass man Kindern, lange bevor sie geboren werden, Geschichten erzählen kann, oder Lieder singen."

„Du glaubst also fest daran?"

„Ja, ich bin mir sicher. - Wenn ich in Deutschland angekommen bin, melde ich mich."

„Versprochen?"

„Ja, versprochen."